DER RETTER DES TODES

EIN FESSELNDER KRIMINALROMAN

DS TOMEK BOWEN KRIMI-THRILLER-SERIE
BUCH 7

JACK PROBYN

CLIFF EDGE PRESS

eBook ISBN: 978-1-80520-112-0
ISBN: 978-1-80520-115-1
Erste Auflage
Besuchen Sie Jack Probyns Website unter www.jackprobynbooks.com.

ÜBER DAS BUCH

Während eines heftigen Sturms wird ein lokaler Radiomoderator brutal in seiner Villa in Essex ermordet. Als sich die Wolken und der Regen am nächsten Morgen lichten, entdecken DS Tomek Bowen und sein Team einen Tatort, der an etwas aus den Geschichtsbüchern erinnert.

Die Beweise deuten darauf hin, dass es sich um einen zufälligen Mord handelte. Doch als Tomek die Schichten im Leben des Opfers nach und nach abträgt, wird ihm klar, dass hinter dem Radiomoderator mehr steckt, als man auf den ersten Blick vermuten würde.

Zu Hause muss Tomek sich unterdessen mit einer schwierigen Teenagerin auseinandersetzen, die aus irgendeinem Grund immer kampflustiger wird. Alles nur, weil sie Zeus getroffen hat, den Mann, der die Welt retten wird. Aber nur, wenn sie alles tut, was er ihr sagt, egal, wem sie dabei wehtut.

TRETEN SIE DEM VIP-CLUB BEI

Ihr KOSTENLOSES Buch wartet auf Sie

Verfügbar, sobald Sie dem Club beitreten
Holen Sie sich jetzt Ihr KOSTENLOSES Exemplar der Prequel-Novelle
zur DS Tomek Bowen-Reihe auf jackprobynbooks.com, wenn Sie
meinem VIP-E-Mail-Club beitreten.

KAPITEL
EINS

Es war einer der schönsten und aggressivsten Stürme, die sie je gesehen hatten. Blitzgabeln erhellten den Himmel wie Feuerwerk in der Bonfire Night und hüllten Süd-Essex in dicke weiße Schichten. Donner, so tief und laut wie ein Vulkanausbruch, erschütterte ihre Trommelfelle und überdeckte mit jedem Grollen ihre Bewegungen. Sintflutartiger Regen ergoss sich von oben, prallte vom Blätterdach ab und tropfte allmählich zu Boden.

Zeus' Zorn floss heute Nacht in vollen Zügen.

Es war der perfekte Sturm.

Die perfekte Tarnung.

Der Kegel aus weißem Licht erstreckte sich vor ihnen und beleuchtete den durchnässten und matschigen Fußweg voraus. Über ihnen hallte das Prasseln des Regens durch den Wald, und die Mädchen kicherten und quietschten, während sie durch den Schlamm wateten.

Denn sie waren auf der Jagd.

Sie führten Zeus' Werk aus.

Kurze Zeit später kamen sie am Fuße des Gartens an. Keuchend, ekstatisch. Ihre Kleidung und Schuhe waren mit verstreuten Blättern bedeckt und vom Regen durchnässt. Dichtes Dornengestrüpp, über zwei Meter hoch, verbarrikadierte den Zaun, stand Wache und schützte das Haus. Doch die Dornen waren ihnen nicht gewachsen.

Whispering Nightmare entrollte eine Yogamatte und legte sie über das Gebüsch, das grelle Pink der Matte in starkem Kontrast zur Dunkelheit, die sie umgab. Sie war die Erste, die hinüberging. Sie hielt sich an den anderen fest, während Bright Muffin ihre Hände auf Whispering Nightmares Beine und Hintern legte und sie sich über die Dornen schob und mit einem lauten Schrei landete.

»Alles okay bei dir?«, fragte Bright Muffin.

»Mir geht's gut«, kam als Antwort das fast hysterische Quietschen. »Beeilt euch!«

Als Nächstes überquerte Bright Muffin das Dornengestrüpp. Sie sprang auf die Matte und nutzte ihren Schwung, um sich über den Zaun zu katapultieren. Als sie landete, streifte ein Dorn ihren Unterarm. Sie betrachtete ihn kurz, zuckte mit den Schultern und half dann dem Rest ihrer Schwestern über die Hecke. Als das dritte Mädchen hinüberkletterte, zuckte plötzlich ein Blitz am Himmel auf, gefolgt von unmittelbarem Donner.

Zeus war jetzt direkt über ihnen. Beobachtete sie. Führte sie. Spornte sie an.

Er erleuchtete den Himmel noch einmal, diesmal mit einem Blitzteppich, als alle Mädchen es über die Hecke geschafft hatten. Er zeigte ihnen den Weg, zeigte ihnen das Ausmaß der Aufgabe.

Vor ihnen, am anderen Ende des dreißig Meter langen Gartens, stand eine weiße Villa, so hoch wie breit, mit riesigen Fenstern, die sich zu wunderschönen Innenräumen öffneten. Es war ein Anblick, wie sie ihn noch nie gesehen hatten.

Einen Moment lang standen sie da, blickten hinauf, ihre Haare klebten an ihren Gesichtern, keuchend, kichernd.

Über ihnen krachte ein Donnerschlag, tief und dunkel, der signalisierte, dass es Zeit war zu gehen.

Sofort teilten sich die Mädchen auf und klammerten sich an die Zäune auf beiden Seiten des Gartens, tief geduckt. Diesmal machten sie keine Geräusche, außer dem Klang ihrer Füße auf dem nassen Gras. Sie pirschten wie Raubtiere auf der Suche nach ihrer Beute. Still, tödlich.

Und ihre Beute war in diesem Haus. Irgendwo im Wohnzimmer, hinter den französischen Fenstern und der großen Topfpflanze.

Einige Augenblicke später, durchnässt und triefend, ihre Herzen pochend, erreichten sie die Kante des Hauses. Whispering Nightmare machte den ersten Zug: Sie hielt ihren Körper an die Wand gedrückt und schlich auf Zehenspitzen zu den französischen Fenstern. Sie blieb stehen, spähte um die Ecke und gab dann den anderen Mädchen ein Zeichen.

Die Luft war rein.

Sie nahmen sich abwechselnd Zeit, um sich Whispering Nightmare anzuschließen, und stellten sich nacheinander neben sie auf, wie böse Puppen in einem Horrorfilm. Auf der anderen Seite des Glases befand sich ein luxuriöses Wohnzimmer mit modernen Möbeln und einer High-Tech-Fernseh- und Audioanlage. Der Fernseher lief laut, und der Ton drang durch die Fenster. Von ihrem Aussichtspunkt aus konnten sie das Sofa sehen – und den Mann, der darauf lag.

Von seiner Position aus sah er aus, als würde er schlafen.

Es war der perfekte Sturm.

Jetzt mussten sie nur noch hineinkommen.

Whispering Nightmare, die neben dem Schloss in die Hocke ging, griff in ihre Hosentasche und holte einen Dietrich hervor. Es war ein professionelles Werkzeug, das Menschen helfen sollte, wieder in ihr Auto zu kommen, wenn sie sich ausgesperrt hatten. Aber es war auch das perfekte Werkzeug, um in Häuser einzubrechen, und nach ein paar Ruckelern rasteten die Stifte ein und die Tür wurde entriegelt.

Vorsichtig, langsam, um den Mann auf dem Sofa nicht zu wecken, öffnete Whispering Nightmare die Türen. Bevor sie das Haus betraten, zogen sie alle ihre Schuhe aus und nahmen dann ihre Klingen von ihren Rücken. Whispering Nightmare überschritt als Erste die Schwelle und bahnte einen Weg zum Mann auf dem Sofa. Dann folgten die Mädchen nacheinander. Als sie alle drinnen waren, schloss Bright Muffin leise die Tür hinter ihnen und gesellte sich zu ihren Schwestern, Waffen gezückt, glitzernd unter dem strahlenden Weiß der LED-Leuchten oben.

Zeus war wütend.

Aber wenn alles nach Plan lief, würde er nicht mehr wütend sein. Er hatte sie bis zu diesem Punkt geführt, aber jetzt, da sie endlich hier waren, lag es an ihnen.

An ihnen, den perfekten Sturm noch perfekter zu machen.

KAPITEL
ZWEI

Tomek Bowen streckte seinen ganzen Körper über das Bett, während er gähnte, seine Muskeln und Gelenke wachten langsam auf. Dann schwang er seine Beine über die Bettkante und stützte seine Ellbogen auf seine Knie. Er blieb dort für ein paar Momente, grunzend, schnüffelnd und sein Gesicht massierend, um wach zu werden. Es war ein wunderbarer Schlaf gewesen. Laut Wetterberichten sollte ein Sturm kommen, und nach den Regentropfen an den Fenstern zu urteilen, war das auch der Fall gewesen. Aber er hatte keinen einzigen Dezibel davon gehört. Er wusste nicht warum, aber er hatte immer den besten Schlaf seines Lebens während Stürmen, so als ob der Donner, der durch das Haus grollte, ihn zurück in seine Kindheit versetzte und an die Nächte erinnerte, in denen er oft beim Klang seiner streitenden Eltern im Erdgeschoss eingeschlafen war.

Das einzige Problem war, dass er *zu* gut geschlafen hatte und sich jetzt eklig und benommen fühlte.

Den Schlaf aus den Augen reibend und an Stellen kratzend, die in der Nacht verknotet und verzerrt worden waren, stieg Tomek aus dem Bett und streckte seine Beine. Sein Körper wurde von dem plötzlichen Drang überwältigt, erneut zu gähnen. Er verlor den Kampf und wackelte diesmal mit den Zehen und streckte seine Hände zur Decke.

Er war gerade dabei, sich von der Fensterbank abzuwenden, als etwas seine Aufmerksamkeit erregte. Hinter seinen drei Bonsai-Bäumen, die er vor kurzem gegossen und mit einer Seetanglösung gedüngt hatte, befand sich ein Vogelhaus. Handgemacht, handgefertigt. Wackelig, muss man hinzufügen, aber es hatte dennoch eine sentimentale Bedeutung für ihn: auf der Unterseite der Box war der Name seines Bruders eingraviert. Momentan saß ein kleines Rotkehlchen auf der Kante des Kastens und starrte ihn an.

»Hallo, Kumpel«, sagte Tomek, während er sich an die Fensterbank lehnte. Ein Lächeln breitete sich auf seinem Gesicht aus und sein Körper wurde warm. »Was hast du da?«

Im Schnabel des Vogels steckte ein kleiner Wurm, ein paar Zentimeter lang, noch lebendig, um sein Leben zappelnd. Der Vogel hob seinen Kopf und schüttelte den Wurm sanft, als ob er ihn Tomek stolz präsentieren wollte.

»Oh, hast du da drinnen eine Familie, Kumpel?«, fragte er.

Als Antwort steckte der Vogel den Kopf in den Eingang des Kastens und verschwand mit dem Wurm noch im Maul. Sofort drangen die scharfen Geräusche aufgeregter Küken, die zwitscherten, durch die Doppelverglasung. Tomek stellte sich vor, wie die Nachkommen des Rotkehlchens miteinander um den ersten Happen kämpften. Wie er und seine Brüder früher in Polen, bevor seine Eltern das Land gewechselt und ihre Geschäfte gegründet hatten. Er war damals erst vier gewesen, aber die Erinnerung daran, wie seine Brüder ihn um den letzten Kloß besiegten und ihn danach grausam verspotteten, blieb.

Einen Moment später tauchte das Rotkehlchen wieder auf, am Rand des Kastens hängend. Aus seinem Schnabel baumelte das Schwanzende des Wurms. Der Vogel hüpfte vom Rand auf die Fensterbank.

»Teilst du das mit mir?«, fragte Tomek. Seine Augen wanderten zum Fenstergriff. »Willst du reinkommen?«

Als ob es antworten würde, piepste der Vogel.

Tomek öffnete das Fenster, und in Sekunden sprang das Rotkehlchen zögerlich herein.

»Hallo, Michał«, sagte Tomek leise. »Kommst du deinen Bruder nach all dieser Zeit besuchen?«

Der Vogel legte den Wurm auf die Oberfläche und flog dann schnell davon.

Als Tomek beobachtete, wie er im Kasten verschwand, wanderten seine Gedanken zu seinem toten Bruder. Er stellte sich vor, wo Michał jetzt sein könnte, dreißig Jahre später. Vielleicht hätte er eine Familie, ein Zuhause, eine Karriere gehabt.

Ein Leben.

Aber das war ihm zu früh genommen worden. Viel zu früh.

Inzwischen waren die aufgeregten Schreie aus dem Vogelhaus gedämpft. Als Tomek zum Fenster blickte, fiel sein Blick auf den Wurm. Er bewegte sich immer noch, zappelte, wand sich auf der Oberfläche. Vorsichtig, mit dem gleichen Respekt und der Aufmerksamkeit, die ein Kleinkind einer Krabbe am Strand schenkt, nahm Tomek ihn mit den Fingern und legte ihn auf die Außenkante der Fensterbank. Nur für den Fall, dass die Nachkommen noch hungrig waren.

Er verharrte einen Moment, beobachtete das Vogelhaus, lauschte den Geräuschen und ließ das Lächeln sich auf seinem Gesicht ausbreiten.

Leider wurde sein Jubel durch das Klingeln seines Handys auf dem Nachttisch unterbrochen.

Seufzend bückte er sich, um zu antworten.

»Morgen«, sagte er langsam.

»Morgen«, echote Sean. »Hast du deine Unterhose schon an?«

»Das ist das Einzige, was ich anhabe.«

»Welche Farbe hat sie?«

»Das würdest du wohl gerne wissen. Was ist los?«

»Das Übliche. Und für diesen Fall wirst du etwas mehr anziehen müssen als das, was du gerade anhast, Kumpel.«

KAPITEL
DREI

Tomek bemerkte, sobald er einen Fuß in die kleine Villa an der Shipwrights Drive setzte, neben dem Marmorboden und der Statue eines griechischen Gottes im Zentrum des Eingangsbereichs vor allem den Lärm, der vom Fernseher kam. Er drang aus dem Wohnzimmer und hallte durch das gesamte Haus. In seinem weißen Papieranzug hielt Tomek inne, um seine Umgebung zu betrachten und die Pracht des Hauses auf sich wirken zu lassen. Wer auch immer hier gelebt hatte, hatte es zu etwas gebracht. Durch das Velux-Fenster an der Spitze des Gebäudes, dreißig Fuß über ihm, strömte Licht herein. Unterstützt wurde die Beleuchtung durch einen goldenen Kronleuchter, der nur wenige Meter über Tomeks Kopf hing. Zu seiner Linken befand sich eine Küche mit erstklassiger Einrichtung und hochmodernen Geräten. Alles dort war elegant und modern. Als wäre keine Ausgabe gescheut worden, um dem Eigentümer nur das Beste vom Besten zu bieten.

»Bist du bereit?«

Die Frage kam von Detective Inspector Victoria Orange zu seiner Rechten. Auch sie trug von Kopf bis Fuß einen Spurensicherungsanzug. Sie blieb in der offenen Türschwelle stehen und verschränkte die Arme vor der Brust.

»Morgen, Anna«, scherzte Tomek. »Wie geht's dir?«

»Ich bin nicht Anna«, kam die strenge Antwort.

»Nein? Ihr klingt aber verdammt ähnlich.«

»Abgesehen vom polnischen Akzent.«

»Genau. Natürlich wusste ich, dass du es bist. Diese müden Augen würde ich überall erkennen.«

Kaum hatte er es ausgesprochen, überfiel Tomek ein unfreiwilliges Gähnen.

»Wenn wir schon dabei sind«, sagte Victoria, »erkenne ich *deine* müden Augen auch wieder.«

»Ich würde ja gerne behaupten, dass mich der Sturm wach gehalten hat«, antwortete er, »aber ich habe geschlafen wie ein Baby.«

»Sieht so aus, als hätte unser Opfer auch wie ein Baby geschlafen, als er getötet wurde«, fügte Lorna Dean hinzu, während sie um die Ecke bog und sich neben Victoria stellte.

»Wenn nicht vorher, dann tut er's jetzt bestimmt...«, ergänzte Tomek.

»Guter Spruch«, bemerkte die Pathologin des Innenministeriums. Normalerweise hätte er erwartet, dass das feuerrote Haar unter ihrem Papieranzug hervorleuchtet, aber heute Morgen war es nicht zu sehen, als hätte sie es umgefärbt. Oder das helle Licht, das in das Haus hereinströmte, reflektierte so stark vom Anzug, dass es die Farben darunter verzerrte.

»Komm und überzeug dich selbst.«

Tomek ließ sich das nicht zweimal sagen. Er wartete, bis die Frauen vorangingen – der ewige Gentleman – und folgte ihnen dann dicht, als sie das Wohnzimmer betraten. Hier spielte sich das ganze Geschehen ab. Der Raum wimmelte von Kriminaltechnikern in ihren Papieranzügen, die umherschlichen und versuchten, einander auszuweichen, obwohl sie hektarweise Platz zum Bewegen hatten. In der Mitte des Wohnzimmers stand ein großes, sechs Meter langes Sofa in Hufeisenform, das sich um den in die Wand eingelassenen Fernseher herumschlängelte. Direkt davor stand ein überdimensionaler Pouf, groß genug, um einen Bären zu beherbergen. Unter dem Fernseher befand sich ein elektronischer Kamin, der wie der Fernseher eingeschaltet geblieben war und gerade eine Hitze ausstrahlte, die der in der Sahara ähnelte. Tomek war erst eine Minute hier und konnte bereits spüren, wie sich Schweiß im unteren Rückenbereich und auf seiner Stirn bildete.

»Meint ihr, wir könnten das alles vielleicht ausschalten?«, fragte er. »Ich bezweifle, dass er diese Dinge noch brauchen wird.«

Tomek zeigte auf Dion Dublin von *Homes Under the Hammer*, der sich gerade durch ein heruntergekommenes Badezimmer bewegte, eines, das sich nach Tomeks Annahme am anderen Ende des Spektrums befand als das, was er in diesem Haus finden würde.

»Ich würde lieber nichts anfassen, was wir nicht unbedingt müssen«, antwortete Rory Stevens, der Leiter der Spurensicherung. Er tauchte irgendwo hinter einer Wand auf, als hätte er auf den richtigen Moment für diesen Auftritt gewartet. »Wenn dir das recht ist.«

Tomek zögerte, bevor er antwortete. Der Mann ließ ihn wissen, dass dies sein Königreich war und er die vollständige Herrschaft darüber hatte.

Tomek wandte sich dem Fernseher zu. »Irgendwo muss doch ein Knopf an dem Mistding sein.«

Er ging auf den Bildschirm zu und presste sein Gesicht dagegen, inspizierte das Gerät aus verschiedenen Winkeln und suchte nach einem Knopf, um es auszuschalten. Aber der Fernseher war bis auf den letzten Millimeter in die Wand eingelassen.

»Wenn wir nicht die Wand einreißen, bleibt er an«, fügte Rory bestimmt hinzu.

Tomek hatte ihn nicht als jemanden eingeschätzt, der streng genug wäre, um seinen Standpunkt durchzusetzen – er war immer recht passiv und entspannt rübergekommen – aber an diesem Morgen schien Rory irgendwie anders zu sein.

»Was ist los, Morgensonne, Rory? Hat dich der Sturm auch wach gehalten?«

Die Augen des Mannes verengten sich hinter seiner Maske. »Der Fernseher bleibt an.«

»Macht wenigstens die Heizung aus«, fügte Tomek hinzu. »Das kann nicht gut sein für...« Tomek schaute auf das Durcheinander am Boden vor ihm. »Das kann nicht gut sein für *ihn*. Zumindest muss er sich nicht in einem dieser verdammten Dinger bewegen.«

»Halt die Klappe, Tomek. Hör auf zu jammern«, wies Victoria ihn zurecht und zeigte damit, wer das Sagen hatte.

Er verstummte sofort und verschränkte die Arme vor der Brust, während er auf den Leichnam hinabblickte. Vor ihm lag zusammengesunken auf dem Boden, umgeben von einer Lache seines eigenen Blutes, ein Mann in seinem Alter mit dichtem schwarzem Haar, das verklebt und rötlich verfärbt war. Er trug nichts als eine Jogginghose und Socken. Seine Kehle war durchgeschnitten, und sein Körper war von Dutzenden von Stichwunden durchbohrt, deren schlimmste in seinem Zwerchfell, direkt unter dem Brustbein, war.

Der Mann lag erstarrt auf dem Boden, die Augen weit geöffnet, starrend auf den Fernseher gerichtet, eine Hand ruhte dicht an seinem Hals.

»Was hat der arme Teufel getan, um das zu verdienen?«, fragte Tomek sich leise. Dann, lauter, zur restlichen Gruppe: »Haben wir einen Namen?«

»Wir wurden zuverlässig informiert, dass sein Name Michael Edwards ist.«

»Von wem?«

»Seiner Putzfrau«, antwortete Victoria. »Sie hat ihn so gefunden und dann den Notruf gewählt. Sie kommt jeden Morgen gegen neun Uhr vorbei.«

»Ihr professioneller Drang, das Blut vom Boden und dem Hocker wegzuwischen, hat sich also nicht bemerkbar gemacht?« Tomek wandte sich zur nächsten Fußleiste und beugte sich hinunter, um sie auf Staub zu untersuchen. Sein Urteil: Sie hatte keine besonders gute Arbeit geleistet.

»Komischerweise glaube ich, dass sie ein wenig abgelenkt war«, sagte Victoria.

»Vermutlich hat sie einen Schlüssel?«

»Ja.«

»Und wie ist sie reingekommen? Vorder- oder Hintertür?«

»Vordertür«, antwortete Victoria mit einem Ton, der vermuten ließ, dass sie wenig Zeit für Tomeks Fragerei hatte.

»Wie ist der Mörder reingekommen?« Tomek deutete auf die raumhohen französischen Fenster, die die Wand säumten und auf einen unmöglich langen, weitläufigen Garten blickten. Am hinteren Ende befand sich der Shipwrights Wood, eine dreißig Meter hohe Wand aus dichtem Waldgebiet. Um die offene Tür herum waren zwei Beamte der Spurensicherung. Sein Blick fiel auf den makellosen Marmorboden, dann auf den Garten draußen.

»Unsere Vermutung ist durch die Hintertür«, antwortete Rory. »Das Schloss sieht nicht aus, als wäre es gewaltsam geöffnet worden, was darauf hindeutet, dass sie wussten, was sie taten.«

»Wenn das der Fall ist, wo sind dann die schlammigen Fußabdrücke?«

Ein Moment des Nachdenkens senkte sich über das Wohnzimmer, als ob es das erste Mal wäre, dass jemand sich diese Frage gestellt hätte.

»Es hat wie aus Eimern geschüttet«, fügte er hinzu. »Sie müssen etwas davon reingebracht haben.«

Niemand antwortete. Am Ende bekam Tomek nur ein Schulterzucken von Rory. »Vielleicht hat unser Mörder nach sich aufgeräumt.«

»Entweder das, oder Fräulein Putzmunter war zuerst dran«, erwiderte Tomek, während er seine Aufmerksamkeit schnell von Rory abwandte und auf die Leiche am Boden richtete. »Keine Spur von Blut anderswo auf dem Boden. Keine Anzeichen eines Kampfes. Er muss geschlafen haben, als der Mörder reinkam.«

»Genau meine Überlegung«, stimmte Lorna zu. »Obwohl ich mich irren könnte. Du wirst meinen vollständigen Bericht bis zum Ende des Tages haben.«

»Perfekt«, sagte Victoria und wandte sich dann an Tomek. »Könntest du in der Zwischenzeit die Putzfrau zur Dienststelle zurückbringen und eine Zeugenaussage aufnehmen?«

Tomek öffnete seinen Mund, um sich zu beschweren. Das war ein Job für die Uniform oder einen Detective Constable, aber er wusste, dass er die Diskussion schnell verlieren würde, besonders vor all diesen Leuten, also schloss er ihn wieder.

Während Rory vielleicht die Herrschaft über den Tatort hatte, hatte Victoria eindeutig die Herrschaft über die Ermittlung, und frustrierenderweise erstreckte sich das bis hin dazu, Tomek zu sagen, was er zu tun hatte.

KAPITEL
VIER

Sechs Stunden später war Tomek endlich mit Michael Edwards' Putzfrau fertig. Es war ein mühsamer Prozess gewesen, da die Sechzigjährige jeden winzigen Schritt, jedes kleine Detail ihres Betretens des Hauses aufgezählt hatte, wobei sie manchmal drei- oder viermal alles durchgegangen war, bevor sie sich schließlich auf einen soliden Zeitablauf festlegte, mit dem sie zufrieden war. Es gab nichts aus Mary Middletons Version der Ereignisse herauszuholen. Sie war eine Hauptzeugin, die zur falschen Zeit am falschen Ort gewesen war und mit Albträumen davongekommen war. Nichts weiter.

Kurz nachdem er ihr zum Abschied gewunken und endlich gespürt hatte, wie das Leben in sein Handgelenk zurückkehrte, nachdem er so lange leserlich geschrieben hatte, war er nach oben in den Einsatzraum gegangen, wo Detective Constable Rachel Hamilton ihm prompt gesagt hatte, er solle umdrehen und wieder hinausgehen.

Jetzt fuhren sie zum Hauptquartier des Radiosenders KISS in Chelmsford, eine vierzigminütige Fahrt. Nach mehreren falschen Abbiegungen und zwanzig Minuten nach ihrer geplanten Ankunft betraten sie schließlich den Radiosender.

»Ich hoffe, du hast vorher angerufen, um ihnen zu sagen, dass wir unterwegs sind«, sagte Tomek, als sie sich dem Empfangstresen näherten.

Rachel warf ihm einen besorgten Blick zu.

»*Bitte* sag mir, dass du vorher angerufen hast.«

Bevor sie antworten konnte, kamen sie am Empfang an.

»Guten Tag«, sagte die punkige Mittzwanzigerin mit genug Metall im Gesicht, um es zu einem Langschwert umzuschmelzen. »Willkommen bei KISS. Wie können wir Ihnen helfen?«

Bevor Tomek den Mund öffnen konnte, sagte Rachel: »Wir haben einen Termin mit Roger Armstrong. Er sollte uns erwarten.«

Der Metalhead (sowohl wegen der Menge, die in ihre Haut gestochen worden war, als auch wegen Tomeks Vermutung über ihren Musikgeschmack) grinste und blitzte dabei mit einem Zungenpiercing und einem Stecker zwischen ihren Vorderzähnen.

»Ich werde ihm Bescheid geben, dass Sie hier sind«, sagte sie und griff dann nach dem Telefon vor ihr.

Während sie ins Telefon sprach, stupste Rachel Tomek in den Arm.

»Ich glaube, du schuldest mir eine Entschuldigung.«

»Wofür?«

»Dass du meine Fähigkeiten unterschätzt hast.«

»Du hast keine Telepathie benutzt, oder? Du warst einfach nur organisiert.«

Die Empfangsdame beendete das Gespräch.

»Etwas, wofür du mir keinen Kredit gegeben hast«, fügte Rachel hinzu, bevor sie ihre Aufmerksamkeit wieder der Empfangsdame zuwandte.

»Er ist bereit, Sie zu empfangen. Er ist im vierten Stock. Sein Büro ist die fünfte Tür rechts.«

»Vierter Stock. Fünfte rechts. Verstanden. Komm schon.«

Rachel ging los, aber Tomek war stehen geblieben. Eine Frage brannte ein Loch in sein Gehirn.

»Löst du jemals die Alarme an der Flughafensicherheit mit all diesen...«

»Piercings?«

»Ja. Die...«

»Nein. Nein, das tue ich nicht«, sagte sie, diesmal ohne ihr Empfangslächeln. »Das einundzwanzigste Jahrhundert hat einen Weg gefunden, sie so herzustellen.«

»Cool. Danke.«

Offensichtlich wurde sie das oft gefragt, und Tomek entschied, dass es weder für ihn noch für sie die Mühe wert war, weitere belanglose und ärgerliche Fragen zu stellen. Aber gerade als er sich zum Aufzug drehte, kam ihm etwas in den Sinn.

»Sind Sie hier bei der Arbeit jemals Michael Edwards begegnet?«

»Jeden Morgen.«

»Und?«

»Und was?«

»Wie würden Sie ihn beschreiben?«

»Bit ein Arschloch, aber Leute, die denken, sie seien Gottes Geschenk an die Menschheit, sind das immer.«

Tomek klopfte auf den Tresen, dankte ihr für ihre Hilfe und gesellte sich dann zu Rachel in den Aufzug. Als er eintrat, drückte er wiederholt auf den Knopf, um die Türen hinter sich zu schließen.

»Du musst nur einmal drücken«, sagte Rachel ihm. »Wenn du mit deinem fetten Daumen darauf herumhämmerst, geht es nicht schneller.«

»Doch, wenn ich sage, dass es das tut.« Tomek drückte weiter auf den Knopf.

»Dasselbe gilt für Ampeln.«

Mehr Drücken.

»Warte einfach!«

Tomek hörte plötzlich auf. Sobald er das tat, schlossen sich die Aufzugtüren. Er drehte sich zu ihr um und lächelte selbstgefällig.

»Du kannst dir dieses Grinsen aus dem Gesicht wischen.«

Tomek hatte nicht die Absicht, das zu tun.

»In welchen Stock wollen wir? Was hat sie gesagt?«, fragte er.

»Vierter Stock. Fünfte Tür rechts.«

Als sich die Aufzugtüren wenige Augenblicke später öffneten, standen sie vor einer Wahl. Nach links *oder* rechts gehen. Die Empfangsdame hatte nicht gesagt, in welche Richtung sie den Aufzug verlassen mussten. Und um die Sache noch schlimmer zu machen, verliefen Räume und Büros auf beiden Seiten jedes Flurs.

»Jetzt wünschst du dir, ich hätte Telepathie, was?«, kommentierte Rachel, während sie nach links ging.

»Ich hätte es vorgezogen, wenn du organisiert genug gewesen wärst, um ihn bereits unten auf uns warten zu lassen, als wir ankamen, damit er uns den richtigen Weg hätte zeigen können«, sagte

Tomek, während er in die andere Richtung abbog und nach rechts ging.

———

Am Ende hatte Rachel richtig gewählt. Links. Sie hatte Roger Armstrong gefunden, der gerade die Tür zu seinem Büro öffnete, als Tomek das andere Ende des Flurs erreichte. Er war ein kleiner Mann mit der Ausstrahlung von jemandem, der sich wünschte, viermal größer zu sein, was sich in der Stärke seines Händedrucks zeigte, mit dem er, so empfand es Tomek, absichtlich versuchte, ihm die Hand zu brechen. Aber das Erste, was Tomek an dem Mann auffiel, war sein Geruch. Er war in Rasierwasser getränkt, als hätte er sich darin gebadet, um den Geruch von Zigarettenrauch an seiner Kleidung, seinen Händen und seinem Atem zu überdecken.

Der Geruch im Büro war nicht besser, dick und moschusartig, und blieb in Tomeks Rachen hängen. Das Büro war mit modernen, hochentwickelten Musikgeräten ausgestattet, mit Musikkeyboards und anderen technischen Geräten, die eine Seite säumten, Mikrofonen und Kopfhörern, die an der linken Wand hingen, und auf der gegenüberliegenden Seite befand sich ein großes Fenster, das in ein Studio blickte.

»Du hast dein eigenes Aufnahmestudio«, bemerkte Tomek. »Nicht schlecht.«

»Da finden allerdings nicht viele Aufnahmen statt. Es ist nur für den Fall, dass einige unserer Mitarbeiter Sprachaufnahmen machen müssen, die möglicherweise in einer der Sendungen verwendet werden.«

»Cool«, sagte Tomek, ohne das geringste Interesse vorzutäuschen. Er wandte seine Aufmerksamkeit einem Ledersessel zu und setzte sich gegenüber von Roger. »Ich verstehe, Rachel hat den Grund für unseren Besuch erklärt.«

Roger senkte den Kopf. »Ja... Michael. Sehr traurig. Entsetzlich, eigentlich.«

»Durchaus...«, sagte Tomek und bemerkte den Mangel an Aufrichtigkeit in Rogers Stimme.

»Wie lange haben Sie mit Michael zusammengearbeitet, Roger?«

»Nahezu zehn Jahre.«

»Also kennen Sie ihn recht gut?«

»Das denke ich schon«, sagte Roger, während er sich an der Seite seines Gesichts kratzte. »Er war einer der besten Discjockeys, die wir je hatten, und ich habe genug Erfahrung in diesem Geschäft, um zu wissen, wovon ich rede – so viel Erfahrung, dass ich wie eine Schlange bin.«

Als weder Tomek noch Rachel auf seinen Kommentar reagierten, fügte er hinzu: »Weil sie ihre Haut abstreifen... versteht ihr?«

»Sie sind auch dafür bekannt, sich gegen Menschen zu wenden und sie zu verraten«, bemerkte Tomek, bevor er Rachel fortfahren ließ.

»Was ist Ihre Rolle beim Sender, Herr Armstrong?«, fragte sie und ging schnell weiter, bevor Roger protestieren konnte.

Der Mann reagierte genau so, wie Tomek es erwartet hatte, erfüllt von seinem eigenen aufgeblasenen Gefühl der Selbstwichtigkeit. Er blähte seine Brust auf und hob sein Kinn, als ob er nicht glauben könne, dass Rachel nicht wusste, wer er war.

»Ich bin der Betriebsdirektor«, erklärte er. »Es ist meine Aufgabe sicherzustellen, dass hier alles reibungslos läuft.«

»Wann haben Sie erfahren, dass es ein Problem mit Michael Edwards gab?«

»Als ich zur Arbeit kam.«

»Was war um welche Uhrzeit?«

»Sieben Uhr.«

»Und um wie viel Uhr beginnt Michael normalerweise seine Schicht?«

Roger starrte Rachel für einen langen Moment an, bevor er schließlich seinen Blick zu Tomek wandte. Sein Ausdruck war leer, fast frei von jeder Emotion. Außer einer – Schock.

»Habt ihr noch nie von Michaels Magischen Morgen gehört?«

»Ein Typ namens Michael hat mir einmal in Amsterdam magische Pilze angeboten«, antwortete Tomek. »Aber ich habe das Gefühl, dass das nicht dasselbe ist.«

»Natürlich verdammt nochmal nicht! Michaels Magische Morgen sind nicht nur magisch. Sie sind manisch. Sie sind verrückt. Sie sind mental. Sie sind Mayhem. Sie sind-«

»Andere Adjektive, die mit demselben Buchstaben beginnen«, unterbrach Tomek.

Roger Armstrong warf Tomek einen spöttischen Blick zu, bevor er fortfuhr. »Michael ist einer der größten Radio-DJs, die wir je bei KISS hatten. Er ist seit acht Jahren die Nummer eins. Er bringt jeden Morgen von sieben bis mittags über fünf Millionen Hörer. Und die Leute können nicht genug von ihm bekommen. Wir sehen während seiner fünf Stunden kaum einen Rückgang der Hörerzahlen, es ist...«

»Manisch? Mayhem? Magisch?«

Roger schnippste mit den Fingern in Richtung Tomek. »Es ist magisch, das ist es! Der Mann ist magisch. Und jetzt... und jetzt ist er weg.«

Jetzt begann echte Emotion in Rogers Stimme mitzuschwingen, obwohl Tomek dachte, es lag eher daran, dass er zweifellos die meisten, wenn nicht alle der fünf Millionen Hörer verlieren würde, die jeden Morgen einschalteten.

»Also sollte Michael heute Morgen um sieben die Show beginnen, ist das richtig?«, fragte Rachel, während sie in ihr Notizbuch zu kritzeln begann.

»Ja.«

»Und wann wäre er typischerweise hier angekommen?«

Roger tippte nachdenklich an sein Kinn. »Oh, er ist normalerweise ab etwa fünf hier. Er und die Produzenten der Show haben viel zu besprechen. Sie diskutieren das Layout, das Format, etwaige Änderungen im Zeitplan vom Vortag.«

Tomek machte eine schnelle Berechnung in seinem Kopf: Wenn Michael um fünf mit der Arbeit begann, dann musste er das Haus um 4:30 Uhr verlassen, was bedeutete, dass er möglicherweise um vier Uhr morgens aufstand, vielleicht auch früher. Was bedeutete, dass sein Todeszeitpunkt irgendwann vor vier Uhr morgens lag.

»Und wann beendet Michael normalerweise seinen Gig im Radio?«, fragte Rachel und schlug ein Bein über das andere in eine bequemere Sitzposition.

»Seinen *Gig*? Ist das, wofür du das hältst? Nur ein bisschen Spaß? Dies ist die Geburtsstätte des Radios, Frau. Ohne Guglielmo Marconi hätte die Welt nicht eines ihrer besten Radiotalente. Zeigen Sie dem Mann ein bisschen mehr Respekt!«

»Könnten Sie die Frage beantworten?«

Rogers Schultern spannten sich vor Unmut an. »Fünf Uhr nachmittags. Er ging gestern um fünf.«

»Das ist spät«, bemerkte Tomek.

»Nach jeder Show besprechen er und die Produzenten den Zeitplan für den nächsten Tag. Und manchmal steckt er in Daten- und Analysebesprechungen fest. Andere Male hängt er herum, um mit Leuten zu plaudern, Tipps zu hören, was er verbessern kann, Meinungen der Leute zu hören. Auch viel Social-Media-Zeug. Die Marke aufbauen. *Seine* Marke aufbauen, sein Bewusstsein. Er liebt die Branche. Er ist darin versunken. Lebt und atmet sie.«

Nicht mehr, dachte Tomek. Wenn es eine Sache gab, die Michael Edwards *nicht* tat, dann war es, *irgendwas* zu leben und zu atmen.

Gerade als Tomek antworten wollte, ertönte ein Alarm im Raum. Das plötzliche Geräusch ließ Tomek zusammenzucken, und für einen Moment dachte er, irgendwo im Gebäude ginge ein Feueralarm los. Erst als er sein Handy an seinem Bein vibrieren spürte, erkannte er, dass es sein eigener Alarm war. Verlegen hielt er einen Finger hoch, um das Gespräch zu unterbrechen, zog das Gerät aus seiner Tasche und schaute auf den Bildschirm.

»Verdammt«, sagte er und wandte sich an Rachel. »Wir müssen gehen. Notfall.«

Tomek sprang von seinem Sitz auf und eilte zur Tür. Währenddessen streckte Rachel die Hand über den Schreibtisch, schüttelte Rogers Hand und folgte Tomek aus der Tür. Als sie die Bürotür schloss, fragte sie: »Was ist der Notfall, Sarge?«

Tomek hielt den Bildschirm zu ihr hoch. »Kasias Elternabend. In einer halben Stunde. Ist es in Ordnung, wenn ich dich an der Schule absetze und du machst deinen eigenen Weg zurück zum Bahnhof?«

KAPITEL
FÜNF

Obwohl sie sich lang und ausgiebig darüber beschwert hatte, blieb Rachel nichts anderes übrig, als selbst einen Weg zurück zum Revier zu finden. Tomek hatte sie missgelaunt auf dem Schulparkplatz zurückgelassen, als er zum Empfang gerannt war, durch die Flure und in das Klassenzimmer, das in einen Eltern-Kind-Warteraum umgewandelt worden war. Dort fand er Kasia in der hintersten Ecke, in einem Stuhl lümmend, mit Kopfhörern in den Ohren, während sie auf ihrem Handy scrollte. Wie durch ein Wunder war er pünktlich. Es war zwar knapp, nur eine Minute früher, aber immerhin pünktlich. Wie sich herausstellte, hätte er sich gar nicht so beeilen müssen: Miss Holloway, Kasias Klassenlehrerin, überziehe um zehn Minuten. Als Tomek sie das letzte Mal gesehen hatte, waren ihre Haare eichenfarben gewesen. Jetzt hatten sie die Farbe der Holztische in den Naturwissenschaftslaboren, die er auf seinem Sprint durch die Gänge gesehen hatte. Eine hellere Tönung, die ihr stand und die Helligkeit ihrer Augen mehr zur Geltung brachte.

»Entschuldigung, dass ich Sie warten ließ«, sagte Bridget Holloway, während sie sie in den Raum nebenan führte. Ihr dunkelgrünes Blumenkleid floss hinter ihr her und schwang sanft, als sie sich langsam auf ihren Stuhl sinken ließ. Über ihnen blies eine Klimaanlage kalte Luft in den Raum, die Tomeks Nacken kitzelte.

»Jetzt sind wir quitt«, sagte Tomek.

Bridget gluckste und wandte sich dann Kasia zu, deren Rock und Krawatte für Tomeks Geschmack viel zu kurz waren.

»Beim nächsten Mal bist du dran mit dem Zuspätkommen, Kasia«, scherzte Bridget.

»Ich komme nie zu spät, Frau Holloway«, erwiderte Kasia freundlich.

»Das stimmt. Das stimmt absolut.« Bridget blickte auf das Notizbuch vor ihr und blätterte zur richtigen Seite. »Ich muss sagen«, begann sie und richtete sich an Tomek, »dass ich seit unserem letzten Gespräch eine enorme Verbesserung in Kasias Gesamtverhalten gesehen habe. Ich weiß, dass du erst neu an der Schule warst, als wir unser erstes Treffen hatten, Kasia, und dass wir zu Beginn einige Anlaufschwierigkeiten hatten, aber du hast eine deutliche Verbesserung gezeigt, und ich bin äußerst überrascht und beeindruckt von den Fortschritten, die du gemacht hast. Du solltest stolz auf dich sein.«

Ein kleines, fast unsichtbares Lächeln des Stolzes huschte über Kasias Gesicht. Das auf Tomeks Gesicht war jedoch wesentlich deutlicher erkennbar. »Gut gemacht, Champion«, sagte er.

»Danke, Papa«, antwortete Kasia leise.

»Ich habe viele tolle Rückmeldungen von Kasias Lehrern bekommen«, fuhr Bridget fort. »Deutliche Verbesserung in Sport, Geschichte – was wir bereits wissen – Informatik, Englisch, Soziologie und sogar Naturwissenschaften. Kasias Anwesenheit hat sich, wie sie ganz richtig betont hat, verbessert, und sie kommt jetzt pünktlich zu jedem einzelnen Unterricht. Deine Lehrer haben alle festgestellt, dass du aufmerksamer bist, dich mehr anstrengst und zeigst, dass du keine Angst hast, dich an Diskussionen zu beteiligen, indem du Fragen stellst und beantwortest, was nicht jeder tut. Obwohl ich gehört habe, dass du in einige, wie sollen wir sagen, *konstruktive Auseinandersetzungen* mit einigen deiner Lehrer geraten bist...«

»Hast du frech geantwortet?«, fuhr Tomek auf.

»Nein! Ich habe nur Herrn Patterson darauf hingewiesen, dass er mit etwas falsch lag.«

»Und lag er falsch?«, fragte Tomek an Bridget gerichtet.

Die Lehrerin nickte langsam. »Nach einiger Zeit kam Herr Patterson schließlich zu der Einsicht, dass er möglicherweise im Unrecht gewesen sein könnte.«

Tomek schwoll vor Stolz an, und jetzt war das Lächeln auf seinem Gesicht kaum noch zu halten. Er hielt seine Hand flach, mit der Handfläche nach oben, und hielt sie vor Kasia. Sie hob ihre in die Luft und klatschte seine mit einem Low-Five ab.

»Das ist mein Mädchen«, sagte er.

Doch die angenehme Atmosphäre hielt nicht lange an. Fast wie auf Kommando verwandelte sich Bridgets Gesichtsausdruck in einen des Trostes, als wäre sie ein Arzt, der gerade die letzten zehn Minuten damit verbracht hatte, seinen Patienten aufzubauen, nur um ihn dann mit einer verheerenden Diagnose wieder auf den Boden der Tatsachen zurückzuholen.

»Da kommt noch ein „Aber", nicht wahr?«, fragte Tomek.

»Ja. Aber nur ein kleines.«

Er schluckte. »Okay...«

»Mathematik«, sagte sie und ließ es dabei, als wäre das die Antwort auf alles.

»Mathematik?«

»Ja. Mathematik. Wir haben damit immer noch ein bisschen Schwierigkeiten, nicht wahr, Kasia?«

Die Frage war an Kasia gerichtet, aber mittlerweile hatte sie den Fokus verloren und erkannt, dass sie, sobald der Druck auf sie gerichtet war, nicht mehr dort sein wollte.

»Gab es *gar keine* Verbesserung?«, fragte Tomek.

Bridget presste die Lippen zusammen und neigte den Kopf zur Seite. »Es gibt sogar eine gewisse Rückentwicklung. Und ich bin sicher, dass ich das schon einmal gesagt habe, aber ich denke, du hast die Fähigkeit, darin richtig gut zu sein. Es ist nur...«

»Was?«, drängte Tomek.

»Kasia, sie...« Bridget schaute zu seiner Tochter. »Sie wirkt abgelenkt während des Unterrichts. Würdest du dem zustimmen, Kasia?«

»Ja, Frau Holloway.«

»Was lenkt dich ab?«, fragte er.

Kasia zuckte mit den Schultern, wie Teenager es tun. Launisch, abrupt, knapp.

»Irgendetwas muss es sein«, bohrte Tomek nach. »Ist es, weil du es nicht magst, oder...?«

»Keine Ahnung«, antwortete seine Tochter schroff. Aus dem

Tonfall ihrer Stimme war klar ersichtlich, dass sie nicht mehr darüber reden wollte.

Aber sie hatte keine Wahl.

»Gibt es jemanden in der Klasse, der dich ablenkt?« Er wandte sich an Bridget, weil er wusste, dass er von ihr eine Antwort bekommen würde. »Gibt es jemanden, der sie ablenkt?«

Bridget öffnete ihren Mund, um zu sprechen, aber bevor sie antworten konnte, begann Tomeks Handy zu klingeln. Er zog das Gerät aus seiner Tasche und überflog den Namen auf dem Bildschirm.

Nasty Nick.

»Entschuldigen Sie mich bitte einen Moment«, sagte Tomek und hob einen Finger in die Luft. Dann stand er von seinem Platz auf und ging zur Tür, während er das Telefon beantwortete. »Ist alles in Ordnung, Sir?«, begann er. Als er seine Hand auf den Türgriff legte, wurde der Klang von Nicks Stimme schnell übertönt. Kasia schaute zu ihm hoch, dann wieder in ihren Schoß, Enttäuschung deutlich auf ihrem Gesicht geschrieben.

Dies war ihre Zeit. Er war hier, um über sie und ihren Fortschritt zu sprechen. Die Arbeit, oder was auch immer es war, konnte warten.

»Tut mir leid, Nick«, begann Tomek. »Ich muss Sie später zurückrufen. Ich bin in einem Gespräch.«

Er legte auf, bevor Nick antworten konnte. Als er zu seinem Platz zurückkehrte, stellte Tomek das Telefon auf lautlos und schob es in seine Jackettasche, wo er es weniger wahrscheinlich vibrieren spüren würde.

»Entschuldigung dafür«, sagte er und drehte seinen Kopf zwischen Kasia und Bridget hin und her. »Nun, wo waren wir?«

KAPITEL
SECHS

Kasia knallte die Tür hinter sich zu und rammte den Sicherheitsgurt in die Halterung, bevor sie ihre Aufmerksamkeit ihrem Handy widmete. Tomeks Handy hatte dreimal geklingelt, seit er bei Nick aufgelegt hatte, aber er hatte alle Anrufe ignoriert. Als er auf den Fahrersitz rutschte, klingelte es erneut. Er warf einen kurzen Blick auf den Bildschirm.

»Du kannst rangehen«, fauchte Kasia. »Es ist offensichtlich wichtig.«

Tomek fuhr mit der Zunge über seinen Gaumen. »Aber nicht so wichtig wie du«, antwortete er und steckte das Gerät in einen Getränkehalter. »Wie denkst du, dass es gelaufen ist?«

»Gut.«

»Wirklich? Ich denke, es war besser als gut. Frau Holloway hatte viel Positives zu sagen. Du kannst stolz auf dich sein, wenn man bedenkt, was du alles durchgemacht hast. Und ich finde wirklich, du solltest das Angebot der Schule mit den Nachmittagsclubs annehmen, von denen sie gesprochen hat. Eine gute Gelegenheit für dich, neue Freunde zu finden und neue Dinge auszuprobieren.«

»Ja«, sagte sie.

Und schon waren sie wieder bei den einsilbigen, monotonen Antworten, an die er sich in den letzten Wochen gewöhnt hatte.

Tomek steckte den Schlüssel ins Zündschloss, hielt inne und

wartete. Auf der anderen Straßenseite wurde ein Teenager von einem Border Collie, der halb so groß war wie er, über den Bürgersteig gezogen. Es gab Zeiten, in denen Tomek darüber nachgedacht hatte, einen Hund anzuschaffen. Etwas, um Kasia aufzuheitern. Eine Art emotionales Unterstützungstier, aber diese verdammten Viecher brauchten so viel Zeit und Aufmerksamkeit, dass er sich nicht vorstellen konnte, wie das funktionieren sollte. Wenn er Kasia nicht die Zeit geben konnte, die sie brauchte, dann war so sicher wie das Amen in der Kirche, dass der Hund sie auch nicht bekommen würde.

»Wie war die Schule heute?«, fragte er.

»Gut. Langweilig.«

»Das ist schade.«

»Ja.«

»Ich dachte, vielleicht-«

Das Klingeln seines Handys im Getränkehalter lenkte ihn ab. Das kleine Gerät vibrierte heftig im Plastik und machte ein schreckliches Geräusch, das die Haare auf Tomeks Armen zu Berge stehen ließ.

»Ich gehe heute Abend zu Yasmin, erinnerst du dich?«, sagte sie und überraschte ihn damit.

Plötzlich störte ihn das Geräusch nicht mehr so sehr wie noch vor einigen Augenblicken.

»Zu Yasmin?«

»Ja. Erinnerst du dich, ich habe es dir letzte Woche erzählt? Nach dem Elternabend gehe ich zu ihr. Sie geht zu einem kleinen Unter-16-Abend, wo es Hüpfburgen und Videospiele und Tischfußball und andere Sachen gibt. Du hast gesagt, es wäre in Ordnung...«

Hatte er das? Er konnte sich nicht erinnern, jemals dieses Gespräch geführt zu haben, noch konnte er sich daran erinnern, eingewilligt zu haben, sie zu einem Unter-16-Abend gehen zu lassen. Aber andererseits konnte er sich auch nicht an den Namen der Person erinnern, mit der er gerade beim Radiosender gesprochen hatte, also was bewies das schon? Außerdem hatte die letzte halbe Stunde mit Frau Holloway gezeigt, dass sie einen weiten Weg zurückgelegt hatte, seit sie auf die Schule gekommen war. Sie hatte sich das Recht verdient, sich mit ihrer Freundin zu treffen. Sie hatte es verdient.

»Ich schätze, wenn ich schon ja gesagt habe, dann kann ich dich jetzt nicht wirklich davon abhalten, oder?«

Kasias Gesicht hellte sich ein wenig auf. »Nein, nicht wirklich. Außerdem sieht es so aus, als bräuchten sie dich zurück bei der Arbeit.«

Tomek hatte es nicht bemerkt, aber sein Handy klingelte wieder.

»Du solltest rangehen«, fügte sie hinzu. »Es muss wichtig sein.«

KAPITEL
SIEBEN

Man konnte mit Sicherheit sagen, dass Donnie Strachan von all seinen Freunden den besten Heimweg hatte. Nur zwei Minuten zu Fuß von der King John School, die Shipwrights Drive hinunter. Aber weil es der kürzeste Weg all seiner Kumpel war, war es normalerweise auch der langweiligste und uninteressanteste. Er verpasste immer den Spaß, die lustigen Witze, die die anderen auf ihrem Weg die Benfleet Road entlang in Richtung Benfleet und darüber hinaus nach Canvey zu machen schienen. Aber nicht heute. Heute war es anders. Heute parkten Polizeiwagen vor seinem Haus. Blau-weißes Polizeiband war vor Mr. Edwards' Haus gespannt, und Leute in weißen Anzügen kamen und gingen. Eine kleine Gruppe von Schülern in ihren weißen Hemden und schwarzen Hosen stand hinter der Polizeiabsperrung, tuschelnd und schwatzend, begierig darauf, zu erfahren, was passiert war. Von der Schule hatte es keine Mitteilungen gegeben, keine Ankündigungen. Und die Polizisten, die vor dem Haus standen, erzählten ihnen auch nichts.

Es würde ohne Zweifel am nächsten Tag das Gesprächsthema der ganzen Schule sein, und alle würden zu *ihm* kommen, um Antworten zu bekommen. In den nächsten Tagen, vielleicht sogar die ganze Woche, würde er der beliebteste Junge der Schule sein. Derjenige, zu dem alle kämen, um Informationen und Klatsch zu erfahren. Und er könnte ihnen alles erzählen, was er wollte, jedes Lügennetz spinnen, das sein Gehirn erschaffen wollte. Und sie würden es nicht besser wissen.

»Da kommst du nicht durch, Junge«, sagte einer der Polizisten zu ihm, als er versuchte, unter dem Polizeiband durchzuschlüpfen.

»Ich wohne genau da.« Donnie zeigte auf sein Haus und baumelte dann seinen Hausschlüssel vor dem Gesicht des Polizisten. Der Beamte gab widerwillig nach und ließ ihn durchschlüpfen. Während er sich auf den Weg zur Haustür machte, konnte Donnie seinen Blick nicht von Mr. Edwards' Haus abwenden. Etwas Ernsthaftes war passiert. Etwas Großes. Etwas, das all diese Leute rechtfertigte, die ein und aus gingen.

So etwas war in seiner Straße noch nie passiert. Es war immer so ruhig, so langweilig.

Sobald er durch die Haustür war, ließ Donnie seine Tasche auf den Boden fallen und rannte in den Garten. Es war ein Wettlauf gegen die Zeit, bevor Mama nach Hause kam. Normalerweise hatte er zehn Minuten, bevor sie ihm folgte, aber heute würde die Polizei draußen sie hoffentlich um ein paar weitere kostbare Minuten verzögern. Er wollte unbedingt sehen, worum es bei all dem Trubel ging, also eilte er, sobald er die hintere Terrassentür öffnete, zum Zaun, der an Mr. Edwards' Garten grenzte. Er streckte seine Hand zum oberen Rand des Zauns aus und versuchte hinüberzuklettern, aber er war zu klein. Am Ende des Gartens befand sich jedoch der Gartentisch und der Grillbereich, wo sie im Sommer mit seinen Cousins draußen saßen, tranken, Musik hörten, redeten und lachten. Donnie rannte dorthin, die Aufregung brodelte in ihm. Als er am Gartentisch ankam, kletterte er hinauf, stellte sich mit beiden Füßen hin und hielt sich am Sonnenschirm fest, der aus der Mitte herausragte. Und dann sah er es.

Ein Dutzend oder so Leute, in weiße Anzüge gekleidet, auf allen Vieren, die Mr. Edwards' Garten durchkämmten, durch jeden Grashalm krochen und sich langsam von einem Ende zum anderen bewegten.

Sie suchten nach etwas. Möglicherweise nach einem Beweisstück, das versehentlich fallen gelassen oder absichtlich weggeworfen worden war. Möglicherweise nach einer Waffe.

Und dann sah er es.

Er hielt sich zur Unterstützung am Sonnenschirm fest, ließ sich auf alle Viere sinken und kroch dann rückwärts vom Tisch herunter. Das Gras fühlte sich weich und nass unter seinen Schulschuhen an. Die Sonne hatte den ganzen Tag darauf geschienen, aber wenig getan, um es von den Auswirkungen des sintflutartigen nächtlichen Regens zu trocknen. Donnie drehte dem Tisch den Rücken zu und ging zum Ende des Gartens. Die Torpfosten, die er und Papa eines Nachmittags in den Boden gerammt hatten, waren mit Schlamm bedeckt, und der neueste Premier-League-Ball lag ungeliebt im Gras. Hinter den Torpfosten war eine Reihe von Büschen und Bäumen, die ständig zurückgeschnitten werden mussten. Donnie hatte aufgehört zu zählen, wie oft er die Leitern bestiegen und den Heckenschneider anvertraut bekommen hatte, um sie zurückzuschneiden. Leider waren die Leitern in den Schuppen auf der gegenüberliegenden Seite des Gartens gestellt worden, sodass er keinen Aussichtspunkt hatte, von dem aus er den gesamten Garten von Mr. Edwards überblicken konnte.

Aber das war egal. Denn er brauchte nicht mehr zu sehen. Etwas hatte seine Aufmerksamkeit erregt. Etwas Aufregendes, etwas Glänzendes. Etwas, das in einem Winkel im Gras am Fuße der Büsche vergraben war.

Donnie näherte sich, und die Aufregung in seinem Blut verwandelte sich in Beklemmung.

Der Gegenstand war metallisch und glitzerte in der Sonne; glitzerte wie Frodos Schwert, wenn die Orks in der Nähe waren. Donnie erkannte sehr schnell, dass er auf ein Messer blickte, eine Klinge, die benutzt worden war, um jemanden zu verletzen. Möglicherweise Mr. Edwards.

Die Neugier überwältigte ihn und er beugte sich vor, um es aufzuheben. Die Klinge war schwerer als erwartet. Der Griff war schwarz, aus Gummi, das Messer mindestens 25 Zentimeter lang. Wie ein Metzgermesser. Donnies Augen weiteten sich vor Erstaunen. Er hielt ein echtes Schwert in der Hand. Ein mächtiges. Es mochte zwar nicht die gleiche Länge wie das von Aragorn haben, aber er fühlte sich trotzdem wie der Held von Mittelerde.

Es war sein Schatz.

»Donnie!«

Die Stimme erreichte ihn vom anderen Ende des Gartens und ließ ihn leise aufquietschen.

»Scheiße!«, flüsterte er zu sich selbst.

Mama. Sie war früh zu Hause.

Donnie drehte sich auf der Stelle und legte die Hände hinter den Rücken, wobei er die Klinge außer Sichtweite hielt.

»Ja?«, rief er zurück.

»Was machst du da unten?«

»Ich habe versucht, nebenan zu schauen...«

»Na, lass das. Komm her. Die Polizei muss mit dir über das sprechen, was mit Mr. Edwards passiert ist.«

Donnie schluckte schwer. Panik setzte schnell ein, und er schaute sich im Garten nach einem sicheren Ort um, um die Klinge zu verstecken. Schließlich ließ er sie hinter dem Tor fallen, während er zum Haus schlenderte.

Das war wichtig. Das war wirklich wichtig. Und noch wichtiger: Er hielt das Geheimnis zu allem in der Hand. Er hatte das Beweisstück, nach dem die Polizei suchte.

Aber er konnte es nicht preisgeben. Das Schwert war der Eine Ring und musste verborgen bleiben, sicher aufbewahrt, aus den Händen des Feindes gehalten werden.

Er musste es einfach behalten.

Seinen Schatz.

KAPITEL
ACHT

Tomek stürmte durch die Bürotür und ging direkt zum Großen Einsatzraum. In einer der vielen Sprachnachrichten, die Nick ihm hinterlassen hatte, hatte er Tomek mitgeteilt, dass das Team eine Besprechung abhielt und ihn so schnell wie möglich dort brauchte. Sobald er eintrat, drehte sich ein kleines Grüppchen von Köpfen schnell zu ihm um, ihre Gesichtsausdrücke leer, als würde er auf einen Haufen fehlfunktionierender Roboter blicken. Er entschuldigte sich für seine Verspätung und suchte sich einen Platz. Das einzige Problem war, dass dieser an der Seite des Tisches lag, und der Tisch so groß war, dass es keinen Platz gab, um sich an den Leuten vorbeizuschlängeln, sodass er gezwungen war, auf das Ding zu klettern und sich quer darüber zu stürzen, um seinen Platz zu erreichen.

»Das nenne ich mal einen Auftritt«, sagte Nick mit einem schweren Seufzer durch die Nasenlöcher.

»Oh, das? Das war nichts. Lassen Sie sich dadurch nicht aufhalten. Bitte, fahren Sie fort.«

Nick verschränkte die Arme vor der Brust, eine unbeeindruckte Augenbraue hochgezogen. »Jetzt müssen wir alles noch einmal für Sie erklären, *Sergeant*.« Es war unmöglich für Nick, mehr Betonung und Verachtung auf Tomeks Titel zu legen.

»Nein, müssen Sie nicht«, sagte Tomek mit einem beiläufigen Winken der Hand. »Ich bin sicher, ich kann aufholen.«

Nick sah zweifelnd aus, wandte sich aber Victoria zu, die zuvor gesprochen hatte.

»Wie ich gerade sagte«, begann sie, »die erste Klinge maß eineinviertel-«

»*Erste* Klinge?«, fragte Tomek.

Nick seufzte und funkelte Tomek dann an. »Es gibt Hinweise darauf, dass mehr als eine Klinge benutzt wurde. Victoria, bitte fahren Sie fort.«

Victoria räusperte sich. »Die erste Klinge maß eineinviertel Zoll an ihrer breitesten Stelle. Es wurde berichtet, dass sie neun Zoll tief eindrang, ein paar Zentimeter nördlich von Michael Edwards' Bauchnabel. Die zweite Messung betraf-«

»Wie viele Klingen gab es?«, unterbrach Tomek.

»Wenn Sie den Mund halten und zuhören, werden Sie es erfahren.«

»Sie meinen, Sie haben das noch nicht behandelt? Sie haben uns alle in Spannung gelassen?«

Victoria öffnete den Mund, um zu antworten, aber Nick stoppte sie mit erhobener Hand. Sie hielt zurück, was sie sagen wollte, und zog sich auf ihrem Sitz zurück.

»Fangen wir von vorne an, ja? Denn Sie sind offensichtlich nicht in der Lage aufzuholen.« Nick zeigte auf Victoria. »Wir sind erst zwei Minuten dabei und bisher haben wir nur zwei Dinge erfahren, und trotzdem scheinen Sie bereits mit beiden Schwierigkeiten zu haben. Falls Sie es noch nicht erraten haben, der Obduktionsbericht von Michael Edwards ist eingetroffen. Zweitens gibt es viel zu verdauen. Drittens hat Lorna gefunden, was ihrer Meinung nach Wunden von drei verschiedenen Waffen sind. Victoria war gerade dabei, uns das zu erklären, als Sie auftauchten.«

»Entschuldigung, Sir. Ich hatte etwas zu erledigen.«

»Nun, Sie können mir später alles darüber in meinem Büro erzählen.«

Tomek hob eine Hand zum Spottgruß. »Wurden irgendwelche der vermuteten Waffen gefunden?«

Nick öffnete den Mund, um zu antworten, aber diesmal kam Victoria ihm zuvor. »So weit sind wir noch nicht«, zischte sie. »Wenn Sie mich fertig erklären ließen, würden Sie vielleicht feststellen, dass ich einige Ihrer Fragen auf natürliche Weise beantworte.«

Tomek verbeugte sich und deutete an, dass sie das Wort haben sollten.

»Verdammte Scheiße«, flüsterte Victoria, während sie sich auf ihrem Sitz neu positionierte und nach ihren Notizen griff. »Insgesamt drei Klingen. Die erste war eineinviertel Zoll breit, die Wunde neun Zoll tief. Die zweite war zweieinhalb Zoll breit, aber die Wunde nur drei Zoll tief. Die dritte war dreiviertel Zoll breit und hatte eine leicht gezackte Kante. Die letzte wurde benutzt, um seine Kehle durchzuschneiden.« Neben ihr lag ein Ordner mit Ausdrucken. Sie öffnete ihn und begann, sie im Raum zu verteilen.

Als Tomeks Exemplar ankam, drehte er es richtig herum und studierte es. Die gesamte Seite wurde von einer Fotografie der oberen Hälfte von Michael Edwards eingenommen, vom unteren Teil seines Kinns bis zur Oberseite seines Beckens. Auf seinem Körper waren eine Reihe von Schnitt- und Stichwunden, von denen der Schnitt quer über seine Kehle am bemerkenswertesten war. Unter den Wunden befanden sich die alphanumerischen Codes: AB1, AB2 und AB3. Für die Obduktion war sein Körper gereinigt worden, und nun sahen die Stichwunden wie Papierschnitte auf seinem Körper aus und nicht wie die gewalttätigen Einstiche, die ihn schließlich getötet hatten. Tomek zählte siebenundzwanzig Wunden auf seinem Körper, ohne die lange über seinen Hals zu berücksichtigen.

»Jemand ist durchgedreht«, bemerkte DC Chey Carter.

»Oder einige *Leute* sind durchgedreht«, warf DC Rachel Hamilton ein.

»*Leute* ist definitiv meine Hypothese.« Victoria erhob sich von ihrem Sitz und platzierte mit einem Magneten einen größeren A3-Ausdruck an einer der vielen Whiteboards im Raum. Sie begann auf jede Wunde zu zeigen, während sie sprach. »Siebenundzwanzig einzelne Einstiche. Siebenundzwanzig Mal wurde ein Messer erhoben und benutzt, um Michael Edwards zu töten. Alle von drei verschiedenen Klingen.«

»Ist es nicht möglich, dass die Hand des Mörders leicht zitterte, als sie die Stiche ausführten?«, fragte Chey leise.

»Was meinen Sie?«, erwiderte Victoria.

Der junge Polizist räusperte sich. »Ich meine, wer auch immer das getan hat, hat sich nicht zurückgehalten. Es sind ziemlich brutale

Stiche, nicht so, als wäre es versehentlich passiert. Also frage ich mich, ob es möglich ist, dass ein einzelner Mörder einfach völlig durchgedreht ist und es so heftig ausführte, dass die Klinge in verschiedenen Winkeln eindrang und es aussehen ließ, als gäbe es drei verschiedene Mordwaffen.«

Victoria überlegte einen Moment, studierte das Bild an der Tafel und drehte sich dann zu Chey um.

»Guter Punkt. Aber das erklärt nicht die kürzeren und flacheren Einschnitte.« Victoria zeigte auf die drei AB2-Punkte auf dem Bild. »Es passt auch nicht zu der Klinge, die über seinen Hals lief, von der Lorna glaubt, dass sie eine gezackte Kante hatte. Außerdem kann eine Waffe, die zwei Zoll tief eingedrungen ist, nicht plötzlich neun Zoll tief gehen, nicht wenn sie 'völlig durchdrehen', wie Sie es so eloquent ausgedrückt haben.«

»Ich verstehe«, sagte Chey mit einem leichten Ausdruck von Verlegenheit und Niederlage im Gesicht.

»Aber Chey bringt einen guten Punkt vor«, fügte Nick hinzu. »Es ist nichts, was wir komplett ausschließen sollten.«

»Einverstanden.«

Bis zu diesem Punkt hatte Tomek nur halb zugehört; seine Aufmerksamkeit wurde von zwei schwarzen Flecken knapp über Michael Edwards' linker Brustwarze abgelenkt. »Was sind das?«, fragte er.

»Ich nehme an, Sie sprechen von diesen Markierungen?«, fragte Victoria und deutete auf die Brustwarze.

»Ja.«

»Sie sehen aus wie Zigarettenverbrennungen«, antwortete Rachel.

»Oder Taser-Verbrennungen«, fügte DC Martin Brown mit einem subtilen, aber schmerzlich offensichtlichen und selbstgefälligen Schwenk seines Pferdeschwanzes hinzu.

»Lorna vermutet, dass es sich um Elektroschocker-Verbrennungen handelt«, sagte Victoria.

»Also haben sie ihn mit einem Taser beschossen, bevor sie ihn töteten?«, fragte Martin.

»Vielleicht, um ihn aufzuwecken«, schlug Tomek vor. »Tausend Volt Elektrizität werden das bei Ihnen bewirken.«

»Ich denke, die Messer, die durch seinen Körper stießen, hätten das besser erledigt«, entgegnete Victoria. Sie griff nach einem Stift auf dem Tisch und räusperte sich. »Meine Hypothese ist, dass sie hereinkamen, ihn schlafend vorfanden, ihn taserten und dann wiederholt auf ihn einstachen. Es ist noch unklar, ob seine Kehle zuerst oder danach durchtrennt wurde.«

»Wir bleiben bei der Theorie mehrerer Mörder?«, fragte Tomek aufrichtig, während er das Foto auf die Tischfläche legte.

»Vorerst ja.«

»Von wie vielen sprechen wir?«

»Mindestens drei; drei verschiedene Messergrößen, drei verschiedene Führende.«

»Und sie haben es auch noch im Regen getan? Sehr *Flashdance*.«

»*Führende*«, betonte Victoria. »Nicht Schweißer.«

Tomek zuckte mit den Schultern. »Ein leichter Fehler. Besonders angesichts meiner Erfahrung – mit Schweißern ist nicht zu spaßen.«

Tomek bezog sich auf einen Vorfall vor einigen Wochen, bei dem ein Mordverdächtiger, der seine Wohnung renovierte, ihn angegriffen und versucht hatte, ihn zu töten, während er eine Schweißermaske trug. Der Kommentar entlockte dem Publikum ein leises Lachen.

Tomek ließ sich in seinen Stuhl sinken, studierte die Tafel und grübelte. In seiner Vorstellung sah er den Tatort. Drei Mörder, die unter dem Schutz der Dunkelheit und des Sturms Nina, wie er genannt wurde, durch die Terrassentüren einbrachen, um einen schlafenden Michael Edwards zu finden, der auf seinem Sofa bewusstlos war, während der Fernseher laut lief. Dann hatten sie ihn getasert, ihm die Kehle durchgeschnitten und ihn in einem rasenden Angriff wiederholt erstochen.

Gerade als er eine Frage stellen wollte, schaltete sich Nick ein. »Wissen wir, wie sie hereingekommen sind? Abgesehen davon, dass sie durch die Terrassentüren eingebrochen sind, meine ich.«

Jetzt war DC Oscar Perez an der Reihe zu sprechen. Bisher hatte der Detective Constable fast in völligem Schweigen dagesessen, zugehört, beobachtet, gewartet.

»Ich habe heute Nachmittag mit Michael Edwards' Nachbarin Melody und ihrem Sohn gesprochen, nachdem sie von der Arbeit zurückgekommen war, und sie haben bestätigt, dass sie nichts gehört oder gesehen haben. Donnie konnte wegen des Sturms nicht schlafen und kam deshalb ins Schlafzimmer seiner Eltern, aber sie haben nichts gehört. Es gab kein Schreien, nichts.«

»Das beantwortet meine Frage nicht«, sagte Nick mit einem schweren Seufzer. »Wie sind sie *hinein*gekommen? Chey, gibt es dazu neue Erkenntnisse?«

Der junge Constable warf Oscar einen entschuldigenden Blick zu. »Ich habe nachgeforscht, und Michael Edwards hatte kein aktives Sicherheitsüberwachungssystem in seinem Haus in Betrieb.«

»Aber ich habe viele Kameras am Gebäude gesehen«, bemerkte Victoria.

Chey zuckte mit den Schultern. »Die sind nur zur Schau. Sollen mehr als Abschreckung dienen als alles andere.«

»Also ist es möglich, dass der Mörder das wusste und einfach die Auffahrt hoch, um die Seite herum spazierte und dann durch die Rückseite einbrach?«, sagte Nick laut denkend. Dann dachte er noch etwas mehr darüber nach und korrigierte sich. »Das ergibt keinen Sinn. Warum sollten sie vorne durch die Auffahrt kommen, nur um durch die Rückseite einzutreten? Vielleicht wussten sie nichts von der Videoüberwachung und kamen über…«

»Den Garten, ja«, beendete Chey. »Und ich kann es ihnen nicht verübeln. Es ist ein schöner Garten. Verdammt größer als der meiner Eltern-«

»Aber Sie haben keine Aufnahmen?«, unterbrach Nick scharf, bemüht, den jungen Constable wieder auf Kurs zu bringen.

Chey schüttelte den Kopf.

Nick schaute um den Tisch herum und ließ seinen Blick schnell nacheinander auf jedem Teammitglied ruhen, bis er bei Martin stoppte, der als einziger einen Laptop vor sich hatte. Nick zeigte auf ihn, schnippte mit den Fingern und befahl ihm, eine Google Maps-Ansicht von Michael Edwards' Haus zu öffnen. Einige Minuten später erschien das Bild auf dem Bildschirm. Michael Edwards' Garten war doppelt so lang wie sein Haus und grenzte nur an einer Seite an ein Nachbargrundstück. Östlich des Hauses befand sich Shipwrights Wood, über dreißig Hektar dichter Wald und Büsche.

Die Atmosphäre im Büro sank, sobald ihnen die Erkenntnis dämmerte.

»Wie schnell können wir ein Suchteam mobilisieren, um dieses gesamte Gebiet zu durchkämmen?«, fragte Nick und richtete die Frage an Victoria.

»Wir können sie bis morgen früh um acht Uhr bereit haben, aber zuerst müssen wir alles absperren.«

»Gut. Dann tun Sie das.«

KAPITEL
NEUN

Das Erste, was Kasia bemerkte, war der Geruch. Zitrusartig, süß. Stark, fast bis zu dem Punkt, an dem ihr schlecht wurde. Entweder das oder es waren die Nerven, die gerade in ihrem Magen Purzelbäume schlugen. Das Nächste, was sie bemerkte, war der Klang. Indische Musik. Sanft, die Stimme des Sängers weich und angenehm, sodass sich die Haare an ihren Unterarmen aufstellten.

Wieder war es entweder das oder die Nerven.

Und dann bemerkte sie das Licht. Oder besser gesagt, dessen Fehlen. Das Studio war schwach beleuchtet, stimmungsvoll, erhellt von einer Handvoll Kerzen auf der gegenüberliegenden Seite, und in der Mitte des Studios befanden sich zwanzig der schönsten und dünnsten Mädchen, die sie je beim Yoga gesehen hatte, alle in der gleichen enganliegenden weißen Lycra-Kleidung. Von dem wenigen, was sie vorher über diese Disziplin recherchiert hatte, wusste sie, dass sie gerade in der Kindhaltung waren. Hinter ihnen, am hinteren Ende des Raums, wobei das Kerzenlicht seine Gestalt zur Silhouette machte, stand eine Figur. Muskulös, gut definiert. Bedrohlich.

Sobald ihre und Yasmins Ankunft bemerkt wurde, hörte die Gruppe von Mädchen sofort mit dem auf, was sie taten, und eilten aufgeregt kichernd auf sie zu. Da fiel Kasia auf, wie ähnlich sie alle aussahen. Nicht nur in Bezug auf die Farbe ihrer Yoga-Outfits, sondern auch auf die Farbe ihrer Haare und deren Stil. Sie wusste nicht, ob sie alle beschlossen hatten, ihre Haare blond zu färben und sie zum Spaß zu Zöpfen zu flechten, oder ob das beim Yoga üblich war, aber ihr fielen stilvollere Arten ein, sie zu tragen. Ganz zu schweigen davon, dass sie fand, dass sie alle gleich aussahen. Ihre Gesichtsstrukturen, ihre Münder, ihre Augen.

Sie alle sahen ein bisschen aus wie sie...

Bevor sie länger darüber nachdenken konnte, begannen die Mädchen sich vorzustellen, und sie wurde mit einer Flut von seltsamen Spitznamen bombardiert, die wenig Sinn ergaben. Und wenn das nicht schon seltsam genug war, begrüßten sie sie, indem sie beide Wangen küssten, europäischer Stil, dann umarmten sie sie für fünf Sekunden, bevor sie sie losließen und ihre Stirn küssten. Da sie noch nie einen dieser Menschen getroffen hatte, waren sie übermäßig freundlich und liebevoll. Trotzdem und trotz ihrer selbst mochte sie es. Sie begann sofort zu spüren, wie sich die Anspannung in ihren Schultern und im oberen Rücken löste, und fühlte, wie ihre Unsicherheiten und Ängste nachließen. Es gab nichts zu befürchten. Die Mädchen waren liebenswert: sie machten ihr Komplimente, berührten ihr Gesicht, sagten ihr, wie hübsch sie aussah, schwärmten über ihr natürlich blondes Haar und erzählten ihr, wie neidisch sie alle darauf waren.

Sie spürte, wie sich sofort eine Freundschaft mit ihnen allen entwickelte; Yasmin hatte gesagt, das würde passieren.

»Du bist endlich da«, sagte eines der Mädchen zu Yasmin, nachdem sie ihre Stirn geküsst hatte. »Was hat so lange gedauert?«

»Wir mussten den langen Weg nehmen. Meine Mutter hat uns vor Domino's abgesetzt, obwohl ich ihr *so* oft gesagt habe, dass sie das nicht tun muss!«

»Naja, das spielt jetzt keine Rolle mehr. Ihr seid ja jetzt hier.«

Die Frau, deren Namen Kasia bereits vergessen hatte, drehte sich zu ihr um und musterte sie von oben bis unten. Kasia konnte spüren, wie der Blick der Frau jedes Detail ihres Körpers prüfte, was sie unbehaglich und unsicher machte.

»Du hast kein Outfit?«

Der anklagende Ton in ihrer Stimme schüchterte Kasia ein, als würde sie einer strengen Lehrerin antworten, als würde sie Mrs. Kaur antworten. Kasia wusste nicht, was sie sagen sollte. Sie versuchte, sich zu Yasmin umzudrehen, um Unterstützung zu bekommen, aber Yasmin hatte sie verlassen und unterhielt sich beschäftigt mit einigen der anderen Mädchen. Warum hatte Yasmin nichts darüber gesagt, dass man *Yoga*-Klamotten tragen sollte?

Sie hatte sie als Witz hierher gebracht. Sie hatte sie angelogen, ausgetrickst-

»Es ist nämlich kein Problem, wenn du keins hast«, sagte die Frau schließlich. »Wir haben jede Menge Ersatz hinten. Du siehst aus, als hättest du die gleiche Größe wie wir alle. Ich bin sicher, wir können eins finden, das dir passt.«

Das Lächeln, das auf Kasias Gesicht ausbrach, war noch nie so schnell und sicher erschienen. Sie hatte sich geirrt. Es war alles in ihrem Kopf gewesen! Sie war verrückt gewesen zu denken, dass Yasmin ihr einen *Mean Girls*-Streich gespielt hatte. Nein, sie war in guter Gesellschaft angekommen und sie würde den Rest des Abends in guter Gesellschaft verbringen.

Fünf Minuten später hatten sich alle Mädchen zusammengetan, um passende Kleidungsstücke für sie zu finden. Ein weißes Outfit bestehend aus Sportleggings und Sport-BH. Ein bisschen zu eng für ihren Geschmack, sodass ihr Bauch- und Rückenfett an den Seiten herausquoll, aber es war besser als nichts. Zumindest passte sie jetzt dazu.

In der Zwischenzeit war die dunkle und brütende Gestalt auf dem Boden sitzen geblieben, beobachtend. Erst als Kasia aus der Umkleidekabine zurückkehrte, hatte er sich bewegt. Als er aufstand, begannen die Mädchen, ihn anzuhimmeln, ihn zu berühren, sich an ihn zu klammern. Seine Bewegungen waren elegant, anmutig, fast überirdisch. Er trug nur eine beigefarbene Yogahose, und als er näher kam, wurden seine Züge deutlicher. Die perfekt soliden, quadratischen Schultern. Die muskulösen Bizeps. Die gemeißelte Brust. Die steinharten Bauchmuskeln, die aussahen, als wären sie aus dem reinsten Stein der Erde gehauen worden. Und dann war da sein Gesicht: symmetrisch, Hollywood-schön, ein Kiefer so scharf und spitz, dass man damit Stahl schneiden könnte. Aber was Kasias Aufmerksamkeit wirklich fesselte, waren seine Augen. Saphirblau, wie aus einer Hochzeitsreise-Broschüre, mit kleinen Funken darin, die ihr zuzwinkerten wie Sterne am Nachthimmel.

Da war er. Der Grund, warum sie hier war. Um *ihn* zu treffen. Um den zu treffen, der sich Zeus nannte. Zunächst war sie skeptisch gegenüber dem Namen gewesen, hatte mit Yasmin darüber gelacht und sich über ihn lustig gemacht. Aber jetzt konnte sie verstehen, warum. Es war, als wäre der Mann ein direkter Nachkomme.

»Guten Abend, Kasia.«

Nicht nur seine Augen waren hypnotisierend, sondern auch seine Stimme. Fast engelsgleich, sanft, aber mit einer gewissen Härte darin. Es war die Art von Stimme, die die Macht hatte, jede deiner Emotionen zu kontrollieren. Auf einmal verliebte sie sich in sie.

»Gu... guten Abend«, stotterte sie, ihr Herz raste.

»Du kannst mich Zeus nennen«, sagte er und hielt ihr dann seine Hand hin, damit sie sie küsste.

Vorsichtig beugte sich Kasia vor und küsste ihn. Als sie sich zurückzog, griff er nach ihrer Hand und küsste sie im Gegenzug. Die Berührung seiner Lippen auf ihrer Haut ließ ihren ganzen Körper erschauern, und sie zog verlegen die Schultern hoch, während sie versuchte, sich zurückzuziehen. Aber er ließ sie nicht los. Sein Griff war zu stark. Aber nicht stark genug, um ihr wehzutun oder sie in irgendeiner Weise zu beunruhigen. Und je länger er ihre Hand hielt und je länger er ihr in die Augen schaute, desto weniger wollte sie sich zurückziehen. Sie war wie gebannt. Als würde er direkt in ihre Seele blicken.

»Du hast so schöne Gesichtszüge«, sagte er. »Und auch eine wunderschöne Seele. Du bist wirklich ein erstaunlich hübsches Mädchen.«

Kasia konnte ihren Blick nicht von ihm abwenden. Am Ende brachte sie nur ein halbherziges »Danke« heraus.

»Man trifft nicht jeden Tag jemanden, der so zart und wertvoll ist wie du. Ich fühle mich geehrt und wirklich demütig, dich kennengelernt zu haben. Mach dir keine Sorgen, meine Mädchen werden sich um dich kümmern und dafür sorgen, dass du dich richtig einlebst.«

»Okay.«

Ihr fiel nichts anderes ein, was sie sagen könnte.

Schließlich ließ er ihre Hand los und schlenderte zurück zum Kopfende des Raumes, wo er wieder seine Schneidersitzposition einnahm. Als ob sie telepathisch kommunizierten, bewegten sich die anderen Mädchen geschickt und schnell zurück zu ihren vorherigen Plätzen auf den Yogamatten. Kasia wusste nicht, was sie mit sich anfangen sollte, und blieb einfach in der Mitte des Raumes stehen, während sie darauf wartete, dass alle sich hinsetzten. Als sie dort unbeholfen stand, schaute sie auf eine Reihe strahlender Lächeln hinunter. Dann spürte sie einen leichten Stoß in ihrem Rücken und drehte sich um, um Yasmin hinter sich stehen zu sehen, mit einer Yogamatte in der Hand.

Zögernd nahm Kasia sie ihr ab und gemeinsam fanden sie einen Platz nebeneinander am hinteren Ende des Raumes.

Für eine lange Zeit sagte niemand etwas. Das Studio war erfüllt von Stille und dem Geruch von Räucherstäbchen, der ihr nicht mehr übel machte.

»Kandy HeartThrob, hast du schon einmal Yoga gemacht?«, fragte Zeus.

Die Stille hielt an. Kasia wartete darauf, dass die angesprochene Person antwortete. Aber als niemand reagierte, begann sich langsam eine Erkenntnis einzuschleichen. Ihre Vermutung bestätigte sich, als die Mädchen sich langsam zu ihr umdrehten und Yasmin ihr auf den Arm schlug und flüsterte: »Antworte ihm! Er spricht mit dir!«

»Kandy HeartThrob?«

»J-Ja...?«

»Das ist dein Name hier«, erklärte Zeus. »Dein neuer Name in deiner neuen Familie, mit deinen neuen Schwestern. Hast du schon einmal Yoga gemacht?«

Kasia schüttelte den Kopf, merkte dann aber, dass sie sich ganz hinten im Raum befand, am weitesten vom Licht entfernt, sodass er sie nicht sehen konnte. Sie antwortete, dass sie noch nie Yoga gemacht hatte.

»Sehr gut. Vielleicht kannst du dann heute Abend zusehen und lernen. Schließlich wirst du noch genug Zeit zum Üben haben.«

KAPITEL
ZEHN

Tomek erwachte langsam, mit einem angenehmen Gefühl. Er war nicht erfüllt vom üblichen Grauen, jeden Morgen aufstehen und zur Arbeit gehen zu müssen. Nein, an diesem Morgen wachte er in fast entzückter Stimmung auf. Er hatte in der Nacht zuvor gut geschlafen. Die frühe Morgensonne schmolz durch die Vorhänge und brachte die ersten Anzeichen des Sommers und wärmere, bessere Tage mit sich. Vor dem Fenster hörte er das Rotkehlchen, das seinen Nachkommen vorzwitscherte. Wenn er für den Rest seines Lebens so aufwachen würde, hätte er damit kein Problem.

Als er aus dem Bett stieg, zog er die Vorhänge zurück, um die Menagerie an Flora und Fauna zu begutachten. Seine Bonsai-Bäume brauchten dringend einen guten Schnitt. Das verstärkte Sonnenlicht der letzten Tage hatte ihnen genügend Ermutigung gegeben, sich von ihren winterlichen Fesseln zu befreien und in die neue Jahreszeit zu treten. Infolgedessen bildeten sich neue Zweige wild an den Spitzen und an den Seiten. Bevor er irgendetwas anderes tat, griff er nach seiner Gießkanne, füllte sie im Waschbecken des Badezimmers und goss vorsichtig eine Portion in jeden der Töpfe. Als Nächstes holte er seine Bonsai-Schere und begann chirurgisch die neuen Triebe zu entfernen, schnitt sie so zurück, dass sie kontrolliert und einheitlich aussahen, und stellte sie auf die Fensterbank. Als er die Schere wieder in ihr Etui steckte, erschien das Rotkehlchen aus dem Vogelhaus.

Heute Morgen wirkte seine Brust röter, lebendiger, als ob auch es vom nahenden Sommer begeistert wäre.

»Morgen, Kumpel«, sagte er. »Guter Tag gestern?«

Der Vogel zwitscherte und hüpfte vom Vogelkasten auf die äußere Fensterbank.

»Meiner war nicht schlecht, danke. Aber wir haben ein echtes Kopfzerbrechen vor uns.«

Darauf hatte Michał nichts zu sagen.

Gerade als Tomek im Begriff war, sein imaginäres Gespräch mit einem Vogel fortzusetzen, klopfte es an seine Schlafzimmertür. Kasia trat einen Moment später ein.

»Morgen, Kash«, sagte er. »Du bist früh auf. Alles in Ordnung?«

Sie rieb sich das linke Auge mit der Handfläche und unterdrückte ein Gähnen mit der anderen.

»Das könnte ich dich auch fragen«, sagte sie. »Redest du mit dir selbst?«

Tomek lachte und schüttelte den Kopf. »Ich rede mit meinem Bruder.«

Kasia nahm ihre Hand herunter und schaute ihn aufmerksam an, vermutlich suchte sie nach dem Handy, das noch an seinem Nachttisch angesteckt war.

»Onkel Dawid?«

Tomek zeigte auf die Fensterbank. Michał, als ob er verstehen könnte, hüpfte die Bank entlang, damit Kasia ihn hinter den Bäumen sehen konnte.

»Onkel Michał«, antwortete Tomek. »Er kam gestern vorbei, um seinen Kindern einen Wurm zu geben, und hat mir dann die Reste gegeben.«

»Einen Wurm?«

»Einen Wurm, ja.«

»Igitt, eklig. Du hast ihn doch nicht gegessen, oder?«

»Nein, natürlich nicht. Ich bin nicht blöd.«

»Aber dir ist schon klar, dass du mit einem Vogel sprichst, oder?«

Tomek drehte sich zu Michał um. Er beugte sich näher ans Fenster.

»Sie meint es nicht so«, flüsterte er.

»Papa...«

Ihr Ton war gesunken.

»Ja, Kleines?«

»Geht es dir gut?«, fragte sie, mit echter Besorgnis in ihrer Stimme.

»Warum sollte es nicht?«

»Weil du mit einem Vogel redest. Das ist nicht normal...«

Tomek schmunzelte und schloss seine Augen. Sie verstand es nicht. Wie könnte sie auch? Sie war zu jung, um das Leben und den Tod zu verstehen, die Zeichen und Symbole, an die Menschen sich klammerten, wenn sie glaubten, ein geliebter Mensch sei in anderer Form zurückgekehrt. In ihrem Alter war alles nur schwarz oder weiß. Es gab keine Grauzone, in der solche Hoffnungen und Überzeugungen existieren konnten. Es war entweder der schlimmste Tag der Welt oder eben nicht. Es war entweder das Ende der Welt oder eben nicht. Nichts dazwischen. Eines Tages würde er sterben, und er war sicher, dass sie es dann verstehen würde. Aber im Moment, ja, war es nicht normal. Es war seltsam.

»Du hast wahrscheinlich recht«, sagte er sanft zu ihr.

Und damit war es erledigt. Sie drehte ihm den Rücken zu und ging ins Badezimmer. Einen Moment später drang das Geräusch von fließendem Wasser durch die Wohnung.

»Sie versteht es noch nicht«, sagte Tomek zum Rotkehlchen. »Sie kennt Schmerz und Leid nicht so wie wir, Kumpel. Und hoffentlich muss sie das auch nie.«

Er war gerade dabei, sich für die Arbeit fertig zu machen, als ihm etwas ins Auge fiel: eine große Lücke in einer der Verbindungen zwischen dem Dach und den Türen des Vogelkastens. Die Dichtungsmasse, die Nathan beim Bau verwendet hatte, löste sich auf, und bald würde der Kasten nicht mehr seinen Zweck erfüllen.

Tomek griff nach seinem Handy, löste es vom Ladegerät und ging direkt zu seinen Nachrichten. Dort, ganz oben in seinem Chat-Posteingang, befand sich eine Konversation von einer Handynummer, die er noch nicht den Mut gehabt hatte, seinem Adressbuch hinzuzufügen. Er hatte ihr noch keinen Namen zuordnen wollen, aber er wusste genau, wer am anderen Ende war. Nathan Burrows. Der Mann, der dafür verantwortlich war, dass Tomek dachte, sein toter Bruder sei in Form eines Rotkehlchens zurückgekehrt.

In den letzten Wochen hatten sie fast täglich SMS ausgetauscht. Fünfundneunzig Prozent davon kamen von Nathan, der ihm Updates über das neueste Gefängnisleben gab. Die restlichen fünf Prozent waren von Tomek, der einen Daumen hoch oder gelegentlich eine ausführlichere und durchdachtere Antwort gab. Ein Kommunikationskanal war eröffnet worden, und Tomek wusste immer noch nicht, was er sich davon erhoffte. Einen Freund? Abschluss? Eine Entschuldigung zusätzlich zu denen, die er unzählige Male erhalten hatte?

Er wusste es nicht. Aber jetzt wusste er, dass er die Hilfe des Mannes brauchte. Nathan hatte den Vogelkasten im Rahmen eines Holzbearbeitungskurses in der JVA Wakefield gebaut und ihm als Geschenk geschickt. Der einzige Grund, warum Tomek ihn angenommen und installiert hatte, war die Inschrift von Michałs Namen auf der Vorderseite. Für jeden anderen – insbesondere Kasia – mochte es bizarr klingen, aber für ihn war es eine Erinnerung an seinen Bruder. Das Rotkehlchen und sein Nachwuchs würden kommen und gehen, aber der Kasten würde bleiben, solange das Gebäude stand.

Er öffnete den Chat mit Nathan und begann, eine Nachricht zu tippen.

> Morgen Nathan. Dachte, du solltest wissen, dass die Vogelhäuschen, die du geschickt hast, anfängt auseinanderzufallen. Ist es möglich, ein neues anzufertigen und runterzuschicken?

Er fügte ein Foto hinzu und drückte auf Senden.
Eine Antwort kam fast sofort.

> Auf jeden Fall! Hab morgen noch 'n Kurs. Keene Sorge, Alter, ich kümmer mich drum.

KAPITEL
ELF

Die Mittagspausen liefen immer gleich ab: dieselben Freundesgruppen besetzten dieselben Plätze auf dem Schulhof und machten dasselbe wie am Tag zuvor. Es gab keine Unterschiede, keine Abwechslung. Immer das Gleiche nach dem Gleichen nach dem Gleichen. Früher hätte Kasia die Kleinigkeiten im Verhalten ihrer Jahrgangsstufe nicht bemerkt, aber nach dem gestrigen Abend, nach dem, was Zeus ihr und den anderen Mädchen erzählt hatte, hatte etwas in ihr klick gemacht, eine Tür hatte sich geöffnet.

Sie und Yasmin saßen am Rand des Sportplatzes auf dem Kunstrasen, im Schneidersitz, die Hände zwischen den Beinen, damit die Jungs nicht unter ihre Röcke schauen konnten. Eine Gruppe von Elftklässlern spielte in ihrer Nähe Fußball. Manchmal rollte der Ball zu ihnen herüber, und ein Gerangel brach aus, zwei Spieler, die sich gegenseitig auf die Schienbeine traten, bis einer siegreich hervorging. Falls sie versuchten, damit Kasia und Yas zu beeindrucken, dann funktionierte das nicht. Keine von beiden hatte Interesse. Aber das eigentliche Problem waren nicht die Jungs. Es war die zickige Mädchengruppe auf der gegenüberliegenden Seite des Fußballplatzes, die eindeutig nach der Aufmerksamkeit der Jungs lechzte, obwohl der Ball nie zu ihnen zu rollen schien. Kasia und Yas wussten beide, was die Mädchen sagen und denken würden. Yas war zwei Jahre älter als Kasia, in der elften Klasse, und es war ungewöhnlich, dass zwei

Personen aus verschiedenen Jahrgängen miteinander abhingen, es sei denn, man war verwandt, und selbst dann sah es einfach *seltsam* aus. Folglich hatten die Gerüchte begonnen zu kursieren. Sie wären verliebt, sie wären entfernte Verwandte und würden versuchen, es geheim zu halten, oder Kasia würde sich bei Yas einschleimen, weil sie dazugehören wollte. Kasia beachtete nichts davon. Es war ihr scheißegal, was andere sagten. Sie hatte in ihrem Leben genug gesehen und durchgemacht, um zu wissen, dass das, was sie über sie sagten und dachten, belanglos war und nur ihre eigenen deprimierenden und elenden Leben widerspiegelte. Stattdessen war Kasia froh, in Yasmin eine gute Freundin gefunden zu haben. Sie waren sich in den letzten Monaten näher gekommen, seit sie miterlebt hatten, wie eine ihrer Freundinnen angegriffen und ihr Schädel am Bell Wharf Beach aufgespalten wurde. Seitdem betrachtete Kasia Yasmin als ihre engste Freundin. Das Problem war jedoch, dass sie wegen des Altersunterschieds nie in denselben Klassen waren, was bedeutete, dass sie warten mussten, bis zur Pause, Mittagszeit oder nach der Schule, bevor sie sich austauschen konnten. Natürlich schrieben sie sich tagsüber Nachrichten, aber das war immer mit Schwierigkeiten verbunden und dem allgegenwärtigen Risiko, dass ihre Lehrer sie erwischen und ihre Handys konfiszieren würden.

Kasia hatte sich den ganzen Tag darauf gefreut, Yasmin zu sehen. Und nach dem aufgeregten Gesichtsausdruck von Yasmin zu urteilen, ging es ihr genauso.

»Oh mein Gott«, sagte Yasmin und wedelte mit der Hand, unfähig, ihre Emotionen zu kontrollieren. »Ich kann nicht glauben, dass du ihn *endlich* gesehen hast. Ich wollte dir schon seit Ewigkeiten von ihm erzählen, aber ich konnte nicht... aus offensichtlichen Gründen natürlich.«

Wenn es irgendeinen Hinweis darauf gab, was diese offensichtlichen Gründe sein könnten, dann zeigte oder formulierte Yasmin sie nicht. Es wurde einfach *angenommen*.

»Er ist so toll, oder? Er sieht so gut aus und ist so *fit*. Und freundlich, und lustig, und rücksichtsvoll, und höflich. Ich erinnere mich, als ich ihn zum ersten Mal in *EastEnders* gesehen habe, dachte ich, er wäre umwerfend, und als ich dann von seiner Musik erfuhr, war mein Kopf buchstäblich am Explodieren.« Sie legte eine Hand auf Kasias Unterarm, mit einem neuen Gesichtsausdruck, als würde ihr Gehirn mit Millionen Stundenkilometern arbeiten und der Rest ihres Körpers Mühe haben, mitzuhalten. »Er scheint dich aber besonders zu mögen.«

»Meinst du?«

Kasia würde lügen, wenn sie behaupten würde, sie hätte nicht an Zeus oder den Rest des Geschehenen gedacht. Tatsächlich hatte sie an nichts anderes gedacht. Dieses Gefühl von Familie. Diese Verbindung. Diese Bindung zwischen jedem Mitglied.

Etwas, nach dem sie sich seit Jahren sehnte.

Diese Akzeptanz.

Klar, sie hatte Tomek. Aber das war nicht dasselbe. Er war distanziert, immer beschäftigt mit der Arbeit, beschäftigt mit etwas anderem. So sehr, dass sie ihn nie sah, nie mit ihm sprach, nie den wahren Tomek kennenlernte. Er war gezwungen worden, ihr Vater zu sein, seit sie bei ihm aufgetaucht war; das war keine Grundlage, um eine Bindung zwischen ihnen aufzubauen. Es war zu erzwungen.

Aber nicht bei den Mädchen. Nicht bei den Harpien. Das fühlte sich mehr als natürlich an. Es fühlte sich wie Schicksal an.

»Myrtle McCall hat mir erzählt-«

»Welche war das?«, fragte Kasia.

»Blonde Haare. Zöpfe...«

Kasia schaute Yasmin ausdruckslos an. Bisher hatte ihre Freundin fast die gesamte Gruppe der Mädchen beschrieben.

»Die mit der Brille?«

Kasias Erinnerung an die Frau war vage, aber sie nickte, als ob sie sich erinnern würde.

»Mach dir keine Sorgen, es wird eine Weile dauern, bis du alle Namen kennst. Es hat mich ehrlich gesagt auch lange gedauert. Aber sie sind alle so nett und freundlich, wenn man sie erst mal kennenlernt. Auspicious Almond, oder Aussie, wie alle sie nennen - ich nenne sie insgeheim Almy - mag auf den ersten Blick etwas zickig wirken, aber das liegt daran, dass sie von Anfang an dabei war. Sie war die Erste, die Zeus getroffen und die Gruppe gegründet hat, also ist sie etwas beschützend gegenüber ihm und dem Rest der Mädels, wenn eine neue dazukommt. Aber sobald sie dich aufnehmen, ist es, als würden sie zu deiner neuen Familie. Wir sind alle Schwestern dort, und ich liebe jede Einzelne von ihnen.«

Yasmin kam schließlich mit einem großen Luftholen zum Ende.

»Wie nennen sie dich?«, fragte Kasia. »Das muss ich überhört haben.«

»Gassy Yassy.«

»Warum?«

»Weil ich vor Zeus gerülpst habe, als ich ihn zum ersten Mal traf, und dann war ich danach etwas frech zu ihm.« Yasmin warf ihre Haare aus dem Gesicht. »Ich erinnere mich bis heute an diesen Abend. Er erwähnt es tatsächlich immer noch ab und zu. *So* peinlich.«

Kasia dachte über den Spitznamen nach, den Zeus ihr gegeben hatte. »Warum hat er mich Kandy HeartThrob genannt? Diese Worte haben nichts damit zu tun, wie wir uns kennengelernt haben.«

Yasmins Gesicht verzog sich wie das eines aufgeregten Kleinkindes. Sie lehnte sich näher zu Kasia, verstärkte den Griff um ihren Unterarm und sagte: »Das ist, weil er dich süß wie Bonbons findet... Und wer weiß, ich glaube, du hast sein Herz ein bisschen höher schlagen lassen. So sehr, dass ich mit Sicherheit weiß, dass er will, dass du zum nächsten Treffen kommst. Vergiss nur nicht deine Yoga-Kleidung beim nächsten Mal.«

KAPITEL
ZWÖLF

Der Morgen war ohne besondere Vorkommnisse verlaufen. Wie geplant hatte die fünfzigköpfige Suchmannschaft, die Victoria versprochen hatte, pünktlich um neun Uhr mit der Suche begonnen. Mehrere Teammitglieder, darunter Chey und Martin, sowie ein Dutzend oder mehr dienstfreie uniformierte Beamte, die hinzugerufen worden waren, nahmen daran teil, durchkämmten den Wald, krochen auf allen vieren und suchten nach Beweisen, die mit dem Mord in Verbindung gebracht werden könnten. Ganz zu schweigen davon, dass sie nach der Mordwaffe - oder den Mordwaffen - suchten. Aber bisher hatten sie nichts gefunden. Am Tag zuvor, während SOCO und Tomek das Haus und den Garten untersucht hatten, waren alle Jungen der siebten Klasse der King John School auf einen riesigen drei Kilometer langen Lauf durch den Wald und einen Teil des angrenzenden Thundersley Glen geschickt worden. Infolgedessen war die durchnässte und schlammige Erde von hunderten kleiner Fußabdrücke aufgewühlt und zertrampelt worden. Wenn die Chancen, die Fußabdrücke der Mörder (geschweige denn irgendetwas anderes) zu finden, von Anfang an gering gewesen waren, so waren sie jetzt praktisch nicht mehr vorhanden.

Chey und Martin waren entmutigt und demoralisiert von der Suche zurückgekehrt. Aber ihre Niedergeschlagenheit wurde schnell durch die helfende Hand eines Kaffees von Tomek besänftigt. Er hatte den Kaffee allerdings nicht selbst gemacht. Er hatte nur einen Knopf an der neuen Kaffeemaschine des Büros gedrückt und dann gewartet, bis das Gerät den Rest erledigte. Aber es war die Geste, die zählte.

Kurz nach der Mittagszeit, als die Stimmung noch immer gedämpft und niedergeschlagen war, betrat DC Anna Kaczmarek das Büro.

»Da ist sie ja! Die Frau, auf die wir alle gewartet haben«, rief Tomek aus.

»Lustig, mein Mann sagt das nie. Du könntest ihm ein paar Sachen beibringen.«

Tomek schüttelte schnell den Kopf. »Ich habe deinen Mann gesehen. Ich würde lieber keine Eheratschläge jemandem anbieten, der *mich* mühelos über einen Tisch werfen könnte.«

»Ein bisschen Konkurrenz könnte ihn vielleicht anspornen.«

Anna ging zu ihrem Schreibtisch und ließ ihren Rucksack auf ihren Stuhl fallen.

»Wie war's?«, fragte Tomek.

»Fünf von zehn«, antwortete Anna.

Bevor sie fortfahren konnte, öffnete sich Victorias Bürotür, und die Inspektorin trat heraus. »Erzähl schon«, sagte sie.

»Du bist wie eine miese alte Freundin, Victoria«, kommentierte Tomek. »Tauchst nur auf, wenn du etwas willst.«

Fast wie auf Stichwort erschien DS Sean Campbell hinter ihr.

»Wenn man vom Teufel spricht«, sagte Sean, als er an Victoria vorbeiglitt und auf den Rest des Teams zuging.

Tomek beobachtete ihn, während er kam. »Wann bist du überhaupt da reingegangen? Ich kann mich nicht erinnern, dich eintreten gesehen zu haben.«

Sean öffnete seinen Mund, um zu antworten, aber Tomek hob eine Hand, um ihn zu unterbrechen.

»Eigentlich, antworte nicht darauf. Ich möchte lieber nicht wissen, wie lange du dort drinnen warst. Und auch nicht, was ihr getrieben habt.«

»Benimm dich«, entgegnete Victoria, als sie sich dem Rest anschloss. »Es war nichts in der Art. Und sag so etwas nicht noch einmal, weil so Gerüchte entstehen.«

Tomek zwinkerte Sean spöttisch zu. Seine und Victorias Beziehung hatte Anfang des Jahres begonnen und hatte eine kleine Kluft zwischen ihm und Tomek verursacht, eine Distanzierung. Sie hatten seit einiger Zeit nicht mehr richtig miteinander gesprochen, aber die Dinge besserten sich endlich.

»Anna, erzähl uns von Michael Edwards' Mutter«, sagte Victoria, die das Gespräch von ihrem Liebesleben weg und zurück zur Ermittlung lenken wollte. »Was hast du herausgefunden?«

»Nicht viel«, antwortete Anna, während sie ihr Notizbuch aus ihrer Tasche zog und die Tasche auf den Boden stellte. »Sie sagte, sie hätten seit Jahren nicht mehr gesprochen. Ich habe versucht, nachzuhaken, warum das so ist, aber sie ist nicht darauf eingegangen. Keiner von beiden hat versucht, Kontakt aufzunehmen, also kann ich nicht mal feststellen, bei wem die Schuld liegt. Aber sie schien ziemlich mitgenommen von seinem Tod, wie die meisten Mütter, die ich sehe, egal wie entfremdet sie sind. Und sie hat die meiste Zeit damit verbracht, mir von seiner Kindheit zu erzählen und was für ein Junge er beim Aufwachsen war.«

»Und?«

»Aufgeschlossen und fröhlich, angeblich. Hat immer mit seinen Freunden gespielt, sich mit ihnen an Wochenenden getroffen, Unfug angestellt. Er hat in der weiterführenden Schule und im College viel im Bereich Darstellung gemacht. Theaterstücke, Theaterproduktionen, so was in der Art. Er hat sogar versucht, seine eigene Radioshow auf die Beine zu stellen, aber es gab nicht genug Geld.«

»Verständlich«, sagte Tomek. »Hatte er irgendwelche Partner, mit denen wir sprechen könnten?«

Anna streckte den Kopf über ihren Computerbildschirm und zuckte halb mit den Schultern. »Ich habe gefragt, aber das letzte Mal, dass seine Mutter etwas über eine Freundin wusste, ist etwa zehn Jahre her.«

»Als er...?«, fragte Tomek und ließ die Frage unvollendet, in der Hoffnung, dass jemand sie für ihn beantworten könnte.

»Fünfundzwanzig war«, antwortete Rachel. »Er ist jetzt fünfunddreißig, falls du nicht rechnen kannst.«

Tomek funkelte sie an. »Ich hatte Probleme mit den letzten paar Ziffern da hinten. Glaube nicht, dass ich es ohne deine Hilfe geschafft hätte, Constable.«

Rachel schoss eine Fingerpistole auf ihn ab, begleitet von einem Zwinkern. »Jederzeit, Sarge.«

Sie hatte einen seiner Markenzeichen-Moves gestohlen, aber es machte ihm nichts aus. Je länger sie im Team blieb, desto mehr wurde sie in seine Manierismen verstrickt, so sehr sie es auch bestreiten mochte. Bald würden sie und Chey seine wandelnden Doppelgänger sein.

Als Tomek sich zu Victoria zurückwandte, begann sein Handy zu klingeln. Es war Abigail, seine Ex-Freundin. *Ex* aus gutem Grund. Er drückte auf den Knopf an der Seite seines Telefons, um den Anruf stumm zu schalten, und widmete seine Aufmerksamkeit wieder dem Gespräch. In diesem Moment trat DCI Cleaves aus seinem Büro.

»Die DNA und Beweise vom Tatort wurden gerade eingereicht«, sagte er ausdruckslos.

»Erst *jetzt*?«, fragte Victoria.

Er grunzte und seufzte. »Es gab anscheinend eine Verzögerung mit dem Kurier, der sie abholen sollte. Verdammt nutzlos, ehrlich.«

»Was wurde eingereicht?«, fragte Sean. Er hatte beim Briefing am Vorabend gefehlt und musste daher mehr aufholen als die anderen.

»Die Spurensicherung hat mehrere Haarproben gefunden. Lange, blonde Haarproben, rund um das Sofa und an der Haustür«, erklärte Nick.

»Gehören sie unseren Mördern?«, fragte Sean.

»Mit hoher Wahrscheinlichkeit«, warf Victoria ein. »Es sei denn, er hatte am Tag vor seinem Tod eine Frau zu Besuch, nachdem Frau Middleton das Haus gereinigt hatte. Ich würde sagen, sie gehören zu wem auch immer wir suchen. Zumindest zu einer von ihnen.«

»Wissen wir, ob er irgendwelche Freundinnen hatte?«, fragte Tomek und richtete die Frage an Chey, der es am wahrscheinlichsten wissen würde. Als jüngstes Mitglied des Teams war er am meisten *au fait* mit Technologie und sozialen Medien und konnte Informationen viel schneller finden, als Tomek sein Handy entsperren und die App finden könnte.

»Ja, Sarge. Da ist eine Frau auf seinem Instagram, mit der er möglicherweise ausgegangen ist.«

»Großartig. Finde ihren Namen und ihre Adresse für mich, ja? Ich würde sie gerne sehen.«

KAPITEL
DREIZEHN

Sie fanden einen kleinen Tisch in einem ebenso kleinen Café um die Ecke von Bryony Watsons Arbeitsplatz. Im hinteren Teil des Kaffeehauses war ein Barista damit beschäftigt, ihre Getränke zuzubereiten. Das Zischen der Maschine wurde vom Stimmengewirr um sie herum übertönt. Dies war Bryonys Stammlokal, wann immer sie einen Kaffee brauchte. Sie konnte das Instantzeug aus dem Büro oder den Plörre aus dem Automaten nicht ertragen. Der Kaffee musste frisch, stark und von einem Menschen zubereitet sein. Und nachdem er erfahren hatte, was sie beruflich machte, war er nicht überrascht. Bryony arbeitete als Rechercheurin und Assistentin für eine Fernsehfirma, die Promi-Shows produzierte. Sie telefonierte nicht nur ständig, um saftige Informationshäppchen über verschiedene Prominente oder TV-Persönlichkeiten herauszufinden, sondern war auch deren Laufbursche.

Ihre Worte.

»Die Arbeitszeiten sind lang, eigentlich verdammt lang, aber ich liebe es«, sagte sie, als der Barista ihre Getränke vor ihnen abstellte. Bryony dankte dem Mann und griff sofort nach ihrem Getränk. Es war innerhalb weniger Sekunden verschwunden.

»Du liebst *das* offensichtlich genauso sehr«, sagte Tomek und deutete auf die Tasse in ihrer Hand.

»Ich würde behaupten, ich liebe es sogar noch mehr«, erwiderte sie, während sie die Tasse auf den Tisch knallte.

»Verbrennst du dir nicht die Zunge? Ich mag einen guten Kaffee so sehr wie jeder andere, aber ich würde mir dabei lieber nicht mein Inneres verbrennen.«

»Dein Körper passt sich an«, sagte sie mit einem Hauch von Sarkasmus. »Er gewöhnt sich auch an Schlafmangel.«

Ja, aber nicht auf gute Weise.

»Ich habe Glück, wenn ich vier Stunden Schlaf bekomme. Und das in einer wirklich guten Nacht.«

»Nur Arbeit und kein Vergnügen macht Bryony zu einem traurigen Mädchen.«

Leider ging die Anspielung an ihr vorbei. Und sie verlor damit auch ein wenig von Tomeks Respekt.

Er beschloss, das Gespräch weiterzuführen, um von ihrem verwirrten Gesichtsausdruck wegzukommen.

»Wenn du die ganze Zeit arbeitest, muss es schwer gewesen sein, eine Beziehung mit Michael aufrechtzuerhalten?«, fragte er.

Sie zuckte leicht mit den Schultern, fast unmerklich. »Wir hatten unsere Momente. Wie jeder.«

Es war dann, dass Tomek ihr den Grund mitteilte, warum er sie von ihrer wichtigen Arbeit weggeholt hatte. Dass ihr Freund verstorben war. Dass er brutal ermordet worden war. Zunächst wurde ihr Gesicht ausdruckslos, bar jeder Emotion. Und dann begannen die Tränen, sich in den Augenwinkeln ihrer geöffneten Augen zu bilden. Es dauerte lange, bis sie das nächste Mal blinzelte und bis das Weinen aufhörte. Während er ihr Zeit ließ, mit dem plötzlichen Verlust fertig zu werden, ging Tomek zur Theke und bat um ein Taschentuch.

»Sie verstehen natürlich, dass ich Ihnen einige Fragen zu Ihrer Beziehung mit Michael stellen muss?«, fragte er, als sie bereit schien, fortzufahren.

»Ja.« Sie spielte mit einem Haufen Taschentücher in ihren Fingern, zupfte, riss, zerrte und vermied die Fragen so lange wie möglich.

»Es tut mir leid, dass ich es Ihnen so mitteilen musste, aber Sie müssen es wissen. Und dies ist nur Routine, nur damit wir Sie ausschließen können.«

»Ich verstehe.« Aber nach dem Ausdruck auf ihrem Gesicht schien sie eine Million Meilen weit weg zu sein.

Er fuhr trotzdem fort.

»Wie lange kennen Sie Michael schon?«

»Vier Jahre.«

»Und wie lange sind Sie beide ein Paar?«

»Ein Jahr.«

»Wie haben Sie sich kennengelernt?«

»Bei der Arbeit.«

Es war deutlich zu erkennen, dass ihr Gehirn bis zu diesem Zeitpunkt nur auf kurze Antworten eingestellt war. Aber dann änderte sich etwas in ihrem Kopf und sie begann, ausführlicher zu werden. »Ich war seine Assistentin bei KISS, bis ich kündigte, um hierher zu kommen. Es war nichts Persönliches, oh Gott, nein, sonst hätte ich die Beziehung beendet. Mir wurde einfach eine Chance geboten, die ich nicht ablehnen konnte.«

»Und er war damit einverstanden?«

»Er hat es verstanden. Er wollte nicht derjenige sein, der mich zurückhält.«

»Sehr bewundernswert.«

»So war Michael eben. Ein Gentleman. Er stellte immer andere vor sich selbst.«

»Also hat er sich nie mit jemandem überworfen?«

Sie presste die Lippen zusammen und schüttelte dann den Kopf. »Nicht dass ich wüsste. Ich meine, er hatte seine Meinungen und Ansichten, die – wie soll ich es ausdrücken? – Leute verärgert haben, aber jeder trifft auf Menschen, die er nicht mag, oder? Wir alle haben ein Recht auf unsere Meinung. Es ist ein freies Land.«

Tomek hatte diese Art von Gespräch schon einmal gehört und wusste, wohin es oft führte. Er beschloss, diesen speziellen Weg vorerst nicht einzuschlagen.

»Können Sie sich jemanden vorstellen, der ihm das antun wollte?«

»Nein! Überhaupt nicht. Selbst wenn er jemanden verärgert hätte, könnte ich mir nie vorstellen, ein anderes Leben zu nehmen, besonders so brutal und gewaltsam, wie sie es bei Michael getan haben.«

Tomek stimmte zu. Er konnte sich auch nicht vorstellen, ein Leben zu nehmen. Aber in diesem Fall hatte es jemand getan. Und um die

Sache noch verwirrender zu machen, hatten potenziell *drei weitere* Personen dasselbe empfunden.

Tomek nahm einen Schluck von seinem Getränk, das jetzt auf eine erträgliche Temperatur abgekühlt war. Bryony nutzte die Gelegenheit, um einen weiteren doppelten Espresso zu bestellen. Sie brauchte etwas Stärkeres, sagte sie ihm. Während sie warteten, führte Tomek das Gespräch weiter.

»Wann haben Sie Michael zum letzten Mal gesehen?«

»Neulich Abend.«

»Könnten Sie das genauer erläutern?«

Sie hielt einen Moment inne, um in ihrem Kopf zu rechnen.

»Vor drei Nächten. Nicht die Nacht davor, nicht die Nacht davor, sondern die Nacht vor dieser.« Sie legte beide Hände an ihre Schläfen und stöhnte. »Entschuldigung, die Tage verschwimmen alle zu einem.«

»Was haben Sie zusammen gemacht?«, fuhr Tomek fort.

»Ich bin zu ihm gegangen und habe übernachtet. Wir hatten beide am Sonntag frei, also haben wir den größten Teil des Tages schlafend im Bett verbracht.«

Tomek machte sich eine gedankliche Notiz. Er glaubte nicht, dass es wichtig war, aber man konnte nie sicher sein.

»Haben Sie seitdem miteinander gesprochen?«

Sie nickte und bestätigte dann, dass sie ein paar Mal am Tag Textnachrichten ausgetauscht hatten und dass sie bereit sei, die Textnachrichten mit ihm zu teilen, wenn er wolle.

»Das wird vorerst nicht nötig sein«, sagte Tomek. »Obwohl ich neugierig bin, hat er Ihnen erzählt, was er am Tag seines Todes und am Tag davor gemacht hat?«

Bryony machte eine weitere Pause, diesmal länger, während sie in ihrem Gedächtnis kramte. »Ich könnte es Ihnen ehrlich gesagt nicht sagen. Er mag es in einer der Nachrichten erwähnt haben, aber wenn ich Michael so kenne, wie ich glaube, dass ich ihn kenne, dann wird er einfach von der Arbeit nach Hause, von zu Hause zur Arbeit und wieder zurück gegangen sein. Er hat nie aufgehört. Er konnte nicht abschalten. Wir sind da beide gleich schlimm.«

Bevor Tomek antworten konnte, vibrierte sein Handy. Sobald er

Abigails Namen oben auf dem Bildschirm sah, stellte er den Anruf stumm.

»Müssen Sie das annehmen?«, fragte Bryony.

»Es ist nicht wichtig.«

Weil sie nicht wichtig war. Abigail konnte warten. Besser noch, sie konnte sich ganz verpissen. Er hatte keine Zeit dafür, dass sie versuchte, Informationen aus ihm herauszuquetschen.

Für einige Momente danach verlor Tomek seinen Gedankengang und brabbelte zusammenhanglos, als er versuchte, wieder auf den richtigen Kurs zu kommen.

»Sie wollten etwas über Michaels Bewegungen vor seinem Tod wissen«, sagte Bryony, um ihm zu helfen.

»Ah, ja. Danke. Vielleicht lassen wir doch jemanden einen Blick auf Ihre Nachrichten werfen.«

Bryony spielte mit dem Handy in ihren Händen und fuhr mit ihrem Zeigefinger die Umrisse des Geräts nach. »Ich bin mir nicht sicher, wie nützlich sie sein werden, aber sie stehen Ihnen zur Verfügung, wenn Sie sie brauchen.«

»Großartig. Ich gebe Ihnen die E-Mail-Adresse meines Kollegen, und Sie können ihm die Screenshots zur Durchsicht schicken. Er ist jung, verstehen Sie, also viel besser in solchen Dingen als ich.«

»Ich weiß, wie Sie sich fühlen«, antwortete sie. »Ich habe eine jüngere Schwester, die Anfang zwanzig ist, und ich schwöre, sie kann mit der Internationalen Raumstation kommunizieren, so wie sie mit dem Ding umgehen kann.«

Tomek schmunzelte. »Ähnlich wie meine Tochter. Ich schwöre, die Kinder heutzutage kommen schon aus dem Mutterleib mit diesem Wissen in ihren Gehirnen vorinstalliert. Ich erinnere mich noch an die Zeiten mit Aufziehfernsehern und Achtspurplattenspielern. Die wissen gar nicht, wie gut sie es haben.«

»Ich bin gerade noch alt genug, um mich an die Gelben Seiten zu erinnern«, sagte Bryony mit einem sanften Lächeln im Gesicht. Es war das erste Mal, seit er ihr die Nachricht überbracht hatte, dass sie eine andere Emotion als Trauer zeigte.

Das Gespräch erinnerte Tomek an eines, das er mit Kasia geführt hatte. Er hatte vor ein paar Wochen die Worte Gelbe Seiten zu ihr gesagt und war gezwungen gewesen, ihr die Zeiten vor Google und vor dem Internet zu erklären, als Telefonnummern *tatsächlich* griffbereit waren, aber das einzige Problem war, dass diese Fingerspitzen am Ende von Druckerschwärze schwarz gefärbt waren. Kasias kleines Gehirn war völlig überwältigt gewesen, und sie hatte die Information sogar gegoogelt, um sie zu überprüfen.

Am Tisch lehnte sich Bryony zur Seite und winkte dem Barista zu.

»*Noch* einen?«, fragte Tomek.

»Nein. Ich bin nicht verrückt. Nur ein Wasser.«

Sie bestellte beim Barista. Die Flasche kam einen Moment später. Als sie sie von ihm nahm und begann, den Deckel aufzuschrauben, fiel ihr blondes Haar auf einer Seite hinter ihrem Ohr hervor und hing neben ihrer Schläfe. Als sie es hinter ihr Ohr strich, kam Tomek ein Gedanke.

»Wären Sie bereit, einer DNA-Probe zuzustimmen?« Er zeigte auf ihre Haare. »Ein paar Strähnen würden reichen.«

Zuerst sah sie schockiert und leicht beleidigt aus, aber dann entspannte sich ihr Gesicht zu einem unbesorgten Achselzucken.

»Damit habe ich kein Problem«, sagte sie.

»Gut. Danke. Ich würde anbieten, jetzt einige von Ihnen zu nehmen, aber ich hätte zu viel Angst, Ihnen wehzutun, wenn ich sie herausziehe.«

KAPITEL
VIERZEHN

Tomek hatte gerade die Autotür hinter sich geschlossen, als er spürte, dass er beobachtet wurde. Vorsichtig schloss er den Wagen ab, steckte die Schlüssel in seine Tasche und schlenderte dann über den Parkplatz. Er hatte es nicht besonders eilig; er würde ankommen, wenn er ankommen würde.

Genau darauf setzte Abigail Winters.

Er hörte sie, bevor er sie sah. Sie rief seinen Namen. Stieg aus ihrem Auto aus.

»Tomek! Ich will nur reden!«

Trotz seines plötzlichen inbrünstigen Wunsches, den Parkplatz so schnell wie möglich zu verlassen, zwang ihn etwas zu bleiben. Eine undurchdringliche und unbewegliche Kraft hielt ihn zwischen den Fahrzeugen stehend fest.

»Tomek...«, sagte sie außer Atem.

»Was machst du hier?«, fragte er ohne jede Spur von Emotion in seiner Stimme.

»Ich wollte mit dir reden.«

Drei Wochen. Drei Wochen hatte er sie gemieden. Drei Wochen seit ihrer Trennung. So lange hatte er durchgehalten, und jetzt hatte sie die Lücke durchbrochen. Aber er durchschaute sie bereits. Natürlich würde sie behaupten, über ihre Beziehung sprechen und diskutieren zu wollen, wie sie gemeinsam weitermachen könnten, ob freundschaftlich oder auf andere Weise. Aber er kannte den wahren Grund für ihre belästigenden Anrufe und den plötzlichen Besuch. Sie hatte die letzten drei Wochen Zeit gehabt, ihn zu kontaktieren, aber in dieser Zeit hatte er keine Mordermittlung zu bearbeiten gehabt. Jetzt, wie praktisch, hatte ein brutaler Mord stattgefunden, und plötzlich war sie wie aus dem Nichts aufgetaucht.

»Du hättest es etwas subtiler angehen können«, sagte er.

»Was? Hier? Ich wusste nicht, wie ich dich sonst finden sollte.«

Er schnaubte. »Das ist Schwachsinn. Und das weißt du auch.«

»Wovon redest du?«

Tomek verschränkte die Arme vor der Brust. Er hasste es zuzugeben, aber sie sah gut aus. Richtig gut. Als hätte sie in ihrer Zeit getrennt viel trainiert. Und er war sicher, dass sie heute Morgen auch etwas von dem teureren Make-up aufgetragen hatte. Und dieses Parfüm... Sie wusste, dass er eine Schwäche für diesen bestimmten Duft hatte.

»Ich habe keine Zeit für sowas«, sagte er. »Ich weiß, worauf du aus bist, und ich habe dir nichts zu geben. Du wirst deine Informationen von jemand anderem bekommen müssen.«

»Ich wollte dich sehen.«

Er verdrehte die Augen und antwortete: »Ich glaube dir nicht. Du willst wissen, was bei Shipwrights passiert ist, und das war's. Lüg mich nicht an.«

Er stürmte in Richtung Polizeirevier, aber sie packte ihn am Arm und hielt ihn zurück.

»Ich wollte dich sehen«, beharrte sie und machte dieses Ding mit ihrer Stimme. Die Betonung, die sie süß und unschuldig wirken ließ.

»Warum?«, fragte er streng. »Was bist du gekommen, um zu sagen, was nicht schon gesagt wurde?«

»Du. Ich. Wir.«

»Was ist damit? Das sind nur drei Wörter. Sie bedeuten nichts.«

»Ich will wissen über... *uns*.«

Er atmete tief ein, hielt die Luft an und ließ sie dann langsam aus seinen Lungen entweichen.

»Es gibt kein uns. Das gab es mal, aber dieser Zug ist abgefahren. Du musst loslassen, weitermachen, jemand anderen finden. Und es tut mir leid, wenn das schwer für dich ist, aber das ist nicht mehr mein

Problem. Ich habe gesagt, wir könnten eine professionelle Beziehung haben, aber entweder hatte ich Unrecht, oder es ist viel zu früh, um uns so zu treffen.« Er pausierte, schaute ihr tief in die Augen, spürte, wie er sich wieder in ihnen verlor. »Ich meine es ernst, wenn ich sage, dass ich nicht glaube, dass du hierher zurückkommen solltest. Zumindest nicht, um mich wegen der Arbeit oder *uns* zu belästigen.«

Mit diesen Worten stürmte er an ihr vorbei und eilte in die Zuflucht des Reviers. Mit Mördern und Verbrechern konnte er umgehen, denen konnte er ohne Gedanken oder Sorge um sich selbst die Stirn bieten. Aber wenn es um Ex-Freundinnen oder ehemalige Geliebte ging, war er wie ein verlegenes Schulkind, das immer vor seinen Problemen davonlief.

KAPITEL
FÜNFZEHN

Tomek polterte an diesem Abend die Treppe hinauf und schlurfte mit den Füßen über den Teppich. Er blieb sofort stehen, als er das Geräusch hinter der Tür hörte. Müll. Mehr weißes Rauschen als echte Musik. Es war weit entfernt von den Klassikern der Achtziger und Neunziger, mit denen er als Kind aufgewachsen war. Heutzutage musste die jüngere Generation Mumble-Rap und Drill hören, was auch immer das sein sollte.

Aber das hier... das war ein Genre für sich.

Als er die oberste Stufe erreichte, steckte Tomek seinen Schlüssel in die Tür und achtete darauf, keinen Laut von sich zu geben. Er brauchte sich allerdings kaum Sorgen zu machen, denn die Musik dröhnte durch das ganze Gebäude und hallte durch die Wände. Wahrscheinlich störte es den Nachbarn im Erdgeschoss.

Vorsichtig drehte er den Schlüssel und drückte die Klinke nach unten.

Dann öffnete er die Tür. Stück für Stück. Zehn Grad. Zwanzig. Dreißig.

Bis er sie sah, in ihrer Schuluniform, wie sie im Wohnzimmer tanzte. Ihre Haare flatterten um ihr Gesicht. Arme und Beine wirbelten durch die Luft.

Unbeschwert. Sie genoss den Moment. Lebte im Augenblick.

Der Gedanke, sie für zukünftige Peinlichkeiten aufzunehmen, kam ihm in den Sinn, aber bis er in seine Tasche gegriffen hatte, um sein Handy herauszuholen, hatte sie ihn bemerkt, die Musik ausgeschaltet und die Tür aufgerissen.

»Wie lange stehst du da schon und beobachtest mich?«, schrie sie.

»Nicht lange genug«, sagte er, während er sein Handy herausnahm. »Mach weiter. Ich will dich aufnehmen, damit du deinen Enkelkindern etwas zeigen kannst.«

»Verdammt nochmal, nein!«

»Fluchen!«, erwiderte Tomek. »Schimpfwortglas, sofort.«

Ihr Gesicht verzog sich zu einem finsteren Blick.

»Ich meine es ernst. Geld. Glas. *Sofort.*« Tomek zeigte auf das kleine IKEA-Glasgefäß auf der Fensterbank im Wohnzimmer. Es war fast bis zum Rand gefüllt, hauptsächlich mit seinem eigenen Kleingeld, aber es gab genug Platz für sie, um etwas hinzuzufügen.

Schmollend stapfte Kasia zu ihrem Rucksack, fand ihre Geldbörse und warf dann eine Münze ins Glas.

»So«, sagte Tomek und hielt sein Handy in die Luft, »wo waren wir?«

»Wie lange hast du da gestanden?«

»Ich hab's dir gesagt, nicht lange. Was ist das große Problem?«

»Das ist peinlich.«

»Nein, ist es nicht.«

»Doch, ist es.«

»Komm schon, mach es noch mal. Ich verspreche, ich nehme dich nicht auf.«

Sie verschränkte die Arme und schüttelte heftig den Kopf.

»Warum nicht?«

»Ich kann nicht glauben, dass du mich beim Tanzen gesehen hast«, sagte sie.

»Da ist nichts Falsches dran. Ich hab das früher ständig vor meinen Eltern gemacht, und sie hatten nie ein Problem damit.«

»Wirklich?«, fragte sie, ihre Stimme hoffnungsvoll.

Nein. Er hatte es nie getan. Aber das musste sie nicht wissen.

»Wen hast du gehört?«, fragte er.

»Niemanden.«

»Es muss jemand sein. Wie heißt die Person?« Tomek streckte die Hand nach ihrem Handy aus, aber sie weigerte sich, es ihm zu geben.

Während sie es hinter ihrem Rücken hielt, zischte sie: »Warum interessiert dich das überhaupt so sehr?«

»Weil ich versuche, neue Dinge über meine Tochter zu erfahren. Ich sehe dich Musik hören, und ich dachte immer, du hörst Taylor Swift oder Harry Styles oder einen der anderen Popkünstler, von denen ich wenig weiß und die mich auch nicht interessieren. Aber dieser hier... hat mein Interesse geweckt, sagen wir es mal so.«

Sein Argument verfing nicht. Tatsächlich machte es sie noch zurückhaltender, die Information preiszugeben.

»Was verheimlichst du? Du sahst aus, als hättest du Spaß.«

Ihm wurde schnell klar, wie peinlich er ihr etwas so Banales wie Tanzen im Wohnzimmer gemacht hatte. Da fiel ihm auf, dass seine Hand immer noch in der Luft war, und er senkte sie langsam.

»Du musst nicht-«

»The Sons of Zeus«, antwortete Kasia leise und blickte auf den Teppich, unfähig, seinem Blick zu begegnen.

»Entschuldigung?«

»Er heißt The Sons of Zeus«, antwortete sie, nun mit mehr Entschlossenheit in ihrer Stimme. »Er ist ein unabhängiger Künstler aus Southend. Er macht viele Auftritte unten in Chinnerys. Yas hat mich auf ihn aufmerksam gemacht, meinte, wir könnten ihn vielleicht mal sehen gehen.«

So viele Gedanken, so viele schnelle Bemerkungen schossen Tomek durch den Kopf. Aber sie wurden alle von einem bestimmten Gedanken übertroffen: dem Gedanken an seine dreizehnjährige Tochter, die mit ihren Freunden ein kleines Konzert in einer Bar besucht.

Die Drogen. Der Alkohol. Der soziale Druck, der damit einherging.

Entweder konnte er sie jetzt vor den Gefahren und Bedenken warnen, die er hatte, oder er konnte sie in den nächsten Wochen nach und nach in ihre Gespräche einfließen lassen, damit sie mehr Zeit hätte, die Botschaft zu verinnerlichen. Ja, das würde er tun.

»Wie kann ein Mann *alle* Söhne des Zeus sein? Hatte der nicht ungefähr fünfzig?«

Kasia seufzte tief und verdrehte die Augen so weit nach hinten, dass sie besessen aussah.

»Darum geht es doch gar nicht, Papa.«

»Es ist einfach einer dieser Namen, die nichts bedeuten?«

»Ja! In Ordnung? Bist du jetzt fertig? Zum Teu-«

»Ausdrucksweise!«

Tomek zeigte auf das Schimpfwortglas.

»Aber ich wollte gar nichts sagen.«

»Doch, wolltest du. Ich weiß, wie dieser Satz endet. Ich bin nicht dumm. Bitte wirf noch etwas Geld ins Glas.«

Sie tat es, aber nicht ohne vorher zu schnauben, mit den Augen zu rollen und ihre Tasche herumzuwerfen, nur um einen Punkt zu machen. Sie unterstrich ihre Frustration mit ihm noch weiter, als sie ihre Zimmertür zuknallte und den Raum mit Stille füllte. Bis sie wieder anfing, The Sons of Zeus zu spielen.

KAPITEL
SECHZEHN

Eine Stunde später spürte Tomek, wie seine Augen zufielen, während er wegdämmerte und der Schlaf ihn allmählich umhüllte, ihn tiefer in seine dunklen Fänge zog. Der Fernseher lief und sprach laut zu ihm, aber er achtete nicht darauf. Ebenso wenig beachtete er die Dokumente und Notizblätter, die er in der Hand und auf dem Schoß hatte. Der Tag hatte ihn erschöpft, obwohl es sich anfühlte, als hätte er wenig erledigt, und jetzt begann er die Auswirkungen zu spüren.

Oder vielleicht waren es die Informationen über den Mord an Michael Edwards, die das Team gesammelt hatte, die ihn schläfrig machten. Bisher hatten Rachel, Martin und Oscar mit Unterstützung der Uniform mit über fünfzig Nachbarn entlang der Shipwrights Drive und in der näheren Umgebung gesprochen, und niemand hatte etwas gesehen oder gehört. Alles in allem war es Zeitverschwendung gewesen. Das Gleiche galt für die Durchsuchung der Gärten der Nachbarn, die sich ebenfalls als wirkungslos erwiesen hatte. Entweder hatten die Mörder die Waffen weiter entfernt entsorgt, westlich des Waldes auf dem großen Feld, das an ihn grenzte, oder sie hatten sie mitgenommen.

Der letzte Hoffnungsschimmer, der ihnen einen Einblick in Michael Edwards' letzte Bewegungen in den Tagen vor seinem Tod hätte geben können, war ebenfalls in Nichts verschwunden. Bryony Watson hatte die Screenshots an Chey geschickt, die sie dann innerhalb von dreißig Minuten untersucht und sofort für nicht aussagekräftig erklärt hatte. Den Nachrichten zufolge war Michael Edwards zur Arbeit gegangen, nach Hause gekommen, hatte geschlafen, war am nächsten Tag zur Arbeit gegangen, nach Hause gekommen und dann wieder geschlafen. Nichts deutete darauf hin, dass er etwas Ungewöhnliches getan hätte. Der Workaholic-Zeitplan des Mannes war so langweilig wie sich wiederholend.

Arbeiten, essen, schlafen. Wiederholen.

Er hatte sich mit niemandem getroffen. Er hatte das Haus nicht mitten in der Nacht verlassen. Er war nirgendwo anders hingegangen als zur Arbeit oder nach Hause.

Der Mann war einfach aus einem völlig unbegreiflichen Grund brutal ermordet worden.

Der Schlaf hatte ihn schließlich umfangen, als sein Handy auf der Armlehne neben seinem Kopf klingelte. Das plötzliche Geräusch ließ ihn hochschrecken. Die Papiere auf seinem Bein verstreuten sich und fielen zu Boden. Er ignorierte sie und griff nach seinem Handy.

Sorry dass ich so spät schreibe, aber ein neues Vogelhaus ist unterwegs zu dir, sollte in ein paar Tagen bei dir sein, hoffe es gefällt dir, N

Tomek las die Nachricht noch einmal, dann ein drittes Mal, sein halb wacher Verstand brauchte länger als gewöhnlich, um die Buchstaben und Wörter vor ihm zu verarbeiten. Als die Bedeutung des Textes endlich einsank, breitete sich ein Lächeln auf seinem Gesicht aus. Der Gedanke an ein neues Vogelhaus für Michał und seine kleine Rotkehlchenfamilie erfüllte ihn mit Freude. Das hatten sie wenigstens verdient.

Seine Freude wurde jedoch jäh unterbrochen, als Kasia aus ihrem Schlafzimmer kam. In der kurzen Zeit, die sie dort verbracht hatte, hatte sie ihre Schuluniform ausgezogen und nun ihre Kopfhörer eingesteckt. Der blecherne Klang der elektronischen Musik von The Sons of Zeus drang aus ihren Ohren.

»Alles klar bei dir?« fragte er sie, aber es war vergebens. Es kam keine Antwort.

Sie huschte in die Küche, öffnete den Kühlschrank, nahm etwas heraus und kam einen Moment später wieder aus der Küche, bevor sie in ihr Zimmer zurückkehrte.

Kein Wort gesagt, nicht einmal ein kurzer Blick in seine Richtung.

Scheiße. Vielleicht hatte er sie wirklich verärgert. Aber es ging doch nur um einen Musiker... Was war das große Problem?

KAPITEL
SIEBZEHN

Kasia schloss die Schlafzimmertür hinter sich und sprang zurück auf ihr Bett. Sie machte sich keine Sorgen, dass ihr Vater unangemeldet hereinkommen würde. Er war normalerweise gut bei solchen Dingen. Ließ sie in Ruhe. Mischte sich nur ein, wenn es dringend war oder um zu fragen, ob sie etwas vom Laden haben wollte. Außerdem schlief er bereits auf dem Sofa ein, also glaubte sie nicht, dass die Gefahr bestand, gestört zu werden. Nein, sie hatte den Platz für den Rest des Abends für sich allein.

Auf ihrem Bett lag ihr Laptop, geöffnet mit einem Mathe-Lernprogramm für die Mittelstufe. Eine List, falls Tomek doch seinen Kopf hereinstecken sollte, um zu fragen, was sie so machte. Sie machte es sich bequem auf dem Bett, schlug die Beine übereinander und öffnete dann die Schokolade, die sie gerade aus dem Kühlschrank geholt hatte. Ein Biscoff-Kit Kat Chunky. Diabetes in Riegel-Form. Aber trotz des wahnsinnig hohen Zucker- und Fettgehalts und all der anderen ungesunden Dinge, die darin steckten, war es köstlich, und sie hatte es innerhalb einer Minute aufgegessen. Nachdem sie die Verpackung auf ihrem Nachttisch entsorgt hatte, legte sie den Laptop auf ihren Schoß und wechselte zum anderen Tab in ihrem Browser. Auf dem Bildschirm war ein Bild von Zeus zu sehen, nur war es nicht derselbe Zeus, den sie am Abend zuvor gesehen hatte. Dieser Zeus war einige Jahre jünger, die Muskeln in seinen Schultern und seiner Brust waren nicht so definiert, und er hatte einen leichten Bauchansatz. Seine Haare waren kurz geschnitten, und sein Gesicht war glatt rasiert. Wenn das das erste Mal gewesen wäre, dass sie ihm begegnet wäre, hätte sie ihn wohl nicht so charmant und fesselnd gefunden wie am Vorabend.

Sie drückte die Leertaste auf ihrer Tastatur, und das Video lief weiter. Octavia Nightbrook, eines der Mädchen aus der Gruppe, hatte den Link zu den Archivaufnahmen über WhatsApp geteilt und Kasia vorgeschlagen, sie anzuschauen. In all seinen *EastEnders*-Auftritten, allen vierzig Folgen, gab es versteckte Botschaften und Handlungen. Insgesamt betrug das Zusammenschnittmaterial fast drei Stunden, und sie war bereits eine Stunde dabei.

Auf dem Bildschirm war Zeus, oder Harvey Whitlock, wie sein Charakter in der Serie hieß, mitten in einem Streit mit seiner Schwester. Sie hatte kürzlich angefangen, mit einem schwarzen Mann auszugehen, und Harveys Charakter hatte daran Anstoß genommen. Kasia war sich nicht sicher, ob es daran lag, dass er die Person nicht mochte, oder ob es eine rassistische Sache war. Dann, wenige Augenblicke später, wurden ihre Bedenken bestätigt, als Harvey seiner Schwester ins Gesicht schrie, dass sie ihren Freund nicht mehr sehen sollte, weil er schwarzen Menschen nicht traue. Der Streit artete schließlich in ein Schreiduell aus, bei dem keine der beiden Parteien gewann.

Während sie weiterschaute, sah sie, wie Zeus' Charakter zu einem rechtsextremen Faschisten wurde, der jeden hasste außer seinen Vater, der ähnlich gesinnt war. Sein Untergang und sein letztendliches Verschwinden aus der Seifenoper erfolgten, als er auf verhängnisvolle Weise mit einer Stromleitung in Kontakt kam.

Am Ende war Kasia von zwei Dingen überwältigt: seiner rohen schauspielerischen Fähigkeit und seiner Verwandlung. Beides hatte eine Weile gedauert, aber zum Zeitpunkt seines Serientodes hatte Zeus den Bauch vollständig verloren und sich in den griechischen Gott verwandelt, der er jetzt war. Die einzigen Unterschiede zwischen der Figur auf dem Bildschirm und dem Mann, den sie im wirklichen Leben kennengelernt hatte, waren seine Haar- und Bartlänge. Was sein Talent betraf, so war das beispiellos. Es gab etwas an ihm, etwas, das sie gefangen nahm und faszinierte. Die Art, wie er auftrat und seinen Kollegen in die Augen sah. Die Art, wie er sich vor der Kamera hielt und sicherstellte, dass alle wussten, dass sie ihn ansehen sollten. Die Art, wie er jeden Teil seines Gesichtsausdrucks kontrollierte. Und seine Sprache. Oh Gott, seine Sprache. Die Art, wie er betonen und ablenken, artikulieren und wie ein einfacher Mann sprechen konnte. Die Emotion in seinem Spektrum. Jedes Mal, wenn Harvey Whitlock wütend war, fühlte Kasia sich wütend. Jedes Mal, wenn er traurig, enttäuscht, wütend war, fühlte sie all die gleichen Dinge.

Als sie das Video kurz nach Mitternacht beendet hatte, schrieb sie Octavia Nightbrook eine Nachricht. Wenige Augenblicke später wurde sie in eine WhatsApp-Gruppe aufgenommen. Alle zwanzig Mädchen waren dort, mit ihren Spitznamen oben in ihren Profilen. Jede von ihnen hieß sie in der Gruppe willkommen, einschließlich Yas, die eine der ersten war. Der Bildschirm wurde überflutet mit Herz- und Lippen-Emojis, zusammen mit verschiedenen GIFs von Menschen, die sich umarmten und winkten. Nach kurzer Zeit fasste Kasia den Mut, zu antworten und ihnen allen dafür zu danken, dass sie Teil der Gruppe sein durfte. Es war eine Sache, zur nächsten Yoga-Sitzung wieder eingeladen zu werden, aber eine andere, zu WhatsApp hinzugefügt zu werden, um in ständiger und direkter Kommunikation mit allen Mädchen gleichzeitig zu sein. Und dann kam ihr die Frage: War Zeus auch Teil der Gruppe? Würde er ihre Nachrichten beurteilen und sich fragen, warum sie nicht öfter postete und dankbarer für die Aufnahme war? Schnell überprüfte sie die Liste der Namen in der Gruppe und beruhigte sich etwas, nachdem sie festgestellt hatte, dass er nicht beteiligt war.

Nachdem alle Kasia begrüßt hatten, ging das Gespräch zur neuesten Podcast-Episode über, die Zeus aufgenommen hatte. Um nicht naiv zu klingen, entschied Kasia sich, nichts beizutragen. Erst als Octavia Nightbrook ihr eine Nachricht schickte, verstand sie, worüber sie sprachen.

Jede Woche, manchmal alle paar Tage, nimmt Zeus einen Podcast für uns alle auf. Jedes Gruppenmitglied muss ihn anhören und Einblicke und Kommentare zu dem, was er sagt, geben. Aber da dies deine erste Woche ist, bekommst du einen Freifahrtschein. Hier ist das Video.

Kasias Herz raste und sank dann in die Tiefe. Sie bekam diese

Woche einen Freifahrtschein. Super! Aber nächste Woche... nächste Woche müsste sie aufpassen und zuhören.

Inzwischen war die Wohnung totenstill. Tomek war schon vor langer Zeit ins Bett gegangen, und trotz der Kopfhörer in ihren Ohren konnte sie das gedämpfte Geräusch seines Schnarchens hören. Klar, sie könnte den Podcast laut abspielen, aber das Risiko war es nicht wert, und es würde auch nicht dasselbe klingen. Bevor sie das Video abspielte, fuhr sie ihren Laptop herunter und machte sich bettfertig. Nachdem sie sich die Zähne geputzt, alle Lichter ausgeschaltet und sich ins Bett gelegt hatte, wobei sie die Bettdecke bis zur Brust hochzog, steckte sie sich die Kopfhörer wieder in die Ohren und startete die Aufnahme.

Anfangs gab es ein scharfes weißes Rauschen, das Geräusch eines Mikrofons, das eingesteckt wurde. Und dann hörte sie seine Stimme. Sanft, beruhigend, tief. Hypnotisierend. Wie die von Austin Butler.

»Guten Abend, Harpyien«, begann Zeus.

Sie stellte sich vor, wie er dort im Studio saß, mit überkreuzten Beinen, geschlossenen Augen und in ein Mikrofon sprach.

»Und willkommen zu einer weiteren Folge von Die Wahrheit mit Zeus. In der heutigen Folge möchte ich einige Dinge mit euch besprechen. Erstens möchte ich Kandy HeartThrob, unserer neuesten und letzten Ergänzung der Gruppe, ein herzliches Willkommen aussprechen. Wir alle waren begeistert, sie gestern Abend bei uns zu haben, und obwohl es für sie noch einen Prozess zu durchlaufen gibt, bevor sie eine vollwertige Harpyie werden kann, bin ich sicher, dass sie langfristig bei uns sein wird.«

Bei der Erwähnung ihres Namens explodierte ein Schmetterling in Kasias Bauch.

»Zweitens wollte ich auf den Rassenkrieg eingehen, über den ich in den letzten paar Monaten gesprochen habe. Und zum Wohl von Kandy HeartThrob halte ich es für wichtig, ihn noch einmal zu erwähnen.«

Seine Stimme fiel um eine Oktave und wurde verwirrenderweise noch sexy.

»Ein Rassenkrieg steht bevor. Lasst mich das für euch alle ganz klar machen. Bald werden die Braunen und die Weißen aufeinandertreffen, und wir werden Armageddon erleben. Zu lange haben die Braunen und Weißen die Grenze überschritten, auf dem Zaun balanciert, und keiner war bereit, den ersten Schritt zu machen, aber das wird sich bald ändern. Das verspreche ich euch. Die Weißen haben genug, und sie werden sich erheben. Sie werden alles tun, um ihre Familien zu schützen. Und die Braunen werden entsprechend antworten. Es wird ein Blutbad sein. Und wenn diese Zeit kommt, müssen wir zusammen sein, zusammenarbeiten, einander vertrauen, damit wir gerettet werden können. Ich bin Zeus. Ich bin euer Gott, und ich bin euer Retter. Wenn ihr Armageddon überleben wollt, bitte ich euch, euer ganzes Vertrauen in mich zu setzen. Ich kann euch alle retten, aber nur, wenn ihr mir alles gebt und alles tut, worum ich euch bitte.

»Ihr müsst euch nur den Anstieg der Einwanderung ansehen, um zu verstehen, wovon ich rede. Menschen, die mit Booten hierher kommen, Massenarbeitslosigkeit verursachen, die Wohnungskrise, Armut. Sie verändern das Land zum Schlechteren, und bald werden die Weißen es nicht mehr hinnehmen. Etwas muss nachgeben. Und etwas wird nachgeben. Wir sehen nicht nur einem Rassenkrieg entgegen; wir sehen auch dem Ende der Zeiten entgegen. Die Kriege im Nahen Osten hören nicht auf. Sie werden schlimmer. Das Land heizt sich weiter auf, und keine unserer globalen Supermächte unternimmt etwas dagegen, trotz der Warnungen. Sie verbrennen unseren Planeten. Sie töten uns alle, während sie sich nur um ihre Bankkonten und ihre Egos kümmern. Sie wurden mehrmals gewarnt. Ich selbst habe versucht, sie zu warnen, aber sie ignorieren die Botschaft weiterhin und verfolgen stur ihre nachweislich gefährlichen Wege. Fossile Brennstoffe verbrennen unseren Planeten, und doch graben sie weiter nach ihnen. Gaia schreit, weint, fleht uns an aufzuhören, und doch machen wir weiter. Das ist meine Mutter. Sie stirbt, und ich kann nicht zulassen, dass das weitergeht. Aber leider gibt es nur so viel, was ich in diesem Leben tun kann. Ich bin zu spät. Ich hoffe, dass ich im nächsten besser sein kann, besser werden kann.«

Es folgte eine lange Pause, und für einen Moment fragte sich Kasia, ob das das Ende der Aufnahme war oder ob sie versehentlich einen Knopf gedrückt hatte. Weder noch. Das Geräusch von Zeus' schwerem, rhythmischem Atmen ertönte durch die Kopfhörer.

»Ich wollte euch alle über etwas informieren, das ich neulich erfahren habe. Es geht um Barcodes. Ihnen ist nicht zu trauen. Die

Kontrolleure dieser Welt, die Konzerne, die korrupten und heimtückischen Länder, die Juden, die Rothschilds und die Illuminati haben Gehirnwäsche-Botschaften in die Linien der Barcodes jedes einzelnen Produkts eingearbeitet. Ihr müsst eure Augen abwenden. Sie versuchen, in euren Kopf einzudringen, jedes Mal, wenn ihr sie anseht, und sie versuchen, eure Gedanken zu kontrollieren. Warum, fragt ihr euch vielleicht. Nun, es liegt daran, dass sie nicht wollen, dass wir glauben, dass ein Rassenkrieg bevorsteht. Sie wollen nicht, dass die Menschen die Wahrheit darüber sehen, was sie unserer Bevölkerung, unseren Ländern, unserem Klima antun. Sie wollen, dass alle unter ihrer Führung und Kontrolle bleiben. Sie wollen eine Welt voller Schafe, von Kreaturen, die blind folgen. Deshalb sind Ladenarbeiter und Menschen im Einzelhandel, Menschen, die den ganzen Tag damit verbringen, Barcodes und Linien und Zahlen anzusehen, hirntot. Sie werden auf die schlimmstmögliche Weise kontrolliert. Für sie ist es zu spät. Sie sind jenseits der Erlösung, jenseits der Hilfe. Aber für euch, für uns, kann ich helfen. Ich kann euch retten. Eure Köpfe sind noch nicht von der bösen und eingebildeten Manipulation derer verzerrt worden, die uns Schaden wollen. Ich kann euch retten.«

Kasia wiederholte diese letzten vier Worte immer wieder in ihrem Kopf.

Ich kann euch retten.

Ich kann euch retten.

Vor drei Nächten hätte sie diese Rede gehört und mit den Augen gerollt, verächtlich geschnaubt und wahrscheinlich »Bullshit« gerufen. Aber jetzt, nachdem sie Zeus' Sprechweise gehört hatte, was er zu sagen hatte, wie er kommunizierte, wie er sie mit seinen Ideen in seinen Bann zog, glaubte sie jedes einzelne Wort davon. So sehr, dass sie, bevor sie die Augen schloss und einschlief, den gesamten Podcast noch einmal anhörte.

Und noch einmal, ein drittes Mal, bis sie schließlich um drei Uhr morgens einschlief und vom bevorstehenden Rassenkrieg und dem Krieg gegen Barcodes träumte.

KAPITEL
ACHTZEHN

Vier Tage später und sie waren der Ergreifung der Mörder immer noch nicht nähergekommen. Eigentlich waren sie von der Wahrheit sogar noch weiter entfernt. Nick hatte aus Verzweiflung eine weitere Durchsuchung des Waldgebiets hinter Michael Edwards' Haus angeordnet, und trotzdem hatten sie nichts entdeckt. Was das Suchteam für Fußspuren gehalten hatte, hatte sie schnell in eine Sackgasse geführt. Die einzige Möglichkeit, Fußabdrücke zu finden, wäre im Garten gewesen, aber durch die durchnässte Erde und die Dutzenden von Tatortermittlern, die dort herumgelaufen waren, war jede Spur von Beweisen schnell verloren gegangen, zerstört worden.

In der Zwischenzeit, während das Team auf die Ergebnisse der Haar-DNA-Analyse wartete, hatten sie statt Däumchen zu drehen mehrere weitere Zeugenaussagen eingeholt, diesmal von ehemaligen Kollegen, Freunden und entfremdeten Familienmitgliedern von Michael Edwards. Alle hatten den Mann in höchsten Tönen gelobt und ihn dafür bewundert, dass er seine oft rechtsextremen Meinungen im Radio und in seinen sozialen Medien geäußert hatte, auch wenn sie ihm nicht unbedingt zugestimmt hatten. Aber niemand wusste etwas über seinen Tod oder hatte eine Ahnung, wer dafür verantwortlich sein könnte.

Doch nicht alle Hoffnung war verloren. Denn am fünften Tag gab es einen Durchbruch.

»Es ist vielleicht nichts«, sagte DC Martin Brown, während Tomek und Sean über seine Schultern schauten. »Aber es könnte trotzdem etwas bedeuten. Es ist... wie nennt man das?«

»Paradoxicharkal«, kam der überselbstbewusste Zuruf von Chey von der anderen Seite der Schreibtischreihe.

Tomek reckte seinen Hals über Martins Monitor, um den jungen Polizisten zu sehen, der in seinem Stuhl lümmelte, einen Kopfhörer im Ohr, und etwas an seinem Computer machte, wobei seine Augen und Finger schnell von einer Seite zur anderen huschten, als wäre er an die Matrix angeschlossen.

»Was hast du gerade gesagt?«, fragte Tomek.

»Paradoxicharkal. Wenn etwas ein Paradox ist.«

»Das ist definitiv nicht, wie man es ausspricht.«

»Bist du sicher? Klingt für mich richtig.«

»Ich glaube, du meinst paradoxal.«

»Das hab ich doch gesagt, oder?«

Tomek warf Sean neben sich einen schnellen Blick zu. »Nein, du hast paradoxi*char*kal gesagt. Du hast einfach eine extra Silbe reingeworfen, wie Gordon Ramsay, der eine schimmlige Kiste mit Tiefkühlkost in den Müll wirft.«

Chey, immer noch in seinen Computerbildschirm vertieft, zuckte mit den Schultern. »Echt? Sorry. Ich hab's immer paradoxicharkal genannt.«

»Jetzt weißt du's ja.«

Tomek massierte seine Augen und rieb sich den Kopf, bevor er seine Aufmerksamkeit wieder Martin zuwandte.

»Du wolltest sagen?«

»Ja. Mein... „Paradox".« Martin blickte auf den Computerbildschirm und zeigte auf eine Textzeile auf der Seite. »Ich habe die Kontoauszüge von Michael Edwards durchgesehen und einige Unregelmäßigkeiten gefunden.«

»Aha.«

»Für jemanden, dessen Haus über eine Million wert ist, dachte ich, er wäre finanziell besser aufgestellt. Ich will nicht urteilen... aber genau das tue ich gerade. Laut seinen Arbeitgebern beträgt sein Gehalt über zweihunderttausend im Jahr, und das schließt nicht all die Sponsorings und Markendeals ein, die er nebenbei macht. Und laut Google beträgt sein Nettovermögen 1,3 Millionen. Leider erzählen die Zahlen auf seinen Bankkonten und all seine Vermögenswerte und verschiedenen Investitionen eine völlig andere Geschichte.«

»War er reicher?«, fragte Sean.

»Das Gegenteil. Er war fast pleite.«

»Deshalb traue ich diesen Nettovermögen-Rechner-Webseiten nie«, meldete sich Chey wieder hinter seinem Bildschirm. »Sie lassen mich nicht nur kotzen, wenn ich sehe, wie viel Geld Prominente haben, aber ein Rechner hat mir auch gesagt, ich hätte ein Nettovermögen von fünfzehntausend, obwohl ich ihm gesagt hatte, dass ich auf dem einen Konto noch hundert Pfund übrig habe und auf dem anderen im Minus bin.«

Tomek spähte wieder über den Monitor. Er hasste es, dass er in dieses Gespräch hineingezogen wurde, während es wichtige Polizeiarbeit zu erledigen gab, aber er konnte einen solchen Kommentar einfach nicht unbeantwortet lassen.

»Du wohnst zu Hause bei deiner Mutter und deinem Vater. Du bekommst jeden Tag von deiner Mutter Essen gemacht. Du hast dein Auto gebraucht gekauft. Wo geht dein ganzes Geld hin?«

»Drogen und Stripperinnen«, sagte Chey mit unbewegtem Gesicht, dann griff er nach einer Dose Dr Pepper und öffnete sie, wobei die Gase mit einem lauten *psss* explodierten.

»Eher für den ganzen Scheiß, den du trinkst«, erwiderte Tomek.

Ein weiteres Schulterzucken, diesmal voller Arroganz. »Es macht mich glücklich.«

Tomek beschloss, das Gespräch dabei zu belassen. Chey war abrupter als sonst. In seiner Stimme war nichts von der üblichen Verspieltheit zu hören. Offensichtlich stimmte etwas nicht, und er beschloss, ihn in Ruhe zu lassen. Er wandte seine Aufmerksamkeit wieder Martin zu.

»Michael Edwards ist pleite…«

»Ja. *Fast* pleite. Und es sieht so aus, als gäbe es seit den letzten zwei Jahren einen Grund dafür.«

»Weiter.«

Martin zeigte wieder auf eine Textzeile auf dem Bildschirm.

»Sein ganzes Geld kommt rein, und dann geht der Großteil direkt wieder raus. Alles an eine Person. Einen gewissen Richard Stafford.«

Tomek erkannte den Namen sofort.

»*Dieser* Mistkerl?«

»Wer?«, fragte Sean und verlor sich in einem Gähnen.

»Richard Stafford...«

»Nur seinen Namen nochmal zu sagen, wird mir nicht helfen, mich zu erinnern.«

Tomek schüttelte den Kopf und atmete ungläubig ein. Richard Stafford war einer der prominentesten Drogendealer in Süd-Essex und stand seit einigen Jahren im Visier der Polizei. Tomek war kürzlich auf ihn gestoßen, nachdem er den Mord an einem lokalen Politiker untersucht hatte, wobei eine kleine Sexhandelsoperation unter einigen von Southends politischen und sozialen Eliten aufgedeckt wurde. Trotz der erdrückenden Beweise gegen seine Freunde und Mitverschworenen war es Richard Stafford gelungen, der Justiz zu entgehen. Aber er war noch nicht über den Berg, da die Drogenfahndung weiterhin Beweise gegen ihn sammelte. Sie würden ihn eines Tages verhaften.

Es war nur eine Frage der Zeit.

Und wer sonst noch ins Kreuzfeuer geraten würde.

»Was ist die Verbindung?«, fragte Tomek.

Martin zuckte mit den Schultern. »Keine Ahnung, Chef. Alle Leute, mit denen ich gesprochen habe, haben nichts darüber gesagt, dass Stafford oder Michael irgendwas mit Drogen zu tun hätten.«

»Das ist nicht die Art von Dingen, die man mit Stolz über einen geliebten Menschen erzählt«, antwortete Tomek. »Entweder das, oder sie wussten es nicht. Chey?«

Inzwischen hatte der Polizist beide Kopfhörer in den Ohren und nickte eifrig zu irgendetwas mit dem Kopf. Als er bemerkte, dass Tomek ihn ansprach, zog er sie heraus und sagte: »Ja, Chef?«

»Deine Persönlichkeits- und Zeugenaussagen zu Michael Edwards. Hat jemals jemand Drogen oder das Begleichen von Schulden bei Richard Stafford erwähnt?«

Chey durchsuchte sein Gedächtnis für eine halbe Sekunde und schüttelte dann den Kopf. »Nichts bei mir, Chef.«

»Gut. Dann möchte ich, dass ihr beide nochmal Kontakt aufnehmt und herausfindet, was sie wissen, wenn überhaupt. Ich werde dasselbe bei seiner Freundin tun. Wenn Michael tief in der Schuld bei Richard Stafford und seiner Bande von fünfzehnjährigen Drogendealern steckt, dann wissen wir vielleicht, warum so viele Leute anwesend waren, als er getötet wurde.«

KAPITEL
NEUNZEHN

Kasia hatte die ganze Woche auf diesen Abend gewartet. Die Aufregung und Vorfreude, gemischt mit einem Hauch Nervosität, waren in ihr angeschwollen, bis sie an nichts anderes mehr denken konnte.

Heute Nacht würde sie erleben, was Zeus und die anderen Harpyien als „Mohana" bezeichneten, eine Nacht tiefer spiritueller Erkundung und Erkenntnis. Eine Nacht, in der sie sich gehen lassen, sich befreien, sich den Elementen öffnen und ihre Hemmungen ablegen würde, um eins zu werden mit Zeus und ihren Harpy-Schwestern.

Das einzige Problem war ihr Vater. Sie wusste, dass er sie nicht mitten in der Nacht rauslassen würde, also hatte sie beschlossen, es vor ihm geheim zu halten und ihre Abholung für eine halbe Stunde vor Beginn des Mohana arrangiert. Glücklicherweise wollte Tomek früh ins Bett und hatte sich schon ein paar Stunden zuvor zurückgezogen, aber die Erfahrung hatte sie gelehrt, dass das nichts bedeutete. Obwohl er relativ tief schlief, hatte er auch häufig Albträume und konnte jederzeit aufwachen und in sein Tagebuch im Wohnzimmer schreiben. Wenn sie versuchte, durch die Haustür zu gehen, während er gerade seinen Albtraum niederschrieb, wäre es vorbei. Stattdessen müsste sie den malerischen Weg nehmen: aus dem Fenster, auf die Garage der Nachbarn, über den Zaun und in Silent Horsechicks Auto.

Es war wichtig, die Haustür um jeden Preis zu vermeiden: Das Letzte, was sie wollte, war von der Sicherheitskamera entdeckt zu werden, die ihr Vater vor ein paar Monaten für den Nachbarn installiert hatte.

Das Ergebnis: Game over.

Sie tippte auf den Bildschirm ihres Handys. Es leuchtete auf und zeigte ihr die Zeit: 00:29. Silent Horsechick würde in weniger als einer Minute da sein.

Sobald sie die Nachricht erhielt, warf Kasia die Decke ab, öffnete das Schlafzimmerfenster und begann den Abstieg auf die Garage der Nachbarn. Draußen war die Luft kalt und still. Die ganze Hitze vom Tag war verschwunden, und am Himmel tanzten und funkelten Dutzende kleiner Sterne, die durch die dünne Wolkendecke brachen. Als sie auf die Garage kletterte, zitterten ihre Beinmuskeln vor Angst und Adrenalin, sodass sie in die Hocke gehen und sich am Rand festhalten musste. Die Garage war aus Beton, aber das minderte kaum ihre Angst, durchzubrechen und jede Chance zu verlieren, am Mohana teilzunehmen. Vorsichtig überquerte sie die Oberfläche und als sie den Rand des Gebäudes erreichte, ließ sie sich, mit dem Gesicht zur Wand, hinunter, bis sie an ihren Armen hing. Und dann ließ sie los, halb erwartend, dass der Fall viel weiter sein würde, als er war. Zu ihrer Überraschung befand sich der Boden nur wenige Zentimeter unter ihren Füßen.

Als Nächstes ging sie in Richtung Straße und fand Silent Horsechick in ihrem geparkten Ford Ka. Die Lichter waren an, und das sanfte Schnurren des Motors war alles, was zu hören war.

»Abend, Harpy«, sagte Kasia zu ihr, als sie einstieg.

»Abend, Kandy.«

Kasia wurde vom Duft des Parfüms überwältigt. Es traf sie wie ein Schlag ins Gesicht. Süß und aromatisch, und Silent Horsechick bot ihr sofort etwas davon an. Kasia nahm es dankend an und sprühte eine bescheidene Menge auf ihren Hals und Pullover.

In den letzten Tagen hatten Kasia und Silent Horsechick häufig über WhatsApp kommuniziert und über alles gesprochen, von ihrer Kindheit, ihrer Zukunft, ihrer Liebe und Verehrung für Zeus und alles, wofür er stand, bis hin zu den Problemen mit Barcodes, dem bevorstehenden Rassenkrieg und dem Weltuntergang, der bald über sie kommen würde. Silent Horsechick war eine der wenigen Harpyien, die sich die Zeit genommen hatte, ihr Dinge zu erklären, ohne dass sie sich dumm fühlte. Sie hatte nicht geurteilt, nicht herabgesetzt. Silent Horsechick war freundlich und mitfühlend, hilfsbereit und offen gewesen, und sie war schnell zu einer von Kasias Favoriten geworden.

Silent Horsechick war einundzwanzig, sah aber deutlich jünger aus. Sie hatte feine Gesichtszüge, ihr Gesicht war mit Sommersprossen übersät, und ihre Augenbrauen waren der Neid aller Mädchen. Als eine der wenigen natürlichen Brünetten der Harpyien war sie gezwungen, ihre Haare mehrmals im Monat blond zu färben, um den strengen Aussehensrichtlinien zu entsprechen, die Zeus festgelegt hatte.

»Meine Hände stinken ständig nach Chemikalien«, erklärte sie, als sie von Kasias Haus wegfuhr. »Aber ich bin so daran gewöhnt, dass ich es nicht einmal mehr rieche.«

»Ja«, antwortete Kasia. Als eines der Mädchen mit natürlich blonden Haaren wusste sie nicht, was sie sagen sollte. Tatsächlich fühlte sie sich ein wenig schuldig, dass sie nicht die gleichen Opfer bringen oder Anstrengungen unternehmen musste wie Silent Horsechick und viele der anderen.

»Ich erinnere mich an mein erstes Mohana«, fuhr Horsechick fort und dachte laut nach. »Es war großartig. Ich hatte so eine gute Zeit. Ich denke oft daran und wünschte, ich könnte es noch einmal erleben. Wie fühlst du dich?«

Kasia erzählte es ihr.

»Sei nicht nervös. Du wirst schon klarkommen. Du wirst eine tolle Zeit haben. Du musst dir keine Sorgen machen.« Sie legte eine Hand auf Kasias Knie und drehte sich mit einem warmen, strahlenden Lächeln im Gesicht zu ihr um. »Du hast mich und all deine anderen Schwestern um dich herum, um dich zu beschützen. Nichts Schlimmes wird passieren, das verspreche ich dir.«

Das mochte stimmen. Aber alles, woran Kasia denken konnte, waren die leuchtend roten Lippen auf Silent Horsechicks Mund und wie sie vergessen hatte, vor dem Verlassen ihr eigenes Lippenstift aufzutragen.

———

Das Feuer tanzte und wogte in der Dunkelheit, flatterte und schwankte, während es gegen die sanfte Brise ankämpfte, die am Strand entlangwehte. Das Mondlicht spiegelte sich im Themsedelta wider, während der Mond strahlend über ihren Köpfen schwebte. Die Schallwellen der Musik durchrieselten die Luft und übertönten das Rauschen der Wellen auf dem Sand.

Sie waren alle da. Alle Mitglieder der Harpyien und Zeus selbst. Gekleidet im gleichen Stil, tanzend, wiegend, aneinander reibend, sich gegenseitig in den Armen drehend, sich amüsierend.

Außer Kasia. Sie hatte sich am Rand des unbefangenen Treibens aufgehalten, seit sie und Silent Horsechick angekommen waren, gefangen in Nervosität und Anspannung. Sie wusste nicht, wie sie sich verhalten, wie sie handeln sollte. Wer war sie, dass sie herkam und diese Leute nachahmen wollte? Obwohl sie sie so willkommen geheißen hatten, hatte ein Teil ihres Gehirns sie davon abgehalten, irgendetwas zu tun. Und so saß sie seit einer halben Stunde am Feuer, die Knie an die Brust gezogen, ihre Zehen spielten mit dem Sand, und sie verließ sich auf die Flammen, um Wärme zu spenden.

Mehrmals war Yasmin herübergekommen, um nach ihr zu sehen, aber schnell zu den anderen Mädchen zurückgekehrt, nachdem Kasia bestätigt hatte, dass es ihr gut ging. Es gäbe keinen Druck, keine Last, dasselbe zu tun wie die anderen, hatte Yas ihr gesagt.

Wenige Augenblicke später wechselte das Lied auf dem Lautsprecher, und die Klänge von Zeus' Instrumentalmusik begannen sich über den verlassenen Strand auszubreiten. Kasia erkannte es sofort. Eines ihrer Lieblingsstücke. Sie hatte längst aufgehört zu zählen, wie oft sie es bereits gehört hatte.

Ohne Vorwarnung begann ihr Kopf zu wippen und ihre Schultern zu schwingen. Dann wurde eine Menge Sand auf ihre Knöchel geschleudert. Sie schaute hoch, um zu sehen, wer sich ihr genähert hatte, und fand Zeus über ihr aufragend, seine muskulösen Schultern und seine Brust verdeckten das Mondlicht.

»Stört es dich, wenn ich mich setze?«

»Nein...«, sagte sie, unsicher. »Natürlich nicht. Natürlich kannst du dich setzen.«

Sie hätte fast hinzugefügt: »Denn du bist Gott und kannst tun, was du willst«, aber sie überlegte es sich anders.

Der imposante Mann grub seine Füße in den Sand und ließ sich dann fallen, wobei er grunzte, als er auf dem Boden aufkam. Er saß mit überkreuzten Beinen da, die Füße zum Himmel gerichtet, und für einen langen Moment sagte er nichts. Kasia konnte ihn nicht ansehen, zumindest nicht direkt. Sie war eingeschüchtert von seiner Präsenz. Von Zeus' Präsenz. Von der Präsenz *Gottes*. Es war erst ihr zweites Treffen mit ihm, und sie fürchtete, das Gefühl des Unbehagens könnte bei jedem Mal schlimmer werden. Aus dem Augenwinkel sah sie, wie er sein Haarband entfernte und sein Haar frei über seine Schultern fallen ließ. Der Wind erfasste es schnell und wehte es um sein Gesicht.

»Schöne Nacht, findest du nicht?«, fragte er.

»Ja. Sehr schön«, antwortete sie, schüchtern, fast flüsternd. Sie zog die Schultern ein und schob ihre Fersen unter ihren Hintern, machte sich zu einem Ball.

»Das liegt daran, dass ich sie so gemacht habe«, sagte er. »Ich kann den Himmel kontrollieren, weißt du. Es hängt von meiner Stimmung ab. Wenn ich glücklich und zufrieden bin, haben wir schönes Wetter und klaren Himmel - Nächte wie heute. Wenn ich traurig und ein wenig niedergeschlagen bin, haben wir Wolken und Regen. Weißt du, was passiert, wenn ich wütend bin?«

Kasia hatte nicht die leiseste Ahnung. Sie presste die Lippen fest zusammen und schüttelte den Kopf.

»Donner und Blitz.« Er reckte den Kopf himmelwärts, lose Haarsträhnen fielen auf seine Wangen und zwischen seine Lippen. »Zum Glück habe ich meine Harpyien an meiner Seite, um mein Temperament zu kontrollieren und mich bei Bedarf zu beruhigen.«

Auch Kasia reckte den Hals himmelwärts. Ein Ausdruck von Zweifel und Bestürzung muss über ihr Gesicht gehuscht sein, denn als sie sich zu ihm zurückwandte, wirkte er tief unbeeindruckt, fast verärgert.

»Zweifelst du an mir?«

»Nein! Natürlich nicht!«

»Bist du bei mir? Bist du bei uns?«

»Ja«, antwortete sie langsam. »Ich glaube schon, ja.«

»Du *glaubst* es? Kandy, das ist kein Spiel. Das ist nicht eines deiner Bullshit-Netflix-Programme. Das ist das echte Leben. Ich habe täglich Dutzende von Mädchen, die mir in meine DMs schreiben. Ich habe

Dutzende von Mädchen, die fragen, ob sie den Harpyien beitreten können, weil sie online oder durch Mundpropaganda davon hören, und sie glauben daran. Und du *glaubst*, du bist bei uns? Ich kann deinen Platz in Minuten neu besetzen.« Er drehte seinen Körper zu ihr, legte seine Hände auf ihre Knie und schaute ihr tief in die Augen. »Ich brauche dich bei uns durch alles hindurch. Wenn wir den Weltuntergang und die Rassenkriege überleben wollen, musst du hundertprozentig dabei sein. Ich sehe viel Potenzial in dir. Ich denke, du hast das Zeug dazu. Wir alle haben eine Prophezeiung im Leben zu erfüllen. Einige sind größer als andere, und ich glaube, deine ist eine der größten und mächtigsten, die mir je begegnet ist. Ich würde es hassen, wenn du alles wegwerfen würdest, weil du ein bisschen Zweifel aufkommen lässt.«

»Ich weiß«, sagte sie und verlor sich schnell in seinen blauen Augen.

»Erinnere mich, wie alt du bist, Kandy HeartThrob.«

Die Art, wie er sprach, die Erwähnung ihres Namens, ließ ihren Körper vor Aufregung kribbeln.

»Dreizehn.«

Er senkte seine Hände zu ihren Knöcheln und umfasste sie fest mit seinen Fingern. Nicht einmal fühlte sie sich bedroht oder in Gefahr. »Jung. Sehr jung. Sicherlich sehr jung für einige Dinge, aber nicht für andere...«

Er griff in seine locker sitzende Brusttasche und hielt seine Hand dort.

»Vertraust du mir?«, fragte er.

Unfähig, sich von seinem Blick zu lösen, nickte sie mit großen Augen.

»Gut. Dann möchte ich, dass du für mich die Augen schließt. Kannst du das tun?«

Sie nickte.

»Schließ sie, und dann öffne deinen Mund.«

Als wäre sie von etwas überwältigt, tat sie, wie ihr geheißen wurde, kniff die Augen so fest zu, dass sie begann, Sterne auf der Innenseite ihrer Augenlider aufblitzen zu sehen. Ihr Herz raste in ihrer Brust. Sie hörte das Geräusch von Bewegung vor ihr, und für einen kurzen Moment dachte sie, er sei weggerannt. Sie kämpfte gegen die

Versuchung an, die Augen zu öffnen, um einen Blick darauf zu erhaschen, was er tat, und blieb völlig still. Eine Sekunde später spürte sie, wie er etwas auf ihre Zunge legte und ihren Kiefer schloss.

Minzig. Prickelnd. Mit einem Hauch von Zitrone.

Sofort öffnete sie die Augen. Zeus schwebte nur wenige Zentimeter von ihrem Gesicht entfernt, das Feuer tanzte in seinen Augen.

»Du musst nichts tun, lass es einfach dort. Es wird sich bald auflösen.«

Sie wollte den Mund öffnen, um zu sprechen, wusste es aber besser. Stattdessen ließ sie das flache Objekt in ihrem Mund blubbern, bis sie keinen Geschmack mehr wahrnahm. Als es sich aufgelöst hatte, fragte sie: »Was war das?«

»Die Wahrheit, Kasia. Es war die Wahrheit. Bald wirst du sehen, was alle anderen in der Gruppe sehen. Du wirst eins mit ihnen auf einer anderen Ebene.« Er strich ihr Haar hinter ihr Ohr und streichelte ihre Wange mit seinem Daumen. »Du bist ein sehr schönes Mädchen, weißt du das?«

Sie wurde wieder schüchtern, diesmal schaffte sie ein halbes Kopfschütteln.

»Nun, das bist du. Wirklich sehr schön. Genau wie all die anderen Mädchen. Schau dich um. Sieh, wie frei und glücklich sie sind. Bei allem, was sonst noch in der Welt passiert, willst du auch etwas davon erleben? Willst du glücklich und frei sein in einer Welt voller Schmerz, Elend und Zerstörung?«

Ja, natürlich wollte sie das. Sehr sogar!

Das einzige Problem war, dass sie die Gedanken nicht in Worte fassen konnte. Ihr Gehirn konnte nicht mit ihrem Mund kommunizieren. Und letztendlich nickte sie einfach nur.

»Ausgezeichnet«, sagte Zeus und zog sie auf die Füße. »Dann geh, sei frei, hab Spaß, lache, lebe, weine, erlebe diese Freiheit mit den Mädchen und verliere dich darin. Stirb für dich selbst, Kandy. Sie werden da sein, um dich zu unterstützen. Und wenn du mich brauchst, werde ich hier sein, auf dich warten. Dein Erlöser.«

»Mein Retter«, brachte sie hervor, obwohl es nichts als ein Durcheinander von undeutlichen Lauten und Buchstaben war, das gerade so über ihre Lippen kam.

Und dann machte sie sich auf den Weg zu den Mädchen. Mittlerweile hatten sie sich zu einer Masse vereint, und sie alle trugen wesentlich weniger als noch vor einigen Momenten. Einige waren bis auf ihre Unterwäsche entkleidet, während andere ihre BHs ganz ausgezogen hatten. Als sie auf sie zuging, ein Fuß vor den anderen, begann ihr Körper zu kribbeln, und Wärme durchströmte sie wieder. Zuerst durch ihre Finger, den ganzen Weg hoch bis zu ihrem Kopf, hinunter zu ihrer Brust und tief in ihre Zehen. Als sie den Rand der Gruppe erreichte, schwitzte sie bereits und zog ihre Strickjacke und ihren Jeansrock aus, ließ sie zu Boden fallen. Die kühle Brise strich an ihren Beinen vorbei und kühlte sie leicht ab.

Sobald die Harpyien sie sahen, schrien sie im Chor und umringten sie, ihre Hände berührten ihr Haar, ihr Gesicht, ihre nackte Haut. Es war, als würden sie sie verehren, sich vor ihr verneigen. Sie behandelten sie wie eine Göttin. Und sie reagierte entsprechend, berührte sie, begrüßte sie, verneigte sich vor ihnen.

Sie waren Schwestern. Familie.

Und dann dröhnte der Bass über den Strand, so kraftvoll, dass es sich wie ein Schlag in den Magen anfühlte. Sie drehte sich um zu der Stelle, wo das Feuer gewesen war, und sah zu ihrem Erstaunen, wie die Musik auf sie zukam, pulsierend aus Zeus' Innerem. Weiße Linien und Kringel reflektierten durch die Luft auf sie zu, die von seinem Körper ausgingen. Irgendwie war das Feuer erloschen, und doch schien er völlig weiß zu leuchten, fast engelhaft.

Ihr Herzschlag beschleunigte sich. Sie schloss die Augen und hielt inne, ihr Puls hämmerte im Takt zu Zeus' Musik. Es dauerte eine Weile, aber der erste Teil ihres Körpers, der sich bewegte, war ihre Hand. Sie drehte sich im Kreis. Dann ihr Arm, der folgte. Dann ihre Schulter, die andere, ihre Hüften, ihre Taille, bis hinunter zu ihren Füßen. Ehe sie sich versah, tanzte sie, die Hände in der Luft, die Augen weit geöffnet. Tanzte mit ihren Schwestern, ihrer Familie. Arme miteinander verschlungen. Ein einziges schlagendes Herz am Strand.

Sie fühlte es. Das Gleiche, was sie alle schon so lange fühlten. Das Gleiche, worüber sie alle sprachen, was sie aber nie ganz für sie in Worte fassen konnten.

Sie fühlte sich frei. Sie fühlte sich lebendig.

Sie fühlte sich zu Hause.

Und sie liebte es.

Sie wusste, worauf sie hinarbeiteten, wofür sie kämpften. In diesem Moment verstand sie die Opfer, die sie alle gebracht hatten. Und sie war dabei.

Scheiß drauf, sie war hundert Prozent, unmissverständlich, ohne Rückzieher *dabei*.

Was auch immer Zeus wollte, was auch immer Zeus von ihr verlangte oder ihr sagte, sie würde es tun. Ohne Frage und ohne Zweifel.

Sie.

War.

Dabei.

KAPITEL
ZWANZIG

Tomek war es nicht gewohnt, auf dem Beifahrersitz zu sitzen. Aber während er dort saß und die flache Landschaft von Essex mit ihren Lavendelfeldern und Ackerflächen an sich vorbeiziehen sah, stellte er fest, dass es ihm nichts ausmachte. Dass er es sogar ziemlich genoss. Jetzt musste er sich keine Sorgen mehr über die Idioten auf den Straßen machen, die nicht blinkten und ihm dicht auffuhren, während er das Tempolimit einhielt. Stattdessen konnte er hinausschauen und den Wechsel der Jahreszeiten, die Veränderung der Landschaft erleben. Er könnte einer dieser Beifahrer werden, die alle zwei Sekunden den Seitenspiegel überprüfen oder noch häufiger das Fahrkönnen ihres Chauffeurs beurteilen.

Tomek griff nach dem Hebel neben sich und senkte seinen Sitz, bis er fast in einem Fünfundvierziggrad-Winkel lag.

»Das könnte mir gefallen«, sagte er.

»Du machst es dir da unten richtig gemütlich«, erwiderte Sean. »Pass nur auf, dass du wieder hochkommst. Dein Rücken ist nicht mehr das, was er mal war.«

Tomek legte seine Hand wieder auf den Hebel, kurz davor sich hochzufahren, aber er wollte Sean nicht die Genugtuung geben, ihm Recht zu geben, also ließ er ihn los und verschränkte stattdessen die Hände hinter dem Kopf. Im Radio lief Tanzmusik, was eindeutig ein offensichtlicher Versuch des Senders war, alle in Stimmung für einen sonnigen Sommer zu bringen.

»Gib dem Ganzen ein paar Jahre, dann kannst du so rumliegen, wenn Kasia dich durch die Gegend kutschiert«, kommentierte Sean.

Tomek schnaubte. »Falls sie bis dahin überhaupt noch mit mir redet.«

»Ärger zu Hause?«

Tomek zuckte mit den Schultern. »Ich glaube, sie ist einfach im Teenageralter. Neulich hab ich sie im Wohnzimmer erwischt, wie sie zu irgendeinem grauenhaften Techno-Zeug getanzt hat. Und dann war sie total peinlich berührt und ist völlig ausgerastet, als ich wissen wollte, was sie da hört.«

»Vielleicht hat sie einen TikTok gedreht?«

Tomek schüttelte den Kopf. »Nee. Ich weiß, wie sie sich verhält, wenn sie sowas macht. Dann beschwert sie sich nur, weil ich ohne Oberteil oder so im Video lande. Aber das war anders. Keine Ahnung, als ob sie etwas getan hätte, was sie nicht tun sollte.«

»Drogen?«

»Nein, danke, ist nicht mein Ding.«

»Idiot, du weißt genau, was ich meine. Denkst du, sie war auf Drogen, als du reingeplatzt bist?«

Tomek schaute seinen Freund lange an, bevor er antwortete. »Was redest du da für einen Scheiß? Natürlich war sie nicht auf Drogen.« Tomeks Blick fiel aus dem Fenster, schaute in den blauen Himmel, während Sean das Auto um eine Kurve lenkte. Er versuchte, sich die Szene von jenem Abend im Wohnzimmer vorzustellen. War sie mit jemandem am Telefon gewesen? Hatte sie sich selbst aufgenommen? Nein. Sie hatte einfach nur getanzt und den Moment genossen. Warum hatte sie dann so beleidigt reagiert?

»Warte bis du den Müll hörst, den sie sich angehört hat«, sagte Tomek, während er sich in eine aufrechte Position hochfuhr, sein Handy herausholte und nach The Sons of Zeus auf Spotify suchte. Zeus' Profilbild zeigte den griechischen Gott, der dominant auf einem steinernen Stuhl saß, mit Blitzen, die hinter ihm am Himmel explodierten.

»Der Typ nennt sich *Sons* of Zeus, hat aber ein Bild von Zeus selbst als Profilbild«, erzählte Tomek Sean.

»Nicht mal das kriegt er hin. Klingt nach einem Schwindler.«

»Das kannst du dir gleich merken.«

Tomek verband schnell das Handy mit dem Bluetooth des Autos, mit etwas Hilfe von Sean, und spielte die Musik ab. Lärm, scharf und dissonant, pulsierte durch die Lautsprecher. Trommeln. Becken. Uralte rituelle Geräusche. Eine Kakophonie von Scheiße. Und passenderweise waren die Bassline und das Reverb so tief, dass Tomek es in seinem Hintern vibrieren spüren konnte.

Bevor das Lied zu Ende war, griff Sean zum Armaturenbrett und drückte die Stummtaste.

»Also, das ist wahrscheinlich das Beschissenste, was ich je gehört habe«, sagte er.

»Du sagst es. Aber das ist es, was die Kids heutzutage hören.«

»Erinnerst du dich, als sie noch echte Musik gemacht haben?«

Tomek erinnerte sich. Als alles live und im Studio aufgenommen wurde, ohne den Bedarf an Computerzauberei und Nachbearbeitungen, sodass das fertige Produkt nichts mehr mit dem Original zu tun hatte. Aber diese Tage waren längst vorbei, und er glaubte nicht, dass sie jemals wiederkommen würden. Bevor er zu lange darüber nachdenken konnte, erreichten sie ihr Ziel: Richard Staffords sechszimmriges, eine Million Pfund teures Landhaus in Little Baddow, mit seiner weitläufigen Kiesauffahrt, römischen Säulen an der Tür und den obligatorischen zwei Land Rover Sports, die auf der Auffahrt parkten.

Sie stiegen aus dem Auto und gingen schnell zum Haus hinauf. Sean klingelte.

»Bereit, die Musik zu bringen?«, fragte Sean.

»So heißt die Redewendung aber nicht.«

Sean schnaubte und verdrehte die Augen. »Halt die Klappe. Du wusstest, was ich meine. Außerdem bin ich sicher, wenn du ihm etwas von diesem Sons of Zeus-Scheiß vorspielst, wird er im Nu singen wie ein Kanarienvogel.«

Richard Stafford war gekleidet in genau die gleiche Kleidung wie beim letzten Mal, als Tomek ihn gesehen hatte: grüner Barbour-Mantel mit einer darüber getragenen braunen Weste, eine dunkelgraue Schiebermütze, khakifarbene Hosen und ein Paar Gummistiefel. Das Einzige, was dem Ensemble fehlte, waren die Flinte unter seinem Arm, der schwer atmende Hund an seiner Seite und die Fasane, die er gerade geschossen hatte, über seiner Schulter drapiert. Er sah aus, als würde er versuchen, sich so weit wie möglich vom Image eines Drogendealers zu entfernen. Und es funktionierte wahrscheinlich bei seinen Jagdfreunden. Aber nicht bei Tomek und Sean. Sie konnten direkt durch die Fassade hindurchsehen.

»Zwei Sergeants auf einmal?«, sagte Stafford, als er sie in den Raum führte, den er bevorzugte: die Küche. »Das muss mein Glückstag sein. Wie Weihnachten und Neujahr zusammen.«

»Als Nächstes meldest du dich noch beim Postleitzahlen-Lotto an. Obwohl...« Tomek ließ seinen Blick über die große Kücheninsel in der Mitte schweifen und blieb schließlich beim Aga-Herd zu seiner Linken hängen. »Obwohl ich das komische Gefühl habe, dass du es nicht so nötig hast wie manche Leute, die da mitmachen. Wie läuft das Stahlgeschäft für dich?«

»Stark.« Richard lehnte sich an die Küchentheke neben einer Kaffeemaschine für tausend Pfund und drückte einen Knopf darauf. Innerhalb einer Sekunde erwachte das Gerät zum Leben und begann laut, Bohnen zu mahlen. Als es fertig war, fragte Richard: »Kaffee?«

»Bitte«, sagten Tomek und Sean.

»Wie möchtet ihr ihn?«

»Stark«, antwortete Tomek. »Wie meinen Stahl.«

Stafford wackelte wissend mit dem Finger. »Clever.« Er bereitete die Getränke zu und stellte sie vor Tomek und Sean. »Also, was führt euch den ganzen Weg raus aufs Land, meine Herren? Etwas muss euch beide beunruhigen.«

Tomek zögerte einen Moment. »Sagt Ihnen der Name Michael Edwards etwas?«

Richard Stafford hielt seine Tasse unter seinen Lippen, ließ sie dort verweilen, brauchte dann ärgerlich lange, um etwas zu trinken, bevor er schließlich den Kopf schüttelte. »Leider nicht, meine Herren.«

»Interessant. Denn seine Bankaufzeichnungen deuten auf etwas anderes hin.«

»Ist das so?«

»Ja.«

»Was sagen sie denn?«

»Dass Michael Edwards jeden Monat einen großen Teil seines Gehalts an Sie überwiesen hat.«

Plötzlich dämmerte es Stafford, und das zeigte sich auf seinem Gesicht. »Ach, *dieser* Michael Edwards. Entschuldigung, ich dachte, Sie meinen jemand anderen. Was ist damit?«

»Warum schickt er Ihnen sein ganzes Geld?«

»Er schuldet mir was.«

»Wofür?«

»Nennen wir es einen schiefgegangenen Geschäftsdeal.« Stafford nahm noch einen Schluck von seinem Getränk und ließ die Aussage in der Luft hängen.

»Was für ein Geschäftsdeal?«

»Er wollte eine Menge Metall von mir kaufen für etwas, woran er arbeitete, aber der Deal ist geplatzt. Jetzt hat er Schulden zurückzuzahlen. Ich kann Ihnen den Vertrag zeigen, wenn Sie möchten.«

Tomek drehte sich langsam zu Sean um. Beide Männer trugen verwirrte Gesichtsausdrücke, und Tomek hatte Mühe, das zu verbergen.

»Ich brauche eine vollständige Erklärung dafür«, sagte er.

»Warum? Worum geht es hier? Ich habe nichts getan, Detectives. Niemals würde ich das.«

»Niemand sagt, dass Sie das getan haben«, unterbrach Sean.

»Ihre bloße Anwesenheit deutet darauf hin. Alles, was Sie wissen müssen, ist, dass Michael Edwards auf mich zukam, um hochwertiges Metall für ein Geschäftsvorhaben zu kaufen, an dem er arbeitete, und nachdem ich das ganze Metall für ihn beschafft hatte, stahl er es von mir. Wie Sie sich sicher vorstellen können, war ich darüber sehr verärgert, und so holte ich mir zurück, was mir gehörte. Von diesem Zeitpunkt an stand der Mann in meiner Schuld. Falls Sie es noch nicht herausgefunden haben, es handelte sich um eine große Geldsumme, die er schuldet - und immer noch schuldet, möchte ich hinzufügen.«

»Nun, Sie werden in nächster Zeit nicht mehr viel bekommen«, sagte Sean und hielt dann inne. Aber es war zu spät. Er hatte es bereits vermasselt.

»Ach?«

In Staffords Augen lag ein wissendes Funkeln, das Tomek beunruhigte.

»Er wurde neulich Nacht während des Sturms Nina ermordet. In sein Haus wurde eingebrochen, und er wurde erstochen«, erklärte Sean.

Stafford schloss sanft die Augen und schüttelte den Kopf, während er seine Tasse auf die Arbeitsplatte stellte. »Schrecklich. Wirklich schrecklich. Nun, ich hoffe, Sie finden seinen Mörder. Ich mochte Edwards. Er war ein guter Kerl. Obwohl ich kein Fan seiner politischen Ansichten war. Aber trotzdem, er war ein großer Junge, der auf sich selbst aufpassen konnte. Schade, dass er dafür bekannt war, hier und da schlechte finanzielle Entscheidungen zu treffen. Wenn ich bei Ihren Ermittlungen irgendwie helfen kann, tue ich das gerne. Aber ich habe in ein paar Minuten ein Meeting, also muss ich Sie beide bitten zu gehen.«

KAPITEL
EINUNDZWANZIG

Der Seufzer, der DCI Nick Cleaves' Lippen entwich, war bis zur anderen Seite des Raums zu hören, genau dort, wo Tomek und Sean standen.

»Mein Büro. Sofort.«

Nick drehte ihnen den Rücken zu und betrat sein Büro, wobei er die Tür für sie offen ließ. Keiner von beiden wollte ihm folgen, aber sie hatten keine Wahl. Tomek, einen Schritt hinter Sean, stupste seinen Freund in den Rücken und schob ihn in den Raum, begleitet von Spott und Rufen ihrer Kollegen. In Tomeks Magen bildete sich ein Knoten. Er wusste, was folgen würde: Eine Ladung Scheiße, die den Berg hinunterrollte und keine Anzeichen zeigte anzuhalten, kam direkt auf sie zu.

Drinnen saß Nick bereits hinter seinem Schreibtisch. Sean griff nach einem der Stühle gegenüber, wurde aber vom Chef-Inspektor aufgehalten.

»Ihr könnt beide stehen. Nach dem, was ich gerade gehört habe, bin ich versucht, euch verdammt nochmal dort hocken zu lassen, bis wir fertig sind.«

Tomek schluckte schwer. Er konnte die Scheiße, die auf sie zukam, bereits sehen und riechen. Monströs, zerstörerisch. In ihrem Pfad keine Überlebenden zurücklassend.

»Was haben Sie gehört, Sir?«, fragte Sean.

Tomek verzog das Gesicht und schloss die Augen. *Frag das nicht, du Vollidiot!*

»Was ich gehört habe? Was habe ich nicht gehört, Sergeant? Ich habe gerade bei einer Pressekonferenz eine Abreibung bekommen, wo-«

»Pressekonferenz?«, unterbrach Tomek. »Sie haben nie etwas von einer Pressekonferenz gesagt.«

Nicks Gesichtsausdruck war kurz vor einem Wutanfall. »Was geht dich das an?«

»War Abigail dort? Ich schwöre, ich habe ihr nichts erzählt...«

»Ich weiß, dass du das nicht getan hast, weil es verdammt nochmal nichts zu erzählen gibt, was ich vor ein paar Stunden zugeben musste. Eine Woche ist vergangen und wir haben absolut keine verdammte Ahnung, was mit Michael Edwards passiert ist. Also haben wir uns darauf verlegt, an die ach so kluge britische Öffentlichkeit zu appellieren, in der Hoffnung, dass sie uns etwas sagen können. Im Moment weiß ich mehr darüber, wie ein Verbrennungsmotor funktioniert, als ich-«

»Kraftstoff wird in den-«, begann Tomek, wurde aber sofort unterbrochen.

»Ich bitte jetzt nicht um einen verdammten Unterricht, du alberner Idiot!«, Nicks Gesichtsausdruck verschlechterte sich, die Falten auf seiner Stirn wurden tiefer. »Worum ich *bitte*, ist eine Erklärung, warum zwei meiner Sergeants gerade mal eben bei Richard Stafford zu Hause waren für ein schnelles Gespräch.«

Tomek sah, wie Sean den Mund öffnete, um zu sprechen, aber anstatt ihn wieder alles vermasseln zu lassen, kam Tomek ihm zuvor. »Ich denke, die Frage, die Sie stellen sollten, ist, woher *Sie* davon wissen, Sir. Wer hat Ihnen gesagt, dass wir bei ihm waren?«

»Drogendezernat«, schnappte Nick.

»Und wer hat es denen gesagt?«

»Wer denkst du wohl? Stafford!«

Tomek ließ die Schultern sinken. »Finden Sie das nicht etwas seltsam? Für mich klingt das, als würden die unter einer Decke stecken.«

»Sei nicht albern.«

»Können Sie mir erklären, warum er sonst das Drogendezernat kontaktiert hätte, ausgerechnet die Leute, die gegen ihn ermitteln, um sich über unseren Besuch zu beschweren, der mit etwas völlig anderem zu tun hatte?«

Nick dachte einen Moment nach und versuchte, die Frage in seinem Kopf zu beantworten. Und tat sich damit schwer.

»Sie haben so oft mit ihm gesprochen, er hat ihre Nummer wahrscheinlich auf Kurzwahl«, antwortete der Chef-Inspektor schließlich. »Er wusste wahrscheinlich, dass das der schnellste Weg war, mich zu erreichen.«

Möglich, aber Tomek war nicht überzeugt.

»Was hatte er zu sagen?«

»Er bat höflich darum, dass ihr seinem Haus nicht mehr zu nahe kommt.«

»Das macht mich nur noch mehr Lust darauf, es zu tun, Sir.«

»Nicht, wenn es bedeutet, dass ich dich wegen Belästigung suspendiere, das wird es nicht.«

Tomek schnaubte. »Bisschen übertrieben, finden Sie nicht?«

»Dann lass es mich klarstellen: Ihr werdet nicht zu Richard Staffords Haus zurückkehren, es sei denn, ihr bekommt grünes Licht vom Drogendezernat. Sie haben das verlangt und mir unmissverständlich klar gemacht. Ihre anstehenden Ermittlungen gegen Staffords Drogennetzwerk in Essex haben Vorrang vor allem, was wir hier tun.«

»Sogar vor einer Mordermittlung, Sir?«, fragte Sean.

»Sogar vor einer Mordermittlung, Sergeant«, erwiderte Nick, seine Stimme wurde etwas sanfter. »Wenn die Zahlen stimmen, dann könnte die Ausschaltung von Stafford und seinen Top-Leuten und die Entfernung seiner Drogen von den Straßen mehr Leben retten, als du dir vorstellen kannst.«

Tomek biss sich auf die Zunge und kaute dann auf seiner Unterlippe. Er war nicht glücklich mit der Entscheidung, aber es gab eine Lücke, die Nick zu erklären versäumt hatte.

»Gilt die Regel nur für uns zwei oder für das ganze Team?«

»Für das ganze verdammte Team, Klugscheißer.« Nick grunzte und deutete mit dem Finger auf Tomek. »Also versuch's gar nicht erst. Dies ist nicht mein erster Rodeo.«

Tomek hob seine Hand zur Stirn in einem spöttischen Salut. »Jawohl, Kapitän.«

Nick ließ einen weiteren Seufzer durch seine Nasenlöcher entweichen, diesmal sanfter und weniger heftig. Er verschränkte seine Finger und ließ sie auf dem Tisch ruhen.

»Nun...«, begann er und senkte seinen Tonfall um einige Stufen. »Habt ihr bei dem Gespräch mit Stafford etwas erfahren?«

Tomek und Sean sahen einander an wie ein Paar Schulkinder, die still entscheiden, wer zuerst antworten würde. Letztendlich überließ Tomek Sean das Feld.

»Michael Edwards stand in Richard Staffords Schuld«, sagte er.

»Warum?«

»Weil Edwards Schrott von ihm kaufen wollte und ihn dann im letzten Moment gestohlen hat.«

»Wie viel?«

»Wir haben keine genaue Summe erfahren. Aber er zahlt seit zwei Jahren einen Teil seines Gehalts an Richard.«

»*Zwei*... zwei verdammte Jahre?« Nick hielt seine Finger zu einem Peace-Zeichen hoch. »Wofür brauchte er das Metall? Für ein verdammtes Fußballstadion?«

Sean zuckte mit den Schultern. »Es sei denn, das ist alles ein Euphemismus, Sir. Sie wissen schon, für *Drogen*.«

Sean flüsterte das letzte Wort, als würden sie im Klassenzimmer reden.

»Natürlich geht es um Drogen!« brüllte Nick. »Was zum Teufel sollte Michael Edwards mit Metall anfangen! Und was hat er überhaupt mit einer großen Drogenlieferung zu tun?«

»Wie glaubst du denn, konnte er zwanzig Stunden am Tag arbeiten?« sagte Tomek. »Hat sich wahrscheinlich mit dem guten alten weißen Pulver wachgehalten.«

Nick warf Tomek einen verächtlichen Blick zu. »Hat er jemals Drogenprobleme gehabt?«

Tomek zuckte mit den Schultern. »Sein Name ist nicht aufgetaucht, als wir neulich nach Vorstrafen gesucht haben.«

Nick seufzte wieder. Schwer. »Also gut. Schön. Hat Stafford euch noch etwas anderes erzählt?«

»Da sind wir am Ende angelangt«, antwortete Sean. »Danach wollte er uns nichts mehr sagen.«

Nicks Aufmerksamkeit wanderte von den beiden Männern weg zu

einem Post-it auf seinem Schreibtisch. Er starrte es einen Moment lang an.

»Da ist definitiv etwas vorgefallen, aber die Beteiligung der Drogenfahndung macht die Sache komplizierter.« Er schlug mit der Handfläche auf den Tisch. »Überlasst das mir. Ich werde mal mit den Jungs in Colchester reden, schauen was die darüber wissen.«

KAPITEL
ZWEIUNDZWANZIG

Bevor Kasia an diesem Morgen das Haus verlassen hatte, hatte sie ihre Haare so straff zurückgezogen, dass nirgendwo lose Strähnen zu sehen waren, und sie zu Zöpfen gebunden. Dann hatte sie ihren Schmuck abgelegt und in ihrer Nachttischschublade verstaut. Es war eine weitere von Zeus' Anforderungen, und wenn sie Teil der Familie sein wollte, musste sie mitmachen; sie hatte bereits begonnen, sich von Dingen mit Strichcodes abzuwenden und sie wegzuwerfen, um sicherzustellen, dass die darin enthaltenen Botschaften sie nicht einer Gehirnwäsche unterzogen oder ihren Verstand in irgendeiner Weise betäubten.

Aber jetzt, nach der Pause um elf Uhr, hatte sie die Zöpfe gelöst und ihr Haar so frisiert, dass es ordentlich um ihre Schultern und vor allem um ihre Ohren fiel. Das Beste an langen Haaren, was alle Mädchen und nur einige der Jungen verstehen konnten, war, dass sie die Ohren bedeckten und perfekt dafür geeignet waren, im Unterricht kabellose Kopfhörer zu tragen.

Besonders während des Matheunterrichts.

Sie hatte Algebra seit sechs Monaten nicht verstanden und würde es auch jetzt nicht verstehen. Stattdessen wollte sie lieber Zeus' neuesten Podcast hören. Er hatte am frühen Morgen einen weiteren in den Gruppenchat gestellt und alle aufgefordert, ihn vor Mittag anzuhören, sonst riskierten sie den Ausschluss aus der Gruppe.

Das ließ ihr kaum Zeit, ihn zu hören. Ein Teil von ihr fragte sich, ob Yasmin es geschafft hatte, aber der andere Teil war ihr egal. Wenn *sie* nicht rechtzeitig fertig würde, wäre *sie* diejenige, die ausgeschlossen werden würde. Nicht Yasmin. Niemand sonst.

Kasia rutschte auf ihrem Stuhl hinten im Klassenzimmer tiefer und legte ihre Hand über ihr Ohr, um desinteressiert zu wirken. Innerhalb von Sekunden nach dem Beginn des Podcasts spürte sie, wie ihr Körper sich entspannte und von einem kribbelnden Gefühl überwältigt wurde.

»Guten Morgen, Harpyien«, begann Zeus. »Ich hoffe, es geht euch allen gut und ihr habt Spaß. Danke, dass ihr euch Zeit genommen habt, meine Nachricht heute Morgen anzuhören. Es ist wichtig, dass ihr das schnell und unverzüglich tut, da ich diese Nachrichten manchmal löschen muss. Wir können nicht zulassen, dass sie in die Hände unserer Feinde fallen; Feinde, die denken, sie könnten mit uns ins Jenseits kommen.

»Bevor wir beginnen, möchte ich auch Kandy HeartThrob für ihre Anwesenheit gestern Abend danken. Ich konnte spüren, dass sie nervös war, als sie ankam, aber nachdem ihr sie alle so herzlich willkommen geheißen hattet, konnte ich sehen, dass sie es richtig genoss. Und es bereitet mir große Freude, euch allen mitzuteilen, dass sie nach dem Tanz zu mir gesagt hat, dass sie eine von uns ist. Kandy Heart-Throb ist jetzt ein vollwertiges Mitglied der Harpyien. Ich hoffe, ihr werdet ihr alle eine Umarmung und einen Kuss geben, wenn ihr sie das nächste Mal seht.«

Zeus begann in der Aufnahme zu klatschen. Es war seltsam, obwohl der Rest ihrer Schwestern meilenweit entfernt war, konnte sie sie hören und *fühlen*, wie sie ebenfalls klatschten. Als wären sie alle mit einer höheren Bewusstseinsebene verbunden. Und nach der letzten Nacht war sie sich fast sicher, dass sie es waren.

»Wie immer beginne ich diese Sitzung mit einer wichtigen Erinnerung an unsere Sache. Die Rassenkriege. Die Klimakrise. Erst heute Morgen habe ich gesehen, dass die Regierung immer mehr Verträge für das Graben und den Abbau fossiler Brennstoffe vergibt, was bedeutet, dass unsere wunderschöne Gaia, unser wunderschöner Planet, in noch größerer Gefahr sein wird. Sie möchte nicht angebohrt und aufgeschnitten werden, und sie erinnert uns jeden Tag an ihr

Unbehagen. Wir haben einen der heißesten Mai-Monate seit Beginn der Aufzeichnungen, weshalb ich euch gebeten habe, keine neuen Kleidungsstücke mehr zu kaufen. Die Modeindustrie dezimiert die Ressourcen des Planeten und trägt zu seinem Tod bei. Was mich schön zu etwas Großem führt, woran ich im Hintergrund gearbeitet habe.«

Zeus machte eine Pause. Kasia spürte, wie Aufregung in ihr aufstieg.

»In den letzten Monaten«, fuhr er fort, »habe ich den verzweifelten Bedarf an nachhaltiger, grüner Kleidung bemerkt, weshalb ich meine eigene nachhaltige Modemarke für Frauen ins Leben gerufen habe. Insbesondere für meine Harpyien. Die Kleidungsstücke werden aus recycelter Kleidung hergestellt, und bei jeder-«

»Kasia?« rief eine Stimme irgendwo aus dem Klassenzimmer.

»-Bestellung, die ich verschicke, pflanze ich einen Baum und stelle sicher, dass er mit viel Sonne und Regen wunderschön wächst und-«

»Kasia, hörst du zu?«

»-bei jeder Bestellung verschicke ich, pflanze ich einen Baum, und ich werde sicherstellen, dass er wunderschön wächst mit viel Sonne und Regen und-«

»Kasia!«

Der Schrei ließ sie zusammenzucken. Er kam von Miss Hendry vorne im Klassenzimmer. Sie stand mit vor der Brust verschränkten Armen, aber als sie bemerkte, dass Kasia zu sich kam, stürmte sie herüber und schlängelte sich zwischen den Tischen und Taschen am Boden hindurch. Kasia versuchte, ihren Kopfhörer aus dem Ohr zu nehmen, aber es war zu spät. Miss Hendry war sofort bei ihr.

»Handy. Sofort.«

Die Lehrerin bot ihre Hand an, damit Kasia das Gerät hineinlegen konnte.

»Ich habe mein Handy nicht dabei, Frau Hendry.«

»Doch, das haben Sie. Sie haben etwas gehört. Ich spreche seit einer Minute mit Ihnen.«

Da bemerkte Kasia, dass der Rest ihrer Klasse sie anstarrte. Sie verurteilte.

»Geben Sie mir Ihr Handy, Kasia. Ich werde nicht noch einmal fragen.«

»Ich habe es nicht dabei!«

Miss Hendry stieß einen schweren Seufzer aus und presste die Lippen zusammen.

»Zeigen Sie mir Ihre Ohren.«

»Was?«

»Zeigen Sie mir Ihre Ohren.«

»Nein, ich muss nicht-«

»Wollen Sie, dass ich die Polizei rufe?«

Kasia hielt sich zurück, bevor sie das sagte, was sie wirklich sagen wollte. Es war ein Bluff, das wusste sie. Miss Hendry würde nicht die Polizei rufen. Zumindest nicht offiziell. Ihren Vater, ja. Aber nicht den Notruf. Allerdings wussten das nicht alle anderen, und es war ihr klar, dass Miss Hendry sie benutzte, um ein Exempel zu statuieren; dass wenn man mit dem Handy erwischt würde, die Polizei gerufen würde, und dass sie kommen würden, um einen mitzunehmen.

Während sie nicht wollte, dass Miss Hendry dachte, sie könnte mit etwas so Kindischem und Absurdem davonkommen, wollte sie auch nicht, dass sie Tomek anrief. Sie würde das nie wieder hören Ende finden.

Widerwillig, den Blick von Miss Hendry haltend, nahm Kasia den Kopfhörer aus ihrem Ohr und legte ihn in die Handfläche der Frau.

»Und jetzt Ihr Handy«, intonierte sie.

Kasia tat, wie ihr geheißen wurde.

Ein schmales Lächeln huschte über Miss Hendrys Gesicht. »Das war doch gar nicht so schwer, oder? Sie können es am Ende des Tages zurückbekommen. Und bleiben Sie bitte nach dem Unterricht da, damit wir ein kleines Gespräch führen können.«

KAPITEL
DREIUNDZWANZIG

Tomek war gerade dabei, ein Spesenformular auszufüllen, als sein Telefon klingelte. Er warf einen Blick auf den Bildschirm. Er erkannte die Nummer nicht, aber in diesem Moment war die Annahme eines zufälligen Anrufs besser, als sich mit dem Berg von Spesenabrechnungen zu befassen, die er bearbeiten musste. Also wischte er über den Bildschirm und hielt das Gerät an sein Ohr.

»Hallo«, meldete er sich.

»Hallo, spreche ich mit Herrn Bowen, Kasias Vater?«

»Am Apparat.«

Er erkannte die Stimme, konnte sie aber nicht zuordnen.

»Hallo, hier ist Frau Hendry, die Mathelehrerin Ihrer Tochter.«

»Ah, ja. Wie geht es Ihnen?«

»Gut, danke. Und Ihnen?«

»Auch gut. Obwohl ich das Gefühl habe, dass sich das nach diesem Anruf wahrscheinlich ändern wird...« Er stand von seinem Stuhl auf und ging in einen ruhigeren Raum. »Es sei denn, Sie rufen an, um mir mitzuteilen, dass Kasia eine Auszeichnung oder eine fantastische Note in irgendetwas bekommen hat.«

Die Pause am anderen Ende war sehr vielsagend.

»Leider wünschte ich, das wäre der Fall.« Sie sprach leise, höflich, fast so, als müsse sie Mut sammeln, um ihm den Grund ihres Anrufs mitzuteilen. »Heute Morgen habe ich Kasia im Unterricht erwischt, wie sie hinten im Klassenzimmer saß, mit ihrem Handy und einem Kopfhörer im Ohr.«

»Ich verstehe...«

»Wie Sie sicher verstehen, haben wir eine Null-Toleranz-Politik für Handys im Unterricht, und ich war gezwungen, es ihr bis zum Ende des Schultages abzunehmen.«

Tomek schaute auf seine Uhr. Es war jetzt vier Uhr. Der Schultag war zu Ende, und Kasia würde zweifellos entweder schon zu Hause sein oder kurz davor stehen.

»Natürlich. Das ist völlig verständlich«, antwortete Tomek. »Danke, dass Sie mich informiert haben. Ich werde das ansprechen, wenn ich nach Hause komme.«

»Das ist prima, danke«, sagte sie mit vorsichtigem Tonfall.

Tomek spürte, dass es noch etwas anderes gab, was sie sagen wollte: den eigentlichen Grund für den Anruf, und nicht etwas so Belangloses und vermutlich Übliches wie ein Teenager, der sein Handy im Unterricht benutzt.

»Da war noch etwas...«

»Mhmm...«

»Es ist nur... als sie es abholen kam, hat sie mich angezischt.«

»*Angezischt*?«

»Ja. Wie das Zischen einer Schlange.«

»Sie hat Sie angezischt wie eine Schlange?«

»Ja.«

»Sind Sie sicher, dass es von Kasia kam und nicht von jemandem, der in der Nähe eine Flasche geöffnet hat?«

Frau Hendry seufzte durch den Hörer. »Herr Bowen, ich kann Ihnen versichern, dass ich gehört habe, was ich gehört habe.«

»Ich bestreite das nicht. Ich will nur sichergehen, dass sie es war, bevor ich heute Abend apokalyptisch auf sie losgehe.«

»Nun...« Sie machte eine Pause. »Ich denke nicht, dass das nötig sein wird.«

»Sie haben recht. Ich werde stattdessen *biblische* Ausmaße annehmen.«

———

Kasia schloss die Schlafzimmertür fest hinter sich und lehnte ihre Tasche dagegen. Es würde nicht ausreichen, um jemanden am Hereinkommen zu hindern, aber es würde zumindest als eine Art Abschreckung dienen. Tomek würde erst in einer Stunde nach Hause kommen, was bedeutete, dass sie das ganze Haus für sich hatte. Aber nach der anderen Nacht wollte sie dies in der Sicherheit ihres eigenen Schlafzimmers tun. Eine zusätzliche Sicherheitsebene, falls er früher als erwartet nach Hause käme.

Man konnte nie vorsichtig genug sein.

Sie nahm ihr Wasserglas von ihrem Schminktisch und ging zum Bett. Ihr Laptop war geöffnet, und ein kleines weißes Licht leuchtete an der Oberseite des Geräts. Auf dem Bildschirm sah sie die Oberseite ihrer Kissen, ihr Kopfteil und die Wand dahinter.

Zeus hatte einen Zoom-Link in den Gruppenchat geworfen und sie alle angewiesen, in fünf Minuten bereit zu sein. Silent Horsechick hatte ihr erklärt, dass sie manchmal ihre gemeinsamen Yoga- und spirituellen Sitzungen online abhielten. Nur gelegentlich. Immer dann, wenn Zeus das Studio nicht zur Verfügung stellen konnte oder er nicht genügend Zeit hatte, sich vorher vorzubereiten.

Kasia kletterte aufs Bett, zog die Bettdecke über ihre Beine und stellte den Laptop darauf. Sie schwebte mit dem Mauszeiger über der blauen Schaltfläche "Meeting beitreten" und atmete tief ein. Obwohl sie eine vage Vorstellung davon hatte, worum es bei dem Meeting gehen würde (sie hoffte, es würde ihrem ersten ähneln), spürte sie, wie sich ein Knoten der Angst tief in ihrem Magen zu bilden begann. Sie fragte sich, ob dieses Gefühl jemals vergehen würde, ob sie sich jemals wirklich von ihnen akzeptiert fühlen würde, obwohl sie wusste, dass sie offiziell akzeptiert worden war.

Einen Moment später wurde sie in das Meeting aufgenommen. Ein Dutzend Kacheln erschienen auf dem Bildschirm, jede rahmte eine ihrer neuen Schwestern ein. Sie alle sahen so schön aus, zart, ätherisch. Sie war jedes Mal aufs Neue überwältigt von ihrer Schönheit und ihrer Großartigkeit.

»Hey, Harpy-Schwestern!« sagte Kasia, strahlte überschwänglich in die Kamera und winkte energisch mit der Hand.

Ein harmonisches »Heeeeyyyyy« kam durch die Lautsprecher, als die Mädchen gleichzeitig antworteten. Sie begannen aufgeregt zu plaudern, als hätten sie sich monatelang nicht gesehen. Sie diskutierten über ihren Tag, was sie gemacht hatten, wie es ihnen ging. Kasia bekam die meiste Redezeit, während die Mädchen sich überschlugen, weil sie mehr über ihre Erfahrungen am Strand wissen wollten. Sie hatte es in sich aufgesogen und ihnen erklärt, wie sie sich gefühlt hatte, wie sie den Abend interpretiert hatte und wie sie jede Minute davon geliebt hatte.

Nachdem sie aufgehört hatte zu sprechen, betrat Zeus die Besprechung, und sofort verstummte die Gruppe. Seine breiten Schultern füllten den Bildschirm aus. Sein Haar war zu einem Pferdeschwanz zusammengebunden, und sein Bart war professionell getrimmt worden. Kasia war sofort beeindruckt von der subtilen, aber drastischen Veränderung. Sein Gesicht war jetzt konturiert, markant, noch attraktiver.

»Guten Abend, Harpyien«, begann er.

»Guten Abend, Zeus«, kam die synchrone Antwort.

»Ich hoffe, es geht euch allen gut. Danke, dass ihr euch so kurzfristig treffen konntet. Das ist ein guter Test eures Glaubens und eurer Hingabe. Ich kann keine Nachlässigkeit dulden, wenn die Rassenkriege beginnen und wir die Einzigen im Jenseits sind. Sind alle anwesend?«

Stille. Niemand antwortete.

Bis Auspicious Almond sprach. Als das erfahrenste und am längsten dienende Mitglied der Gruppe fiel es immer ihr zu, für den Rest zu antworten. Als sie dies tat, erschien ihr Gesicht in der Mitte von Kasias Bildschirm. »Ich glaube, uns fehlt nur Myrtle McCall, Zeus.«

Dann, fast wie auf Stichwort, erschien eine Benachrichtigung am unteren Rand des Bildschirms, und ein neues Gesicht tauchte auf.

»Fräulein Myrtle«, brummte Zeus. »Du kommst zu spät.«

»Es tut mir so leid, Zeus. Ich habe die Benachrichtigung zu spät gesehen.«

Zeus' Gesicht verzog sich zu einer Grimasse, dann wurde es ausdruckslos. »Das ist inakzeptabel. Du und ich werden nach dem heutigen Treffen sprechen.«

»Ja, Zeus. Entschuldigung, Zeus.«

Myrtle McCall senkte den Kopf, bevor sie ihre Kamera ausschaltete und vom Bildschirm verschwand.

»Lasst euch das eine Lehre sein. Ich dulde keine Unpünktlichkeit.« Zeus atmete tief ein, hielt die Luft an und ließ sie dann komplett aus. Sein ganzer Körper und seine Schultern schienen zusammenzufallen. »Es tut mir leid, dass wir das heutige Treffen auf eine so unangenehme Art beginnen mussten. Allerdings war heute ein schlechter Tag. Vielleicht haben einige von euch bemerkt, dass sich das Wetter verändert hat. Der Regen und die Wolken waren eine direkte Folge meiner Stimmung. Ich bin betrübt und beunruhigt über den aktuellen Zustand der Dinge in dieser Welt. Fast eine Woche ist seit Michael Edwards' Tod vergangen, und trotzdem ist nichts passiert. Die Menschen in Essex und im ganzen Land hören nicht zu. Sie passen nicht auf. Sie stehen nicht auf. Wir müssen sie dazu bringen, aufzupassen. Wir müssen sie dazu bringen, aufzustehen und zu sehen.« Ein weiterer Seufzer, diesmal flacher, kürzer. »Ich arbeite an etwas, das genau das bewirken wird, ähnlich wie bei Michael Edwards. Aber ein Teufel, ein Luzifer, ein äußerst böses Wesen arbeitet gegen uns. Und wir müssen klug sein, wenn wir ihn verschlingen wollen. Ich werde euch mehr Informationen geben, wenn es so weit ist.«

Kasias Mund klappte auf. Michael Edwards. Sie hatte diesen Namen gehört. Ihn in einem von Tomeks Fallakten gelesen, über denen er neulich Abend eingeschlafen war. Der Mann, der während des Sturms erstochen worden war. Der Mann, dessen Mörder Tomek noch immer nicht gefunden hatte.

Es waren die Harpyien gewesen. Sie waren in sein Haus eingebrochen, hatten ihn erstochen und waren geflohen. Und das alles nur, um den Rassenkrieg zu entfachen.

Kasia verstand vollkommen. Sie spielte mit dem Gedanken, herauszuplatzen, dass Tomek an der Untersuchung arbeitete und dass sie keine Ahnung hatten, wer verantwortlich war, doch dann überlegte sie es sich anders. Es wäre besser, Zeus direkt zu informieren, unter vier Augen.

Bevor sie weiter darüber nachdenken konnte, begann Zeus wieder zu sprechen.

»Es wird nötig sein, Creepy Sleepies durchzuführen«, sagte er und überraschte sie damit. »Ich würde gerne bald damit beginnen und ihre

Häufigkeit in den kommenden Wochen erhöhen. Ich werde euch alle wissen lassen, was wann erforderlich ist. In der Zwischenzeit haben wir auf der heutigen Tagesordnung unsere regulären Gesundheitschecks. Ihr wisst alle, was zu tun ist. Bitte fangt an.«

Die anderen Mädchen wussten es. Aber Kasia nicht. Sie saß da und sah mit Unglauben und Angst zu, wie die Mädchen begannen, ihre Oberteile und BHs auszuziehen, bis sie von der Taille aufwärts nackt waren. Was ging hier vor? Niemand hatte ihr irgendetwas davon gesagt. Trotzdem taten es die anderen Mädchen, also müsste sie es auch tun. Vorsichtig, mit einem Auge auf die Schlafzimmertür und dem anderen auf das weiße Licht der Webcam vor ihr gerichtet, zog Kasia ihren dünnen grauen Pullover und ihren BH darunter aus. Keines der anderen Mädchen bedeckte sich; sie alle ließen ihre Brüste frei hängen. Sie fühlte sich gezwungen, dasselbe zu tun. Unsicherheit und Angst überfielen sie in großen Wellen. Sie hatte so etwas noch nie getan. Nicht einmal in den Umkleideräumen der Schule. Sie war in dem Alter, in dem sich ihr Körper und der aller anderen in ihrer Jahrgangsstufe veränderte. Pubertät. Während die anderen Mädchen hier vollständig entwickelt waren. Plötzlich fühlte sie sich lächerlich klein und fehl am Platz.

»Ich liebe deine Haut, Kandy«, sagte eines der Mädchen zu ihrer Überraschung. »Du hast auch schöne Schlüsselbeine.«

»D-danke…«, war alles, was ihr einfiel, während sie auf ihre Brust hinabblickte.

Und dann begannen sie. Die Gesundheitschecks. In den nächsten zwanzig Minuten gingen sie reihum und begutachteten gegenseitig ihren Bauch, ihre Brust und Schultern, bis hin zu ihren Armen und Fingern. Sie kritisierten, machten Komplimente, sagten einander, was sie an den Körpern der anderen mochten und was nicht.

»Dies ist ein offener Kreis«, hatte Zeus gesagt. »Ein Ort, um Vertrauen aufzubauen. Ein Ort, um Bindungen zu knüpfen und eure Verbindung zueinander zu vertiefen. Letztendlich sind Menschen nur eine Masse aus Blut, Muskeln, Knochen und Haut. Nicht mehr, nicht weniger. Außer ihr Mädchen. Wenn ihr mir folgen wollt, dann müsst ihr perfekt, makellos sein. Ihr müsst den Anweisungen der anderen folgen und ein bestimmtes Aussehen haben. Das dient nur dazu, euch bestmöglich auf das vorzubereiten, was kommen wird.«

Am Anfang hatte sich Kasia unglaublich unwohl gefühlt. Wer war sie, um die Körperform eines anderen zu kritisieren? Wer war sie, um zu sagen, dass jemand zu viel Fett an sich hatte? Aber als sich das Gespräch entwickelte und sie die Wichtigkeit von Ehrlichkeit und die Notwendigkeit, sich für ihr nächstes Leben zu perfektionieren, erkannte, begann sie, sich ein wenig zu entspannen. Als es Zeit für Feedback zu ihrem Körper war, hatte sich der Knoten in ihrem Magen gelöst. Ihre Brüste waren klein, aber das war angesichts ihres Alters zu erwarten. Die größte Sorge, die Zeus für sie und für ihre Wirksamkeit während des Rassenkriegs und ihrer Zeit im Jenseits hatte, war ihr Gewicht. Sie war zu mollig, sagte er ihr. Sie müsste abnehmen, eine Größe verlieren. Sie müsste den anderen Mädchen entsprechen, wenn sie den Rassenkrieg überleben wollte.

»Ich verstehe, Zeus. Natürlich. Ich werde alles tun, was ich kann, um das für dich zu erreichen«, sagte sie gefällig.

»Danke. Ich verspreche dir, dass du es nicht bereuen wirst.«

Zeus sprach weiter. Aber Kasia passte nicht auf. Sie war zu sehr damit beschäftigt, auf die Haustür zu lauschen. Auf das Geräusch, wie sie zugeschlagen wurde, gefolgt von den schweren Schritten über das Wohnzimmer.

KAPITEL
VIERUNDZWANZIG

Tomek würde lügen, wenn er behaupten würde, dass er in den letzten Tagen keine Veränderung bei Kasia bemerkt hätte.

Erstens hatte sie ihre Frisur geändert. Er hatte es immer gemocht, wie ihr Haar frei über ihre Schultern und ihren oberen Rücken floss; es stand ihr und ließ sie reifer wirken. Aber jetzt hatte sie es zu Zöpfen gebunden, was sie wie eine Zehnjährige aussehen ließ.

Zweitens hatte sie begonnen, Unmengen an Make-up zu tragen, manchmal so dick und lächerlich aufgetragen, dass er gezwungen war, sie darauf aufmerksam zu machen.

Drittens, und das war besorgniserregender, hatte sie all ihren Schmuck abgelegt und irgendwo versteckt. Insbesondere das teure Armband, das er ihr erst vor wenigen Wochen gekauft hatte. Er hatte es bei einem örtlichen Juwelier am Leigh Broadway besorgt und einen kleinen Anhänger dazu gekauft. Sie hatte es fünf Wochen lang jeden Tag getragen. Und jetzt nichts mehr. Als ob es ihr nichts mehr bedeuten würde. Als ob keine Gefühle dahintersteckten.

Klar, sie hatten ihre Höhen und Tiefen, seit sie bei ihm eingezogen war, aber diesmal war es anders. Und er wollte herausfinden, warum.

Sobald er die Wohnung betrat, stürmte er zu Kasias Schlafzimmer und platzte durch die Tür. Nachdem er ihren Rucksack aus dem Weg getreten hatte, fand er sie auf dem Bett sitzend vor, von der Taille aufwärts nackt, gerade dabei, hastig ihren Laptop zuzuklappen.

Tomek schrie vor Verlegenheit auf und bedeckte seine Augen.

»Papa! Raus hier!«

Er tat, was ihm gesagt wurde, und wartete, bis sie bestätigte, dass sie anständig angezogen war. Als er zurückkam, sein Blutdruck und Herzschlag immer noch durch die Decke, hatte sie die Bettdecke über sich gezogen und ihren Laptop versteckt.

»Was machst du da?«, zischte sie, als ob er derjenige wäre, der im Unrecht war. »Warum hast du nicht geklopft?«

»Gut, dass ich es nicht getan habe, sonst hättest du versucht zu verstecken, was auch immer du da getrieben hast. Was zum Teufel hast du gerade gemacht?«

»Ausdrucksweise!« Kasia zeigte auf das Wohnzimmer, aber eine Ein-Pfund-Münze in das Schimpfwörterglas zu werfen, war das Letzte, woran er dachte.

»Antworte mir, Kasia. Was hast du gerade gemacht? Warum warst du fast nackt?«

Sie umklammerte die Bettdecke so fest, dass ihre Knöchel weiß wurden. »Ich habe nur Netflix geschaut.«

»Hast du Fotos von dir selbst für jemanden gemacht?«, fragte er und trat ins Zimmer.

»Was?«

»Zwingt dich jemand, anstößige Bilder von dir zu verschicken?« Er bewegte sich zu ihrer Seite des Bettes.

»Nein! Papa, natürlich bin ich-«

Er ignorierte den Laptop neben ihr und griff nach ihrem Handy. Sie war deutlich kleiner und schwächer als er, also war der Kampf kurz. Er hielt sie mit einem Arm zurück, während er versuchte, das Gerät zu entsperren. Dann fiel ihm ein, dass es ihr Gesicht dafür brauchen würde.

»Entsperr es«, bellte er, dann schob er das Handy vor ihr Gesicht. Das Betriebssystem, mit all seiner Hightech-Leistung und ausgeklügelten Technologie, erkannte ihre Gesichtszüge und entsperrte das Gerät. Alles, was Tomek tun musste, war nach oben zu wischen. Sobald er drin war, überprüfte er schnell die zuletzt verwendeten Apps: TikTok, Instagram, Safari.

»Gib es zurück!«, schrie Kasia und streckte ihre Hand nach dem Handy aus.

Tomek ignorierte sie und machte weiter. In den Social-Media-Apps überprüfte er ihre Direktnachrichten, sah, dass es keine beunruhigenden gab, und überprüfte dann WhatsApp. Ganz oben in ihren Chats stand ein Gruppenchat namens Die Harpyien, gefolgt von Donner- und Blitz-Emojis.

»Wer zum Teufel sind *diese* Leute?«, fragte Tomek und drehte den Bildschirm zu ihr.

»Freundinnen aus der Schule!« Sie machte einen weiteren Vorstoß, aber Tomek war zu schnell für sie und zog das Gerät weg. Kasia grunzte frustriert.

Ohne Rücksicht auf den Gruppenchat und den Rest ihrer Whats-App-Nachrichten, wandte Tomek seine Aufmerksamkeit ihrer Kamerarolle zu. Das Schlimmste für den Schluss aufhebend. Er wusste nicht, was er dort finden würde. Aber er wusste definitiv, was er *nicht* sehen wollte. Als seine Augen die neuesten Fotos durchsahen, atmete er erleichtert aus. Da war nichts. Nur ein paar Fotos ihrer neuen Frisur, die an diesem Morgen aufgenommen worden waren.

Erleichtert gab er ihr das Handy zurück. Kasia riss es an sich und funkelte ihn böse an.

»Ich kann nicht glauben, dass du das gerade getan hast«, sagte sie.

»Ich musste es überprüfen. Ich weiß, was heutzutage passiert. Ich möchte nur, dass du online sicher bist.«

Sie verdrehte die Augen, genauso wie sie sie schon so oft vor ihm verdreht hatte. »Ich bin vorsichtig. Ich bin nicht dumm.« Sie legte das Handy auf ihr Knie, während kurz Stille zwischen ihnen entstand. »Warum bist du so früh zu Hause?«, fragte sie sanft, als ob sie den Ausbruch gerade vergessen hätte.

»Um dich zu sehen«, sagte er und zeigte mit dem Finger auf sie. Als Nächstes versuchte er, wieder nach dem Handy zu greifen, aber diesmal war Kasia schlauer und riss es von ihm weg. »Um mit dir über *das* zu sprechen. Ich habe von deiner kleinen Musikparty im Unterricht heute gehört. Was sollte das? Und ausgerechnet in Mathe? Ich weiß, es ist dein am wenigsten geliebtes Fach, aber das gibt dir nicht das Recht, den Anweisungen einer Lehrerin nicht zu gehorchen. Und Miss Hendry hat gesagt, dass du sie *angezischt* hast, als du das Handy abholen wolltest. Was zum Teufel sollte das?«

»Ausdrucksweise!«

»Im Moment darf ich so viel fluchen, wie ich verdammt noch mal will! Ich bin absolut wütend auf dich, Kasia! Was ist los?«

Tomek hatte es mit dem netten Ansatz versucht. Er hatte versucht, subtil und sanft an das Thema ihrer jüngsten Verhaltensänderung heranzugehen. Aber das funktionierte offensichtlich nicht. Es war Zeit, die Taktik zu ändern.

»Ich war... ich war gelangweilt.«

»Und du glaubst, dass dir das das Recht gibt, dich wie eine furchtbare kleine Göre zu benehmen?« Jetzt war er an der Reihe zu zischen.

Kasias Gesicht verzerrte sich. »Ich hab mich nicht wie eine furchtbare kleine Göre benommen. Ich wollte einfach nicht dort sein.«

»Pech gehabt. Du hast keine Wahl. Du musst es machen.« Er fuhr sich mit den Fingern durch die Haare und massierte dann seinen Bart. »Ich weiß, es mag dir wie eine Ewigkeit erscheinen, aber das ist es nicht. Du hast nur noch ein paar Jahre davon übrig, dann kannst du es komplett fallen lassen. Ich war auch mal in deinem Alter, und es gab Fächer, die ich gehasst habe, aber weißt du, was ich getan habe? Ich habe verdammt nochmal durchgehalten. Und weißt du was noch? Am Ende habe ich festgestellt, dass es mir eigentlich gefallen hat.«

Kasia schnaubte verächtlich und verdrehte die Augen. »Was auch immer du sagst.«

Tomek atmete tief ein, um sich zu beherrschen. Mörder, Vergewaltiger, Schurken – er hatte sie alle kennengelernt. Einige der bösartigsten und finstersten Menschen auf dem Planeten. Und doch hatte ihn keiner von ihnen so sehr aufgewühlt oder verwirrt wie seine Teenager-Tochter.

»Was zum Teufel ist in letzter Zeit in dich gefahren? Du veränderst dich und das gefällt mir nicht. Du trägst deine Haare anders. Du hast aufgehört, das Armband zu tragen, das ich dir geschenkt habe. Und worüber zum Teufel hast du neulich geredet? Irgendwas mit verdammten *Barcodes*?«

Tomek konnte an ihrem Gesicht sehen, dass sie mehr sagen wollte, sich aber auf die Zunge biss.

»Ich *verändere* mich«, erwiderte sie. »Das nennt man Pubertät. Ich dachte, du wüsstest alles darüber, bei einigen der Mädchen, mit denen du früher ausgegangen bist. Ich habe Fotos von ihnen gesehen, und sie sahen alle aus, als hätten sie die Pubertät gerade erst hinter sich.«

»Erstens waren sie alle in ihren Zwanzigern, vielen Dank auch. Und zweitens geht dich das einen Scheißdreck an.«

Tomek ballte frustriert die Faust. Er konnte sie in diesem Moment nicht ansehen. Nicht so. Nicht während er nur noch rot sah.

Er ging zur Tür und riss sie auf. Als er hinausging, hielt er inne und drehte sich zurück.

»Ich dachte nicht, dass ich das jemals tun müsste, aber du hast Hausarrest. Für... für den Rest dieser Woche. Ich möchte, dass du nach der Schule direkt nach Hause kommst, und ich möchte, dass du in deinem Zimmer bleibst.«

»*Was?* Das ist so unfair!«

»Pech gehabt. Das Leben ist unfair. Sei einfach dankbar, dass ich nicht auch noch dein Handy konfisziere.«

Kasia öffnete den Mund, um zu sprechen, aber er unterbrach sie.

»An deiner Stelle würde ich mir keinen Grund geben, meine Meinung zu ändern.«

KAPITEL
FÜNFUNDZWANZIG

Tomek hatte die Fahrt zum Radiosender allein unternommen. Auf dem Weg dorthin hatte er Musik durch die Lautsprecher gedröhnt, schweigend mit dem Kopf im Takt des wuchtigen Schlagzeugrhythmus gewippt und seine Gedanken über den vergangenen Abend schweifen lassen. Er hatte es schon versucht, als er wach im Bett lag, aber er war zu wütend, zu frustriert gewesen, um einen klaren Gedanken zu fassen. Nachdem er darüber geschlafen hatte, stellte er fest, dass sein Verstand ruhiger war, sich besser im Griff hatte, wenn auch nur geringfügig.

Kasias Verhalten machte ihm große Sorgen. Sie benahm sich seltsamer als seltsam, und er bezweifelte, dass ihr Streit daran etwas ändern würde. Wenn überhaupt, befürchtete er, dass es die Situation verschlimmert hatte, sie noch mehr zum Rebellieren verleitet und dazu gebracht hatte, Dinge ohne seine Zustimmung oder Erlaubnis zu tun. Sie war fast vierzehn und benahm sich doch wie vier Jahre älter. Wie ein Teenager an der Schwelle zum Erwachsensein.

Die Vorstellung, dass sie unanständige Fotos von sich selbst machte, hatte ihn die ganze Nacht beschäftigt. Nicht die Bilder selbst, sondern die Tatsache, dass sie von jemandem dazu gedrängt wurde. Vielleicht von jemandem Älterem. Jemand, der sie ausnutzte. Er dachte an einen Jungen aus der Schule. Vielleicht war Billy „Der Kuhkämpfer" Turpin wieder in ihr Leben getreten und versuchte, irgendeine Art von Rache zu nehmen. Oder vielleicht war es ein neuer Junge. Möglicherweise jemand, den sie beim Unter-16-Abend kennengelernt hatte, und sie dachte, Fotos von sich selbst zu machen wäre der richtige Weg, um seine Aufmerksamkeit zu bekommen.

Die Gedanken brodelten weiter in ihm, während er grübelte, bis er auf den Parkplatz des Radiosenders fuhr und zum Empfangstresen ging. Dieselbe Frau, die ihn in der Woche zuvor begrüßt hatte, saß hinter dem Computer und kaute lautstark auf einem neuen Stück Kaugummi.

»Schon wieder da?«, fragte sie.

»Immer noch hier?«, erwiderte er.

»Leider. Obwohl meine Tage gezählt sind. Entweder ich gehe oder sie werfen mich raus, was auch immer zuerst kommt.«

»Hoffen wir, dass das Gras auf der anderen Seite grüner ist«, sagte er. »Könntest du bitte Roger Armstrong anrufen und ihm sagen, dass ich mit ihm sprechen muss?«

»Seine Hoheit wird das nicht mögen«, sagte sie, als sie nach dem Telefon griff und den Anruf tätigte. Nach kurzer Zeit legte sie den Hörer auf und sagte: »Er hat sein nächstes Meeting abgesagt. Er meinte, du hättest fünfzehn Minuten.«

»Glück für mich.«

Als er losging, rief sie ihn zurück. »Weißt du diesmal, wo du hin musst?«

»Einfach dem überwältigenden Aftershave-Geruch folgen, oder?«

»Genau. Hoffentlich hast du deine Gasmaske dabei.«

Vergiss die Gasmaske; Tomek wünschte, er hätte einen Schutzanzug mitgebracht. Oder zumindest, er hätte vorgeschlagen, den Mann draußen zu treffen, wo es ein bisschen mehr Luft gab, an einem Ort, wo er auf der windabgewandten Seite hätte stehen können. Der Geruch, der aus seinen Poren drang, war beißend und überwältigend, und Tomek hatte in der ersten Minute ihrer Interaktion den Atem angehalten, höflich genickt, während er den Mann faseln und sich über die Unannehmlichkeit und Unterbrechung beklagen ließ, die er verursacht hatte.

»Es tut mir leid, das zu sagen, Herr Armstrong, aber das ist mir egal. Unsere Mordermittlung ist wichtiger als was auch immer Sie hier zu tun versuchen. Und ich bin sicher, die meisten Leute würden mir zustimmen.«

Rogers Mund klappte weit auf.

»Aber nur um Sie zufriedenzustellen, werde ich das so kurz wie möglich halten«, fuhr Tomek fort, obwohl er dazu nur bereit war, weil er den Geruch nicht viel länger ertragen konnte. »Wie klingt das?«

»Das klingt wie eines der unhöflichsten Dinge, die je jemand zu mir gesagt hat.«

Tomek schenkte dem Mann ein sarkastisches Grinsen.

»Ausgezeichnet. Nun, fangen wir an, oder?«

Roger rieb kräftig an seiner Nasenunterseite.

»Woher wussten Sie, worüber ich sprechen wollte?«, fragte Tomek.

»Wie bitte?«

Tomek deutete auf die Nase des Mannes. »*Das.*«

»Entschuldigung. Ich verstehe nicht, wovon Sie reden.«

»Drogen.«

Wie auf Stichwort rieb Roger wieder an seiner Nasenunterseite.

»Was ist mit denen?«

»Haben wir ein bisschen von dem weißen Zeug genommen, ja?«

»Was soll das heißen?«

»Mit welchem Teil hast du Schwierigkeiten, Roger? Mit dem Slangausdruck für Kokain oder dem Versuch, eine Antwort zu finden, während der Stoff durch deinen Körper strömt?«

Endlich fiel der Groschen.

»Hier gibt es keine Drogen«, murmelte der Mann. »Absolut nicht. Ich wüsste es, wenn es so wäre. Und ich würde sie beschlagnahmen und diesen Mitarbeiter auf der Stelle feuern. Absolut. Sie haben mein Wort. Das ist ein direkter Verstoß gegen den Vertrag und ein Grund für sofortige Entlassung. Ich habe nie etwas über Drogen gesehen oder gehört, seit ich hier arbeite, und ich finde diese Behauptung absurd.«

Roger hob seinen Finger und zeigte auf Tomek.

»Du solltest aufpassen, wohin du mit dem Finger zeigst.« Tomek blickte an dem zitternden Finger vorbei und sagte: »Haben Sie nie Hinweise gesehen, die darauf hindeuten könnten, dass Michael Edwards Drogen konsumiert oder an seine Kollegen verkauft hat?«

Roger schüttelte heftig den Kopf. »Absolut nicht. Wie ich bereits gesagt habe, ich habe in den zehn Jahren, die ich hier arbeite, *nichts* gehört oder gesehen. Ich wäre der Erste, der davon wüsste, wenn so etwas vor sich ginge.«

Sicher doch, dachte Tomek, als Roger zum dritten Mal an seiner Nase rieb. Damit du als Erster deine schmutzigen kleinen Finger daran legen kannst.

Roger hob seinen Arm und ließ eine glänzende metallische Rolex an seinem Handgelenk aufblitzen, vermutlich um zu demonstrieren, wie winzig sein Penis war. Dann beendete er das Gespräch.

»Leider sind Ihre fünfzehn Minuten um.«

Tomek schaute auf seine eigene Uhr. Es waren erst fünf Minuten vergangen.

»Nach meinen Berechnungen habe ich noch weitere zehn.«

»Nicht laut meiner Uhr.«

Tomek schnalzte mit der Zunge und schüttelte den Kopf. »So eine teure Uhr, und sie ist kaputt? Sie sollten sie überprüfen lassen. Wäre doch schade, wenn Ihr ganzes Drogengeld für eine gefälschte Roley draufgegangen wäre...«

Tomek erhob sich aus dem Stuhl und ging in Richtung Ausgang, während er den Mann in seinem Frust zurückließ. Er lächelte, als er zum Aufzug ging und den Knopf drückte. Als sich die Türen schlossen, atmete er erleichtert auf. Seine Frustration mit dem Leben zu Hause schwappte in seine Arbeit über. Normalerweise würde er versuchen, beides zu trennen, aber Roger war die Ausnahme. Dieser selbstgerechte Arsch verheimlichte etwas, und Tomek war mehr als glücklich darüber, ihn jeden Tag der Woche zu provozieren.

Unten angekommen, ging Tomek zur Rezeptionistin.

»Gehst du schon?«, fragte sie und schaute über ihre Brille hinweg zu ihm hoch.

»Irgendetwas sagt mir, dass ich schneller zurück sein könnte, als du denkst. Ob du dann allerdings noch hier bist, bleibt abzuwarten.«

Sie grinste, wobei sich ihre Augen an den Seiten kräuselten. »Naja, es war lustig. Aber es ist kein Abschied, sondern ein Bis bald.«

Tomek lachte leise. »Wenn das so ist, dann frage ich mich, ob du mir vielleicht helfen könntest.«

»Du meinst, mehr als dich nur in die richtige Richtung zu weisen? Jetzt verlangst du aber ein bisschen zu viel.«

»Es geht um Drogen«, sagte er.

Die Frau lehnte sich in ihrem Stuhl zurück und verschränkte die Arme vor der Brust, eine Augenbraue hochgezogen. »Ist das eine Falle?«

»Nein. Nichts dergleichen.«

»Suchst du was zum Kaufen?«

Tomek schüttelte energisch den Kopf. »Auch nichts in der Art. Nein, ich frage mich, ob du etwas über möglichen Drogenkonsum hier weißt. Du bist das Aushängeschild, das Orakel. Du siehst und hörst Dinge, die wir gewöhnlichen Sterblichen vielleicht nie mitbekommen würden. Ich dachte, du wärst am besten in der Lage, etwas über solche Sachen zu wissen.«

Die Rezeptionistin überlegte eine Weile, ihr Kopf schwenkte nach links und rechts, als suche sie jemanden, der nicht da war.

»Ich habe vielleicht ein paar Dinge gehört, hier und da ein Stückchen Information aufgeschnappt. Was möchtest du wissen?«

»Michael Edwards. Hat er jemals Drogen genommen oder versucht, welche bei der Arbeit zu verkaufen?«

Das Schnauben, das über die Lippen der Rezeptionistin kam, klang eher wie ein Husten. Als hätte er gerade die dümmste Frage überhaupt gestellt.

»Michael Edwards? Drogen? Die beiden waren unzertrennlich wie Gothics und Heavy-Metal-Musik. Sie waren wie siamesische Zwillinge. Wie glaubst du, hat er seine Fünfzehn-Stunden-Tage überstanden und ist trotzdem noch mit einem Scheißhaufen Energie von hier weggegangen? Der Kerl ist ständig auf die Toilette verschwunden.«

»Kokain?«

»Das hat er gerne genommen. Ich meine, ich habe ihn nie dabei erwischt. Aber man konnte es erkennen, weißt du. Und ich habe von Leuten gehört, die mit ihm zusammen waren, als sie es gemeinsam genommen haben, also bin ich ziemlich sicher.« Sie beugte sich vor und bedeutete ihm mit einem Wink ihres Fingers, dasselbe zu tun. »Aber mir wurde auch erzählt, dass er gerne gedealt hat. Auch das alles durch die Gerüchteküche. Er hat *mir* nie etwas angeboten, aber ich wurde informiert, dass er eine große Menge Kokain hatte, die er auf der Weihnachtsfeier einmal unter die Leute bringen wollte, und jeder, der etwas auf sich hielt, war mit dabei.«

»Und du selbst?«

Sie deutete mit ihren Armen auf ihren Schreibtisch. »Ich bin niemand. Ich bin nur die bescheidene Rezeptionistin, die im Stillen all diese Leute beobachtet und sie in mein Abschussbuch einträgt. Mir wurde nie etwas angeboten, und ich wollte es auch gar nicht. Drogen waren nie mein Ding. Gib mir lieber an jedem Tag der Woche eine Flasche Wodka.«

»Verstehe. Und er hatte nur Kokain?«

Sie zögerte einen Moment. »Eigentlich nein. Ich erinnere mich, seltsamerweise hatte er einmal eine riesige Menge LSD. Du weißt schon, die kleinen Plättchen, die man sich auf die Zunge legt?«

Er nickte langsam. »Ich weiß, wie das funktioniert.«

»Natürlich weißt du das. Nun, er hatte Unmengen davon und versuchte, sie loszuwerden. Aber das war vor einiger Zeit, bevor er auf Kokain umgestiegen ist.«

Tomek dankte ihr für ihre Zeit und Hilfe und rief dann im Büro an, um eine sofortige Drogendurchsuchung in Michael Edwards' Wohnung anzufordern.

»Oh, und während ihr das macht«, sagte er zu Chey, »gibt es eine Adresse, die ich brauche.«

KAPITEL
SECHSUNDZWANZIG

Tomek hielt vor dem Industriegebiet und schloss leise die Autotür. Er warf einen Blick auf den roten Punkt auf seinem Handy und schaute dann auf. Er war am richtigen Ort. Ein kleiner Umweg auf dem Weg zum Bahnhof.

Nachdem er das KISS-Hauptquartier verlassen hatte, hatte Chey ihm die Adresse und Handynummer von Pamela Kirby, Yasmins Mutter, gegeben, die, nachdem sie sich überschwänglich dafür entschuldigt hatte, nicht zu Hause zu sein, die Adresse des Jugendclubs für Unter-Sechzehnjährige bestätigt hatte, den Kasia und ihre Tochter besucht hatten.

Tomek war sich sicher, dass jemand sie zwang, Bilder von sich selbst zu machen. Und wo war sie in letzter Zeit gewesen, wo sie jemand Neues hätte treffen können? Genau an dem Ort, auf den er blickte: das House of Zeus Yoga Studio.

Das kleine Gebäude befand sich mitten in einem Industriegebiet in Southend und versteckte sich in einer langen Reihe von Garagen und Werkstätten. Draußen waren Biergartenbänke aus Holz mit Ketten an der Wand befestigt, aus deren Mitte große Sonnenschirme ragten. Während die Straße nicht besonders einladend war und offensichtlich ein Hotspot für Diebstähle darstellte, wirkte das Studio einladender, und Tomek fühlte sich davon angezogen. Vielleicht war es Neugier, die ihn hineinzog, oder vielleicht war es etwas anderes. Als er das

Studio betrat, schlug ihm der aufdringliche Duft von brennendem Räucherwerk und Kerzen ins Gesicht. Die Tür führte in einen großen Yogaraum. In einer Ecke des Raums lag ein Stapel Yogamatten. In der gegenüberliegenden Ecke befanden sich Schaumstoffrollen und große Holzstäbe. Auf der angrenzenden Seite standen zwei Bänke, die mit Kerzen geschmückt waren, einige brandneu, andere bis zum Docht heruntergebrannt. Die Wände waren mit indischer und asiatischer Kalligraphie, Ornamenten und anderen spirituellen Referenzen bedeckt. Im Hintergrund spielte lebhafte und unzusammenhängende elektronische Musik. Tomek erkannte sie sofort.

Er hatte nie das Interesse an Yoga und Spiritualität verstanden. Für ihn war das alles Schwachsinn, der von den Kaliforniern als das Nonplusultra nach dem Wassertrinken verwestlicht worden war, aber er verstand, warum Menschen es brauchten. Es gab so viel Chaos und Schrecken in der Welt, sie brauchten eine Flucht, ein Ventil, einen Weg, um alles rauszulassen und einen Sinn darin zu finden.

Tomek war damit beschäftigt, einige der Inschriften an der Wand zu betrachten, als ein Mann hinter einer offenen Türöffnung hervortrat und seine Hände an einem Handtuch trocknete. Das Erste, was Tomek auffiel, war seine Größe. Er war einige Zentimeter kleiner als Tomek, aber was ihm an Höhe fehlte, machte er mehr als wett durch seine Breite. Das Zweite, was er bemerkte, war sein langes Haar, das zu einem Dutt gebunden war, und der gepflegte Bart, der fast so lang war wie sein Haar. Er sah aus wie ein muskulöser Jesus.

»Kann ich Ihnen helfen?«, fragte der Mann mit vorsichtigem Tonfall.

Tomek streckte eine Hand aus, um den Bodybuilding-Jesus zu beruhigen. Er wusste, wie es wirken musste, wenn ein Fremder zufällig in seinem Geschäft auftauchte.

»Tomek Bowen«, sagte er und schüttelte dem Mann die Hand, wobei er sofort spürte, wie seine Knochen und Knorpel zermalmt wurden. »Freut mich, Sie kennenzulernen.«

»Zachary Godson«, antwortete der Mann, seine Augen musterten Tomek sorgfältig. »Ebenfalls. Wer sind Sie?«

»Ich bin der Vater eines der Mädchen, die neulich zu Ihrem Kinderclub gekommen sind.«

»Okay...«

»Ich habe mich gefragt, ob ich mit Ihnen über ihre Zeit hier sprechen könnte?«

Der Mann warf das Handtuch über seine Schulter. »Ist alles in Ordnung? Sie hat nicht etwa... eine Beschwerde eingereicht, oder?«

Tomek schüttelte den Kopf. »Nichts dergleichen. Es war eher eine Sorge, die ich hatte.«

Zacharys Adamsapfel hüpfte auf und ab, als er tief schluckte.

Tomek öffnete seinen Mund, um zu sprechen, aber ein plötzlicher Gedanke hatte seinen Gedankengang unterbrochen. »Was machen Sie hier eigentlich?«

»Was meinen Sie?«, antwortete Zachary und massierte seinen Bart.

»Nun, im Kinderclub. Zwingen Sie sie zum Yoga?«

Der Mann kratzte sich an einem seiner Bizepse. »Ich biete tagsüber und manchmal abends Yoga-Sitzungen und Retreats für meine Kunden an. Aber die Sache mit den Kindern ist völlig separat. Ich habe ein kleineres Studio im hinteren Bereich und einen Abstellraum, wo ich alle Sachen aufbewahre. Bevor sie kommen, hole ich die Sofas und PlayStations und Tischfußballtische raus. Ich habe Billardtische, ein Trampolin draußen, jede Menge Zeug, um sie zu unterhalten.«

Das war alles neu für Tomek. Er hatte versucht, Kasia zu fragen, ob es ihr gefallen hatte und was für Dinge sie gemacht hatte, aber sie war nicht bereit gewesen, sich auf das Gespräch einzulassen. Stattdessen hatte sie gebrummt und sich an ihre typischen einsilbigen Antworten gehalten, mit der Ausnahme, dass sie ihm gesagt hatte, dass sie »Spaß gehabt« hätte.

»Und Sie spielen Musik?«, fragte Tomek. »Ich dachte, ich hätte sie von irgendwoher erkannt.«

»Oh, ja?« Ein schmales Lächeln breitete sich auf Zacharys Gesicht aus, doch er trug immer noch einen leicht besorgten Ausdruck.

»Kasia hört diese Musik ununterbrochen, seit sie hier war.«

»Das ist sehr nett von ihr. Ich habe lange und hart daran gearbeitet, also ist es schön, wenn Leute sie weiter hören, wenn sie wieder draußen in der Welt sind.«

Tomek war beeindruckt. Eine Yoga-Gemeinschaft, ein abendlicher Kinderclub und eine Musikkarriere.

»Sie sind ein Mann mit vielen Talenten«, sagte er.

Zachary sah geschmeichelt aus. »Nur jemand, der versucht, die Welt zu verändern und etwas Gutes hineinzubringen.«

»Wie nobel.«

»Gefällt sie Ihnen?«

Tomek hielt inne, bevor er antwortete. Wie konnte er diesen Mann schonend enttäuschen, ohne ihm zu sagen, dass er seine Musik verabscheute?

»Sie ist nichts für mich, nein«, antwortete er schließlich. »Ich bin ein Mann der Achtziger und Neunziger und ziemlich snobistisch, wenn es um alles andere geht.«

Zachary blitzte ein Lächeln, das seine Zähne zeigte. Als er das tat, schienen seine blauen Augen zu glitzern, und Tomek war plötzlich überrascht, wie attraktiv und gutaussehend er war.

»Außerdem, wenn die Musik den Bach runtergeht, hast du wenigstens eine Zukunft als Model vor dir. Der Rest von uns muss damit klarkommen, auszusehen, als wären wir anderthalb Kilometer über Beton geschleift worden.«

»Ich weiß nicht«, sagte er. »Ich bin aus der Schauspielerei aus einem bestimmten Grund ausgestiegen.«

»Schauspielerei? Etwas, das ich gesehen haben könnte?«

»*EastEnders*«, antwortete Zachary beiläufig. »Aber diese Zeiten sind vorbei. Jedenfalls, was wollten Sie wissen?«

Tomek hob einen Finger in die Luft, als ob er sich plötzlich daran erinnert hätte, warum er hier war. »Ah, ja. Es geht um die Art von Leuten, mit denen Kasia neulich hier war. Sehen Sie, mir ist etwas zu Ohren gekommen und das hat einige Bedenken aufgeworfen. Insbesondere bezüglich Mitgliedern des anderen Geschlechts. Sie wissen ja, wie sie heutzutage sind. Ich frage mich, ob Sie gesehen haben, ob sie mit Jungen gesprochen hat, die entweder in ihrem Alter oder vielleicht älter waren?«

Zachary brauchte nicht lange, um darüber nachzudenken.

»Sie war die ganze Nacht mit ihrer Freundin zusammen. Die mit... mit den blonden Haaren... in Zöpfen.«

»Yasmin?«

»Ja, genau die. Jedes Mal, wenn ich sie sah, war sie mit Yasmin zusammen. Sie haben gelacht, auf ihren Handys gespielt, Musik gehört. Sie haben meistens für sich gehalten.«

»Und Sie sind sicher?«

Seine blauen Augen glänzten noch heller. »Ziemlich sicher. Ich toleriere hier keinerlei unangemessenes Verhalten. Klar, manche Kinder flirten vielleicht ab und zu ein bisschen, aber ich werde nichts dulden, was darüber hinausgeht.«

Tomek nickte zustimmend. Dann griff er in seine Tasche, holte eine Visitenkarte mit seiner Handynummer heraus und reichte sie Zachary. »Wenn ich Sie bitten dürfte, vielleicht ein Auge darauf zu haben und mir Bescheid zu geben, falls Sie etwas sehen, das... beunruhigend ist, oder etwas, von dem Sie denken, dass ich es wissen sollte.«

»Natürlich«, sagte Buff Jesus. »Ich würde das sehr gerne für Sie tun.«

KAPITEL
SIEBENUNDZWANZIG

Sie saßen an ihrem üblichen Platz auf dem Kunstrasen, im Schneidersitz, ihre Taschen vor sich auf dem Boden. Der einzige Unterschied war, dass heute die Sonne schien und die Jungs auf dem Feld spielten, wobei ihre Jubelrufe und Schreie von weitem die Luft erfüllten. In ihrer Nähe, am Rand des Feldes, stand die übliche Gruppe von Mädchen, die sie anhimmelten und anfeuerten, als wären sie Profispieler.

Möchtegern-WAGs, nannte Kasia sie. Und sie verkörperten alles, was sie an den Mädchen in ihrem Jahrgang hasste. Sie waren so eingebildet, so hochnäsig. Alles, was sie interessierte, war, wie sie aussahen, was sie trugen und was alle anderen über sie dachten.

Was sie nicht wussten, war, dass ein Rassenkrieg bevorstand, das Ende aller Tage, und sie und Yasmin würden die einzigen sein, die gerettet würden, wenn es soweit war. In der Zwischenzeit würden die anderen immer noch mit ihren Haaren und ihrem Make-up spielen, während sie durch Überfälle und Bomben und Kämpfe verwüstet und dezimiert wurden.

»Wie fühlst du dich nach gestern Abend?«, fragte Yasmin.

Es dauerte eine Weile, bis Kasia die Frage verarbeitet hatte. So viel war am Vorabend passiert, dass sie nicht wusste, worauf ihre Freundin sich bezog.

»Es war... in Ordnung«, sagte sie. »Ich... habe es nicht erwartet, aber jetzt verstehe ich es vollkommen.«

»Hast du den Rat schon befolgt?«, fragte Yasmin.

Kasia nickte. »Ich habe kein Frühstück gegessen und mein Mittagessen heute weggeworfen.«

»Gut. Er wird sich freuen, das zu hören. Es ist wichtig, dass du seinen Anweisungen folgst, sonst wird er nicht zufrieden sein.«

Das erinnerte sie. »Weißt du, was mit Myrtle McCall passiert ist?«

Yasmin schüttelte den Kopf. »Nein, ich weiß es nicht. Ich habe diese Seite von ihm noch nie erlebt.«

Der Gesichtsausdruck deutete auf etwas anderes hin, aber Kasia beschloss, nicht nachzuhaken.

»Lass es einfach eine Lehre sein«, fuhr Yasmin fort. »Du willst nicht auf Gottes schlechte Seite geraten, drücken wir es mal so aus.«

Die Betonung in Yasmins Stimme beunruhigte sie, und sie beherzigte die Warnung ihrer Freundin.

Bevor Kasia antworten konnte, knallte ein Fußball gegen den Drahtzaun, der den Kunstrasen umgab. Als der Ball zum Stillstand kam, stürmte einer der Jungen aus dem Jahrgang über ihnen auf sie zu.

»Tschuldigung, Mädels«, sagte er selbstgefällig. Als er sich abwandte, den Ball in der Hand, schaute er noch einmal zu Kasia. »Hab dich doch nicht erschreckt, oder?«, fragte er mit einem Augenzwinkern.

Kasia wurde plötzlich verlegen, ohne zu wissen warum.

»Nein. Er ist nicht mal in meine Nähe gekommen«, sagte sie schüchtern.

»Na, wenn doch, dann sagst du mir einfach Bescheid, wer geschossen hat, und ich kümmere mich für dich darum, okay?«

»Okay«, antwortete Kasia und konnte das verlegene Grinsen nicht unterdrücken, das sich auf ihr Gesicht schlich.

Dann spürte sie einen Schlag auf ihrem Arm. Sie drehte sich zu Yasmin um, die sie finster anstarrte.

»Was sollte das denn?«, fragte sie.

»Was sollte *was*?«

»Dieses Flirten. Ich hab's gesehen. Das kannst du nicht machen. Nicht, wenn du bei den Harpien bleiben willst. Wir können keine der

Ablenkungen gebrauchen, die diese schwachsinnigen Idioten haben. Es ist wir gegen sie, Kasia. Wir gegen alle anderen. Sie sind nicht deine Freunde, sie versuchen nicht, mit dir zu flirten. Sie versuchen, bei uns einzudringen. Und das können wir nicht zulassen! Erinnerst du dich, was Zeus über den Teufel gesagt hat, der versucht, den Rassenkrieg zu verhindern? Er ist *überall*. Du musst so vorsichtig sein.«

Kasia senkte beschämt den Kopf. »Tut mir leid. Ich sollte es besser wissen.«

Yasmin legte tröstend eine Hand auf ihren Rücken. »Ist schon okay. Du lernst noch. Gut, dass Zeus und keines der anderen Mädchen hier waren, um es zu sehen.«

»Warum?«

Yasmin öffnete den Mund, um zu antworten, aber bevor sie konnte, piepte Kasias Handy und lenkte sie ab. Das WhatsApp-Symbol erschien auf ihrem Sperrbildschirm. Yasmin warf einen Blick darauf und überprüfte dann ihr eigenes Handy.

»Er hat dir direkt geschrieben«, sagte sie und legte eine Hand auf Kasias Oberarm, umfasste ihn fest.

Ein Kloß bildete sich in Kasias Hals, als sie leer auf den Bildschirm starrte. Zeus. Schrieb ihr. Direkt. Warum? Was hatte sie getan? Steckte sie in Schwierigkeiten?

»Sitz nicht einfach da rum«, schrie Yasmin. »Öffne die Nachricht! Du musst sie schnell öffnen, sonst-«

Yasmin stürzte sich auf das Handy auf Kasias Rock, aber Kasia wehrte sie ab und öffnete die Benachrichtigung selbst. Während ihre Augen die Nachricht überflogen, lehnte sich Yasmin hinüber, um sie mit ihr zu lesen.

Creepy Sleepy.

Kasia las die Nachricht noch einmal, wartete und fragte sich, ob noch mehr folgen würde. Doch das war nicht der Fall. Sie senkte das Handy auf ihren Schoß und wandte sich zu Yasmin. Das Gesicht ihrer Freundin zeigte eine Mischung aus Eifersucht, Aufregung und Verwirrung in einem Ausdruck.

»Was bedeutet das?«, fragte Kasia leise.

»Du wurdest zu einem Creepy Sleepy eingeladen.«

»Was ist ein-«

Bevor sie zu Ende sprechen konnte, piepte ihr Handy erneut. Eine weitere Nachricht von Zeus. Diesmal war Yasmin schneller und las die Nachricht zuerst.

»Oh Gott... Oh nein...«

»Was ist los?« Kasia riss das Handy ihrer Freundin aus der Hand und las die Nachricht.

Wir haben ein Problem. Dein Vater war gerade im Studio und hat Fragen über letzte Nacht gestellt. Ich brauche dich, um das zu regeln, sonst fliegst du aus der Gruppe und wirst im Rassenkrieg untergehen. Denk an deine Prophezeiung.

KAPITEL
ACHTUNDZWANZIG

Die letzten zwei Wochen in der Schule waren die besten seines Lebens gewesen. Alles war nach Plan gelaufen. Er hatte die Klinge mitgebracht, sie einer Handvoll Leute gezeigt, und am Ende der ersten Mittagspause war er das Gesprächsthema der Schule. Nicht nur in seinem Jahrgang - in der *ganzen Schule*. Fünfzehnhundert Schüler, einschließlich einiger Älterer aus dem Oberstufenkolleg, kannten seinen Namen und kamen auf dem Schulhof und in den Fluren auf ihn zu, baten darum, die Klinge zu sehen und drängten ihn, sie halten zu dürfen, damit sie unweigerlich vor ihren Freunden angeben konnten, dass sie sie nicht nur in echt gesehen, sondern auch *gehalten* hatten. Er musste wohl tausendmal angehalten worden sein, und mit jeder Belästigung, mit jedem Zupfen am Arm in die Richtung einer neuen Person, fühlte er, wie sein Ego unermesslich wuchs. So muss es sich anfühlen, ein Star zu sein. Er konnte sich niemanden in der Geschichte der Schule vorstellen, der so berüchtigt gewesen war. Man würde sich jahrelang an ihn erinnern, Generationen würden über ihn als den Jungen sprechen, der eine Mordwaffe mit in die Schule gebracht hatte.

Aber all diese Aufregung, das ganze Adrenalin, das damit einherging, von Dutzenden von Leuten auf dem Schulhof gefeiert zu werden, verschwand fast augenblicklich, sobald er nach Hause kam. Niemand war da, der ihn wie einen König behandelte; seine Mutter und sein Vater waren zu beschäftigt mit der Aufarbeitung von Arbeit,

Kochen, Putzen und dem anschließenden Zusammenbrechen vor dem Fernseher, weil sie »einen langen, harten Arbeitstag« gehabt hatten. Es gab nie Zeit für ihn, und der Mord an der Nachbarin hatte die Dinge nur noch verschlimmert. Seit dem Besuch der Polizei waren seine Eltern paranoid geworden, schauten zu allen Tageszeiten aus dem Fenster, verfolgten ständig die Nachrichten, verstärkten ihre Sicherheitsüberwachung und befragten Donnie nach jeder seiner Bewegungen und ob er auf dem Weg zur und von der Schule irgendetwas Verdächtiges gesehen hatte. Sie überreagierten, weil sie befürchteten, dass der Mörder zurückkommen und sie alle umbringen könnte.

Aber Donnie hatte keine Angst. Er hatte die Mordwaffe. Er konnte sich verteidigen.

Heute Abend, wie an den meisten Abenden, war er in seinem Zimmer eingeschlossen und tat so, als würde er mit seinen Kumpels an der PlayStation spielen. Seine Mutter und sein Vater waren währenddessen unten und machten wahrscheinlich irgendwas Langweiliges. Ab und zu schrie er den Fernseher an, um so zu tun, als wäre er an seiner Spielekonsole. Er hätte sich nicht die Mühe machen müssen. Keiner seiner Eltern war nach Hause gekommen, um nach ihm zu sehen.

Er war ganz allein. Nur er und das Messer. Er und die Mordwaffe.

Er legte sein Handy auf den Nachttisch, warf die Beine von seiner *Herr der Ringe*-Bettdecke und ging zu seiner begehbaren Garderobe. Zwei helle Lampen leuchteten über ihm und tauchten seine Kleidung in ein hartes, klinisches Weiß. Links waren seine Schulkleidung. Rechts war seine Freizeitkleidung für Abende und Wochenenden. Hinten waren seine Fußballtrikots und Stiefel für den Fall, dass er mit seinen Kumpels im Park spielen oder zum Fünf-gegen-Fünf-Platz in Southend gehen wollte.

Die Klinge steckte hinter einem Schuhkarton auf dem obersten Regal, eingewickelt in ein Arsenal-Fußballtrikot.

Donnie nahm eine große Plastikbox, die einige seiner Spielsachen enthielt, und stellte sie vor die Wand mit Fußballstiefeln und Trikots. Das Gleiche, was er jedes Mal getan hatte, wenn er sie für die Schule heruntergeholt hatte. Der einzige Unterschied war, dass seine Mutter und sein Vater jedes Mal, wenn er das tat, außer Haus waren, auf dem

Weg zur Arbeit. Jetzt jedoch gab es ein zusätzliches Element der Spannung, der Vorsicht, der Angst und des Risikos.

Aber er wusste, dass er sich keine Sorgen machen musste. Sie kamen nie hoch, um nach ihm zu sehen. Kamen nie in sein Zimmer. Liebten ihn nie genug, um sich überhaupt zu kümmern.

Oben auf der Plastikbox stehend, griff er ins oberste Regal, zog den Schuhkarton weg und holte die Klinge heraus. Bevor sein Fuß den Teppich überhaupt berührte, hatte er das Trikot abgewickelt und hielt die Waffe in die Luft. Sie funkelte unter dem Licht, abgesehen von den Teilen, die noch mit getrocknetem Blut bedeckt waren. Er hatte nicht versucht, sie zu reinigen. So war sie authentischer. Die Kinder in der Schule wollten das Blut sehen. Andernfalls, welchen Beweis hätte er gehabt, dass es die echte Waffe war? Für sie wäre es nur ein ausgefallenes Messer gewesen. Das Blut machte es *echt*.

Mit beiden Füßen fest auf dem Boden schwang er die Klinge durch die Luft und genoss das *Schwusch*-Geräusch, das sie machte, als er sie nach links und rechts stieß, seine unsichtbaren Feinde bekämpfte und so tat, als würde er eines seiner Spiele spielen.

Zack!

Nimm das, Orkabschaum!

Stirb, du dreckiger Kobold!

Mit der Klinge in seiner Hand fühlte er sich unaufhaltsam. Unantastbar. Als könnte er jeden und alles abwehren, was durch diese Haustür kam. Wenn jemand in sein Zuhause einbrechen wollte, wäre er kein Gegner für ihn. Er war bereit für sie.

Für die nächsten zwei Minuten schlug und hieb er, stach und stieß zu, bis etwas ihn plötzlich innehalten ließ.

Nicht ein alarmierendes Geräusch oder das Geräusch seiner Eltern, die die Treppe hochkamen.

Nein. Es war ein Gedanke, eine Vision.

Zum ersten Mal in seinem Leben stellte er sich vor, wie er die Klinge in einen seiner Elternteile stieß. Seine Mutter, die dort in der Türöffnung stand. Das Messer, das langsam in ihren Körper eindrang. Blut, das herausspritzte. Das wäre für all die Nachmittage und Abende, an denen sie ihn vernachlässigt hatte. All die Male, die sie ihn angeschrien hatte, weil er seine Hausaufgaben nicht gemacht hatte.

All die Male, die sie-

Und dann hörte er, wie seine Zimmertür sich öffnete.

»Donnie, Schätzchen«, kam seine Mutter herein. »Ist alles in Ordnung? Wir konnten dich nicht spielen hör-«

Sie erstarrte im Türrahmen des Schlafzimmers, eine Hand am Türgriff, und sah ihn in der begehbaren Garderobe an.

Donnie bewegte sich nicht. Konnte es nicht. Etwas hielt ihn zurück, hemmte ihn. Seine Augen schauten zur Klinge, genau wie die seiner Mutter.

»Donnie«, sagte sie, »was ist das?«

»Nichts.«

»Donnie, gib mir das Messer.«

Er sagte nichts. Sie bewegte sich langsam auf ihn zu, eine Hand ausgestreckt.

»Donnie... Woher hast du das?«

Sie kam noch näher, aber er konnte nichts dagegen tun. Er konnte sich nicht bewegen. Seine Beine und Arme schrien ihn an, sich zu bewegen, anzugreifen, sich zu verteidigen, aber sein Gehirn kommunizierte nicht mit ihnen. Und so blieb er völlig regungslos.

Das war seine Gelegenheit. Er könnte das Messer in ihren Bauch stoßen und wegrennen. Er könnte genau das tun, was er sich gerade vorgestellt hatte.

Aber jetzt, wo er hier stand, konfrontiert mit dieser sehr realen und konkreten Möglichkeit, wurde ihm klar, dass er seine Mutter nicht töten wollte. Er wollte die Waffe nicht mehr führen. Wie Frodo, der den Ring nach Mordor trägt, spürte er das volle Gewicht seiner Bösartigkeit, die ihn in die andere Richtung zog, ihn in die Dunkelheit zog. Er hatte von seinen bösen Sünden gekostet und wollte jetzt nichts mehr damit zu tun haben.

Als seine Mutter an seiner Seite zum Stehen kam, senkte er seinen Arm und legte die Klinge in ihre Hände. Sie riss sie ihm aus der Hand und wickelte sie fest in das Arsenal-Trikot, bevor sie ihn am Kragen aus seinem Zimmer zerrte.

Und so war seine Berühmtheit, sein gehobener Status in der Schule, verschwunden.

KAPITEL
NEUNUNDZWANZIG

Tomeks Augenlider wurden schwer. Erschöpft, schläfrig. Der Stress und die Schwierigkeiten der letzten Tage holten ihn ein. Und selbst das laute Gelächter einer alten Folge von *Only Fools and Horses* konnte ihn nicht wach halten.

Wie üblich war Kasia in ihrem Schlafzimmer, und er blieb mit seinen Gedanken allein im Wohnzimmer zurück, während er abwesend auf den Fernseher starrte. Heute Abend war er allerdings mehr als glücklich darüber, dass Kasia dort blieb. Er konnte die Peinlichkeit nicht noch einmal ertragen. Nicht ein zweites Mal. Sein Gesicht war rot geworden, als sie ihn in der Küche zur Rede gestellt hatte. Als sie ihm erklärt hatte, dass sie neulich, als er bei ihr hereingeplatzt war, Sachen gemacht hatte. Erwachsenensachen. Teenagersachen.

Masturbieren.

Zumindest hatte sie es versucht.

Deshalb war sie halb nackt gewesen.

Tomeks Wangen waren schneller rot geworden als je zuvor, und er hatte nicht gewusst, was er sagen sollte. Was hätte er auch sagen können? Stattdessen hatte er ihr dafür gedankt, dass sie ihn aufgeklärt hatte, und war dann zurückgegangen, um sein Abendessen zuzubereiten.

Was sie jetzt gerade machte, darüber wollte er nicht nachdenken. Und er wollte ganz sicher nicht bei ihr hereinplatzen und es herausfinden. Das war das Letzte, was einer von ihnen brauchte oder wollte. Der einzige Vorteil war, dass er sich jetzt wenigstens keine Sorgen mehr machen musste, dass Kasia Fotos von sich an Jungs schickte, die sie im Kinderclub oder in der Schule kennengelernt hatte.

Jetzt musste er sich nur noch daran erinnern, anzuklopfen und auf eine Antwort zu warten, bevor er eintrat.

Doch als ein belastender Gedanke seinen Kopf verließ, wurde er schnell durch einen anderen ersetzt. Und zwar durch einen, mit dem er sich nicht gerne beschäftigen wollte.

Der Gedanke an Abigail.

Besonders an ihren Körper, ihre Wärme, ihre Berührung auf dem Sofa. Ihre Gesellschaft, während er einen Abend voller Eintönigkeit durchstand. Früher, als sie in einer Beziehung waren, hatten sie miteinander geredet, gelacht und sich über dieselben Dinge im Fernsehen beschwert. Klar, meistens waren sie mit ihren Handys beschäftigt und redeten nicht miteinander. Aber welche Beziehung war heutzutage nicht so? Es gab nur begrenzt Zeit, in der sie über ihren Tag reden konnten, bevor sie anfingen, sich zu wiederholen. Nein, es war ihre Gesellschaft, die er mehr als alles andere mochte. Etwas, über das er nie nachgedacht hatte, was ihm nie aufgefallen war, bis jetzt. Ein bisschen zu spät, jetzt, wo es vorbei war.

Die Nächte waren am härtesten. Besonders, wenn er Kasia nicht im selben Raum hatte. Selbst wenn sie an ihrem Laptop oder ihrem Handy saß, mit eingestöpselten Kopfhörern, war sie immerhin noch im selben Raum, und er konnte sie alle paar Sekunden mit einer belanglosen und unwichtigen Frage nerven und ablenken. Aber jetzt, wo er allein war, merkte er, dass er Schwierigkeiten hatte, die Zeit am Abend zu überbrücken. Er kam nach Hause, unterhielt sich kurz mit seiner Tochter, fragte sie nach ihrem Tag – oder erfuhr in diesem Fall, dass sie zum ersten Mal versucht hatte zu masturbieren – und dann war er allein. Im Fernsehen gab es nichts Neues, er las nicht gern, und er war auf keiner der sozialen Plattformen. Was blieb ihm also noch zu tun? Wie hatte er es jemals geschafft, als er allein gelebt hatte? Wie hatte er es vor etwas mehr als acht Monaten geschafft, bevor Kasia in sein Leben geplatzt war?

Tief im Inneren kannte er die Antwort. Die Gesellschaft, nach der er sich sehnte, hatte er in Form von One-Night-Stands und durch fast allabendliche Kneipenbesuche mit Sean und dem Rest des Teams gefunden. Sie waren sein Ventil für menschliche Aufmerksamkeit und Interaktion gewesen, aber jetzt, da er beides nicht mehr hatte, überlegte er ernsthaft, zu Abigail zurückzukriechen, zurück in eine unglückliche und unbefriedigende Beziehung. Etwas, von dem er tief im Inneren wusste, dass er es weder wirklich wollte noch brauchte.

»So«, sagte er, während er die Kontakte-App auf seinem Handy schloss und den Fernseher ausschaltete. »Das reicht an Gedanken für heute. Zeit fürs Bett.«

KAPITEL
DREISSIG

Sie ließ sich Zeit damit, hielt nach jeder Bewegung inne, hielt den Atem an und wartete, ob das Knarren der Dielen Tomek geweckt hatte. Nach ein paar Minuten und mehreren angespannten Pausen war Kasia aus ihrem Schlafzimmerfenster geklettert und sprang vom Garagendach der Nachbarn herunter. Adrenalin schoss durch ihren Körper. Dies war nicht nur ihr erstes Creepy Sleepy, sondern sie brach auch die Ausgangssperre.

Aber sie wusste, dass sie sich wegen Tomek keine Sorgen machen musste. Er bellte nur, aber biss nicht. Wenn er jemals herausfinden würde, dass sie mitten in der Nacht das Haus verlassen hatte – was bereits unwahrscheinlich schien, da sie es bereits zweimal getan hatte und es nicht einmal erwähnt worden war – könnte er nicht viel dagegen tun. Und sie würde sicherlich rechtzeitig eine Ausrede parat haben. Immerhin hatte er die ganze Masturbationsgeschichte geglaubt. Wenn er leichtgläubig genug war, das zu glauben, würde er alles glauben. Und die Verlegenheit in seinem Gesicht danach! Dieses Bild würde sie nie vergessen.

Es brachte ein Lächeln auf ihr Gesicht, als sie zum Honda Accord von Lorrie La Leta eilte. Kasia kannte Lorries richtigen Namen nicht. Sie kannte die richtigen Namen keiner der Mädchen, die einzige Ausnahme war Yasmin. Und bisher hatte sie, seit sie bei den Harpies war, nur ein- oder zweimal mit Lorrie gesprochen. Nicht mehr als ein freundliches »Hallo« und das eine Mal, als sie ihre Meinung zu Lorries Bauch abgeben musste. Das waren die einzigen Male, bei denen sie mit ihrer neuen Schwester gesprochen hatte, und sie verspürte einen Hauch von Beklemmung, als sie die Autotür öffnete. Worüber würden sie reden? Was, wenn Lorrie nicht gerne redete? Glücklicherweise saß Yasmin, die die Nachricht kurz nach ihr auf dem Spielplatz erhalten hatte, auf der Rückbank des Autos. Eine Freundin und auch eine Schwester. Jemand, auf den sie zurückgreifen konnte.

»Guten Abend, Harpy«, sagte Lorrie, lebhafter und aufgeregter, als Kasia erwartet hatte. Sie nahm eine leere Wasserflasche vom Beifahrersitz und warf sie in den Fußraum.

»Guten Abend, Schwestern«, antwortete Kasia, als sie einstieg und den Gurt einrastete.

In dieser Nacht trugen sie alle dasselbe: Schwarz. Schwarze Leggings und schwarzer Hoodie für Kasia, während die anderen schwarze Handschuhe als Teil ihres Outfits hinzugefügt hatten.

Bevor sie losfuhren, tippte Yasmin Kasia auf die Schulter und wedelte mit einem Paar schwarzer Lederhandschuhe vor ihrem Gesicht.

»Für dich«, sagte sie.

»Bist du sicher?«

»Absolut. Wir sind doch Schwestern, oder?«

Kasias Gesicht füllte sich mit Freude, als sie die Handschuhe nahm und über ihre Finger streifte. Sie waren eng anliegend, und es gab gerade genug Bewegungsfreiheit, um ihre Hand darin zu beugen. Ein weiterer Grund für sie, weiter abzunehmen. Wenn die anderen Mädchen in sie hineinpassten, warum konnte sie es dann nicht?

Lorrie La Leta schaltete in den ersten Gang und drehte sich zu ihnen um. »Also, Schwestern. Bereit?«

Kasia war noch nie bereiter gewesen in ihrem Leben. Seit Yasmin ihr erklärt hatte, was ein Creepy Sleepy war, hatte sie sich die Ereignisse in ihrem Kopf vorgestellt. Wie ein Fußballer, der sich am Abend vor einem großen Spiel vorstellt, wie er ein Tor schießt, hatte sie für jede Eventualität, für jedes mögliche Ergebnis geplant.

Und bisher erfüllte sich alles wie erwartet.

Sie waren seit zehn Minuten unterwegs, streiften schweigend durch die Straßen. Über ihnen kämpfte sich der Mond durch die

Wolken, und der Luftdruck nahm zu, was drohenden Regen ankündigte. Sie befanden sich mitten in einer zufälligen, unauffälligen Wohngegend in Thundersley. Autos säumten die Straßenseiten und Einfahrten. Einige waren brandneu, andere alt und rostig.

Sie schlichen auf dem Bürgersteig entlang und achteten auf lose Steine, Äste und Wasserpfützen, bevor sie schließlich anhielten. Lorrie La Leta hatte den Weg bisher angeführt, in Kasias Augen fachmännisch, und wie eine ausgebildete SAS-Einheit hob sie eine Faust in die Luft, was für sie und Yasmin das Kommando zum Erstarren war. Dann drehte sie sich zu ihnen um und zeigte auf das Haus.

Ihr Ziel für das Creepy Sleepy war ein kleines, freistehendes Zweizimmerhaus. Wahrscheinlich auf dem aktuellen Markt ein albern hoher Betrag wert. Aber das war jetzt nicht ihre Sorge.

Vor dem Haus befand sich ein perfekt gepflegter Garten mit frisch gemähtem Rasen, der bündig zu den umgebenden Pflastersteinen geschnitten war, einem kleinen Blumenbeet, einem Bündel Hortensien an der Vordermauer und einer kleinen Armee von Gartenzwergen, die das Haus bewachten.

Lorrie La Leta zeigte auf die Gartenzwerge, und Kasia und Yasmin nickten einander zu, sofort verstehend, was von ihnen verlangt wurde.

Als Nächstes führte Lorrie sie zum Seitentor auf der rechten Seite des Hauses. Zuerst prüfte sie, ob es verschlossen war. Es war. Dann setzte sie einen Fuß auf die Mauer, die das Zielhaus vom Nachbarhaus trennte, und zog sich über das Holztor. In der stillen Dunkelheit war das Geräusch ohrenbetäubend, und jede Bewegung schickte Angstschübe durch Kasia. Sie wollte nicht erwischt werden. Nicht bei ihrem ersten Creepy Sleepy. Und nicht, weil sie sich Sorgen machte, was Tomek sagen würde, sondern vielmehr darüber, wie Zeus reagieren würde. Wie enttäuscht er sein würde. Wie aufgebracht und frustriert. Wie die drei von ihnen für immer aus den Harpies ausgeschlossen wären.

Sie konnten sich keine Fehler leisten.

Sie konnten es sich nicht leisten, erwischt zu werden.

Als Nächstes war Kasia an der Reihe. Mit Adrenalin, das durch ihre Adern rauschte, legte sie ihre Hand auf genau dieselbe Stelle wie Lorrie, dann ihren Fuß, und sie stieß sich ab. Sie überwand das Tor mit Leichtigkeit und sprang zu Boden, dankbar für die Handschuhe, die ihre Hände vor Abschürfungen auf dem Beton schützten. Als Yasmin sicher bei ihnen war, warteten sie keuchend, hielten den Atem an, lauschten auf Anzeichen von Störungen, die Rücken gegen die Wand gepresst.

Dreißig Sekunden vergingen. Eine Minute. Zwei.

Nichts. Kein Geräusch von Bewegung aus dem Inneren des Hauses.

Jetzt mussten sie einen Weg hinein finden.

Tief geduckt schlichen sie an der Seite des Hauses entlang, bis sie zum hinteren Teil des Grundstücks kamen. Noch immer gab es keine Anzeichen von Leben. Keine Lichter, die durch die Vorhänge drangen. Keine Anzeichen von Bewegung durch die Fenster.

Am Hintereingang stießen sie sofort auf eine Terrassentür, die ins Wohnzimmer führte. Lorrie übernahm die Führung, näherte sich der Tür, griff in ihre Tasche und holte ein Gerät hervor. Kasia hatte keine Ahnung, was es war oder was es tat. Die Antworten auf beide Fragen bekam sie allerdings schnell, als Lorrie das Gerät ins Schloss steckte und zu drehen begann, wobei das Klacken in der Stille widerhallte.

Wenige Sekunden später hallte das Geräusch des nachgebenden Schlosses durch den Garten, und die Tür öffnete sich.

Sie waren drin.

Sie hatten es geschafft.

Und niemand hatte sich gerührt, niemand war aufgewacht.

Nach einer Minute des Wartens zogen sie ihre Schuhe aus und betraten das Haus. Lorrie führte die Gruppe an, gefolgt von Yasmin, während Kasia das Schlusslicht bildete. Drinnen holten sie ihre Handys heraus und schalteten die Taschenlampen ein. Das Wohnzimmer wurde sofort in helles weißes Licht getaucht, das den Inhalt des Eigenheims offenbarte. Zwei große Sofas waren auf den Fernseher in der Ecke des Raumes ausgerichtet. Eine schwarze Stehlampe stand zwischen ihnen. An der Wand stand ein weißes IKEA-Regal, gefüllt mit Dekorationen und Schalen voller Süßigkeiten. Lorrie steuerte direkt auf das Regal zu und begann, die Dinge umzustellen.

Bei einem Creepy Sleepy ging es nicht ums Stehlen, es ging nicht darum, den Besitzern ihre Habseligkeiten zu rauben. Es ging darum, Dinge zu verschieben, zu verwirren, Paranoia und Angst zu schüren, dass ihre Häuser nicht mehr sicher waren. Es ging darum, den Rassenkrieg anzufachen, den sie alle so verzweifelt beginnen wollten. Das Ende der Welt einzuleiten, damit alle vor dem tragischen Ereignis gerettet werden konnten, das auf jeden zukam. Dies war Gottes Werk. Dies war Zeus' Werk. Und sie waren mehr als glücklich, es für ihn zu tun.

Kurz darauf war Kasia an der Reihe, etwas zu verschieben. Anstatt im Wohnzimmer zu bleiben, ging sie in die Küche, wo sie direkt auf die Schränke zusteuerte. Der erste, den sie öffnete, war bis zum Anschlag mit Gewürzen und Kräutern gefüllt. Der Geruch von Pfeffer und Chili traf sie sofort und füllte ihre Nasenlöcher. Sie nahm eines der Kräutergläser und stellte es in einen anderen Schrank. Dann nahm sie ein Messer aus einer der Schubladen und legte es in einen Schrank voller Müslipackungen. Die Änderungen waren nur subtil, aber sie würden ausreichen.

Zuletzt war Yasmin an der Reihe. Sie hatte einen wilden Blick in den Augen, als sie die Sicherheit des angrenzenden Wohn- und Küchenbereichs verließ und tiefer ins Haus vordrang, tiefer in die Gefahr. Sie schlich auf Zehenspitzen den Flur entlang in Richtung Treppenabsatz. Direkt neben der Eingangstür befand sich ein kleines Badezimmer. Yasmin öffnete die Tür und kam eine Sekunde später mit einer unbenutzten Klopapierrolle zurück. Kasias Ohren lauschten gespannt auf das leiseste Geräusch von Bewegung im Obergeschoss. Sie hielt den Atem an und hoffte, dass das Geräusch ihres Atems Yasmins Zug nicht stören würde. Zurück im Flur stellte Yasmin die Klopapierrolle auf den Treppenknauf und schlich dann zu ihren Schwestern zurück. Ein kollektives Aufatmen war zu hören, als sie zurückkehrte.

Aber sie waren noch nicht außer Gefahr. Nicht, solange sie noch durch den Hintergarten und über den Zaun verschwinden mussten.

Und dann waren da noch die Gartenzwerge...

Kasia griff nach ihren Schuhen vom Boden und sprang nach draußen auf den feuchten Beton. Während sie sie anzog, blickte sie nach oben und suchte die Schlafzimmerfenster nach Anzeichen von Leben ab. Noch immer nichts.

Dann, bevor sie es wusste, hatte Lorrie die Hintertür abgeschlossen, und sie waren bereit zu gehen. Kasia folgte ihnen um die Seite des Hauses herum und stellte sich hinten in die Schlange, um über den

Zaun zu klettern. Als sie sich auf die Oberseite des Tores hievte, hielt sie inne, erstarrte, hielt den Atem an. Wartete.

Ein Geräusch, eine Störung, irgendwo in der Ferne. Schritte, die auf sie zukamen. Kasias Herz schlug ihr bis zum Hals, als sie über dem Rand des Tores hing.

Und dann entdeckte sie die Quelle des Geräusches. Eine Gestalt, ein Mann. Torkelnd auf der anderen Straßenseite, betrunken, das Licht seines Handys beleuchtete sein Gesicht und seinen Hals. Im Garten ließen sich Yasmin und Lorrie zu Boden fallen und suchten hinter den Büschen und der Ziegelmauer Schutz. Bis der Mann wenige Augenblicke später verschwunden war.

Sie waren sicher, außer Gefahr.

Als das Geräusch der Schritte schließlich verklungen war, ließ sich Kasia leise zu Boden gleiten.

»Das war knapp«, flüsterte Yasmin.

»Sehr«, antwortete Lorrie und wandte sich dann den Gartenzwergen zu, die zur Einfahrt blickten. »Ihr wisst, was zu tun ist.«

Yasmin und Kasia sahen einander an und nickten.

Sie wussten genau, was zu tun war. Und warum.

Ohne dass man es ihnen zweimal sagen musste, begannen sie, auf den Keramikfiguren herumzustampfen, sie mit Füßen zu zertreten, ohne auf die Geräusche zu achten, die sie dabei machten. Zwerge waren das Werk des Teufels, hatte Zeus gesagt. Menschen wurden von ihnen kontrolliert, und sie zeichneten alles auf, was sie sahen und hörten. Immer beobachtend, immer lauschend. Zwerge waren der Feind, und man konnte ihnen nicht trauen. Und deshalb mussten sie zerstört werden.

Glücklicherweise dämpfte das dicke, feuchte Gras das Geräusch der zerbrechenden Keramik, und die Zerstörung störte die Hauseigentümer kaum. Nachdem die Zwerge ausreichend zerstört waren, sprinteten die Harpyien zurück zum Auto, das ein paar hundert Meter entfernt stand, mit hämmernden Herzen und rasenden Pulsen.

Kasia hatte sich noch nie so lebendig gefühlt.

Sie liebte dieses Gefühl. Und sie wollte nicht, dass es aufhörte.

Sie erlebte die Zeit ihres Lebens mit ihrer neuen Familie, und sie wollte nicht, dass es endete.

KAPITEL
EINUNDDREISSIG

Tomek hob die Hand zum Mund, zu spät, um das Gähnen zu unterdrücken.

»Langweile ich Sie, oder was?«, fragte Nick und knallte sein Notizbuch auf den Schreibtisch.

Tomek zögerte, bevor er antwortete, und wandte sich an seine Kollegen, die ihn in diesem Moment alle anstarrten.

»Ganz und gar nicht, Sir«, sagte er mit einem Hauch von Sarkasmus in seiner Stimme. »Bitte... fahren Sie fort. Ich kann es kaum erwarten, mehr darüber zu hören, wie ein Dreizehnjähriger die einzige Mordwaffe, die wir finden konnten, komplett versaut hat.« Er atmete tief ein. »Weißt du, er sollte dafür zur Rechenschaft gezogen werden oder so. Was ist eigentlich los mit diesen verdammten Teenagern heutzutage, die denken, sie könnten tun und lassen, was sie wollen?«

Der Raum verstummte. Er hatte nicht erwartet, dass es so persönlich werden würde, aber genau das war passiert. Und jeder im Raum spürte es. Sie alle kannten auch den Grund. Es war kein Geheimnis, dass er mit Kasia seine Schwierigkeiten hatte, seit sie in sein Leben getreten war, aber er hatte immer versucht, diese Probleme zu Hause zu lassen, nur zwischen ihnen beiden. Doch jetzt war die Büchse der Pandora geöffnet.

»Nur mal langsam, mein Freund«, sagte Nick. »Wir können nicht einfach Teenager anklagen, weil sie mit Messern spielen.«

»Genau das sollten wir aber tun«, bemerkte Sean. »In meiner Gegend laufen so viele mit Messern rum heutzutage.«

Nick warf Sean einen strengen Blick zu. »Darüber rede ich nicht. Ja, du hast Recht. Wir müssen mehr gegen Messerkriminalität unternehmen. Aber im Moment spreche ich von dem Dreizehnjährigen, der zufällig eine Mordwaffe in seinem Garten gefunden und sie all seinen Freunden gezeigt hat.«

»Was ich wissen möchte, ist, warum SOCO oder die Uniform sie nicht früher gefunden haben. Ich dachte, wir hätten sie losgeschickt, um mit den Nachbarn zu sprechen?«, platzte Tomek heraus. Die Wut und Frustration in seinem Blut ließ nicht nach, und er wusste nicht, was er brauchte, um sie abklingen zu lassen.

»Ich verstehe deine Frustration, Tomek«, sagte Victoria und sprang ein, bevor Nick antworten konnte. »Und ich werde später ein Wörtchen mit ihnen darüber reden. Aber im Moment sollten wir uns darauf konzentrieren, dass wir sie haben. Sie mag nicht im besten Zustand sein, aber wir haben eine der Mordwaffen. Hoffentlich ist noch etwas DNA darauf, die wir zurückverfolgen können, und wenn sie einem von Richard Staffords Leuten gehört, dann haben wir mit etwas Glück die Möglichkeit, sie im System zu finden; Gott weiß, wir haben im Laufe der Jahre genug von ihnen dort eingetragen.«

Als ob es so einfach wäre.

Etwas sagte Tomek, dass es das nicht sein würde. Und er konnte an den niedergeschlagenen und erschöpften Gesichtern seiner Kollegen erkennen, dass sie genauso dachten.

»Das erinnert mich«, sagte er und wandte sich wieder Nick zu. »Wie sind wir mit der Drogensuche in Edwards' Wohnung vorangekommen?«

Nick zeigte mit einer Fingerpistole auf DC Oscar Perez. »Der Captain ist dein Mann dafür.«

Oscar, oder Captain Actually, wie er liebevoll im Team genannt wurde, wegen seiner nervtötenden Angewohnheit, jeden mit einem »Eigentlich...« zu korrigieren, gefolgt von der Begründung, warum sie falsch lagen, räusperte sich und blätterte in seinem Notizbuch. »Die Hunde wurden heute Morgen reingeschickt«, sagte er und wartete dann.

Und wartete.

Und wartete.

»Was machst du da? Warum sagst du nichts?«, fragte Tomek verwirrt.

»Ich habe für einen dramatischen Effekt eine Pause gemacht. Das ist etwas, was ich in letzter Zeit lerne. In meinen Sprechunterrichtsstunden.«

Tomeks Augen weiteten sich, und er öffnete den Mund, um zu antworten, aber Chey kam ihm zuvor.

»Machst du eine Berufswechsel?«, fragte der junge Polizist und musterte Oscar von oben bis unten. »Ich hätte dich nie für einen Elektriker gehalten, Alter.«

Oscar sah sichtlich beleidigt aus. »*Sprechunterricht*, du Schwachkopf«, entgegnete er. »Nicht Elektriker.«

Wenn es möglich gewesen wäre, dass Cheys Gesicht Verlegenheit zeigte, so entschied es sich nach diesem speziellen Schnitzer eindeutig dagegen. »Was ist der Unterschied?«, fragte er in die Runde.

»Beim einen geht es um Strom und Glühbirnen und Verkabelung; beim anderen geht es darum, diese Worte richtig auszusprechen«, antwortete Tomek und artikulierte jedes Wort deutlich. »Warum nimmst du Unterricht, Oscar?«

Der Mann schaute sich im Raum um, als ob er versuchte, die Frage zu beantworten.

»Oscar?«, fragte Tomek.

»Wechselst du wirklich den Beruf?«, fragte Nick.

»Nein«, antwortete der Captain. »Ich... ich nehme Schauspielunterricht. Weißt du, Schauspielschule. Ich denke darüber nach, in die Schauspielerei einzusteigen... ein paar Aufführungen zu machen. Am Wochenende, so in der Art. Oder abends. Nichts, was hier stören würde, aber... ich hatte gehofft, das Gespräch mit Nick und Victoria zu führen, bevor das ganze Team davon erfährt, aber... jetzt ist die Katze aus dem Sack.«

»Das ist der Hammer«, sagte Martin laut. »Aber pass bloß auf, dass du niemals eine Rolle in *Cats* annimmst. Ich habe den Film gesehen, und es war das Beschissenste, was ich je gesehen habe.«

»Alles klar. Ich werde das im Hinterkopf behalten.«

Alle gratulierten Oscar.

»Das ist sehr aufregend«, sagte Nick, nachdem sich die Stimmung etwas beruhigt hatte. »Obwohl wir ein separates Gespräch darüber führen müssen, wie das in Zukunft aussehen wird.«

»Ich bin dafür, dass wir uns alle abends freinehmen, um Oscar bei seinen Auftritten zu unterstützen«, sagte Tomek und hob die Hand.

Während alle zustimmten, wurde der Ausbruch schnell von Oscar selbst gedämpft, der mit seiner Erklärung der Untersuchung durch die Polizeihunde fortfuhr. »Die Hunde haben zwei Kilogramm Kokain und LSD hinter einem von Michael Edwards' Kleiderschränken gefunden«, erklärte er.

»Das erklärt, warum niemand es bei der Beweissuche gefunden hat«, kommentierte Sean.

»Es hatte einen Straßenwert von ungefähr hunderttausend Pfund«, fuhr Oscar fort.

»Ich frage mich, ob das Teil der Metalllieferung von Richard Stafford ist, die verschwunden ist«, sagte Tomek laut denkend. Dann blickte er zu Nick auf. »Irgendwelche Fortschritte bei der Drogenfahndung, damit wir unseren eigenen Pablo Escobar unter die Lupe nehmen können?«

Nick seufzte und verschränkte die Arme. »Ich arbeite noch daran. Überlasst es mir. Wir müssen sehr vorsichtig vorgehen, wenn wir glauben, dass Stafford die beste Ermittlungsspur ist. Ich denke nur, wir müssen absolut sicher sein. Wenn Edwards regelmäßig jeden Monat Geld an Richard geschickt hat, warum sollte Richard dann Leute schicken, um ihn zu töten?«

»Ich hab gehört, das waren Ninjas, die's getan haben«, platzte Chey heraus.

»Was hast du gesagt?«, entgegnete Sean, gefolgt von einem »Wovon zum Teufel redest du?« von Rachel auf der anderen Seite des Schreibtisches.

»Ninjas«, antwortete Chey. »Donnie Strachan hat erzählt, dass die Kinder in seiner Schule Gerüchte verbreiten, Michael Edwards sei von einer Gruppe Ninjas erledigt worden.«

Tomek schnaubte spöttisch. »Ich kann es kaum erwarten, das in den Nachrichten zu sehen«, sagte er. »Haben sie noch etwas über diese Ninjas gesagt, Chey? Wurden sie gesehen, wie sie schwarz gekleidet über Dächer gelaufen sind? Waren sie-?«

»Eigentlich«, begann der Captain, diesmal ernster, »ist gestern Abend etwas reingekommen.«

»Über Ninjas?«

»Auf Umwegen, ja.«

Oscar wartete. Und wartete.

»Fang nicht wieder an, dramatische Pausen einzulegen!«, rief Tomek und fuchtelte mit dem Finger vor dem Mann herum. »Rück schon raus damit, sonst komme ich zu keiner deiner Aufführungen – selbst wenn du es bis zum Broadway schaffst!«

Das schien zu wirken. Oscar blickte niedergeschlagen auf seine Notizen. Einen Moment lang tat Tomek der Kommentar leid. Und dann wurde ihm klar, dass der Mann darstellende Kunst übte und es wahrscheinlich sowieso alles nur gespielt war.

»Heute Morgen wurde die Uniform zu einem Haus in Thundersley gerufen. Ihr Vorgarten war verwüstet worden. Eine Menge Gartenzwerge wurden zerstört, und noch bizarrer, sie behaupteten, dass ihre Besitztümer im Haus verschoben wurden.«

So viele Gedanken. So viele witzige Kommentare.

Einfach keine Zeit, sie auszusprechen.

»Keine sehr guten Ninjas, wenn sie Sachen kaputt machen beim Rein- oder Rausgehen«, bemerkte Rachel.

»Nein, aber hört euch das an«, sagte Oscar und lehnte sich vor. »Es gab keine Anzeichen für einen Einbruch. Sie müssen also reingekommen sein, ohne ein Geräusch zu machen, Dinge verschoben haben und dann wieder verschwunden sein.«

»Vielleicht waren es Geister«, sagte Tomek. »Geister, die etwas gegen gewöhnliche Gartenzwerge haben.«

Oscar hob eine unbeeindruckte Augenbraue und wandte Tomek die Schulter zu. »Chef?«, fragte er Nick.

»Ja?«

»Ist es wert, dem nachzugehen?«

»Verdammt, nein. Überlasst solchen Scheiß der Uniform. Unsere Zeit ist besser damit verbracht, herauszufinden, was Michael Edwards mit all seinem Drogengeld gemacht hat. Und, noch wichtiger, an wen er verkauft hat.«

KAPITEL
ZWEIUNDDREISSIG

Chinnerys war seit den späten Neunzigern ein fester Bestandteil der Live-Musikszene in Southend. Nicht nur veranstalteten sie Auftritte bekannter Künstler und Coverbands, sondern gaben auch lokalen unabhängigen Künstlern eine Stimme, die auf ihren großen Durchbruch, ihre eine Chance auf Superstarruhm hofften.

Und heute Abend war es nicht anders; der Veranstaltungsort beherbergte die von den Harpies geliebten Sons of Zeus.

Die Veranstaltung war kurzfristig angesetzt worden, erst zwei Tage zuvor zum Programm hinzugefügt, weil der vorherige Act wegen unvorhergesehener Umstände abgesagt hatte, und glücklicherweise fiel sie nach dem Ende von Kasias Ausgehverbot. Nachdem sie von Yasmins Mutter abgesetzt worden waren, fanden sie und Yasmin die Harpies in der Schlange vor dem Eingang stehend. Es war halb sieben, die Türen öffneten erst um sieben, und Zeus würde erst um neun auftreten, aber ihnen allen war gesagt worden, sich früh zu treffen, um eine Menge zu bilden, um es so aussehen zu lassen, als würde einer der größten Künstler der Musikgeschichte (was er ihrer Meinung nach auch war) in diesem winzigen Veranstaltungsort entlang der Strandpromenade von Southend auftreten.

Und es funktionierte auch. Während sie draußen standen, wurden mehrere Passanten, die an der Strandpromenade entlang spazierten und vielleicht einen Abend in den Spielhallen verbringen oder frischen Fish and Chips genießen wollten, neugierig und kamen auf sie zu.

»Wer tritt auf?«, hatte einer von ihnen gefragt.

»The Sons of Zeus«, hatten die Harpies im Chor geantwortet, als wäre es ihnen einprogrammiert, es in dieser bestimmten Tonlage und in diesem bestimmten Tempo zu sagen.

»Er ist mein Lieblingskünstler der Welt!«, hatte Kasia hinzugefügt und ihnen dabei fast ins Gesicht geschrien.

»Was für eine Musik ist das?«, fragte der Mann weiter, sein Interesse offensichtlich noch nicht verloren.

»Alles«, antworteten die Mädchen.

»Es ist Techno, Grunge, R&B mit einem Schuss Rock, alles auf einmal«, fügte jemand hinzu.

Das Paar hatte einen Blick auf die Werbetafel mit Zeus' Gesicht darauf geworfen, erkannt, dass es sich nur um eine Ein-Mann-Band handelte, und war dann gegangen.

Zunächst hatte Kasia sich über das Paar geärgert, war wütend auf sie, weil sie nicht geblieben waren. Sie würden in der Apokalypse sterben und sie würde dafür sorgen, dass sie zu den ersten gehörten. Aber ihre Frustration und Verachtung für andere Menschen begann ein wenig nachzulassen, als sich eine Handvoll Leute Ende zwanzig am Ende der Schlange anstellte und, zu ihrer Überraschung, nicht von ihrem Geschrei und Fangirl-Verhalten abgeschreckt wurde. Sie wurden auch nicht durch die Mädchen abgeschreckt, die alle die gleiche Sons-of-Zeus-Merchandise trugen, die sie alle gekauft hatten, um ihre Unterstützung zu zeigen. Es kam ihr nicht in den Sinn, dass sie vielleicht für einen der Vorgruppen da sein könnten.

Als es endlich Zeit war, einzutreten, hatte sich die Menge fast verdoppelt. Und so begann der langsame Marsch zum Eingang, eng an ihre Schwestern gepresst, alle begierig darauf, reinzukommen und nach vorne zu rennen.

»Wie viel kostet der Eintritt?«, fragte sie.

»Zehn Pfund«, antwortete Yasmin.

»Wir müssen bezahlen?«

»Natürlich müssen wir das. Wir müssen Zeus in jeder möglichen Weise unterstützen, Kasia. Und das bedeutet auch finanziell. Er bekommt eine Menge Geld für diese Auftritte, und je mehr Leute wir bringen, desto mehr Geld hat er.«

Kasia nickte. Das ergab für sie alles vollkommen Sinn. Nicht einmal der Gedanke, ihr hart verdientes Taschengeld zu benutzen, reichte aus, um ihre Begeisterung zu dämpfen. Diese besondere Ehre fiel den beiden Türstehern zu, die an der Tür standen und die Ausweise ihrer Harpy-Schwestern kontrollierten, als diese durchgingen.

Das Mindestalter im Chinnerys betrug vierzehn Jahre, und da sie dieses Datum um drei Monate verfehlte, bedeutete dies, dass sie nicht berechtigt war, einzutreten. Das war jedoch kein Problem gewesen, weil ihre Schwestern das Geburtsdatum auf ihrer Be Identified Throughout Essex (BITE)-Karte geändert hatten.

Je näher sie kam, desto mehr schlichen sich Nervosität ein. Sie spielte mit ihrer BITE-Karte in ihren Händen, ließ sie durch ihre Finger gleiten und versuchte, Blickkontakt zu vermeiden.

Schließlich war sie an der Reihe. Yasmin wartete hinter ihr, falls sie jemanden brauchte, der sie verteidigte, jemanden, der dem Türsteher versicherte, dass sie alt genug sei, mit einem kokettem Haarschütteln und einem Flattern der Wimpern.

»Ausweis?«, fragte der Türsteher. Er war ein großer Brocken von einem Mann mit Unterarmen und Bizeps in der Breite ihres Kopfes.

Sie schluckte tief, als sie ihre BITE-Karte hinüberreichte. Als der Mann sie nahm, musterte er sie argwöhnisch und prüfte ihre Gesichtszüge. Dann sah er Yasmin an.

Kasia konnte ihr Herz in ihrem Mund spüren. Seltsamerweise war sie nervöser bei dem Gedanken, der Eintritt in einen Veranstaltungsort zu verweigern und Zeus in einer der größten Nächte seines Lebens zu enttäuschen, als während ihres Creepy Sleepy.

»Wann ist dein Geburtsdatum?«

Die Frage kam so plötzlich und abrupt, dass sie sie überraschte. Ihr Kopf war völlig leer.

»Mein...?«

»Dein Geburtsdatum«, wiederholte er, seine Geduld ließ schnell nach. »Wann wurdest du geboren?«

Und dann fiel es ihr ein. Ihr neuer Geburtstag. Das zusätzliche Jahr, das man ihr gegeben hatte, um zu beweisen, dass sie älter als vierzehn war. Sie sagte es dem Mann, und nach ein paar weiteren schmerzhaften Sekunden des Nachdenkens ließ er sie schließlich in die Veranstaltung. Sofort verschwanden die Nerven und die Aufregung kam in Wellen zurück. Das war so einfach gewesen. Über ihr Alter zu lügen. Über ihr Geburtsdatum zu lügen. In den letzten Wochen, seit sie Zeus und den Harpies beigetreten war, war sie immer besser im Lügen geworden. Bis zu dem Punkt, an dem sie sich fast als Expertin betrachtete. Jetzt konnte sie Tomek mit Leichtigkeit anlügen. Ihre Lehrer. Ihre Klassenkameraden. Und jetzt den Türsteher vor Chinnerys.

Etwas von der Aufregung in ihrem System wich dem Stolz, als sie durch die Türen stürmte und sich ihren Weg zur Tanzfläche bahnte. Die Bühne nahm den hinteren Teil des Veranstaltungsortes ein und war mit Zeus' elektronischer Ausrüstung gefüllt, die unter einer Reihe von Scheinwerfern brillant beleuchtet war. Bald würde Zeus dort oben in all seiner großartigen Pracht stehen. Sie fragte sich, was er tragen würde, wie er seine Haare gestylt haben würde. Sie hatte in der Schlange Gerüchte gehört, dass einige der Mädchen ein Outfit und eine neue Frisur für ihn ausgesucht hatten, aber dass sie es geheim hielten. Sie wollten, dass es eine Überraschung sei, hatten sie gesagt.

Das war jedoch nicht die einzige Überraschung des Abends, denn am Ende einer brillanten, wenn auch nicht perfekten Show hatten Yasmin und Peppy Piper, eine andere ihrer Schwestern, ihr mitgeteilt, dass sie an einem weiteren Creepy Sleepy teilnehmen würde. Diese Nacht. In weniger als ein paar Stunden. Und dass sie direkt zum Haus gehen sollte, ohne vorher nach Hause zu fahren.

Was bedeutete, dass sie ihre ausgezeichneten Täuschungsfähigkeiten erneut auf die Probe stellen musste.

KAPITEL
DREIUNDDREISSIG

S ean knallte sein leeres Bierglas auf den Tisch und fragte Tomek, ob er noch eins wolle.

»Besser nicht«, antwortete er und blickte auf sein fast leeres Glas. »Muss Kasia später von ihrem Konzert abholen.«

»Ach ja. Der Ohrenquäler. Ich wette, sie hat eine wunderbare Zeit.«

»Ich würde mir lieber Ohrenkneifer in den Kopf stecken und sie an meinem Gehirn nagen lassen, als mir anzuhören-«

»Ist das das, was sie tun?«, fragte Chey, der neben ihm saß.

»Ist was was wer tut?«

»Ohrenkneifer. Gehen die wirklich in dein Gehirn?«

Tomek tauschte einen wissenden Blick mit Sean aus.

»Nur, wenn du dir die Ohren nicht richtig putzt«, antwortete Tomek. »Deswegen musst du extrem vorsichtig sein, wenn du morgens aufwachst. Manchmal können sie drin sein, ohne dass du es bemerkst. Spürst du manchmal ein kleines Kitzeln im Ohr?«

Cheys Augen weiteten sich. Er schaute zu Tomek und dann zu Sean, dann schüttelte er den Kopf. Aber beide Männer konnten erkennen, dass er log.

»Nun, das sind sie«, fuhr Tomek fort. »Sie graben sich durch dein Ohr und bahnen sich stetig ihren Weg zu deinem Gehirn.«

Chey schlug beide Hände über seine Ohren und schüttelte seinen Kopf. »Hört auf! Ihr verarscht mich!«

Tomek nahm sein Glas, trank die letzten Reste seines Bieres und stellte es ab. »Tu ich nicht. Ehrlich. Schau es nach.«

Chey brauchte keine zweite Aufforderung. Er griff nach seinem Handy, entsperrte es und warf es dann zurück auf den Tisch. »In diesem Laden gibt's verdammt nochmal keinen Empfang!«

Tomek überprüfte sein eigenes Signal. »Meins hat keine Probleme.«

»Das liegt daran, dass du immer noch ein Nokia 3310 von vor zwanzig Jahren hast. Damit kriegst du wahrscheinlich sogar auf dem Mount Everest Empfang.«

Tomek schaute auf sein iPhone auf dem Tisch. »Nur weil es ein älteres Modell ist, heißt das nicht, dass es weniger funktional ist. Manchmal funktionieren ältere Dinge einfach besser.«

»Außer beim menschlichen Körper«, bemerkte Chey, der die imaginären Ohrenkneifer, die durch seinen Schädel krochen, vergessen hatte. »Mein Nacken und Rücken bringen mich seit ein paar Tagen um.«

»Wahrscheinlich, weil du den ganzen Tag über deinem Schreibtisch hängst«, sagte Tomek. »Außerdem bist du erst ungefähr zwölf. Du darfst dich über solche Sachen erst beschweren, wenn du mindestens dreißig bist.«

Tomek verstummte, dann bemerkte er, dass Sean immer noch über ihnen stand. »Worauf wartest du?«

Sean zeigte mit seinem dicken Finger auf Tomeks Glas. »Letzte Chance«, sagte er.

Tomek lehnte ab und bedankte sich trotzdem. Als Sean zur Bar des Fork and Spoon zurückkehrte, ihrem Stammlokal für Bier nach der Schicht, setzten Tomek und Chey ihre Diskussion über den Alterungsprozess und die verschiedenen Leiden fort, die den jungen Detektiv wahrscheinlich heimsuchen würden, wenn er seine Körperhaltung nicht ändern würde. Es sei jetzt alles in Ordnung, sagte der Polizist; er hätte noch Jahre Zeit, bevor er anfangen müsste, sich über solche Dinge Sorgen zu machen.

»Tiefe Venenthrombose und die Haltung eines Neunzigjährigen waren die Gründe, warum ich zur Polizei gegangen bin, Chef«, fügte Chey hinzu. »Das habe ich sogar in meinem Vorstellungsgespräch gesagt.«

Tomek lachte. »Aus irgendeinem Grund zweifle ich nicht daran, dass du das getan hast, Kumpel.«

Einen Moment später kehrte Sean mit zwei Bieren zurück. Er stellte sie auf den Tisch und schob eines zu Chey rüber.

»Was hab ich verpasst?«

»Chey hat mir gerade erzählt, wie er es kaum erwarten kann, später im Leben zu leiden.«

»Ich werde nicht leiden«, antwortete Chey. »Ich werde es beheben, bevor es wirklich schlimm wird.«

»Du klingst wie ein Süchtiger«, fügte Sean hinzu, als er einen Schluck von seinem Bier nahm. Als er es abstellte, stieß er einen langen, rauen Atemzug aus.

»Gut?«, fragte Tomek.

»Das Beste. Ich hatte schon lange eins davon nötig.«

»Harter Tag?«

»Eher harte Woche.«

»Läuft's zu Hause nicht so gut?«, fragte Tomek und bezog sich dabei auf Seans kürzlich getroffene Entscheidung, bei Victoria einzuziehen.

»Einfach... Arbeit und Zuhause. Zuhause und Arbeit«, erklärte Sean und umklammerte sein Bier mit seinen Händen, als würde er sich daran festhalten. »Wir hocken ständig aufeinander. Wir sind die ganze Zeit erledigt, wir haben uns nie viel zu sagen, und wenn wir nach Hause kommen, ist das Letzte, was wir tun wollen, kochen oder putzen oder das Geschirr aufräumen, aber es ist das, worüber wir am meisten streiten. Vielleicht war es falsch, bei ihr einzuziehen.«

Tomek war überrascht. Er hatte vermutet, dass sie Probleme hatten; er konnte es im Gesicht seines Freundes sehen, in ihren Interaktionen im Büro und der Art, wie sie sich in letzter Zeit angeschnauzt hatten, aber er hatte nicht gewusst, dass es so schlimm war.

»Willst du weitermachen oder es bleiben lassen?«, fragte Tomek.

Sean starrte in die Blasen seines Bieres. »Ziemlich knifflig, oder? Wir arbeiten zusammen, was die Sache unmöglich macht. Aber um es noch unmöglicher zu machen, ist sie meine Chefin. Und dann gibt's noch das Problem, dass ich eine Wohnung finden muss-«

»Du könntest bei mir wohnen!«, rief Chey aus.

»Bist du schon ausgezogen?«, fragte Sean.

»Nein, aber-«

»Warum zum Teufel sollte ich dann mit dir und deinen Eltern zusammenleben wollen? Wo würde ich schlafen? Im oberen Etagenbett?«

Cheys Augen weiteten sich bei dem Gedanken. »Das wäre *fantastisch*. Ich habe als Kind immer davon geträumt, einen Bruder zu haben. Stell dir vor, wir beide würden bis spät in die Nacht spielen. Uns gegenseitig auf die Nerven gehen.«

»Es ist nicht so toll, wie man denkt«, unterbrach Tomek. »Meine Brüder waren Arschlöcher zu mir, und wenn ich Sean so gut kenne, wie ich glaube, wäre er das größte Arschloch der Welt zu dir.«

»Ja, ich bin ein echtes Arschloch, Kleiner. Du würdest nicht mit mir leben wollen. Und... ich meine das mit allem gebührenden Respekt, aber ich will verdammt noch mal *nicht* mit dir zusammenleben.«

Chey ließ den Kopf gesenkt, nahm sein Bier und führte es an seine Lippen. Beide Männer beobachteten, wie er einen Moment brauchte, um sich von dem plötzlichen Schmerz zu erholen, den er fühlte. Keiner wusste, was er sagen sollte. Schließlich wandte sich Sean an Tomek und fragte: »Wie läuft's mit Abigail?«

Tomek kaute auf seiner Unterlippe. »Ich... Du wirst mich dafür hassen, aber ich habe neulich überlegt, sie anzurufen.«

»Und hast du?«

Tomek schüttelte den Kopf.

»Gut. Dann hasse ich dich nicht.«

»Es war aber knapp.«

»Das glaube ich dir. Aber du bist zur Besinnung gekommen und hast es nicht getan. Sie war ein faules Ei – *ich muss es wissen* – und ich bin froh, dass du da rechtzeitig rausgekommen bist.«

Tomek brummte. Er hatte keine Lust, dem Gespräch noch mehr hinzuzufügen.

»Wie geht's Kasia?«, fragte Sean und versuchte, die peinliche Stille zu füllen.

»Heute Abend oder generell?«

Achselzuckend antwortete er: »Generell, schätze ich.«

Und dann erzählte Tomek ihnen. Über ihr jüngstes Verhalten. Über ihre Schwierigkeiten. Über ihre Veränderungen im Aussehen.

»Neulich hat sie mir gesagt, ich soll ihr keine Barcodes zeigen«, schloss er.

»Was?«, fragte Sean.

Tomek zuckte mit den Schultern. »Barcodes, sie mag sie aus irgendeinem Grund nicht. Sie hat was gegen sie, glaube ich. Sie meinte, ich soll ihr keine davon zeigen.«

»Nimmt sie Drogen?«, fragte Sean mit aufrichtiger Besorgnis in der Stimme.

»Das habe ich mich auch gefragt, aber ich konnte nichts in ihrem Zimmer finden.«

»Sie nimmt keine Drogen«, sagte Chey plötzlich.

Beide Männer drehten sich langsam zu ihm um.

»Woher willst *du* das wissen?«, kam die Antwort von Tomek.

»Weil ich dasselbe gehört habe.«

»Du hast was gehört?«

»Dass Barcodes schlecht für dich sind. Sie haben Botschaften einprogrammiert, die darauf ausgelegt sind, uns einer Gehirnwäsche zu unterziehen, und jedes Mal, wenn du einen ansiehst, werden diese Botschaften übertragen.«

Es kam nicht oft vor, dass Tomek die Worte fehlten, aber jetzt war definitiv einer dieser Momente.

»Bist du sicher, dass du nicht auch auf Drogen bist?«, fragte Sean. »Wo zum Teufel hast du das gehört?«

»TikTok und YouTube. Es gibt da draußen massenhaft Verschwörungstheorien darüber.«

»Hat sie es daher verdammt nochmal aufgeschnappt?«, fragte Tomek, der endlich zu sich kam.

Chey zuckte mit den Schultern. »Wahrscheinlich. Einige der anderen Theorien da draußen sind ziemlich lustig. Es ist verrückt, dass manche Leute diese Dinge glauben.«

Tomek blickte den Polizisten finster an. Er schätzte die Andeutung nicht, dass Kasia dumm sei. Klar, das war sie, wenn sie wirklich glaubte, dass Barcodes Gehirnwäsche-Botschaften enthielten. Aber nur er durfte das denken. Sonst niemand.

»Wusstet ihr, dass Wasser Gefühle hat?«, fragte Chey.

»Was?«, fragten Tomek und Sean.

»Wasser... es hat Gefühle...« Er räusperte sich und rutschte auf seinem Stuhl höher. »Wissenschaftler haben Tests damit gemacht, wisst ihr.«

»Tests womit?«, fragte Tomek.

»Mit Gläsern Wasser. Sie... irgendein Typ in Japan hat positiv zu einem Glas gesprochen und es dann eingefroren. Dann hat er negativ zu einem anderen gesprochen und es eingefroren. Und als er danach das Eis untersuchte, war das negative Eis voller verzerrter Löcher und Schwärze. Und das positive Eis war voller Kristalle.«

Tomek sagte nichts. Zu verblüfft, um richtig zu denken.

»Sie haben es bis aufs Wort genau getestet«, fuhr Chey fort, »und das Wasser reagiert jedes Mal gleich.«

Tomek wandte sich an Sean, der genauso aussah, wie Tomek sich fühlte. Es dauerte lange, bis einer von ihnen etwas sagte.

»Mein Gott, soziale Medien lassen unsere Gehirne verrotten«, sagte Tomek. »Die nächste Generation ist am Arsch.«

»Ich habe nicht gesagt, dass ich es glaube!«, protestierte Chey.

»Quatsch. Ist das der Grund, warum ich dich in letzter Zeit bei der Arbeit deine Wasserflasche habe wiegen sehen?«

»Verpiss dich!«

Und dann brach es aus ihm heraus. Tomek beugte sich vor Lachen doppelt, schlug wiederholt mit der Hand auf den Tisch, bis sich Tränen in seinen Augen bildeten.

»Verdammtes Wasser hat Gefühle! Herrgott auf dem Fahrrad, wo hast du *das* denn her?«

Chey zuckte mit den Schultern. »Von irgendeinem Fußballer.«

»Heilige Scheiße. Die sollten wirklich die Langzeitfolgen des Kopfballspiels von klein auf untersuchen. Verdammt nochmal...«

Ein weiterer Lachanfall, diesmal lauter und länger als der erste, überkam sie. Als er und Sean sich endlich beruhigt hatten und die Tränen aus ihren Augen wischten, fuhr Sean fort: »Jedenfalls... Ich weiß nicht, was ich dir über Kasia sagen soll. Klingt, als hättest du alle Hände voll zu tun. Aber immerhin glaubt sie nicht, dass Wasser verdammte Gefühle hat!«

In diesem Moment, bevor einer von ihnen in weitere Lachkrämpfe verfallen konnte, betrat Nick den Fork and Spoon. Als er am Tisch ankam, zog er seinen Mantel aus und hängte ihn über die Stuhllehne.

Er schüttelte allen die Hand und ließ sich dann auf seinen Stuhl sinken.

»Was habe ich verpasst?«

»Wir reden gerade über Barcodes«, sagte Tomek.

»Und Kasia«, fügte Chey hinzu.

»Und Drogen«, fügte Sean hinzu.

»Und Wasser.«

Ein Ausdruck der Bestürzung zog über Nicks Gesicht. »Nun, das klingt ziemlich heftig. Ich brauche wohl einen Drink, um durch all das durchzukommen.« Er sah sich am Tisch um, die halb leeren Gläser und den leeren Tisch vor Tomek. »Trinken? Trinken? Trinken?«

Sean und Chey bestellten noch eines. Tomek lehnte ab.

»Komm schon«, beharrte Nick. »Nach dem, was ich höre, brauchst du es am meisten.«

Gerade als Tomek den Mund öffnete, um zu antworten, klingelte sein Handy.

Es war eine Nachricht von Kasia, die ihn informierte, dass sie für die Nacht bei Yasmin bleiben und am Morgen eine Mitfahrgelegenheit zur Schule bekommen würde. Dass er sich keine Sorgen um die Schuluniform machen müsse, weil Yasmin Ersatz für sie zum Anziehen hätte.

Tomek legte das Handy ab, sperrte den Bildschirm und schaute zu Nick auf.

»Wenn ich's mir recht überlege...«

KAPITEL
VIERUNDDREISSIG

Tomeks Kopf schmerzte am nächsten Morgen mehr als erwartet. Aus einem zusätzlichen Bier waren drei geworden, und jetzt bekam er die volle Quittung für seine Entscheidung. Der letzte Ort, an dem er sein wollte, war im Haus einer Achtzigjährigen mit diesem ganz speziellen Geruch. Der Geruch von etwas, das seit den Siebzigern existierte und so tief in die Einrichtung eingedrungen war, dass man sie nur durch Zerstörung davon befreien könnte. Der Geruch, der verriet, dass sie ihr ganzes Leben hier verbracht hatte, mit passender Einrichtung: das busähnliche Muster auf dem Sofa, der dicke Hochflorteppich, der über die Jahre abgewetzt war, die bunte, schreiende und völlig unpassende Tapete, die ihr Bestes tat, um an der Wand zu haften, aber rapide an Kraft verlor.

Trotz ihres Alters und der zerfallenden Möbel um sie herum war Mrs. Spall in guter Verfassung. Sie war schlank, trug ein brandneues Paar Turnschuhe an den Füßen und sah aus wie jemand, der jeden Tag spazieren ging, nur um fit zu bleiben.

Sie reichte Tomek seinen Tee in einer Porzellantasse und gab dann eine an die Polizistin weiter, mit der er gekommen war. Sie hieß Megan, und sie sollten mit Mrs. Spall über den Einbruch sprechen, den sie in der Nacht zuvor erlebt hatte. Es war der vierte in weniger als zwei Wochen, und Nick hatte in seiner unendlichen Weisheit beschlossen, ein Teammitglied zur Unterstützung der Ermittlungen zu schicken. Er, Sean und Chey hatten Schere, Stein, Papier gespielt, um zu bestimmen, wer diese Ehre haben würde. Und Tomek hatte verloren.

Er nahm einen Schluck von seinem Getränk und machte ein zustimmendes Geräusch. Der Tee war gut. Aber der Geruch, dieser verdammte Geruch, war es nicht.

»Danke, dass Sie sich Zeit genommen haben, heute Morgen mit uns zu sprechen, Mrs. Spall«, begann die Polizistin und spielte mit ihrer Dienstmütze zwischen den Fingern.

»Bitte, nennen Sie mich Elizabeth.«

»Elizabeth also«, sagte Megan mit einem Lächeln. Dann öffnete sie ihr Notizbuch und setzte den Stift aufs Papier. »Zunächst möchte ich sagen, dass es uns leidtut, was Ihnen gestern Nacht passiert ist. Wenn Sie irgendetwas brauchen, über das Übliche hinaus, werden wir Ihnen gerne helfen oder jemanden finden können, der es kann.«

Elizabeths Gesicht wurde warm und brach in ein Lächeln aus, das ein Gebiss enthüllte. »Sehr freundlich von Ihnen, das anzubieten«, sagte sie. »Ich muss zugeben, ich bin ein wenig erschrocken. Ich... ich möchte einfach nur wissen, warum sie so etwas tun würden. Ich lebe seit fünfzig Jahren hier und hatte nie Probleme.«

Tomek nahm sich einen kurzen Moment, um den Raum zu überblicken. »Würden Sie uns sagen, wann Ihnen zum ersten Mal aufgefallen ist, dass etwas nicht stimmt?«

»Es war nach Mitternacht. Ich... ich döste auf dem Sofa, als ich diese Geräusche von draußen hörte. Störungen, verstehen Sie. Geräusche, die ungewöhnlich klangen. Ich dachte, es wären nur meine Nachbarn, die spät nach Hause kommen oder vielleicht versehentlich gegen meinen Zaun stoßen, also ging ich ins Bett und schlief ein. Erst etwa eine Stunde später, um ein Uhr zweiunddreißig – ich erinnere mich, weil ich auf meinen Wecker geschaut habe – hörte ich die Geräusche wieder. Normalerweise schlafe ich recht leicht, und wenn meine Nachbarn Partys feiern und laute Musik spielen, hält mich das wach. Aber als ich nach unten kam, sah ich nichts Falsches im Haus. Die Dinge waren einfach... anders, verstehen Sie. Es fühlte sich anders an. Und ich konnte Parfüm riechen.«

»Parfüm?«, unterbrach Tomek. Neben ihm kritzelte Megan in ihrem Notizbuch.

»Ja... stark. Wirklich überwältigend. Ich habe es sofort bemerkt, verstehen Sie.«

Tomek konnte nicht anders, als zu denken, dass sie gerade ein bisschen mehr Parfüm in der Luft gebrauchen könnten. Der Geruch ließ seinen Kopf hämmern.

»Bevor ich zurück ins Bett ging, dachte ich, ich sollte alle Zimmer überprüfen, nur um sicherzugehen, dass sich niemand in einem der Schränke oder unter der Treppe versteckt«, fuhr Elizabeth fort.

»Das ist sehr mutig von Ihnen«, antwortete Megan. »Aber Sie müssen vorsichtig sein, sich in Zukunft nicht in solche Gefahr zu begeben. Dort hätte jeder sein können.«

Elizabeth ließ ein kleines Kichern hören. »Ach, Liebes. Ich habe die Sechziger, Siebziger *und* Achtziger durchlebt. Ich habe viel gesehen und erlebt. Ich weiß, wie ich mit mir selbst umgehen muss.«

Tomek bemerkte etwas Definition in ihren Schulter- und Armmuskeln und zweifelte nicht daran, dass sie eine Bratpfanne mit Nachdruck schwingen könnte, wenn es nötig wäre.

Elizabeth räusperte sich, bevor sie fortfuhr. »Da bemerkte ich, dass Dinge verschoben worden waren. Sachen standen an falschen Stellen. Es sah seltsam aus, verstehen Sie. Zuerst dachte ich, ich würde verrückt werden oder vielleicht etwas unter Schlafmangel leiden, aber je mehr ich schaute und untersuchte, desto mehr wurde mir klar, dass jemand im Haus gewesen war.«

»Haben Sie bemerkt, dass etwas fehlt?«

Elizabeth schüttelte den Kopf. »Das ist es, was ich nicht verstehen konnte. Sie waren drin, aber sie hatten nichts gestohlen. Sie hatten nur... Sachen verschoben. Wie die Löffelablage, die ich eines Jahres in Malaga gekauft hatte, lag plötzlich auf dem Couchtisch, und der Bilderrahmen mit meinen Enkelkindern war in die Waschmaschine gestellt worden. Ich... Es hat mich verwirrt.«

Megan beendete das Kritzeln ihrer Notizen, bevor sie antwortete: »Würden Sie uns von dem erzählen, was sie mit dem Vorgarten gemacht haben?«

Daraufhin versteifte sich Elizabeth, ihr Ausdruck wurde zu einem Stirnrunzeln, und sie schnaubte laut. »Nun, Sie haben es auf dem Weg herein gesehen, nicht wahr? Ein Gemetzel. Die absoluten Wilden, die

Bestien. Wie konnten sie das meinem Norman antun... meinem Garten?«

Tomek hatte in der Tat die Zerstörung in Elizabeths Vorgarten gesehen. Blütenköpfe und Blätter waren überall verstreut. Steine und Erdklumpen über den Rasen getreten. Und was einst ein rot-grüner Gartenzwerg gewesen zu sein schien, war zerstört worden und die Teile über die Terrasse verteilt.

»Norman?«, fragte Megan.

»Mein verstorbener Ehemann. Er liebte diesen Garten. Er gehörte ihm, und er arbeitete daran bis zu dem Moment, als er starb. Buchstäblich. Er ist während des Heckenschneidens gestorben. Herzinfarkt. Ich habe diesen Gartenzwerg gekauft, um seiner zu gedenken. Er sollte über den Garten wachen, während er fort ist, und ich habe mein Bestes getan, um ihn so schön zu erhalten, wie er es getan hat, aber jetzt...« Sie senkte den Kopf und griff nach einem Taschentuch aus einer Box neben ihr.

Tomek und Megan gaben ihr einen Moment, um sich zu sammeln, bevor sie mit der Befragung fortfuhren.

»Haben Sie überhaupt jemanden gesehen? Vielleicht haben Sie aus dem Fenster geschaut und den Eindringling die Straße hinunterlaufen sehen?«

Elizabeth überlegte einen Moment, als müsste sie sich anstrengen, die Erinnerung zu greifen. »Ich habe aus dem Fenster geschaut und was ich für ein Mädchen hielt, die Straße hinunterrennen sehen. Sie verschwand gerade außer Sichtweite, bevor ich etwas unternehmen konnte. Ich habe nicht... ich habe nicht viel mehr als das gesehen. Es tut mir leid, meine Augen sind nicht mehr das, was sie einmal waren.«

»Haben Sie gesehen, welche Haarfarbe sie gehabt haben könnte? Was sie trug? Wie alt sie gewesen sein könnte?«, fragte Tomek.

Elizabeth drehte sich langsam zu ihm. »Ich glaube, sie war blond, vielleicht. Ungefähr so groß wie ich, aber... heutzutage sagt das nichts aus. Ich könnte nicht sagen, wie alt sie war, nein. Alt genug zum Autofahren allerdings.«

»Was lässt Sie das vermuten?«

»Weil ich kurz danach ein Auto wegfahren hörte.«

Tomek schaute Megan an und gab ihr ein Zeichen, diese Information aufzuschreiben.

»Haben Sie weibliche Enkelkinder, Elizabeth?«

Sie schüttelte den Kopf. »Nur Jungs, leider. Ich hatte nur Jungs, und sie haben auch nur Jungs bekommen. Also viele Männer, um den Familiennamen weiterzuführen. Warum fragen Sie?«

Er zuckte mit den Schultern. »Kein besonderer Grund.«

Abgesehen von der Tatsache, dass die ganze Sache ein aufgebrachter und verärgerter jugendlicher Enkel sein könnte, der sich an seiner Großmutter aus irgendeinem Grund rächen wollte. Es war fast lächerlich, aber Tomek hatte genug Erfahrung, um zu wissen, dass es oft die ungewöhnlichen Gedanken waren, die sich als richtig erwiesen. Obwohl ihm in diesem Fall seine Intuition etwas anderes sagte. Er bekam nicht das übliche Ziehen im Magen oder Kopf, wenn seine Spidey-Sinne zu kribbeln begannen.

Es hatte in letzter Zeit zu viele Einbruchsfälle gegeben, als dass es ein Zufall oder eine Familienangelegenheit sein könnte. In den meisten Fällen vermutete Tomek, dass sie es mit einer Gruppe gelangweilter und störender Teenager zu tun hatten, die eine Vorliebe für Gartenzwerge hatten und mit ihrer Zeit nichts Besseres anzufangen wussten, als Leuten die Gärten zu zerstören und ihr Eigentum zu verwüsten. Er glaubte definitiv nicht, dass es in irgendeiner Weise mit Michael Edwards zusammenhing.

KAPITEL
FÜNFUNDDREISSIG

Nick stimmte Tomeks Theorie nicht zu.

»Wir haben die DNA-Ergebnisse von dem Haar, das in Michael Edwards' Haus gefunden wurde, und es gehört einer Frau«, erklärte Nick, während er sich auf seinem Stuhl zurechtrückte.

»Das hätte ich dir auch sagen können. Es war etwa fünfundsiebzig Zentimeter lang.«

»Ja, aber es passt zu dem, was die Opfer der Einbrüche gesagt haben. Du selbst hast gesagt, dass Elizabeth Spall eine Frau gesehen hat, die von ihrem Haus weglief, ganz zu schweigen von dem Parfümgeruch.«

Tomek gab den Punkt mit einem kleinen Schnauben zu.

»Aber die Vorgehensweisen sind unterschiedlich«, argumentierte er. »Nehmen wir für einen Moment an, es sind dieselben Leute. Warum würden sie in Michael Edwards' Haus einbrechen, ihn brutal erstechen und ihm die Kehle durchschneiden und dann gehen, ohne irgendetwas zu bewegen oder anzufassen? Und dann, ein paar Tage später, warum sollten dieselben Leute in die Häuser zufälliger Personen einbrechen, Dinge herumrücken und eine Handvoll unschuldiger Gartenzwerge zerstören, ohne auch nur den Besitzer aufzuwecken? Das passt nicht zusammen. Das ergibt keinen Sinn.«

Nick dachte einen Moment darüber nach und fuhr mit der Hand

über seinen kahlen Kopf, als ob er die Gedanken in Ordnung bringen wollte.

»Vielleicht sind sie nicht zufällig«, antwortete er schließlich. »Vielleicht werden sie aus einem bestimmten Grund ins Visier genommen.«

»Warum?«, fragte Tomek.

»Das herauszufinden ist verdammt nochmal dein Job. Aber ich sage dir, da ist was dran. Und du musst es finden. Schnell. Ich habe bald wieder eine Pressekonferenz, und ich möchte gut aufgestellt sein, wenn die Fragen unweigerlich kommen. Das erinnert mich, wird deine alte Flamme dabei sein?«

Tomek verzog das Gesicht. »Bitte nenn sie nicht so. Und bitte benutze diesen Ausdruck nie wieder.«

»Warum nicht?«

»Das ist peinlich. Und die Flamme ist definitiv, definitiv, definitiv erloschen. Sozusagen mit Wasser übergossen und eingefroren, also habe ich keine Ahnung, ob sie da sein wird. Aber angesichts der Häufigkeit, mit der sie versucht hat, mich nach Informationen zu löchern, würde ich sagen, die Chance, dass sie nicht anwesend ist, ist geringer als die, dass dir die Haare nachwachsen und du ein paar Kilos verlierst.«

Nick zeigte Tomek den Mittelfinger. »Frecher Kerl«, sagte er und schaute auf seinen Bauch.

»Wie steht's mit Richard Stafford und Michael Edwards, Nick?«, fragte Tomek und wechselte das Thema.

»Ich arbeite noch daran. Ich habe ein großes Problem mit den Schwanzvergleichern von der Drogenfahndung. Die blockieren mich bei jedem Schritt, und ich fange ernsthaft an zu denken, dass sie mit Stafford unter einer Decke stecken.«

»Ich bin sicher, du hast in deiner Zeit genug Leute aus dem Bett gescheucht, dass du mit diesem hier keine Probleme haben wirst.«

Nick zeigte Tomek einen weiteren Finger. »Fick dich nochmal. Willst du noch einen und das Ganze zum Hattrick machen?«

Tomeks Lippen verzogen sich zu einem schiefen Lächeln. »Verführ mich nicht.«

Die Falten auf Nicks Stirn entspannten sich. Er räusperte sich, bevor er sprach. »Ich hatte gestern Abend keine Gelegenheit, es zu sagen, aber... Kasia. Wenn du eine Hand brauchst oder einen Rat oder jemanden, an den du dich anlehnen kannst, ich bin für dich da. Mit zwei eigenen Teenagertöchtern glaube ich, dass ich vielleicht ein oder zwei Dinge weiß. Wahrscheinlich habe ich es selbst schon durchgemacht.«

»Du bist so lange dabei, du hast wahrscheinlich den Urknall miterlebt. Aber ich schätze das.«

Tomek nickte dem Mann sanft zu, um seine Wertschätzung zu zeigen, aber das wurde mit Wut quittiert.

»Das ist ein Hattrick«, zischte Nick. »Fick dich. Ich will dir nicht mehr helfen. Jetzt verschwinde aus meinem Büro und mach etwas Arbeit.«

KAPITEL
SECHSUNDDREISSIG

Yasmin schwang ihre Beine von der Bettkante und griff nach ihrer Schulbluse, die sie sich über die Schultern legte. Während sie langsam die Knöpfe schloss, genoss sie den Moment, sog ihn in sich auf und spürte den Schmerz und das Unbehagen, das sie unterhalb der Taille fühlte.

Der Sex war okay gewesen, wenn auch etwas schmerzhaft. Für ihr erstes Mal hatte sie nicht gewusst, was sie erwarten sollte. Aber sie war bei Zeus in sicheren Händen gewesen. Sie hatte sich beschützt gefühlt, geborgen unter seinen starken Händen, die sie aufs Bett gedrückt hatten. Er hatte ihr nicht wehtun wollen, das wusste sie. Natürlich nicht. Er würde das nicht tun. Er hatte versprochen, ihr erstes Mal zu sein, ihre Jungfräulichkeit zu nehmen – und sie hätte es sich mit niemand anderem vorstellen können. Wollte es sich nicht vorstellen.

Aber es war vorbei. Einfach so. Und jetzt fühlte sie sich beraubt, niedergeschlagen, fast enttäuscht. Hatte sie einen Orgasmus gehabt? Sie wusste es nicht. Aber Zeus hatte einen gehabt, und das war, was zählte. Gott zu erlauben, ihre Jungfräulichkeit zu nehmen und Ihm an ihrem sechzehnten Geburtstag einen Orgasmus zu schenken. Sie konnte sich nur vorstellen, wie viel ihr das im Jenseits einbringen würde. Natürlich wusste sie, dass er mit all den anderen Mädchen in der Gruppe schlief. Auch wenn sie nicht darüber sprachen, wusste sie es, aber keine von ihnen konnte behaupten, dass sie dem Erlöser ihre *Jungfräulichkeit* geschenkt hatte. Die anderen Harpyien waren bereits entjungfert gewesen, als sie Zeus kennengelernt hatten.

Außer Kasia.

Der Geruch von Sex und Schweiß hing in der Luft, überdeckt vom Räucherwerk, das in der Ecke des Zimmers brannte. Zeus lag hinter ihr, nackt auf dem Bett, das Laken bedeckte seinen Körper kaum, ein Arm hinter seinem Kopf. Sie konnte seinen Blick spüren, wie er sie beim Anziehen beobachtete, wie sie langsam ihre Kleidung anzog. Es gab ihr ein Gefühl der Macht. Fast schon Stolz. Es war eine Ehre und ein Privileg, und so ließ sie sich Zeit und versuchte, so verführerisch wie möglich zu sein, als sie aufstand und ihre Schulstrumpfhose an ihren Beinen hochrollte, wie sie es in Filmen gesehen hatte.

Sein Blick verhärtete sich, als sie bei ihrer Unterwäsche ankam und sie mit ihrem Rock bedeckte, als ob er versuchen würde, einen letzten Blick zu erhaschen, bevor alles verschwand. Als sie vollständig angezogen war, griff er nach einer Zigarette auf dem Nachttisch und zündete sie an. Das Licht der nahen Kerzen spiegelte sich auf seinem durchtrainierten Körper wider. Gott, wie gerne würde sie wieder in seinen Armen liegen. Diesen Druck seines Körpers auf ihrem und ihrer Kehle noch einmal spüren.

Aber sie würde warten müssen. Er würde entscheiden, wann sie wieder Sex haben würden. Er würde Zeit, Ort, alles bestimmen. Alles, was sie tun musste, war aufzutauchen und ihren Körper anzubieten.

Für ein paar Momente, während er weiter an der Zigarette zog, stand sie unbeholfen an der Seite des Bettes und wusste nicht, was sie mit sich anfangen sollte.

Erst als er die Zigarette fertig geraucht und im Aschenbecher auf dem Nachttisch ausgedrückt hatte, richtete er sich auf seine Ellbogen auf und winkelte ein Bein an. Die Position erinnerte sie an Michelangelos Gemälde *Die Erschaffung Adams*, das sie einmal im Religionsunterricht gesehen hatte.

»Kann man ihr vertrauen?«

Die Frage überraschte sie.

»Wem?«, fragte sie.

»Kasia. Kann man ihr vertrauen?«

Yasmin zögerte einen Moment, bevor sie antwortete. Vielleicht länger als sie sollte. »Womit?«

»Mit allem. Unserem Plan. Unserer Mission. Kann man ihr vertrauen?«

Yasmin nickte heftig. »Ja. Natürlich. Sie ist meine engste Freundin. Ich bürge für sie. Ich habe ihr von der Wichtigkeit erzählt, alles nur unter uns zu halten. Wie wir nichts durchsickern lassen dürfen. Sie ist genauso engagiert wie ich. Man kann ihr vertrauen. Ich verspreche es dir.«

Er dachte über diese Antwort nach und wandte seine Aufmerksamkeit dann der Schachtel Zigaretten zu und griff nach einer weiteren.

»Na gut«, sagte er. »Ich bin bisher beeindruckt von ihr. Aber ihr Vater bereitet mir weiterhin Sorgen. Ich muss sie vielleicht bald um Informationen bitten. Ist sie bereit, sich selbst zu sterben?«

»Ja«, antwortete Yasmin ohne zu zögern.

»Ich meine, ist sie bereit, sich selbst *vollständig* zu sterben?«

Diesmal brauchte Yasmin länger, um zu antworten. »Ja. Das ist sie. Ich weiß, dass sie es ist.«

»Sehr gut. Ich hoffe wirklich, dass das der Fall ist, denn wenn nicht, dann wird sie nicht die Einzige sein, die aus der Gruppe ausgeschlossen wird. Verstehst du, was ich meine?«

Sie verstand vollkommen. Aber die rasenden Gedanken und die plötzliche Angst, die in ihrem Magen aufstieg, hinderten sie daran zu antworten.

Zeus zündete eine weitere Zigarette an und sprach mit ihr zwischen den Lippen. »Der Rassenkrieg entzieht sich uns weiterhin. Das wird sich heute Abend ändern, dessen bin ich mir sicher. Und dann werden wir sehen, wie engagiert deine Freundin wirklich ist. Ich werde mich vielleicht auf dich stützen, vielleicht auch nicht. Aber sei dir bewusst, dass es einen Zeitpunkt geben könnte, an dem du deine Prophezeiung erfüllen musst.« Er nahm einen großen Zug von der Zigarette und blies eine gewaltige Rauchwolke in die Luft. »Das wäre dann alles. Du kannst gehen. Bitte schließe die Tür hinter dir.«

Als sie zur Tür ging, rief er ihr nach: »Und sag den Mädchen, dass ich will, dass alles für heute Abend bereit ist. Es darf keine Fehler geben.«

»Ja, Zeus. Natürlich, Zeus. Möchten Sie, dass ich es allen sage?«

»Nein«, sagte er ausdruckslos. »Sag es nicht Kasia. Die überlasse mir.«

KAPITEL
SIEBENUNDDREISSIG

K asia starrte schon viel zu lange auf die Nachricht. Viel, viel zu lange.

Die Nachricht hatte angedeutet, dass sie handeln musste. Schnell. Zügig. Es gab eine Frist. Und wenn sie diese verpasste... Nun, sie wollte nicht darüber nachdenken, was ihr passieren könnte, wenn sie sie verpasste.

Du musst heute Abend mit dem Zug um 21:07 Uhr von Leigh-on-Sea nach Southend Central fahren. Wenn du ihn verpasst, nimm nicht den nächsten. Wir werden nicht warten. Du hast eine Chance zu beweisen, ob du würdig bist, mit mir zu kommen, wenn die Rassenkriege beginnen. Und sie werden heute Nacht beginnen.

Sie las die Nachricht erneut. Sie hatte den Überblick verloren, wie oft sie sie gesehen, gelesen hatte. Wie oft ihr Gehirn diese Worte aufgenommen und dann sofort wieder vergessen hatte.

21:07 Uhr.

In fünfzehn Minuten.

Sollte genug Zeit sein. Es war nur eine fünfminütige Fahrt. Zehn, wenn man den Verkehr einrechnete. Das ließ fünf Minuten, um sich fertig zu machen (die Nachricht hatte keine bestimmte Kleidung vorgegeben, also müsste sie raten und aufs Beste hoffen) und die restlichen paar Minuten, um ihren Vater um eine Fahrt anzubetteln.

Papa.

Scheiße.

Es war eine Sache, rechtzeitig hinzufahren, aber das war nicht ihr größtes Hindernis. Ihr größtes Hindernis saß in Jogginghosen im Wohnzimmer und tat so, als würde er fernsehen, während er einschlief.

Dazu kam, dass sie sich einen Grund ausdenken musste, *warum* sie spät an einem Schulabend am örtlichen Bahnhof abgesetzt werden sollte.

Das würde ihre bisher schwerste Lüge werden.

Oder...

Sie drehte langsam den Kopf zum Fenster. Der Regen prasselte gegen den Rahmen und hallte durch den Raum. Sie erwog die Möglichkeit, hinauszuspringen und zu Fuß zum Bahnhof zu rennen. Aber könnte sie das schaffen? Fünfzehn Minuten im strömenden Regen und Donner? Sie könnte ein Taxi rufen. Oder Yasmin. Oder vielleicht eine der anderen Harpyien. Nein, dafür hatte sie keine Zeit. Sie wohnten alle weit weg, und außerdem versuchten sie wahrscheinlich alle selbst, zum selben Ort zu gelangen.

Das war alles sinnlos. Sie verschwendete Zeit. Ihre beste Chance war der Mann, der behauptete, sie zu lieben.

Wenn das der Fall war, dann war es Zeit, dass er es auch zeigte.

Sie schwang ihre Beine über die Bettkante, zog eine leicht abgetragene Jeans und einen dünnen dunkelblauen Pullover an, schnappte sich einen Regenmantel aus ihrem Kleiderschrank und packte eine Tasche mit dem Nötigsten: ihr Handy, Geldbeutel, einen Ersatzschlüssel, Parfüm und eine Haarbürste. Dann öffnete sie die Tür und eilte ins Wohnzimmer. Sie fand Tomek auf dem Sofa liegend vor, wie er durch sein iPad scrollte und dabei eindöste. Sobald er sie bemerkte, legte er das iPad flach auf seinen Bauch.

»Wo willst du hin?«

»Ich brauche eine Fahrt zum Bahnhof«, sagte sie unverblümt.

Tomek schaute auf seine Uhr. »Jetzt? Es ist fast neun Uhr. Und es schüttet wie aus Eimern. Nein.«

»Bitte.«

»Wozu?«

»Es ist dringend.«

»Warum? Was ist passiert?« Sein Ton war skeptisch. Wenn sie ihn überzeugen wollte, müsste sie sehr überzeugend sein.

Komm schon, Kasia, denk nach.

»Es geht um Yasmin. Sie wurde rausgeworfen. Sie und ihre Mutter... sie haben gestritten. Sie... sie hat sie heute Abend rausgeworfen und sie will, dass ich sie treffe.«

Tomek brauchte einen Moment, um zu antworten. Sein Gesicht verzog sich, während er über ihre Worte nachdachte, während er über die Lüge nachdachte. Ihr Puls hämmerte und ihr Herz raste, während sie wartete und wartete, wartete und wartete. Hoffend, betend, dass er ihr glauben würde. Sie hielt den Atem an und konnte spüren, wie ihre Lungen danach schrien, loszulassen.

»Warum musst du sie am Bahnhof treffen?«, fragte er.

Die Erleichterung kam, aber nicht die, auf die sie gehofft hatte. »Weil sie dort sein wird.«

»Hast du ihr gesagt, dass sie hier bleiben kann?«

Scheiße.

»Nein«, antwortete sie. »Sie will, dass ich mit ihr in einen Zug steige, damit wir nach Benfleet fahren können.« Sie konnte spüren, wie die Lüge sich auflöste, während sie es sagte. *Komm schon, sei überzeugender! Lass es mehr Sinn ergeben!* Und dann kam es ihr: »Sie hat eine ältere Cousine, die zugestimmt hat, sie für die Nacht aufzunehmen, aber sie möchte, dass ich mitkomme, damit wir... damit wir darüber reden können.«

Tomek sagte nichts.

»Ich muss für sie da sein. Es ist ernst, Papa.«

»Das bezweifle ich nicht. Aber ich denke, sie sollte nach Hause zurückkehren. Vielleicht sollte ich ihre Mutter anrufen«, sagte Tomek und griff nach seinem Handy.

»NEIN!«

Tomek erstarrte. »Warum nicht?«

»Weil es nicht deine Sache ist, dich einzumischen.«

»Wenn sie einen schlechten Einfluss auf dich hat, dann denke ich, habe ich jedes Recht, mich einzumischen.«

»Schlechter Einfluss? Sie hat keinen schlechten Einfluss.«

Das war nicht gut. Sie kamen vom Thema ab, entfernten sich immer weiter. Und ihr lief rapide die Zeit davon.

»Sie kommen einfach nicht miteinander aus, das ist alles«, fuhr sie fort.

»Du meinst so wie *wir* nicht?«

Kasia atmete scharf ein, tippte mit dem Fuß auf den Boden. *Geh nicht darauf ein. Sag nichts. Einfach nur... betteln.*

»Bitte, Papa. Es geht ihr gerade schlecht und sie braucht jemanden, der ihr hilft. Du... du musst doch wissen, wie das ist. Du hattest niemanden, als du... Du weißt schon, als du von zu Hause weggegangen bist...«

Bingo.

Der Ausdruck auf Tomeks Gesicht änderte sich von Zweifel zu Nachdenken. Er wurde plötzlich nachdenklich und wälzte die Gedanken in seinem Kopf.

Komm schon. Komm schon. Komm schon.

Sie hielt wieder den Atem an.

Schließlich gab Tomek nach und stimmte zu.

Sie entließ die Luft aus ihrem Körper in einem großen Atemzug und ging im Zimmer auf und ab, schnappte alles, was er brauchte. Den Pullover, der über der Sofalehne hing. Seine Schuhe. Seine Auto- und Hausschlüssel.

Die Zeit lief ihr davon. Sie hatte etwas mehr als acht Minuten, um es zu schaffen. Und als sie ins Auto sprangen, betete sie, dass kein Verkehr war.

Die Atmosphäre im Auto war angespannt. Sie saß auf der Kante ihres Sitzes, zappelte, tippte mit den Füßen im Takt des prasselnden Regens auf dem Dach. In ihrem Kopf schrie sie die anderen Autos auf der Straße an, beschimpfte sie dafür, dass sie nicht aus dem Weg gingen oder direkt vor ihnen rauszogen. Noch schlimmer, sie meckerte innerlich über Tomeks Fahrweise. Von allen Gelegenheiten, bei denen er keinen Sinn für Dringlichkeit hatte, hatte er ausgerechnet jetzt diese gewählt.

Sie tippte wiederholt auf ihr Handy und überprüfte alle zehn Sekunden die Uhrzeit.

»Was ist die Eile?«, fragte er und spähte auf ihren Bildschirm.

»Sie ist im einundzwanzig Uhr sieben Zug.«

Er warf einen Blick aufs Armaturenbrett.

»Ah.«

»Ja.«

»Hast du ein Ticket?«

Scheiße! Wie konnte sie vergessen, ein Ticket zu kaufen? Ihr Kopf war so beschäftigt gewesen, sie...

Sie entsperrte ihr Handy und kaufte eines online über die c2c-App. Es war ihr egal, wie viel es kostete. Alles, was zählte, war, pünktlich anzukommen.

Sie hatte drei Minuten Zeit, zum Bahnhof zu kommen, ihr digitales Ticket zu scannen und den Bahnsteig zu erreichen, bevor der Zug ankam.

Vier Minuten, um Zeus und dem Rest der Harpyien zu beweisen, dass sie bereit war, dass sie sich verpflichtet fühlte.

Wenn sie ihn verpasste, würden sie sie verstoßen. Wenn sie ihn verpasste, würden sie sie aus der Gruppe ausschließen. Ihre Familie, ihre Schwestern. Die einzigen Geschwister und wahren Familienmitglieder, die sie je gekannt hatte. Der Gedanke daran war unerträglich.

Eine Minute später, am Scheitelpunkt des Hügels, der zum Bahnhof hinabführte, hielten sie an einer Baustellenampel. Der Regen prasselte weiter auf das Dach und die Scheiben, und die Scheibenwischer kamen kaum hinterher. Abgesehen von dem Auto hinter ihnen war nichts in Sicht. Keine Autos von rechts, keine von links und keine aus der Gegenrichtung.

Sie saßen einfach da, während die Zeit verrann.

»Gott, warum dauert das so verdammt lange!«, schrie sie, während ihr Fuß neue Höhen des Tappens erreichte.

»Sprache, Kasia!«

Sie ignorierte ihn. Warum schien er so gelassen zu sein? Was wusste er, das sie nicht wusste? Versuchte er, sie zu sabotieren? Hatte er gewusst, dass die Baustelle da sein würde? Hatte er sie absichtlich diesen Weg genommen?

Schließlich, nach einer gefühlten Ewigkeit, sprang die Ampel auf Grün, und Tomek drückte sanft aufs Gaspedal. Die Fahrt den Hügel hinunter fühlte sich wie die längste aller Zeiten an, und als sie am

Bahnhof ankamen, blieb nur noch eine Minute. Sie hörte den Zug am Bahnsteig einfahren, als sie die Autotür öffnete. Sie sprintete ohne ein Wort des Abschieds oder des Dankes durch den strömenden Regen zum Bahnhof.

Aber es war zu spät. Als sie an den Schranken ankam, funktionierte der QR-Code auf ihrem Handy nicht. Die Regentropfen auf ihrem Bildschirm hatten ihn verzerrt, und als sie ihn mit ihrem Pullover abwischte, fuhr der Zug ab und verschwand in der Dunkelheit.

Kasias Mund öffnete sich, aber nichts kam heraus. Sie wollte schreien, weinen, aber da war nichts. Sie fühlte sich beraubt, leer. Das war's. Sie war raus aus den Harpyien. Sie hatte ihre einzige Chance vertan, sich zu beweisen, sich voll und ganz der Sache zu widmen.

Sie wollte sich übergeben, und lange Zeit stand sie da und starrte auf die Stelle des Bahnsteigs, wo gerade noch der Zug gestanden hatte, ihr Verstand frei von jedem Gedanken. Erst als ein Bahnwärter sie ansprach, kam sie wieder zu sich.

»Alles in Ordnung, Liebes? Brauchst du Hilfe mit deinem Ticket?«

Sie ignorierte ihn und entfernte sich, bevor er zu nah kommen konnte. Dann drehte sie ihm den Rücken zu und schlurfte zurück zu Tomek, während der Regen ihr ins Gesicht peitschte. Als sie die Hand auf den Türgriff legte, zuckte ein Blitz und der Donner krachte über ihnen.

Zeus war wütend, rasend. Und es war alles ihre Schuld.

Nein. Es war nicht ihre Schuld.

Es war Tomeks.

»Tut mir leid, dass du ihn verpasst hast«, sagte er, als sie wieder einstieg.

»Nein, tut es nicht«, zischte sie. »Es ist alles deine verdammte Schuld! Du hast das mit Absicht gemacht, oder? Du hast dafür gesorgt, dass ich ihn verpasse. Und jetzt... jetzt komme ich nicht dazu... Gott, ich hasse dich so verdammt. Ich hasse dich so verdammt sehr. Bring mich nach Hause. Bring mich sofort nach Hause.«

Tomek starrte sie entgeistert an. Er wusste nicht, was er sagen sollte. Am Ende sagte er nichts, als er den Schalthebel in den ersten Gang legte und losfuhr, begleitet vom Geräusch von Zeus' wütendem Regen, der auf die Windschutzscheibe prasselte, und den lauten Donnerschlägen über ihnen.

Zeus war wütend. Und sie konnte nichts dagegen tun.

Sie hatte ihre Familie verloren.

Sie war kein Mitglied der Harpyien mehr.

KAPITEL
ACHTUNDDREISSIG

Dicke, nasse Haarsträhnen klebten an ihrem Gesicht. Der Regen peitschte weiterhin aus allen Richtungen auf sie und die anderen Mädchen ein, während Donnerwellen über die Wolkendecke über ihnen rollten.

Der Körper in ihren Armen fühlte sich schwer an, zog sie nach unten. Er war bewusstlos, seine Arme baumelten an seinen Seiten herab. Es war ihre Aufgabe, ihn zu stützen und das Messer an seine Kehle gedrückt zu halten, aber ihre Bizepsmuskeln schrien unter dem Gewicht.

Die restlichen Harpyien umringten sie, ihre dünnen Hemden und Hosen klebten an ihren Körpern. Einige von ihnen waren so dünn und zerbrechlich, dass sie die Umrisse ihrer Rippenbögen und Schlüsselbeine durch den Stoff sehen konnte. In den Augen aller lag ein dämonischer Blick, während sie auf Yasmin und den Mann gerichtet waren. Hinter ihnen allen, geschützt unter der Burg, stand Zeus. Schreie und Wehklagen, vermischt mit bösartigem Gelächter, wie das Heulen eines Rudels Hyänen, erfüllten die Luft, obwohl sie schnell vom Donnergrollen über ihnen übertönt wurden.

Zeus war wütend. Und folglich waren sie es auch.

»Der Rassenkrieg beginnt heute Nacht«, rief er, seine Stimme tief; so tief, wie sie sie noch nie gehört hatte. Fast übernatürlich. »Und jetzt müssen wir unser nächstes Opfer bringen.«

Er schnippte mit den Fingern, und eines der Mädchen stürmte zu ihm. Er flüsterte ihr etwas ins Ohr, und einen Moment später rannte sie auf Yasmin zu. Ohne etwas zu sagen, schlug das Mädchen, Peppy Piper, dem Mann ins Gesicht. Die Bewegung war so plötzlich und kraftvoll, dass sein Kopf von einer Seite zur anderen rollte. Die Klinge in Yasmins Hand war so nah daran, seine Haut zu durchbohren, und dennoch bewegte er sich nicht, er zuckte nicht einmal.

Noch eine Ohrfeige. Noch ein Rollen zur Seite.

Diesmal blinzelte der Mann langsam. Sobald er zu sich kam, hob Bright Muffin ihren Taser und richtete ihn auf ihn. Silent Horsechick und Auspicious Almond zogen dreißig Zentimeter lange Küchenmesser aus ihren Hosenbünden. In der Dunkelheit gab es kein Schimmern des Metalls, keine Lichtreflexionen auf der Klinge, aber jede Harpyie wusste, dass sie da waren.

Der Mann in Yasmins Armen murmelte und gurgelte an dem Blut in seinem Mund. Anfangs waren seine Worte unverständlich, nichts als Müll. Aber nachdem er das Blut auf seine Brust gespuckt hatte, sagte er: »Was zum Teufel geht hier vor? Wo bin ich? Was passiert hier?«

»Zieht ihn aus«, kam der Befehl von hinten.

Sofort packten die Mädchen den Mann am Kragen, schnitten sein T-Shirt mit den Messern durch und rissen es in Fetzen. Als Nächstes waren seine Hosen dran. Die Mädchen warfen ihn so schnell zu Boden und zogen ihn aus, dass der Mann kaum Zeit hatte zu protestieren. Das lag auch daran, dass Yasmins Messer noch immer fest an seine Kehle gedrückt war. Sie konnte seine Muskeln unter ihren Armen spannen fühlen. Seinen Puls, der durch seinen Hals pochte. Das schnelle Heben und Senken seiner Brust, während Adrenalin durch seinen Körper strömte. So viel Kraft steckte in ihm, so viel Macht. Und doch konnte er nichts davon nutzen. Sie kontrollierte ihn. Sie hatte ihn gezähmt. *Sie* war diejenige mit der Macht, und sie fühlte sich lebendig davon, davon verzehrt.

»Bringt ihn auf die Knie«, befahl Zeus, immer noch im Dunkeln.

Yasmin verlor keine Zeit, den Mann auf seine Knie zu bringen, alle neunzig Kilogramm von ihm. Sie passte ihren Griff am Messer an, packte sein Haar und zog seinen Kopf zurück, sein Gesicht zum Himmel gerichtet. Regentropfen fielen in seine Augen und er blinzelte hektisch, aber er wagte es nicht, seinen Kopf zu bewegen. Nicht, wenn er nicht sterben wollte.

»Bitte«, begann er zu flehen. »Bitte, ich habe nichts getan. Ich weiß nicht, was Sie wollen, aber ich war es nicht. Sie müssen mir glauben. Sie müssen das nicht tun. Es tut mir leid für all die Dinge, die ich gesagt habe. Ich habe sie nicht so gemeint.«

Yasmin starrte ihm in die Augen, während er sprach. Dass jemand, der viel älter und körperlich stärker war als sie, um sein Leben bettelte, erfüllte sie mit noch mehr Euphorie. Mit einer schnellen Bewegung könnte sie ihn töten, könnte sie sein Leben beenden und sein Blut vergießen.

»Halt die Klappe«, zischte sie und spuckte ihm ins Gesicht. »Halt die Klappe!«

Der Mann tat wie ihm befohlen, abgesehen von einigen leisen Geräuschen, die gegen die Klinge vibrierten. Kurz darauf begann er zu schluchzen, zu weinen und in ihren Armen zu zittern.

»Genug!«, kam der Ruf von Zeus.

Dann schien alles anzuhalten. Der Regen, der Donner, der Blitz. Das Zittern, das Pochen des Herzens des Mannes, ihr eigenes Herzschlag.

Und dann erschien er, trat aus den Schatten hervor. Er hatte sein Oberteil ausgezogen, und im schwachen Licht konnte sie die Muskeln erkennen, die sie nur Stunden zuvor so kraftvoll gehalten hatten. Arme Kasia, sie verpasste das alles. Sie würde endgültig aus den Harpyien ausgeschlossen werden. Aber daran konnte sie jetzt nicht denken. Sie musste ganz im Moment sein, sich vollständig Zeus und dem, was er von ihr verlangte, widmen.

Er schlenderte auf sie zu und hob eine Hand. In dem Moment, als er das tat, zuckte ein Blitz über den Himmel und enthüllte sein Gesicht und die der Mädchen. Sie waren wie ein hungriges Rudel Wölfe, das auf den Befehl zum Angriff wartete.

Und dann gab er ihn.

»Tötet ihn.«

KAPITEL
NEUNUNDDREISSIG

An einem der Eingänge zum Hadleigh Castle hatte sich eine Menschenmenge gebildet. Hinter den Büschen ragte der verbliebene Turm der englischen Kulturerbestätte empor, dunkel und bedrohlich vor einem Hintergrund aus bleigrauem Himmel.

Als Tomek aus seinem Auto stieg, trat er mit dem Fuß in eine Pfütze. Wasser spritzte auf sein Bein, und er fluchte leise. Dafür hatte er jetzt keine Nerven. Nicht nach der letzten Nacht. Nicht nachdem Kasia ihn so angefahren hatte. Er war so überrascht, so verletzt und am Boden zerstört gewesen, dass er auf dem Heimweg nichts gesagt hatte, weder als sie zurückkamen, noch am Morgen. Tatsächlich hatte er das Haus verlassen, bevor sie überhaupt für die Schule aufgestanden war. Sie konnte sich selbst fertig machen und ihren eigenen Weg dorthin finden, wenn sie sich so wie eine verwöhnte Göre benehmen wollte, die undankbare Kuh. Ihm gingen langsam die Ideen aus, was er mit ihr machen sollte, wie er mit ihren Ausbrüchen umgehen sollte.

Glücklicherweise hatte er eine Ablenkung bekommen: eine weitere Leiche, diesmal in Hadleigh Castle, einem der wertvollsten Wahrzeichen von Essex.

Ein uniformierter Polizeibeamter stand an der Absperrung am Tor und wies die Leute zurück, erklärte ihnen, dass das Schloss für Besucher geschlossen sei. Als Tomek ankam, schüttelte er das Regenwasser von seinem Bein und wechselte in einem nahegelegenen Forensik-Zelt in einen Tatortanzug. Er meldete sich an, duckte sich dann unter der Absperrung hindurch und bereitete sich auf die Brutalität vor, die hinter den Hecken lauerte.

Hadleigh Castle war vor über achthundert Jahren von Hubert de Burgh erbaut worden. Von dort aus war es fast hundert Jahre lang von Hand zu Hand gegangen, bis König Edward III. es als königliche Residenz genutzt hatte. In den folgenden Jahrhunderten war es durch viele Hände gegangen und hatte den Hundertjährigen Krieg überstanden, bis im 16. Jahrhundert sein Material verkauft und Teile des Schlosses abgerissen wurden. Seitdem überragten die Ruinen, von denen nur noch das Barbican und zwei Rundtürme übrig waren, die Küste und die Sümpfe von South Essex.

Tomek hatte den Ort während seiner Teenagerjahre Dutzende Male besucht und sich durch das Tor geschlichen, um mit seinen Schulfreunden zu trinken. Das Einzige, woran er sich von diesen Nächten erinnerte, war, dass es kalt und stockdunkel war. Damals gab es noch keine Handys, also hatten er und seine Freunde sich auf die Taschenlampe vom Vater eines Kumpels oder das schwache Mondlicht verlassen, um den Weg zu beleuchten und die Fremden, die sie dort am Ende trafen.

Der Gedanke, dass Kasia sich dort einschleichen und auf dem Hügel trinken könnte, kam ihm kurz in den Sinn, aber zum Glück, bevor er sich noch mehr aufregen konnte, wurde er abgelenkt vom Anblick einer in SOCO-Ausrüstung gekleideten Person, die im Schlamm ausrutschte. Tomek unterdrückte ein Lachen, falls sie sich verletzt haben sollte. Aber als er näher kam und erkannte, dass es Chey war, konnte er sich nicht mehr kontrollieren. Der Klang hallte über die Hügel.

»Das bist immer du«, sagte Tomek, als er dem Mann auf die Beine half.

»Es sind diese verdammten Schuhüberzieher! Wessen Idee war es, die ohne jeglichen Halt zu machen? Ich rutsche hier rum wie Bambi auf dem Eis!«

Tomek kicherte unkontrollierbar.

»Es hilft auch nicht, dass diese Schuhe überhaupt keinen Grip haben«, fuhr Chey fort und klopfte Schlamm von seinem Anzug.

»Ich glaube, es könnte Zeit sein, dass die gehen müssen, Kumpel«, sagte Tomek und wischte einen Klumpen Schlamm von Cheys Schulter. »Nadia ist beim letzten Mal fast in Ohnmacht gefallen, als du sie ausgezogen hast.«

»Ist das der Grund, warum sie all diese Lufterfrischer gekauft hat?«

Tomek senkte den Kopf.

»Scheiße. Ich habe *tatsächlich* schon ein neues Paar im Auge gehabt.«

Tomek klopfte ihm auf den Rücken. »Achte vielleicht darauf, dass die nächsten für Bergwanderungen und lange Strandspaziergänge geeignet sind, bevor du sie kaufst, ja?«

Chey grunzte und schlurfte mit gesenktem Kopf zum Tatort zurück. Ein paar Meter von ihnen entfernt war ein kleines Forensik-Zelt um die Leiche herum aufgebaut worden, aber es wurde vom Barbican-Turm, der es um mehrere Meter überragte, in den Schatten gestellt. Tomek erinnerte sich daran, wie er einmal versucht hatte, den Turm zu erklimmen, um ein Mädchen zu beeindrucken, aber er war heruntergefallen und hatte sich den Ellbogen, die Handflächen und sein Ego schwer geprellt. So sehr, dass er seine Lektion gelernt hatte und es seitdem nicht mehr versucht hatte.

Vor dem Zelt stand der Tatortmanager Rory Stevens. Er stand mit den Händen hinter dem Rücken und nach vorne gebeugten Schultern da. Unter seiner Gesichtsmaske und dem Papieranzug starrte ein Paar müder und blutunterlaufener Augen zurück zu Tomek.

»Hast du geweint?«, fragte Tomek.

»Sehr witzig. Heuschnupfen.«

»Autsch.«

»Ja, das ist ein Mistding zu dieser Jahreszeit. Und besonders an einem Ort wie diesem.«

»Du meinst, wo es viele offene Flächen und jede Menge Wind gibt?«

Rory grunzte, drehte Tomek den Rücken zu und ging dann auf das Zelt zu. Als er die Klappe öffnete, sagte er: »Vorsicht, *du* könntest anfangen zu weinen, nachdem du das hier gesehen hast.«

———

Rory lag falsch. Das Erste, was Tomek tun wollte, sobald er den Körper sah, war nicht zu weinen.

Es war sich zu übergeben.

Er fragte sich, ob das der Grund war, warum Chey aus dem Zelt geflohen war, bevor er auf dem Gras ausgerutscht war – und plötzlich das Gefühl verlor, als Tomek eingetroffen war.

Der Tatort ähnelte dem von Michael Edwards. Das Opfer war männlich, Mitte dreißig, mittlerer Statur. Seine Kehle war durchgeschnitten worden, sein Körper mit Stichwunden übersät, und Tomek bemerkte die gleichen zwei Taser-Wunden auf seiner Brust. Der Körper war flach auf den Rücken gelegt worden, Arme und Beine weit ausgestreckt. Tomek konnte nicht herausfinden, ob es so inszeniert worden war, oder ob es einfach die Art und Weise war, wie der Körper gefallen war, nachdem er brutal erstochen worden war.

Die Ähnlichkeiten waren zu auffällig, um sie für unzusammenhängend zu halten. Diesmal gab es jedoch etwas Anderes an diesem Mord, etwas Beunruhigenderes. Tomek hatte das Gefühl, dass es rasender war, wilder. Die Anzahl der Stichwunden in der Brust und im Unterleib des Mannes war für das bloße Auge fast doppelt so hoch wie die Anzahl, die bei Michael Edwards gefunden wurde. Allerdings hatte der Regen im Laufe der Nacht das meiste Blut weggewaschen, und alles, was jetzt noch übrig war, war geronnen und gesprenkelt von den letzten Regentropfen, die auf seinen leblosen Körper gefallen waren.

»Wir haben unser Bestes getan, um ihn vor dem Regen zu schützen, aber es sieht so aus, als ob das meiste Blut weggewaschen wurde«, begann Rory, als ob er Tomeks Gedanken gehört hätte. »Er wurde von einer Gruppe Schulkinder auf ihrem Weg zur Schule gefunden. Arme Schweine. Die ganze Sache hat sie wahrscheinlich fürs Leben gezeichnet.«

Ist das nicht die Wahrheit, dachte Tomek, während seine Gedanken zu seinem toten Bruder Michał wanderten. Der Körper vor ihm war in einem Zustand, der dem allzu ähnlich war, den er vor dreißig Jahren gefunden hatte.

»Wie du wahrscheinlich bei deiner Ankunft bemerkt hast, haben wir den äußeren Kordon ziemlich weit ausgedehnt. So weit wie möglich. Überall sind Fußspuren, aber mir wurde gesagt, dass es eine Gruppe von zehn Kindern war, die ihn gefunden haben, also ist es sehr gut möglich, dass viele der schlammigen Fußabdrücke um euch herum von ihnen stammen. Trotzdem werden wir so viele Proben wie möglich nehmen.«

»Alle«, wies Tomek an.

»Ja. Alle.«

»Einschließlich der Wege, die zu den Bahngleisen führen. Die Killer könnten in sämtliche Richtungen geflohen sein.«

Tomek nahm sich einen Moment Zeit, um seine weitere Umgebung zu überblicken. Im Norden lag das Stadtzentrum von Hadleigh; im Osten ein großes Feld; im Westen befand sich die ehemalige olympische Mountainbike-Strecke; und im Süden war ein steiler Hügel, der zu der Bahnlinie hinunterführte, die Passagiere von Shoeburyness nach Fenchurch Street beförderte. In seinem geistigen Auge stellte er sich vor, wie sich die Mörder trennten, in alle verschiedenen Richtungen flohen und sich in der Dunkelheit der Essex-Landschaft verteilten.

»Wie viele?«, fragte Tomek.

»Wie viele was?«

»Wie viele Wunden?«

Rory begutachtete die Leiche. »Eine schnelle Zählung ergibt insgesamt sechsundvierzig.«

»Meine Güte«, bemerkte Chey. »Es ist, als hätten sie seinen Körper als Piñata benutzt.«

»Irgendeine Idee, wie viele Klingen benutzt worden sein könnten?«

Rory schüttelte den Kopf. »Nicht bevor dein Pathologe sie messen kann. Aber basierend auf dem, was ich neulich gesehen habe, würde ich sagen, es handelt sich um die gleiche Anzahl. Etwa drei oder vier.«

Tomek nickte und ging in die Hocke. Als er begann, die Leiche zu untersuchen, kroch der schwache Geruch von Urin in seine Nase.

»Er hat sich in die Hose gemacht?«

»Höchstwahrscheinlich«, antwortete Rory mit einem Nicken. »Das würdest du auch, wenn du in seiner Situation wärst.«

»Das und noch mehr«, entgegnete Tomek, während er seine Beine streckte. »Gibt es noch etwas anderes, das wir wissen sollten?«

Rory antwortete nicht. Stattdessen öffnete er die Klappe und verließ das Zelt. Tomek und Chey folgten ihm nach draußen, in Richtung der Barbakane. Tomek erstarrte, sobald er es bemerkte.

LET THE RACE WAR COMENCE war mit Blut über das Mauerwerk geschmiert worden, Rechtschreibfehler inbegriffen. Lange, dünne Blutstreifen waren den Ziegel hinuntergelaufen und einige Zentimeter darunter zum Stillstand gekommen. Die Nachricht war weitaus besser vor den Elementen bewahrt und geschützt worden als die Leiche. Wer auch immer sie dort angebracht hatte, wollte, dass sie gesehen wird. Am Boden vor der Wand lag, bedeckt mit einer Schicht Schmutz und Staub, das Oberteil des Opfers, zerrissen und blutverschmiert.

»Vermutlich wurde das mit dem Blut des Opfers sowie seinem Oberteil gemacht?«, fragte Tomek.

»Das ist die Theorie«, antwortete Rory.

Alle drei Männer nahmen sich eine Minute Zeit, um die Nachricht erneut zu lesen, sie aufzunehmen.

»Von welchem Rassenkrieg sprechen sie wohl?«, fragte Chey. »Ist das nicht die Olympiade?«

»Was zum Teufel hast du gerade gesagt?«, Tomek warf dem jungen Detektiv einen zutiefst einschüchternden und unbeeindruckten finsteren Blick zu.

»*Rassen*krieg. Die hundert Meter Sprint und all die anderen Laufveranstaltungen, die sie bei der Olympiade machen. Ich würde es nicht unbedingt einen *Krieg* nennen, aber sie rennen alle aus verschiedenen Ländern, oder?«

»Darum geht es verdammt nochmal nicht, du absoluter Trottel«, rief Tomek ungläubig. »*Kurwa macz.*«

»Herrrrr-gott noch mal«, jammerte Rory. »Wie dumm kann man sein?«

»Ich lasse deine Mutter dir dein Handy wegnehmen«, fügte Tomek hinzu. »Diese ganzen sozialen Medien richten absolutes Chaos in deinem Gehirn an.«

Chey hob die Hände kapitulierend. »Ehrlicher Fehler. Wirklich. Worum geht's denn dann?«

Tomek ließ einen langen Atemzug durch seine Nasenlöcher entweichen und sammelte sich, bevor er seinem Kollegen den einfachen

Begriff erklärte. »Ein Krieg zwischen den Rassen. Weißt du, Weiße, Schwarze, Asiaten. *Diese* Rassen.«

Cheys Augen weiteten sich mit Erkenntnis. »Jetzt verstehe ich. Also denkt derjenige, der das getan hat, dass einer bevorsteht?«

Tomek verschränkte die Arme vor der Brust und sagte: »Entweder das, oder sie versuchen, einen anzustiften.«

KAPITEL
VIERZIG

Der Knoten in Kasias Magen hatte sich seit ihrer Abfahrt vom Bahnhof vor etwas mehr als sechzehn Stunden nicht gelöst. Er lähmte sie, umschlang jeden Zentimeter ihres Körpers und machte sie krank. Sie war während all ihrer Unterrichtsstunden am Morgen abgelenkt gewesen, und als sie den Schulhof überquerte, den Kopf gesenkt hielt und ihre Tasche fest an ihre Brust drückte, verstärkte sich dieses Gefühl.

Yasmin wartete an ihrem üblichen Platz auf sie. Aber heute hatte Kasia keine Lust, sie zu sehen. Sie wusste nicht, ob sie es ertragen könnte. Am Vorabend hatte es keine Nachricht von ihren Harpy-Schwestern gegeben, keine Beileidsbekundung oder Unterstützung. Auch von Zeus hatte sie nichts erhalten.

Im Moment wollte sie nicht dort sein. Sie wollte nirgendwo sein. Sie wollte sich zusammenkauern und einfach dahinwelken. Vielleicht sogar ihre eigene Kehle aufschlitzen, so wie ihre Schwestern es beschrieben hatten, als sie über Michael Edwards sprachen.

Aber Yasmin hatte andere Pläne. Ihre Freundin sprintete über den Platz und packte Kasia am Arm, zog sie heran.

»Komm schon!«, rief sie.

»Yas, ich will nicht-«

»Halt einfach die Klappe und hör zu«, bestand ihre Freundin

darauf und riss ihr fast den Arm ab. »Ich hab dir so viel zu erzählen, du kannst es dir gar nicht vorstellen.«

Yasmin zog sie so heftig zu Boden, dass Kasia das Gleichgewicht verlor und ihre Beine in die Luft flogen. Als wäre ihr nicht schon peinlich genug zumute.

»Was ist los?«, zischte sie. »Ich dachte, du würdest... nicht mit mir reden wollen.«

Und dann kam Yasmin wieder auf den Boden der Tatsachen zurück. Der aufgeregte Gesichtsausdruck verwandelte sich in einen bedrückten, fast niedergeschlagenen.

»Ich...«, begann sie, plötzlich unfähig, Augenkontakt herzustellen. »Ich weiß nicht, was ich sagen soll. Du... du hast die Nachricht bekommen, oder?«

Kasia brauchte einen Moment, um zu antworten. Ihre Freundin *wusste*, dass sie die Nachricht erhalten hatte. Sie *wusste*, dass sie den Zug verpasst hatte. Warum also tat sie so, als wüsste sie es nicht?

»Ich habe den Zug verpasst, Yas. Ich hab verdammt nochmal alles verpasst, nur wegen dieser beschissenen Ampel in der Nähe vom Bahnhof. Ich weiß nicht, was ich tun soll... ich weiß nicht, was ich sagen soll. Soll ich ihm schreiben und fragen, ob er mich zurücknimmt? Hat er gestern Abend etwas über mich gesagt? Ich drehe hier durch!«

Yas nahm ihre Hand und drückte sie fest. »Ich war so enttäuscht, als du nicht aufgetaucht bist«, sagte sie und gab ihr einen kleinen Händedruck. »Ich wollte so sehr, dass du dabei bist. Aber...« Sie atmete tief ein. »Ich weiß nicht, was jetzt passiert. Er hat nichts gesagt. Er... ich muss den Mädels schreiben und sehen, was sie empfehlen. Wurdest du offiziell aus der Gruppe geworfen?«

Kasia überprüfte schnell ihr Handy. Nein, war sie nicht. Sie hatte immer noch Zugang.

»Das ist positiv...«

Kasia verdrehte die Augen und drehte den Kopf zur Seite. Sie konnte in diesem Moment nichts Positives erkennen.

»Lass mich mit den Mädels sprechen«, wiederholte Yasmin und legte ihre andere Hand auf Kasias Schulter. »Ich bin sicher, wenn du den Grund erklärst, lässt er dich vielleicht davonkommen.«

»Natürlich wird er das nicht!«, fauchte Kasia. »Es ist nicht gut genug. Ich muss ihm alles geben. Ich kann mir solche Fehler nicht leisten. Es war inakzeptabel. Ich darf nicht zulassen, dass so etwas noch einmal passiert, nicht während des Rassenkriegs, nicht im nächsten Leben, niemals.«

Yasmin warf ihr einen Blick zu, der zeigte, dass sie vollkommen verstand und ihr zustimmte.

Seufzend, mit den Fingern an ihrem Handy spielend, den Blick auf den Platz gerichtet, sagte Kasia: »Los, was ist gestern Abend passiert? Was habe ich verpasst?«

Ein Teil von ihr wollte es gar nicht hören. Es würde ihr massive FOMO verursachen und zusätzlich zu den Schuldgefühlen und der Scham, die sie bereits empfand, wäre es genug, um sie für den Rest ihres Lebens in ihrer Wohnung einsperren zu wollen. Aber der andere Teil von ihr, der neugierigere und wissbegierigere Teil – der stärker *involvierte* Teil – wollte es unbedingt wissen. Sie war jetzt seit über einer Woche eine Harpy, hatte ihre Zeit, Energie, ihren Körper und ihre Anstrengungen investiert, um eine zu werden; sie fühlte, dass sie es verdiente zu wissen, dass es ihr zustand.

Und nachdem sie alles in qualvollen, kleinsten Details gehört hatte, verstärkte sich das Gefühl der FOMO. Sie hatte den Beginn des Rassenkriegs verpasst. Sie hatte den Anfang vom Ende der Tage verpasst. Alles wegen einer verdammten Ampel.

Die brutale Tötung, die stattgefunden hatte, ließ sie gleichgültig. Inzwischen hatte sie so viel über die Notwendigkeit gehört, den Rassenkrieg zu beginnen und wie er anzuzetteln war, dass es sich in ihrem Kopf normalisiert hatte. Es war notwendig. Ein verlorenes Leben für die Verbesserung der menschlichen Rasse. Ein verlorenes Leben, damit der Erlöser sie retten konnte.

Es war unerlässlich, dass der Mann getötet wurde, unabhängig davon, wer er war oder welche Familie er, wenn überhaupt, zu Hause hatte.

Die Mittagspause ging schnell zu Ende. Beim Läuten der Glocke packten sie ihre Sachen und machten sich auf den Weg zum Klassenzimmer. Sie hatten die andere Seite des Platzes erreicht, als Kasias Handy klingelte.

Sie erstarrte. Starrte auf den Bildschirm. Kämpfte darum, einen Schrei zu unterdrücken.

»Er ist es! Er ruft an!«

»Geh ran! Geh ran!«, Yasmin drückte Kasia das Handy ins Gesicht. »Um Gottes willen, geh ran!«

Plötzlich wurde ihr Körper von Nervosität gepackt. Ihr Arm zitterte, als sie das Telefon hielt, das jetzt wie tausend Tonnen in ihrer Hand zu wiegen schien. Langsam, vorsichtig nahm sie den Anruf an und hielt das Gerät an ihren Kopf.

»Hallo?«, sagte sie mit einem Kloß im Hals und pochendem Puls.

»Bist du allein?«, ertönte die tiefe, düstere Stimme.

Kasia sah ihrer Freundin in die Augen. »Yas ist bei mir«, antwortete sie. »Wir sind auf dem Weg zurück zur Schule.«

»Lass sie zurück«, wies Zeus an. »Und verlass die Schule.«

»Ja. Natürlich. Alles, was du willst.«

Kasia zögerte nicht. Sie winkte Yasmin zum Abschied, drehte ihr den Rücken zu und ging in Richtung Schultor. Sobald sie draußen war, nahm sie ihre Krawatte und ihren Blazer ab, Dinge, die sie leicht als Schülerin der King John School identifizieren würden, und bog in eine Wohnstraße ein.

»Zeus, es tut mir so leid, dass ich verpasst habe-«

»Genug«, sagte er und brachte sie sofort zum Schweigen. »Du hast einen Strafpunkt gegen deinen Namen. Du stehst in meiner Schuld. Du hast dir dein eigenes Grab geschaufelt, aber bist du bereit, dich selbst wieder herauszuholen?«

»Ja.«

»Bist du bereit, deine Prophezeiung zu erfüllen?«

»Ja.«

»Bist du engagiert?«

»Ja.«

»Wie sehr bist du engagiert?«

»So sehr, ehrlich. So sehr, dass ich es nicht einmal in Worte fassen kann.«

Es entstand eine lange Pause, und für einen kurzen Moment fragte sie sich, ob die Verbindung unterbrochen worden war.

»Bist du bereit, dir selbst zu sterben?«, fragte Zeus schließlich.

»Ja. Absolut. Hundertprozentig. Ich bin voll dabei. Ich will dich nicht noch einmal enttäuschen, Zeus. Ich werde sicherstellen, dass so etwas wie gestern Abend nie, nie, niemals wieder passiert. Das musst du mir glauben. Ich bin bereit, mir selbst zu sterben.«

Wieder eine Pause, noch länger als die erste.

»Sehr gut. Du hast Glück. Ich habe dich wohlwollend angesehen, und es besteht immer noch eine Chance, bei uns zu sein, wenn der Rassenkrieg kommt. Gestern Abend hat nicht so funktioniert, wie wir es erhofft hätten. Der Teufel hat wieder seine Tricks mit uns gespielt, aber ich habe eine Prophezeiung gesehen, die besagt, dass es bald kommt. Sehr bald. Aber wir müssen schnell handeln. Der Teufel hat mitgehört und könnte von unseren Plänen wissen. Bist du bereit, gegen den Teufel zu kämpfen?«

»Ja!«

»Dann musst du dir selbst sterben, Kasia. Und du musst ab jetzt alles tun, was ich sage.«

»Natürlich. Ich bin bereit. Ich bin willig.«

KAPITEL
EINUNDVIERZIG

Tomek war gerade dabei, seine Notizen zur Zeugenaussage von Elizabeth Spall zu tippen, als sein Handy klingelte. Er spürte sofort ein Gefühl der Beklemmung, als das Gerät an seinem Bein vibrierte. Dieses Unbehagen verstärkte sich nur noch, als er erkannte, wer anrief. Ein Teil von ihm wollte fast nicht rangehen. Es vermeiden, es liegen lassen, so tun, als wäre er beschäftigt, davor weglaufen. Aber der andere Teil erkannte die Notwendigkeit und Dringlichkeit, nach rechts zu wischen und den Anruf anzunehmen, als wäre er eine Art mittelmäßiger Superheld.

»DS Bowen am Apparat«, sagte er, als wüsste er nicht, wer am anderen Ende der Leitung war.

»Hallo, Herr Bowen«, begann die Stimme. »Hier ist Frau Holloway von Kasias Schule. Wie geht es Ihnen?«

»Kann nicht klagen«, sagte er. »Jedenfalls noch nicht.«

Frau Holloway lachte unbeholfen in den Hörer.

»Das ist schön. Es ist nur... ich wollte fragen, ob Sie irgendwann zwischen jetzt und Schulschluss zur Schule kommen könnten?«

Tomek sah auf die Uhr, dann in seinen Kalender.

»Ich kann jetzt kommen. Was hat sie denn diesmal angestellt?«

Die Antwort erfuhr er fast eine halbe Stunde später.

»Herr Peters, einer unserer Sportlehrer, hat sie auf dem Weg zur

Gypsy Bridge gefunden«, erklärte Frau Holloway. »Er ist die Strand-promenade entlanggerannt, um sie einzuholen.«

Tomek warf Kasia einen finsteren Blick zu.

»Du hast geschwänzt?«, zischte er.

Sie saß mit überkreuzten Beinen und Armen da, ihre Tasche auf dem Knie, und einem großen Stück Kaugummi im Mund. Sie sagte nichts.

»Was hast du gemacht?«, fragte Tomek.

Immer noch nichts.

»Wohin wolltest du?«

Stille.

»Mit wem warst du? Wen wolltest du treffen?«

Kasia reagierte nicht. Neben ihm stand Frau Holloway unbeholfen herum, verlagerte ihr Gewicht von einem Fuß auf den anderen und spielte mit ihren Händen. Aber das war Tomek egal. Er war mehr als bereit, das Verhör – so hart und unnachgiebig wie möglich – genau hier und jetzt zu führen, egal ob Frau Holloway dabei bleiben wollte oder nicht.

»Kasia, antworte mir!«, bellte er, seine Stimme fast ein Brüllen. »Warum hast du das Schulgelände verlassen? Hat dir jemand gesagt, du sollst das tun? War es ein Witz oder eine dieser dummen Mutpro-ben, die Kinder heutzutage spielen? Was hat dich dazu gebracht, das Schulgelände zu verlassen? Dir hätte alles Mögliche passieren können. Du hättest von einem Auto angefahren werden können oder, schlimmer noch, jemand hätte dich mitnehmen können.«

Wenn Kasia den Ernst ihrer Handlungen verstand, zeigte sie es nicht. Stattdessen wanderte ihre Aufmerksamkeit von Tomek weg und auf die Einrichtung im Zimmer des Schulleiters. Den dreien war die Zeit und der Raum gegeben worden, um Kasias Verhalten ohne Unter-brechungen zu besprechen.

»Kann ich zum Laden gehen?«

Die Frage war so unpassend, so zusammenhanglos, dass es eine Weile dauerte, bis er begriff, was sie gesagt hatte und dass sie ihn angesprochen hatte. Als er es endlich verstand, zuckte seine Hand. Die Bewegung war nur minimal, als würde er sie heben, um ihr eine zu verpassen, aber Frau Holloway bemerkte es, und ihr Gesichtsausdruck verwandelte sich sofort in Besorgnis.

Er wollte sie so sehr schlagen, ihr so hart eine runterhauen, weil sie so ungehorsam war – so wie seine Eltern es bei ihm getan hatten, wenn er als Kleinkind und Kind ungezogen war – aber er konnte es nicht über sich bringen. Das war nicht er. Das war nicht, wer er war. Er war nicht wie seine Eltern. Und er wusste, dass Gewalt nicht die Antwort war. Außerdem wusste er, dass, wenn er irgendetwas täte, der Sozialdienst schneller hinter ihm her wäre, als er das Gefühl in seinen Fingern zurückbekommen könnte.

»Absolut nicht«, sagte er zu Kasia. »Auf keinen verdammten Fall. Du kommst jetzt mit mir nach Hause, wo ich dich im Auge behalten kann, und wir werden schweigend dasitzen, wenn es sein muss, aber ich werde nicht zulassen, dass du in der nächsten Woche irgendwohin gehst. Du hast so verdammt nochmal Hausarrest.«

Du gehässige kleine Zicke, fügte er in Gedanken hinzu.

KAPITEL
ZWEIUNDVIERZIG

Die Nacht hatte sich endlos hingezogen. Es war, als wäre man die völlig gelangweilte und nüchterne Begleitung auf einer Party voller nerviger betrunkener Menschen, die man nicht kannte.

Sobald sie aus dem Büro der Schulleiterin zurückgekehrt waren, hatte Tomek Kasias Handy und Laptop beschlagnahmt und ihr nur ihren Kindle, ihre Schulbücher und jede Menge Zeit gelassen, um über ihr Verhalten nachzudenken. Er hatte versucht, etwas zu arbeiten, führte Telefonate vom Wohnzimmer aus, versuchte am Esstisch mit seinen E-Mails Schritt zu halten und seine verschiedenen Aktionspunkte und Notizen zu verfolgen, aber er war abgelenkt und konnte an nichts anderes als an Kasia denken.

Er hatte die Nacht damit verbracht, Gedanken in seinem Kopf hin und her zu wälzen. Warum hatte sie sich so verhalten? Was war der Auslöser? Was hatte das alles ins Rollen gebracht?

Der einzige logische Schluss, den er ziehen konnte, war, dass sie gemobbt wurde. Dass jemand in der Schule oder möglicherweise online ihr gesagt hatte, sie solle zu einer bestimmten Zeit mitten in einem Gewitter am Bahnhof Leigh sein, sonst würde sie beispielloser Lächerlichkeit und Unterdrückung ausgesetzt werden. Vielleicht war das der Grund, warum sie ausgerastet war?

Oder vielleicht hatte dieselbe Person ihr gesagt, sie solle die Schule schwänzen, sich in Schwierigkeiten bringen und einen möglichen Schulverweis riskieren?

Vielleicht hatten sie ihr auch gesagt, sie solle Fotos von sich schicken, und die Masturbationsgeschichte, die sie ihm erzählt hatte, war nichts als eine Lüge?

Er wusste es nicht. Er wusste nicht, was er mit ihr anfangen sollte. Sie stellte ihn auf jede erdenkliche Weise auf die Probe, und seine Geduld ging ihm ernsthaft aus.

Aber dann, spät am Abend, war ihm eine Idee gekommen, und er konnte sie die ganze Nacht nicht abschütteln, lag wach, wälzte sich hin und her, sah auf die Uhr und zählte die Stunden und Minuten, bis es möglich war, den Anruf zu tätigen.

Und dann hatte er es getan, direkt am frühen Morgen.

Glücklicherweise hatte sie zugestimmt, und nachdem er es mit Nick geklärt hatte, machte sich Tomek auf den Weg zum Frauengefängnis HMP East Sutton Park in Kent.

Die Person, die er dort treffen wollte, wartete bereits auf ihn, als er ankam.

In den Monaten seit er sie zuletzt gesehen hatte, hatte sie erheblich an Gewicht zugelegt. Irgendwie hatte sie es geschafft, trotz der Tatsache, dass sie im Gefängnis war, wo es davon nur so wimmelte, von den Drogen loszukommen, und sah jetzt umso besser aus. Sie hatte wieder eine Seele in ihrem Körper; ihr Gesicht und Ausdruck waren von Wärme erfüllt; ihre Haut hatte an Farbe gewonnen, ein erneuertes und kraftvolles Leuchten lag in ihren Augen.

Sie sah... normal aus.

»Hallo, Tomek«, sagte sie und saß hinter dem Tisch im abgeschiedenen Raum. Sie stand nicht auf, sie versuchte nicht, ihm die Hand zu schütteln. Stattdessen bot sie ihm nur ein einladendes Lächeln, eines, das noch vor ein paar Monaten voller Gift und Bosheit gewesen wäre.

»Hey, Anika. Schön, dich zu sehen. Du siehst gut aus.« Er zog den Stuhl unter dem Tisch hervor und ließ sich langsam darauf nieder.

»Schade, dass man das von dir nicht behaupten kann«, erwiderte Anika. »Im nettesten Sinne natürlich«, fügte sie mit einem subtilen Grinsen hinzu.

»Natürlich«, antwortete er im gleichen Ton. »Wie ist das Leben hinter Gittern?«

»So scheiße, wie du es dir vorstellen kannst. Aber alle meine Mahlzeiten werden von dir bezahlt, also kann ich mich nicht beschweren. Wie ist das Leben draußen?«

Tomek zuckte mit den Schultern. »Wie du es dir vorstellen kannst. Alles beim Alten.«

»Bis auf eine Sache, die vermutlich der Grund ist, warum du hier bist.«

Das Grinsen auf Tomeks Gesicht wurde breiter. »Scharfsinnig wie immer.«

»Man lernt einiges, wenn man an diesem Ort ist. Also los, was ist mit ihr passiert, unserer lieben Tochter?«

»'Tochter' ist wahrscheinlich das einzige Wort, das ich momentan verwenden würde, um sie zu beschreiben«, murmelte Tomek. »Es gibt gerade absolut nichts Liebes an ihr.« Sein Blick fiel von ihr ab, als er sich darauf vorbereitete zu erklären. Das Problem war, dass er nicht wusste, wo er anfangen sollte. Er wusste nicht, was einfach nur typisches bockiges Teenagerverhalten war und wie viel davon etwas Tieferes bedeutete. Schließlich begann er mit der Nacht des Gewitters.

»Sie hat dich deswegen angeschrien?«

Tomek nickte langsam.

»Wegen eines verpassten Zuges?«

»Es klang wichtig.«

»Das ist nicht ihre Art«, sagte Kasias Mutter.

»Ich weiß. Deshalb bin ich hier.«

Anika machte eine kurze Pause, bevor sie antwortete. Sie lehnte sich in ihrem Stuhl zurück und verschränkte die Arme vor der Brust.

»War das das erste Mal, dass sie dich so angeschrien hat?«

Tomek durchsuchte seine Erinnerungen. »So, ja. Wir hatten in letzter Zeit unseren fairen Anteil an Schreiduellen.«

»Warum?«

»Weil sie schwierig war.«

»Wie?«

Tomek erzählte es ihr. Von dem Schmuck bis zu den Barcodes. Vom Zischen bis zum Schwänzen. Von der bizarren Änderung der Frisur bis zum plötzlichen Gewichtsverlust. Sie dachte, er wüsste es nicht, aber das tat er. Er hatte es sofort bemerkt. Der Appetitverlust. Die Weigerung, beim Abendessen irgendetwas zu essen. Das ständige

Prüfen ihres Bauches im Spiegel oder auf dem Sofa. Die Anzeichen waren subtil, aber nicht, wenn man wusste, wonach man suchen musste.

»Ich weiß nicht, sie scheint einfach... anders zu sein«, schloss er.

Anika zuckte mit den Schultern. »Klingt für mich nicht nach besonders viel.« Sie tippte sich mit dem Zeigefinger an die Seite ihres Kopfes. »Denkst du nicht, dass du vielleicht ein bisschen überreagierst?«

Tomek nahm sich einen Moment Zeit, um seine Antwort zu kontrollieren.

»Wie erklärst du dir den Streit neulich Abend?«, fragte er.

»Vielleicht lässt sie ihre Wut raus. Das ist es, was Teenager tun.«

»Nur die, die etwas zu verbergen haben.«

»Nicht unbedingt. Sie könnte über etwas *verärgert* sein. Sie könnte auf dich sauer sein. Immerhin bist du derjenige, der sich in den letzten Monaten um sie gekümmert hat. Und nach dem, was ich höre, hast du keinen besonders guten Job gemacht.«

»Wie bitte?« Tomeks Stimme brach wie die eines überraschten Teenagers. »Was zum Teufel hast du gerade gesagt?«

»Es klingt nicht so, als hättest du viel Erfolg dabei, dich um *unsere* Tochter zu kümmern.«

»Du hast gut reden«, zischte Tomek zurück. »Schau, wo wir sind, Anika. Schau, wo *du* bist.«

»Als ich sie zu dir geschickt habe, dachte ich, es wäre besser für sie, bei dir zu bleiben, ihrem Vater... Aber offensichtlich nicht.«

»Ich habe nicht darum gebeten. Ich habe nicht darum gebeten, dass sie plötzlich vor meiner Tür steht«, antwortete er mit kochendem Blut. »Aber sie war da, und ich habe Verantwortung übernommen. Ich habe zugestimmt, ihr Vater zu sein. Ich habe zugestimmt, mich um sie zu kümmern, für sie zu sorgen, sie zu behüten, sie anzuleiten... Wer zum Teufel glaubst du, dass du bist, mich aus deiner Gefängniszelle heraus belehren zu wollen? Du bist diejenige, die sich hat verhaften lassen und ins Gefängnis gegangen ist. Nicht ich. Wer kann ihr vorwerfen, dass sie verärgert ist? Wenn sie auf jemanden sauer ist, dann auf dich!«

KAPITEL
DREIUNDVIERZIG

Die Schulglocke ertönte und hallte durch die Flure.

Kasia raffte sofort ihre Notizbücher und Stifte zusammen, schnappte sich ihre Tasche vom Boden und stopfte alles hinein, ohne groß auf die Schäden zu achten, die sie dem Notizbuch bereits auf dem Hinweg zugefügt hatte.

Wieder ein Tag, wieder eine Unterrichtsstunde, wieder eine beschissene Stunde Mathe.

Heute hatten sie über Verhältnisrechnungen und Änderungsraten gesprochen. Wie üblich hatte sie kein Wort verstanden, diesmal allerdings unterstützt durch die Tatsache, dass es ihr einfach völlig egal war. Sie hatte jegliche Motivation dafür verloren. Was würde all das nach den Rassenkriegen noch bedeuten? Was würde irgendwas davon noch zählen? In der neuen Welt würden sie, Zeus und der Rest der Harpyien ihre eigenen Regeln aufstellen, ihre eigene Art, Dinge zu tun, und das würde keine Verhältnisrechnungen oder den verdammten Satz des Pythagoras beinhalten. Sie würde stattdessen ihren eigenen Lehrsatz haben. Einen, der nützlich sein würde. Einen, der den Menschen tatsächlich helfen würde.

Sie hatte von ihrem neuen gemeinsamen Leben fantasiert. Sie alle zusammen. Zeus, Herr der Götter, und ihre Harpyien-Schwestern. Wie das Leben anders sein würde, wie es besser sein würde, ohne jegliche Gehirnwäsche, ohne Klimawandel, ohne Kriege. Sie würden das Sagen haben, und sie würden ein friedliches, erfüllendes Dasein führen. Zeus würde ihnen die Kräfte und das Wissen über Landwirtschaft und Überleben verleihen und ihnen die Werkzeuge geben, die sie brauchten, um eine neue Welt aufzubauen. Ihnen allen.

Der Tag der Abrechnung stünde kurz bevor, hatte er gesagt. Bald. Ihr zweites Opfer sei nicht genug gewesen, um die Rassenkriege einzuleiten. Es habe einen Fehler gegeben, und Kasia glaubte ihm. Warum sollte sie nicht? Er war Zeus. Er war ein Gott. Er hatte ihr Dinge gezeigt, die sie nie für möglich gehalten hätte. Wer war sie, dass sie an ihm zweifeln und ihn hinterfragen sollte?

Wenn der Rassenkrieg endlich käme, hatte er gesagt, würden sie ein weiteres Opfer bringen müssen, eine weitere Gabe, und dann würde ihr Erlöser sie alle retten.

Kasia dachte über das Opfer nach, als sie das Klassenzimmer verließ.

»Kasia, könnte ich dich kurz sprechen?«

Zuerst hörte sie es nicht. Erst als Frau Matthews, eine der dienstälteren Lehrerinnen der Schule, es wiederholte, reagierte sie endlich.

»Kasia, ich würde gerne kurz mit Ihnen sprechen, bitte?«

Kasia blieb wie angewurzelt stehen, drehte sich zu Frau Campbell um – einer weiteren ihrer Mathelehrerinnen –, verdrehte die Augen und grunzte.

»Etwas weniger von dieser Einstellung, bitte«, sagte die Lehrerin, während sie zur Tür ging und sie hinter dem letzten Schüler schloss. Dann ging sie zu ihrem Schreibtisch und setzte sich auf die Kante. Mit beiden Armen bedeutete sie Kasia, sich zu setzen.

Sie hatte keine Lust, sich zu setzen.

»Bitte«, bestand Frau Campbell darauf. »Nehmen Sie Platz.«

Als sie das sagte, bemerkte Kasia, wie Frau Campbell auf ihren Arm schaute. Und dann wurde ihr klar, worum es hier ging.

Showtime.

Kasia kaute auf ihrer Unterlippe, schlurfte zum nächsten Tisch und zog einen Stuhl darunter hervor. Vorsichtig, langsam, ließ sie sich darauf nieder.

Bereit.

»Wie geht es Ihnen?«, fragte Frau Campbell.

Kasia war überrascht, wie einfach und leicht die Frage war. Sie hatte halb erwartet, dass die Lehrerin direkt auf den Punkt kommen würde. Aber stattdessen spielte sie das Wartespiel.

»Mir geht's... gut«, antwortete sie und versuchte, so gleichgültig wie möglich zu klingen, während sie einen Hauch von Leid in ihrem Tonfall bewahrte.

»Sind Sie sicher?«

»Ja.«

»Wie läuft es zu Hause?«

Kasia wandte ihren Blick von der Lehrerin ab und richtete ihn auf die Tischkante. Sie begann, an einem losen Splitter auf der Oberfläche zu kratzen.

»Gut«, antwortete sie.

»Sind Sie sicher?«

»Ja.«

»Ich habe von dem Vorfall mit Frau Hendry neulich gehört. Was ist da passiert?«

Kasia nahm sich einen Moment, um über den Vorfall nachzudenken. »Mit meinem Handy? Ich war nur... ich weiß nicht. Sie hat mich einfach dabei erwischt.«

Frau Campbell verschränkte die Arme und griff nach der Kante ihres Schreibtisches. »Und neulich...«, fuhr sie fort. »Schule schwänzen. Das klingt nicht nach Ihnen. Nichts davon tut es.«

Kasia antwortete nicht. Sie dachte, es wäre wirkungsvoller, wenn sie nichts sagte.

»Sind Sie sicher, dass alles in Ordnung ist?«, fuhr Frau Campbell fort. »Dies ist ein sicherer Ort, das wissen Sie hoffentlich. Wenn es jemals etwas gibt, das Sie mir sagen möchten, steht meine Tür immer offen. Außer wenn wir gerade ein Gespräch führen, dann wird sie fest geschlossen sein! Wenn es etwas gibt, das Sie mir sagen möchten, und Sie nicht wollen, dass ich es weitergebe, dann kann ich das natürlich tun. Meine Aufgabe ist es, mich um meine Schüler zu kümmern, und ich sehe viel Potenzial in Ihnen. Ich würde das nicht gerne verlieren.«

Für einen Moment – einen kurzen, Sekundenbruchteile dauernden Moment – vergaß Kasia sich selbst. Sie vergaß Zeus, die Harpyien, die bevorstehenden Rassenkriege. Das Ende der Welt. Und für einen noch kürzeren Moment erwog sie, Frau Campbell die Wahrheit zu sagen.

»Gibt es etwas, das Sie sagen möchten?«

Kasia antwortete nicht. Sie spielte weiter mit dem Tisch. Sie wartete darauf, dass die Worte aus Frau Campbells Mund fielen.

»Ich...«

»Ja?«

»Nichts.«

»Sind Sie sicher?«

Kasia nickte.

Frau Campbell stieß einen langen Seufzer aus, stieß sich vom Schreibtisch ab und ging zur Tür. Nach ein paar Schritten schaute sie auf Kasias Arm hinunter und hielt inne. Ihr Gesichtsausdruck täuschte Überraschung vor, aber Kasia wusste, dass es falsch war.

»Woher haben Sie diese blauen Flecken an Ihrem Arm, Kasia?«, fragte sie. Dann wanderten ihre Augen zu ihrem Hals. »Und hier auch.«

Kasia blickte auf ihren Unterarm und legte eine Hand auf die linke Seite ihres Halses. Es war eigentlich nichts da. Nur etwas Make-up, das sie an diesem Morgen fachmännisch aufgetragen hatte, nachdem Tomek zur Arbeit gegangen war.

»Woher haben Sie diese blauen Flecken, Kasia?«

»Ich... ich bin gefallen.«

»Richtig. Und wie sind Sie gefallen?«

Es war in diesem Moment, als Kasia wirklich aufdrehte und anfing zu schluchzen. Kurz darauf strömten Tränen über ihre Wangen, und sie presste die Hände vor ihr Gesicht. Gott, sie wurde gut darin. So gut, dass sie einen Preis verdient hätte!

Mrs Campbell eilte zu ihr, hockte sich neben sie und legte eine tröstende Hand auf ihre Schulter. »Es ist in Ordnung«, sagte sie. »Sie können es mir sagen. Sie können mir alles erzählen. Sie sind nicht gestürzt, oder?«

Kasia schüttelte zwischen Schluchzern und hyperventilierten Atemzügen den Kopf.

»Haben Sie die zu Hause bekommen?«

Mehr Schluchzen. Mehr Hyperventilation. Diesmal ein Nicken.

»Hat Ihr Vater Ihnen das angetan?«

Wieder ein Nicken.

In diesem Moment überschritt Mrs Campbell alle schulischen Grenzen und umarmte sie. Ihr Körper fühlte sich warm an Kasias Seite an, tröstend, beruhigend. Die mütterliche Berührung, die sie seit Monaten, wenn nicht Jahren, nicht mehr gespürt hatte.

Eine mütterliche Berührung, die sie dazu zwang, zu überdenken, was sie gerade tat.

Als sie sich löste, fragte Mrs Campbell: »Wie lange geht das schon so?«

»Ein paar Wochen.«

»Möchten Sie, dass ich jemanden informiere? Ich kann einige Vorkehrungen treffen, um Ihre Sicherheit zu gewährleisten.«

»So... so dass ich wegkomme?«

Mrs Campbell nickte. »Ja. Oder dass Sie zu jemand anderem ziehen, einem anderen Verwandten. Wir können Sie beschützen, Kasia. Dafür sorgen, dass Sie in Sicherheit sind. Würden Sie... würden Sie das wollen?«

Gerade als Kasia antworten wollte, ertönte die Glocke, die signalisierte, dass es Zeit für die nächste Unterrichtsstunde war.

KAPITEL
VIERUNDVIERZIG

S tunden später war Tomek immer noch stinksauer wegen Anikas Kommentaren, obwohl seine Frustration und sein Groll, zusammen mit dem Rest seiner verwirrten Gefühle, sofort verflog, als sie die Tür öffnete.

Es war ein paar Monate her, seit Tomek sie zuletzt gesehen hatte, und sie hatte sich überhaupt nicht verändert. Ihre Haare waren immer noch gleich lang, immer noch genau die gleiche Farbe, und ihr Gesicht hatte den exakt gleichen Teint. Sogar bis hin zu ihrer Kleidung. Es war, als wäre sie in der Zeit eingefroren gewesen und nur für ihn wieder aufgetaut.

»Hallo, Fremder«, sagte sie mit einem breiten Grinsen im Gesicht.

»Guten Abend. Lässt du mich rein oder soll ich einfach hier draußen in der Kälte stehen?«

»Kälte? Es sind verdammte fünfzehn Grad. Das ist kochend heiß!«

»Entschuldigung«, erwiderte Tomek. »Ich hab vergessen, dass ihr Schotten nichts über zehn Grad gewöhnt seid.«

»Witzig!«, sagte sie sarkastisch und schloss die Tür ein Stück vor seiner Nase. »Dafür will ich dich gar nicht reinlassen.«

»Und einen armen, alten Mann hier draußen allein in der... Hitze stehen lassen?«

Saskias Gesicht entgleiste, ihr Mund klappte vor Überraschung auf. »Der Tag ist endlich gekommen. Der große, unnachahmliche, nicht alternde Tomek Bowen bezeichnet sich selbst als alt. Du musst wirklich in einer schlechten Verfassung sein.«

Da sagst du was, dachte er, als sie zur Seite trat, damit er eintreten konnte.

Saskia Albright war seine engste und älteste Freundin. Als er mit fünf Jahren zum ersten Mal in das Land gezogen war, war sie der Engel gewesen, der auf dem Spielplatz Freundschaft mit ihm geschlossen hatte. Auch sie hatte keine Freunde gehabt, und so suchten sie gemeinsam die Gesellschaft, Kameradschaft und den Trost des anderen. Es war ein Wunder, dass sie so lange in Kontakt geblieben waren. Sie kannte ihn besser als jeder andere Mensch auf diesem Planeten, und sie war wie eine Schwester für ihn.

Deshalb war es auch in Ordnung, dass er anmerkte, dass ihre Wohnung ein absoluter Saustall war. Lehrbücher und Notizbücher waren über den ganzen Wohnzimmerboden verteilt, unzählige Blätter Papier und Plastiktaschen lagen daneben. Stifte, Bleistifte. Es sah aus, als hätte es eine Explosion in einem Schreibwarenladen gegeben. Oder als hätte sie einfach alles am Ende eines langen Tages auf den Boden fallen lassen.

»Ich werde mich nicht einmal für den Zustand entschuldigen«, antwortete sie. »Du hast mir nicht genug Zeit gegeben, aufzuräumen.«

»Ich habe dir vier Stunden gegeben. Wie lange brauchst du denn?«

»*Vierund*zwanzig. Mindestens.«

»Also muss ich jetzt in deinem Dreck sitzen?«

Sie zuckte mit den Schultern, als könnte es ihr nicht egaler sein. »Das ist *dein* Problem.«

Tomek kicherte. »Davon hab ich mehr als genug.«

Sie gingen in die Küche, wo Saskia den Hebel am Wasserkocher herunterdrückte und sich zu ihm umdrehte.

»Tee? Kaffee?«

Er schaute auf seine Uhr. »Nicht wenn ich die ganze Nacht wach bleiben und pinkeln will.«

Saskia zog scharf die Luft durch die Zähne ein. »Schon in diesem Lebensabschnitt, ja?«

»Wir sind gleich alt, Kumpel.«

»Manche spüren es früher als andere. Ich schätze, ich bin mit guten Genen gesegnet.«

»Schade, dass das das Einzige ist, was du vorweisen kannst.«

Der Wasserkocher klickte, bevor Saskia eine Erwiderung liefern konnte. Als sie fertig damit war, sich eine Tasse Tee zuzubereiten, das Lehrerwasser schlechthin, war sie abgelenkt und hatte vergessen, was sie sagen wollte. Während er wartete, huschte Tomek auf die andere Seite der Küche und tauchte in den Kühlschrank ein. Dort fand er einen Karton Orangensaft, öffnete ihn und goss sich ein Glas ein.

»Was glaubst du, was du da tust?«, zischte Saskia.

Tomek erstarrte, den Karton in der Hand. Er schaute sie an, dann den Karton, dann wieder sie. »Ich... ich weiß nicht. Ich... ich dachte nur... Saft.«

»Das war mir viel zu selbstverständlich. Du magst zwar wissen, wo alles ist, aber du hättest wenigstens vorher fragen können.«

Tomek fühlte sich auch zu sehr wie zu Hause. Einschließlich der strengen Worte, die er sich danach anhören musste. Es fühlte sich tatsächlich alles viel zu vertraut an.

Nachdem er sich entschuldigt hatte, gingen sie ins Wohnzimmer. Tomek trank aus seinem Glas und stellte es dann auf den Teppich neben seine Füße.

»Pass nur auf, dass du nichts verschüttest«, sagte Saskia.

»Ja, *Mama*«, antwortete er, sehr zu ihrem Ärger. »Wie auch immer, wie geht's dir? Viel zu tun?«

»Mehr als genug. Aber zum Glück stehen die Sommerferien vor der Tür.«

»Sechs Wochen absolut süßes Nichtstun.«

»Vielleicht buche ich irgendwo einen Aufenthalt. Vielleicht. Hab noch nicht wirklich darüber nachgedacht, es war einfach so viel los. Und bei dir?«

»Nein, wir fahren nirgendwo hin«, antwortete Tomek kopfschüttelnd.

»Das meinte ich nicht, Dummkopf. Ich meinte, wie läuft's bei dir?«

Er zuckte mit den Schultern. »Du weißt schon, immer dasselbe.«

»Das ist eine Lüge. Ich kann es in deinem Gesicht sehen. Irgendetwas hält dich nachts wach, und es ist nicht nur das Pinkeln. Ich kenne dich mittlerweile gut genug, Tomek, um zu wissen, wann du mich verarscht. Warum sonst würdest du an einem zufälligen Donnerstagabend vorbeikommen?«

»Ist es nicht mehr möglich, einfach so an einem zufälligen Donnerstagabend bei meiner besten Freundin vorbeizuschauen?«

»Nicht, wenn du aussiehst, als hätte man dir gerade gesagt, dass du nur noch sechs Monate zu leben hast.« Saskia schlug sich erschrocken auf die Wangen, als ihr plötzlich der potenzielle Fauxpas bewusst wurde. »Oh mein Gott. Du hast doch nicht wirklich nur noch sechs Monate zu leben, oder?«

»Fünf«, antwortete Tomek. Aber als Saskia aufschrie und anfing zu kriechen, entschuldigte er sich und erklärte, dass er nur Spaß machte.

»Arschloch!«, schrie sie und schlug ihm auf den Arm. »Dein Sinn für Humor war schon immer scheiße.«

»Was sagt das über deinen aus?«

»Wir reden nicht über mich. Wir reden über dich.« Sie schnippte mit den Fingern und stellte ihr Getränk ab. »Los. Raus damit.«

Tomek holte tief Luft und ließ sich Zeit. Er wusste nicht warum, aber er war nervös. Obwohl er wusste, dass sie es nicht tun würde, hatte er das Gefühl, dass sie ihn verurteilen würde; ihn für seine Erziehungsfähigkeiten verurteilen, ihn für die Art und Weise verurteilen, wie er bisher mit Kasia umgegangen war. Dass sie sagen würde, er sei ungeeignet, ein schrecklicher Vater, der es nicht verdiente, Kasia in seinem Leben zu haben.

Dann, trotz seiner Angst, erzählte er ihr alles. Legte alles offen dar. Alles, was passiert war, seit sie sich das letzte Mal gesehen hatten, bis jetzt. Ein Worterbrechen aus Geschichten, Emotionen, Frustrationen und Ängsten.

»Ich habe das Gefühl, ich bin ein beschissener Vater. Ich habe das Gefühl, ich bin der schlechteste Vater auf diesem Planeten. Ich habe verdammt nochmal keine Ahnung, was ich tue, und das merkt man. Ich verliere sie, und ich weiß nicht, was ich tun soll.«

Saskia, die ruhig dagesessen und jedem seiner Worte zugehört hatte, höflich bei jedem nickend, manövrierte sich aus ihrem Stuhl, trat auf ihn zu und gab ihm dann, während sie sich neben seinen Knien hockte, eine Ohrfeige. Nicht hart. Aber hart genug.

»Sei nicht dumm«, sagte sie und zeigte mit dem Finger auf ihn. »Du bist kein beschissener Vater. Niemand weiß, was er tut, wenn er Elternteil wird. Dein Problem ist, dass du Elternteil für jemanden geworden bist, der unglücklicherweise ein Teenager mit einer ziemlich traurigen Vergangenheit ist und weiß, wie einige Elemente der Welt funktionieren. Das ist nicht dein Problem. Sie ist ein Teenager. Natürlich wird sie diese Art von Einbrüchen, Ausbrüchen und Wutanfällen haben. Sie durchläuft viele Veränderungen, Hormone und Unsicherheiten, und du hast das wie ein Profi gemeistert«, erklärte sie und nahm seine Hand in ihre. »Ehrlich, du solltest manche Eltern sehen, die in der Schule zu mir kommen. Bedenke, das sind erwachsene Menschen, Leute in unserem Alter, sie stellen die dümmsten und offensichtlichsten Fragen – Dinge, von denen man denken würde, dass sie sie inzwischen gelernt hätten. Niemand weiß, was er tut. Niemand hat die Antwort. Ihr findet alle euren Weg, während ihr voranschreitet.« Sie hob sein Kinn und zwang ihn, Augenkontakt herzustellen. Dann forderte sie ihn auf zu atmen. Ein durch die Nase, aus durch den Mund. Sie machten es gemeinsam. Ein. Aus. Bis Tomek spürte, wie sich seine Schultern entspannten.

Er stieß einen langen, schweren Seufzer der Erleichterung aus. Er war töricht gewesen zu denken, dass sie voreingenommen sein würde, dass sie ihn als naiv und schrecklich verurteilen würde. Er hätte es besser wissen müssen.

»Ich glaube, sie wird gemobbt«, murmelte er.

»Was lässt dich das denken?«

»Der Vorfall am Bahnhof. Der Vorfall mit dem Laptop. Das Schulschwänzen. Und heute Abend, nachdem sie nach Hause gekommen war, hatte sie blaue Flecken an Arm und Hals.«

»Blaue Flecken?«

»Ja.«

»Als ob sie geschlagen wurde?«

»Oder gekniffen.«

»Ich meine, Kinder können gemein sein, aber es gibt nicht mehr viel körperliche Gewalt. Zumindest nicht in dem, was ich gesehen habe. Es ist alles online, es ist alles verbal.«

»Heißt nicht, dass es nicht passiert«, bemerkte Tomek.

»Natürlich. Und wenn du denkst, dass Kasia etwas passiert, dann würde ich es definitiv bei der Schule melden. Aber ich würde deine Erwartungen daran, was sie tun können, im Zaum halten. Wenn sie irgendwie wie meine sind, werden sie weder die Zeit noch die Ressourcen haben.«

»Das ist mir scheißegal. Wenn meine Tochter gemobbt und von jemandem körperlich verletzt wird, will ich, dass das geklärt wird. Sonst bin ich gezwungen, mich selbst darum zu kümmern.«

Saskia legte eine Hand auf sein Knie, drückte es fest und zwinkerte dann. »Genau das würde ich von einem fantastischen Vater erwarten.«

Tomek fand »fantastisch« etwas übertrieben, aber das schmälerte nicht das Lächeln, das sich auf sein Gesicht stahl, nachdem sie es gesagt hatte.

KAPITEL
FÜNFUNDVIERZIG

Die Musik dröhnte durch die winzigen Lautsprecher ihres Laptops und erfüllte den Raum mit einer Kakophonie aus Tönen. Zeus hatte gerade einen neuen Song veröffentlicht, und wie Mitglieder eines exklusiven Clubs waren sie die Ersten, die ihn hörten, noch vor allen anderen. Er wollte ihre Meinungen, ihr Feedback. Aber sie hatte keins, außer dass es fantastisch war, sein bisher bestes Werk. Er hatte seine früheren Songs bei Weitem übertroffen und wirklich sein Talent gezeigt. Sie konnte einfach nicht genug davon bekommen. Ihre einzige Kritik war, dass er nicht häufiger veröffentlichte.

Ihre Hüften und Arme wiegten sich im Takt der Musik, während sie sich in der Wohnung bewegte. Sie ließ die Musik sie dorthin führen, wo sie hinwollte. Durch ihr Schlafzimmer, um das Bett herum, in Tomeks Zimmer, durch den Flur, auf und ab auf dem Sofa, auf die Fensterbank. Bis sie zum Esstisch kam und dem Objekt, das darauf lag.

Kasia hockte sich hin, um es zu inspizieren. Es war billig, aus dünnem Holz gemacht, und Spuren des Leims, der verwendet worden war, um alles zusammenzuhalten, waren durch die Risse gesickert und an den Seiten hinuntergelaufen. Auf der Vorderseite war ein großes Loch, durch das die Vögel ein- und ausfliegen konnten, und an der Seite befand sich eine kleine Inschrift. Sie lautete: *Für Michał. Gegangen, aber nicht vergessen.*

Tomek hatte es mit einem breiten Lächeln im Gesicht angehimmelt. Es war fast so, als hätte er es umarmt, bevor sie durch die Tür gekommen war, und versuchte, es zu verbergen. Es war peinlich. Es war nur ein Vogelhaus.

Sie überlegte, es aufzuheben und damit herumzutanzen, als ihr Handy klingelte.

Zeus.

Sie nahm sofort ab.

»Ja, Retter?«

»Ich hoste in den nächsten zwei Minuten einen Videochat. Nur ein paar von uns. Es wird eng, vertraut, nur mit Einladung. Ich möchte, dass du dabei bist. Schaffst du das?«

»Ja. Hundert Mal ja.«

»Gut.« Er legte auf, und einen Moment später klingelte ihr Handy mit einem Link zum Videoanruf. Sie sprintete in ihr Schlafzimmer und sicherte diesmal die Tür, indem sie ihren Schminktisch leicht davorschob. Sie wollte keine Wiederholung des letzten Mals. Wenn Tomek nach Hause käme, müsste er warten.

Kasia klappte ihren Laptop auf, fügte den Sicherheitscode in Zoom ein und nahm dann am Anruf teil. Drei andere Harpyien waren bereits da. Aber nicht die, die sie erwartet hatte. Als Zeus gesagt hatte, nur mit Einladung, hatte sie erwartet, zu einem Gruppenanruf mit den ranghöchsten Mädchen eingeladen zu werden, denen, die Zeus am nächsten standen. Nein. Stattdessen befand sie sich in einem Meeting mit den anderen Mädchen, die Probleme verursacht hatten, denen, die ihre Gewichtsziele nicht erreichten, den anderen Mädchen, die Zeus Grund zur Sorge gegeben hatten und Anlass zu glauben, dass sie nicht voll engagiert waren. Sie war in der untersten Gruppe, der Isolationsgruppe, in die alle Klassenclowns und ungehorsamen Kinder geschickt wurden.

Sie saß auf der Strafbank.

Zusammen mit Whispering Nightmare, Becky Bonky und Debra Zebra.

»Danke, dass ihr so schnell teilgenommen habt«, sagte Zeus, und dann wurde ihr klar, dass die Mädchen bereits eine Weile da waren, dass sie bereits privat mit ihm gesprochen hatten. Dass sie die Letzte war, die die Informationen erfuhr. Sie war wirklich der Schwächling der Gruppe in diesem Moment. Sie hatte viel Kriecherei und Wiedergutmachung zu leisten. »Ich habe euren Schwestern hier gerade erklärt, dass jetzt nicht die Zeit ist, Fehler zu machen. Euch wird eine einmalige Gelegenheit geboten, bei mir zu sein. Buchstäblich. Wenn ihr Mist baut oder Fehler macht, werdet ihr *sterben*, wenn die Rassenkriege kommen. Ihr werdet in eurem Leben keine weitere Chance wie diese bekommen. Und die Fähigkeiten und Werkzeuge, die ihr bei mir gelernt habt, werden nutzlos sein. Sie werden euch nicht retten. Nur *ich* kann euch retten.«

Kasia nickte wild, um Zeus zu zeigen, dass sie verstand, dass sie reuig war.

»Jetzt, da ihr Mädchen hier seid«, fuhr er fort, »habe ich einige wichtige Neuigkeiten und einige wichtige Bitten. Seid ihr bereit?«

»Ja, Zeus«, antworteten die Mädchen im Chor.

Ein verschmitztes Lächeln zuckte an den Mundwinkeln von Zeus. »Sehr gut. Ich wollte euch wissen lassen, dass ich eine Vision hatte und mir das Datum gegeben wurde, an dem der Rassenkrieg kommen wird. Kandy, ich habe dir bereits kurz etwas davon erklärt, aber ich möchte, dass du zuhörst. Die Tötung neulich war nicht genug. Es gab Fehler, es war schlampig. Die Rechtschreibung an der Wand war falsch. Es war nicht genug, und unsere Pläne wurden verdorben. Verdorben von einer teuflischen und dämonischen Gestalt. Ich habe in letzter Zeit Visionen von ihnen gesehen, wie sie versuchen, in unsere Mission einzugreifen. Bisher konnte ich sie abwehren und uns etwas Zeit verschaffen, aber sie werden jeden Tag stärker. Deshalb müssen wir, um erfolgreich zu sein und damit die Rassenkriege beginnen können, diese böse Gestalt, diesen Dämon, ein für alle Mal töten. Versteht ihr das?«

»Ja«, antworteten die Mädchen. Kasia war fasziniert. Seine Stimme, die Art, wie er sprach. Sie konnte seine Musik im Hintergrund ihres Geistes hören.

»In der Zwischenzeit gibt es einige Dinge, die ich möchte, dass ihr tut. Hört ihr zu?«

»Ja.«

»Sehr gut: Geld. Es ist nicht billig und es ist nicht einfach, das Studio zu betreiben und sich auf das Leben nach dem Tod vorzubereiten. Ich habe bereits so viel Geld hineingesteckt, dass ich etwas mehr brauche. Deshalb möchte ich, dass ihr für meinen neuen Song und den Rest meiner Backlist ununterbrochen zuhört, in Dauerschleife. Das durch die Streams und Downloads und Aufrufe generierte Geld wird uns allen helfen, uns auf das Leben nach dem Tod vorzubereiten. Versteht ihr das?«

Kasia hörte die Frage nicht. Sie war zu sehr damit beschäftigt, Zeus' neuesten Song auf Spotify zu laden.

»Kandy? Ignorierst du mich?«

»Nein, Zeus.« Sie hielt ihr Handy in die Kamera. »Ich habe gerade wieder deinen Song abgespielt.«

Das schiefe Lächeln auf Zeus' Gesicht verwandelte sich in ein Grinsen. »Sehr gut. Sehr beeindruckend. Sehr proaktiv. Das gefällt mir. Mädchen, vielleicht könntet ihr etwas von Miss HeartThrob hier lernen.«

Sofort griffen die anderen Mädchen nach ihren Handys und begannen, den Song abzuspielen.

»Auf einer ernsteren Note«, fuhr Zeus fort, wobei Kasia nun die einzige war, die zuhörte, »werden die Einnahmen aus Streams und Downloads nicht ausreichen. Ich brauche mehr. *Wir* brauchen mehr. Deshalb bitte ich euch, von euren Eltern zu stehlen, von den Menschen, die ihr kennt und liebt. Alles, was sie haben. Wenn ihr wirklich investiert seid, wenn ihr bereit seid, für euch selbst zu sterben, dann ist das, was ihr tun müsst. Ihr müsst diese emotionalen Bindungen loslassen und nehmen, was ihr könnt. Im Jenseits wird Geld wichtig sein. Viel wichtiger, als ihr euch überhaupt vorstellen könnt. Versteht ihr das?«

»Ja«, sagten die Mädchen, einschließlich Kasia. Diesmal stürzte sie nicht los, um Geld aus Tomeks Brieftasche oder wo auch immer er es aufbewahrte, zu stehlen. Sie saß kerzengerade auf ihrem Bett und konnte sich nicht bewegen.

Nachdem er einige andere Wege beschrieben hatte, wie die Mädchen zusätzliches Geld beschaffen könnten, beendete Zeus den Anruf, bat aber Kasia, zu bleiben.

»Ich habe eine zusätzliche Bitte an dich«, fügte er hinzu. »Dein Vater. Ich muss alles wissen, was er über die Menschen weiß, die deine Schwestern getötet haben. Ich muss über die neuesten Entwicklungen auf dem Laufenden gehalten werden, und ich muss im Voraus benachrichtigt werden, wenn ihre Ermittlungen zu nah an mich oder deine Schwestern herankommen. Verstehst du das?«

Sie nickte mit weit aufgerissenen Augen, völlig überzeugt.

»Ich verstehe.«

Er hatte einige Notizen in seinem Rucksack im Wohnzimmer versteckt, die sie lesen könnte.

»Gut. Denk daran, das ist zu seinem Vorteil. Was musst du tun, wenn du willst, dass er sich uns im Jenseits ebenfalls anschließt?«

»Ich muss für mich selbst sterben«, sagte sie roboterhaft. »Ich muss ihn in jeder Hinsicht aus meinem Leben löschen.«

KAPITEL
SECHSUNDVIERZIG

Tomek saß auf der Kante seines Stuhls und lehnte sich gegen den Tisch, als Nick den Besprechungsraum betrat.

»Entschuldigt die Verspätung, alle zusammen«, sagte er, während er zum Kopfende des Raumes ging. Sein Hemd spannte sich um seinen Körper, besonders im Bereich der Taille, als ob es beim Waschen um einige Größen geschrumpft wäre, und er sah nicht so aus, als würde es ihn kümmern oder als hätte er es überhaupt bemerkt.

»Haben Sie trainiert, Chef?«, fragte Tomek.

»Warum? Was bringt dich darauf?«

»Oder haben Sie gestern Abend was zum Mitnehmen geholt? Ich kann's nicht genau erkennen.«

Nick blickte auf seinen Bauch hinunter, tätschelte ihn, als wäre er schwanger, und lächelte dann fröhlich zu Tomek hoch. »Das kannst du meiner lieben Frau verdanken. Sie sieht da kein Problem. Ich fange an zu glauben, dass sie langsam blind wird.«

»Ich dachte, das wäre sowieso der Grund, warum Sie sie geheiratet haben?«, bemerkte Tomek, was schwaches Gelächter von seinen Kollegen hervorrief.

»Das reicht jetzt von dir«, bellte Nick und fuchtelte mit dem Finger vor Tomek herum. Er stellte seinen Laptop auf den Tisch und sagte dann: »Also, wo waren wir? Updates. Updates, Leute, ich brauche Updates. Wer hat was und was habt ihr?«

Im Raum befanden sich mehrere Whiteboards an jeder Wand. Auf dem direkt hinter Nick hing ein Bild von Michael Edwards, eine Luftaufnahme seines Hauses und andere relevante Informationen zu seinem Mord, zusammen mit Bildern und Informationen über Richard Stafford.

Zu Tomeks Linken befand sich ein weiteres Whiteboard, frisch gewischt, bereit für die neue Mordermittlung. Bereits hatte eines der Teammitglieder eine Luftaufnahme von Hadleigh Castle darauf platziert. Über beiden Bildern auf den Whiteboards stand der zufällig zugewiesene Einsatzname: Operation Heartthrob.

Lange Zeit sagte niemand etwas, bis Martin beschloss, den Stab von Nick zu übernehmen und das Team anzusprechen. Er erhob sich von seinem Sitz, nahm einen Stift aus der Ablage und begann, damit zwischen seinen Fingern zu spielen. »Das Opfer hieß Karl Bacon«, erklärte er und schrieb dann den Namen neben das Foto von Hadleigh Castle. »Die Obduktion zeigt, dass die Todesursache der Schnitt quer über seine Kehle war. Danach wurde er insgesamt zweiundvierzigmal erstochen, mit dem, was Lorna für dieselben Messer hält, die auch bei Michael Edwards verwendet wurden, mit Ausnahme des Messers, das im Garten der Nachbarn gefunden wurde, natürlich. Sie fand außerdem zwei schwarze kreisförmige Abdrücke auf seiner nackten Brust.«

»Taserspuren?«, fragte Rachel.

»Genau die.«

»Sonst noch etwas?«, fragte Nick.

»Ja. Noch eine Sache. Es ist keine exakte Wissenschaft, aber der Leiter der Spurensicherung meint, dass mehr als nur vier Personen dort waren. Bedenkt, dass eine Gruppe Kinder die Leiche gefunden hat, aber aufgrund der Anzahl der Fußabdrücke, die sie gefunden haben, schätzt Rory, dass eine beträchtliche Anzahl von Personen anwesend war.«

»Wie viele?«

»Zehn, fünfzehn. Vielleicht mehr.«

»*Fünfzehn*?«, wiederholte Rachel. »Warum sollten so viele Leute-«

»Wir wissen nicht mit Sicherheit, wie viele Personen dort waren«, unterbrach Nick, seine Stimme tief. »Es ist nicht bestätigt und nicht genau. Deshalb möchte ich nicht, dass wir uns zu sehr in diese Richtung konzentrieren. Es könnte sich als unbedeutend herausstellen, und wir müssen unsere Bemühungen auf Dinge konzentrieren, die wir wissen, nicht auf Dinge, von denen wir glauben, dass sie wahr sein könnten. Hat jeder verstanden?«

Es gab ein Grummeln von Gemurmel.

»Sehr gut«, fuhr Nick fort. »Wissen wir, was mit ihm passiert ist, bevor er starb? Warum war er zu dieser bestimmten Zeit in dieser bestimmten Nacht dort?«

Rachel hob ihre Hand, obwohl es dafür keine Notwendigkeit gab. »Karl lebte allein in einem kleinen Haus, und laut seinen Nachbarn hörten sie in der Nacht, in der er starb, überhaupt nichts von ihm. Meine Theorie ist, dass er mitten in der Nacht aus seinem Haus entführt und dann zur Burg gebracht wurde.«

»Was hat er beruflich gemacht?«

»Politik. Jemand, der in seinen Mitdreißigern hofft, Fuß in der Tür zu bekommen. Ich versuche immer noch, seinen Aufenthaltsort zu ermitteln, bevor er bei der Burg landete.«

Nick nickte. Er war tief in Gedanken versunken, und das zeigte sich auf seinem Gesicht. Er dachte über etwas nach, die Zahnräder ratterten. Und Tomek spürte es auch. Eine Verbindung.

»Wissen wir, wohin die Mörder danach geflohen sein könnten?«, fragte Nick.

»Noch nicht«, antwortete Martin.

»Was ist mit Überwachungsaufnahmen? Chey, hast du in der Hinsicht schon etwas?«

Der junge Polizist schüttelte den Kopf. »Noch nicht, Sir.« Obwohl er aussah, als hätte er noch etwas hinzuzufügen.

Nick stieß einen langen, gleichmäßigen Seufzer aus. Ein Nick-Spezial.

»Bitte verdoppelt eure Anstrengungen.« Nick richtete seine Aufmerksamkeit auf die Luftaufnahme von Hadleigh Castle. »Wenn wir es mit denselben Mördern wie bei Michael Edwards zu tun haben, dann hoffe ich, dass sie in Richtung Stadtzentrum gegangen sind, in Richtung der Überwachungskameras, und nicht nach Süden.«

»Gibt es neben der Vorgehensweise noch etwas anderes, das die beiden Morde verbindet?«, fragte Victoria. Sobald sie es ausgesprochen hatte, drehten sich alle Köpfe zu ihr, als wären sie vorprogrammiert.

Bevor jemand antworten konnte, stieß Chey etwas Unverständliches hervor.

Dann, nachdem er seine Fassung wiedergefunden hatte, sagte er: »Ich dachte, Sie würden nie fragen, Ma'am! Ich habe Karls Namen bei Google eingegeben und ziemlich viele Dinge über ihn gefunden. Online-Artikel, Social-Media-Beiträge, Medieninterviews. Diese Art von Dingen. Aber was mir wirklich ins Auge gefallen ist, war ein Radiointerview, das er vor fast achtzehn Monaten gegeben hat.«

»*Radio*interview, sagst du?«, fragte Nick und neigte seinen Kopf neugierig zur Seite.

»Das sage ich«, antwortete Chey. »Und es war mit unserem eigenen Michael Edwards, in einem Gespräch über Einwanderung und den angeblichen Anstieg der damit verbundenen Gewalt. Stellt sich heraus, unser neuestes Opfer war ein weiterer rechtsextremer Faschist, der glaubt, dass jemand aus dem kriegszerrütteten Syrien direkt auf seinen Job abzielt, während er gleichzeitig Sozialleistungen vom Staat bezieht. Sehr paradox, wie sie beides schaffen können, wenn du mich fragst.« Er sah zu Tomek, der ihm anerkennend zunickte, weil er das Wort diesmal richtig verwendet hatte. »Aber damit hat er sich eine Plattform in der Politik verschafft. Die Leute kaufen ihm das ab – oder eben nicht, wie der Fall zeigt – aber er hat von nichts anderem eine verdammte Ahnung. Ich habe diesen Typen reden gehört und er ist so unterqualifiziert, dass ein verdammter Vierjähriger seinen Job übernehmen und besser machen könnte.«

»Waren nur die beiden beim Interview?«, fragte Tomek, der plötzlich besorgt über ein drittes Opfer war.

Chey bestätigte dies.

»Hatten sie irgendwelche weiteren Interaktionen miteinander?«, fragte Nick.

Chey schüttelte den Kopf. »Konnte noch nicht so weit recherchieren, Sir. Ich werde dem auf jeden Fall nachgehen.«

»Ausgezeichnet. Wenn sie sich vorher getroffen haben und offen rechtsextreme Themen in den öffentlichen Ätherwellen diskutiert haben, ist es möglich, dass jemand, oder besser gesagt, eine Gruppe von Menschen, ihre eigene Form der Gerechtigkeit sucht.«

Stille senkte sich über den Raum. Tomek dachte über diesen Punkt nach.

»Was ist mit Richard Stafford, Sir? Was passiert mit ihm?«

Es dauerte einen Moment, bis Nick Tomeks Stimme registrierte.

»Die Drogenfahndung hat endlich ihr Verbot für ihn aufgehoben, also ist er jetzt freigegeben. Aber sie wollen die Verhaftung durchführen. Wir müssen nur sehen, ob es Beweise gibt, die ihn mit dem Mord an Michael Edwards in Verbindung bringen. So oder so wird er bald von den Straßen verschwinden.«

»Ich glaube nicht, dass er jemals wirklich auf der Straße war, Sir, aber ich weiß, was Sie meinen. Mega. Klingt nach Fortschritt.«

»Sollte es sein. Und mit etwas Glück finden wir vielleicht auch etwas, das ihn mit Karls Mord in Verbindung bringt.«

Tomek hielt das für unwahrscheinlich. Ein Teil seiner Intuition, tief in seinem Inneren, vermutete, dass etwas anderes vor sich ging. Etwas Beunruhigenderes und Bösartigeres. Das einzige Problem war, dass er keine Ahnung hatte, was.

KAPITEL
SIEBENUNDVIERZIG

Das Wochenende. Endlich. Ein freier Tag und der erste Tag nach Kasias Ausgangssperre. Sie war nicht mehr hausarrestiert, und man hatte ihm die Wohnung für sich allein überlassen. Ehrlich gesagt hatte es ihn nicht gestört, dass sie nach Lakeside wollte, eines der belebtesten Einkaufszentren des Landes, zusammen mit Yasmin und ein paar anderen Schulfreundinnen. Tatsächlich war er froh gewesen, sie loszuwerden. Er konnte die unangenehme, festgefahrene Atmosphäre in der Wohnung nicht mehr lange ertragen. Und er wollte etwas Zeit für sich, um seinen Kopf freizubekommen und zu verarbeiten, was gerade passierte. Sie waren am Morgen aufgebrochen und dieses Mal mit reichlich Zeit am Bahnhof angekommen, etwas, das Tomek lieber nicht erwähnte, und sie würde erst in einer Stunde oder so zurück sein. Seitdem hatte er begonnen, die Wohnung aufzuräumen, während im Hintergrund sein Lieblingsfilm lief. *Titanic*. Er fand, dass der Film immer seine Stimmung hob. Er wusste nicht warum. Er erinnerte sich nur, dass er ihn als Teenager gesehen und von den Darstellungen von Leonardo DiCaprio und Kate Winslet begeistert war. Und die Nacktszene hatte bei einem siebzehnjährigen Jungen einen bleibenden Eindruck hinterlassen. Klar, er mochte die blutigen Actionfilme wie *Pulp Fiction* und *Fight Club*, aber nichts kam dem nahe, wie *Titanic* ihn hatte fühlen lassen - und ihn bis heute fühlen ließ.

Seine leicht gehobene Stimmung hielt jedoch nicht lange an, als er zu Kasias Schlafzimmer kam. Ihr privater Raum. Der Ort, an dem sie sich am sichersten fühlte. Der Ort, an dem sie auch ihre Geheimnisse aufbewahrte.

Tomek stand lange dort, erstarrt, wie festgewurzelt, und dachte über die Entscheidung nach. Es gäbe kein Zurück mehr. Wenn er ihre Sachen durchsuchte, würde er ihr Vertrauen brechen. Es spielte keine Rolle, ob sie es je herausfände; *er* würde es wissen. Und was, wenn er etwas fände, das er gar nicht sehen wollte? Er müsste sie damit konfrontieren und offen zugeben, dass er ihre Sachen durchsucht hatte. Das ohnehin dünne Eis würde unter seinen Füßen reißen und bersten und ihn in die kalten, trüben Tiefen der Verbitterung und Ausgrenzung stürzen lassen.

Andererseits musste er wissen, was mit ihr los war. Wenn sie gemobbt würde, wollte er es wissen. *Musste* es wissen. Er könnte ihr helfen. Er könnte die Dinge besser machen.

Aber welche Beweise würde er in ihrem Schlafzimmer finden? Es wäre nicht so, als würde er Briefe oder Ausdrucke der Nachrichten finden, die sie erhalten hatte. Nein, wie Saskia gesagt hatte, lief heutzutage alles online, und so würden die Geheimnisse in ihrem Handy oder ihrem Laptop sein. Beides passwortgeschützt.

Scheiß drauf.

Er würde reingehen.

Er zog die oberste Schublade ihres Nachttischs auf und nahm ihren Laptop heraus. Er legte ihn auf den Nachttisch und kniete sich hin. Wenn er sich auf das Ende des Bettes setzen würde, bestände die Gefahr, eine Delle zu hinterlassen und ihre frisch glattgezogene Bettdecke zu ruinieren.

Als er den Laptop aufklappte, leuchtete der Bildschirm auf, und er sah ein Bild einer Klippe, die auf einen ruhigen, friedlichen Ozean blickte. Mit seinem Knöchel tippte er auf die Eingabetaste. In der Mitte des Bildschirms befand sich das Passwortfeld. Zögernd tippte er Kasias Passwort in das Feld ein, als wäre es eine Bombe und jede abrupte oder plötzliche Bewegung könnte sie zur Explosion bringen.

Er drückte erneut die Eingabetaste.

Für einen Moment verarbeitete der Computer das Passwort. Und dann wackelte es von Seite zu Seite. Darunter erschien eine Fehlermeldung.

Du hast das falsche Passwort eingegeben.

»Scheiße. Sie hat es geändert...«

Bevor er einen weiteren Versuch unternehmen konnte, hörte er, wie sich die Haustür öffnete. In Panik warf er den Laptop zurück in die Schublade, knallte sie zu und griff nach dem Staubwedel, den er auf den Boden fallen gelassen hatte.

Einen Moment später betrat sie ihr Schlafzimmer.

»Was machst du hier drin?«, fragte sie, wie eingefroren, die Hand noch immer um die Türklinke geschlossen.

»Putzen«, antwortete er und versuchte, so natürlich wie möglich zu wirken, trotz seines rasenden Herzens. »Betrachte dich als glücklich. Ich hatte überlegt, dich es machen zu lassen, wenn du zurückkommst, aber dann wurde mir klar, dass ich nicht so gemein bin.«

Ohne etwas zu sagen, öffnete Kasia die Tür vollständig und trat zur Seite, um ihn durchzulassen. »Du kannst jetzt gehen«, erwiderte sie.

Tomek hatte nicht vor, irgendwohin zu gehen. Zumindest nicht so schnell, wie sie es wollte.

»Du bist früh zurück.«

»Ja.«

»Wie war das Einkaufen?«

»Gut.«

»Wo sind deine Taschen?«

»Welche Taschen?«

»Hast du nichts gekauft?«

»Nein.«

Tomek hörte auf zu staubwedeln. »Oh. Also hast du noch das Geld, das ich dir gegeben habe?«

»Nein.«

»Wo ist es?«

»Ich habe alles ausgegeben.«

Tomek schaute sie von oben bis unten an, dann streckte er den Kopf durch die Schlafzimmertür und blickte den Flur hinunter zur Haustür. »Wofür?«

Achselzuckend, ohne Augenkontakt herzustellen, antwortete sie: »Kleinigkeiten.«

»Was für Kleinigkeiten?«

»Einfach Kleinigkeiten.«

»Ich habe dir hundert Pfund gegeben, Kasia. Das geht nicht einfach für 'Kleinigkeiten' drauf. Du müsstest eine Menge 'Kleinigkeiten' kaufen, um mit hundert Pfund durchzukommen. Wo ist es?«

Sie verschränkte die Arme und starrte auf den Teppich.

»Hat dir jemand das Geld abgenommen? Hat Yasmin danach gefragt?«

»Was? Nein!«

»Dann wo ist das Geld?«

»Ich habe es dir gesagt. Ich. Habe. Es. Ausgegeben.«

»Wofür, Kasia? Für verdammte Luft? Ich wusste nicht, dass Sauerstoff heutzutage einen Aufpreis hat.«

»Halt's Maul«, flüsterte sie unter ihrem Atem.

»Entschuldigung? Was hast du gerade gesagt?«

»Nichts. Ich habe es dir schon gesagt, ich habe es ausgegeben. Es ist weg. Ich habe es nicht mehr. Was soll ich dir noch sagen?«

»Ich möchte gerne wissen, wohin es verschwunden ist. Hundert Pfund sind eine Menge Geld, Kasia. Oder ist dir das nicht klar?«

Sie zuckte mit den Schultern, ging zu ihrem Bett und sprang darauf, wobei sie ihn völlig ignorierte, als wäre er gar nicht da.

»Wirst du gemobbt?«

Er wusste nicht, woher das gekommen war. Es war einfach ungewollt aus ihm herausgeplatzt. Aber es war eine Frage, die er schon zu lange hatte stellen wollen.

»Was?«

»Wirst du gemobbt?«

»Nein.«

»Warum bist du dann mit hundert Pfund losgegangen und mit nichts zurückgekommen? Ich würde es *vielleicht* verstehen, wenn du gesagt hättest, dass du es verloren hast. Aber-«

»Ich habe es nicht verloren.«

»Hast du es jemandem gegeben?«

Sie zuckte zusammen. »Nein. Ich habe alles für Essen ausgegeben.«

»Hundert Pfund für Essen? Was hast du gekauft? Ein Essen für alle im Einkaufszentrum? Meine Güte, Kasia. Ich weiß nicht, was ich mit dir machen soll, wirklich nicht.«

»Nichts«, antwortete sie, schlug die Beine übereinander und verschränkte die Arme. »Du musst gar nichts mit mir machen. Es geht mir gut. Ich kann auf mich selbst aufpassen.«

Bevor Tomek antworten konnte, piepte ihr Handy. Er hatte den Drang, danach zu greifen und nachzusehen, wer es war. Aber sie war zu schnell; sie hatte ihren Bildschirm gesperrt, bevor er etwas tun konnte. Dann schwang sie ihre Beine vom Bett und begann in ihrem Kleiderschrank zu wühlen.

»Was machst du da?«, fragte Tomek.

»Ich gehe aus.«

»Nein, tust du nicht. Wir haben unsere Unterhaltung noch nicht beendet.«

»Doch, haben wir.«

»Wohin gehst du?«

»Zum Hadleigh Castle.«

Ein Teil der Anspannung in Tomeks Schultern ließ nach. »Warum?«

»Weil dort heute Abend eine Mahnwache stattfindet«, zischte sie.

Für Karl Bacon? Wirklich? Das war das erste Mal, dass Tomek davon hörte.

»Eine Menge Leute aus der Schule werden dort sein, um ihre Anteilnahme zu zeigen«, fuhr sie fort.

Für eine lange Zeit sagte Tomek nichts. Stattdessen beobachtete er nur, wie sie eine Leggings und einen dicken Pullover aus ihrem Kleiderschrank holte, und fühlte sich, als wäre er tausend Meilen von ihr entfernt, und egal wie weit er zu greifen versuchte, egal wie sehr er sich streckte, sie war immer nur ein paar Zentimeter von ihm entfernt.

»Mit wem gehst du hin?«

»Sylvia«, antwortete sie.

Tomek entspannte sich weiter, als er erfuhr, dass sie mit Sylvia gehen würde. Er mochte Sylvia, er billigte sie. Sie war Kasias erste Freundin gewesen, seit sie auf die neue Schule gekommen war, aber in den letzten Wochen hatte Kasia sie für Yasmin stehen lassen, eine Entscheidung, mit der er nicht allzu glücklich war.

Innerhalb weniger Minuten war sie fertig.

»Komm bitte nicht zu spät nach Hause«, sagte er, als sie die Haustür öffnete. »Und falls du zufällig über weitere hundert Pfund stolperst, während du unterwegs bist, könnte ich sie wirklich gut zurückhaben.«

Sie ging, ohne etwas zu sagen.

KAPITEL
ACHTUNDVIERZIG

Dämmerung. Der Himmel war in ein tiefes, romantisches Violett getaucht. Kasia betrachtete ihn staunend von einer kleinen Steinmauer in der Burgruine aus. Hinter und vor ihr waren ihre Schwestern, die plauderten, kicherten, tanzten. Im Hintergrund, durch die Hügel und darüber hinaus hallend, war Zeus' Musik zu hören.

»Wir haben gerade fünfzigtausend Streams auf Spotify erreicht!«, verkündete er triumphierend, woraufhin die Harpyien hochtonig kreischten. Kasias Schwestern rannten auf ihn zu, umarmten ihn und gaben ihm dann einen Kuss auf beide Wangen. Bevor sie sich zurückzogen, gab er jeder von ihnen einen kleinen Tab.

Als Nächstes war Kasia an der Reihe. Sie sprang von der Mauer, ignorierte den stechenden Schmerz, der durch ihre Knie schoss, und eilte auf ihn zu.

»Glückwunsch«, sagte sie und griff nach seinen muskulösen Unterarmen. »Ich habe nicht aufgehört, es zu hören. Es läuft seit der Veröffentlichung ständig in Dauerschleife.«

Zeus' strenges Gesicht verzog sich zu einem schmalen Lächeln. »Du erfüllst deinen Zweck«, sagte er und strich eine Haarsträhne aus ihrem Gesicht, wobei er ihr tief und sehnsuchtsvoll in die Augen schaute. »Du hast wieder Farbe in deinen Augen. Ich hätte nicht gedacht, dass sie so schnell, so bald zurückkommen würde.«

Errötend antwortete sie: »Ich erfülle meinen Zweck. Ich sterbe mir selbst ab. Ich tue, was getan werden muss.«

»Braves Mädchen.« Er senkte seine Stimme. »Und... die andere Sache, über die wir gesprochen haben?«

Sie senkte ihre Stimme auf sein Niveau. »Alles unter Kontrolle«, sagte sie. »Ich habe einige Berichte gefunden, die er mit nach Hause gebracht hat. Sie haben die Leiche identifiziert, schätzen, dass er mit drei Waffen getötet wurde, und dass mehr von uns hier waren.«

»Irgendwelche Namen?«

Sie schüttelte den Kopf. »Nur jemand namens Richard Stafford.«

Bei der Erwähnung von Richard Staffords Namen wurde Zeus nachdenklich, als ob er ihn wiedererkennen würde. Er überlegte einen Moment, nickte dann schließlich, dankte ihr und schickte sie weg. Bevor sie ihn jedoch verließ, zog er sie zurück, seine Hand zerquetschte fast ihren Arm, und dann reichte er ihr einen Tab.

»Für deine harte Arbeit«, sagte er.

Kasia schaute auf den LSD-Tab und nahm ihn. Er war bereits in ihrem Mund und löste sich auf ihrer Zunge auf, als sie zu ihrem Platz auf der Mauer zurückkehrte. Sie blieb dort fünf Minuten lang sitzen und beobachtete, wie ihre Schwestern in der Mitte des Burggeländes tanzten, sich umarmten und küssten, während die Chemikalien begannen, von ihrem Körper Besitz zu ergreifen und durch ihr Gehirn zu fluten. Mittlerweile war die Sonne unter dem Horizont verschwunden, und alles, was blieb, waren die verblassenden Violetttöne. Als sie ihren Hals nach oben reckte, verwandelten sich die dünnen lavendelfarbenen Wolken in große Bänder und begannen über den Himmel zu schwappen, wobei sie sich in jede Richtung bewegten, in die ihre Augen sie führen wollten. Als sie über ihr aufblitzten, konnte sie das *Rauschen* hören, das sie machten. Sie streckte ihre Hand aus, um nach ihnen zu greifen. Eines von ihnen, das kleinste und langsamste Band, kam auf sie zugeschossen. Es hielt direkt vor ihr an und forderte sie auf, an Bord zu kommen. Sie kletterte auf die Beine, balancierte auf dem unsicheren und zackigen Felsen, trat von ihm herunter und auf den fliegenden Teppich.

Aber er war nicht da.

Ihr Körper stürzte durch die Luft und ehe sie sich versah, krachte sie auf den Boden. Blendender Schmerz zuckte durch ihren Knöchel und sie schrie vor Qualen, ihre Stimme übertönte die Musik. Sofort umringten ihre Harpyienschwestern sie und begannen, sich um sie zu kümmern. Sie bewegten ihn sanft, testeten ihn und taten ihr Bestes, um den Schmerz zu lindern. Aber es funktionierte nicht. Die Qual war zu groß. Erst als Zeus herüberkam und ihren Fuß hielt, verschwand der Schmerz. Er massierte ihn, rieb ihn mit seinen Daumen und Zeigefingern, bis kein Schmerz mehr übrig war.

Seine heilenden Hände hatten sie gerettet.

»Besser?«, fragte er.

»Ja. Viel besser.«

Dann half er ihr auf die Füße und wies sie an, darauf zu laufen. Es war nichts. Kein Schmerz, kein unangenehmes Gefühl, das ihr Bein hinauf und hinunter schoss. Nichts.

»Danke«, sagte sie und sprang ihn an.

»Das ist nur ein Vorgeschmack auf das, was ich tun kann«, sagte er.

Sie blickte ehrfürchtig zu ihm auf. »Danke, danke, danke. Ich kann dir nicht genug danken.«

»Das tust du bereits, indem du hier bist«, erklärte er. »Indem du mich unterstützt und an mich glaubst, dankst du mir.«

Dann reichte er ihr einen weiteren LSD-Tab und sagte ihr, sie solle ihn nehmen.

Kasia tat dies ohne zu zögern. Es war das Mindeste, was sie tun konnte.

»Nun, alle, versammelt euch«, brüllte er. Innerhalb von Sekunden hatten die Harpyien einen Haufen um Zeus gebildet, ihre Körper eng aneinandergedrückt. »Ich habe eine Ankündigung«, fuhr er fort. »Das hier... Was ihr hier seht... *das*... wird unser neues Zuhause im Jenseits sein. Am Tag, an dem die Rassenkriege beginnen, werden wir hierher kommen, wir werden unser Opfer bringen, wir werden den Teufel töten, der sich uns so lange widersetzt hat, und wir werden hier wiedergeboren werden. Ich möchte, dass ihr es euch jetzt vorstellt. Ich möchte, dass ihr euch vorstellt, wie ihr in den Türmen sitzt, auf den Laufstegen, und auf die neue Welt blickt. Ich möchte, dass ihr euch vorstellt, wie wir unser neues Leben zusammen leben.«

Kasia schloss fest die Augen, zählte von drei herunter und riss sie dann wieder auf. Auf einmal veränderte sich ihre gesamte Umgebung. Es war, als wäre sie in ein Kaleidoskop getreten, als wäre sie den

Kaninchenbau hinunter gegangen, durch den Spiegel geschaut und in eine ganz neue Welt eingetreten – die Welt, die Zeus sie sehen lassen wollte.

Sie stand im Zentrum einer prächtigen Burg, ihre Füße auf Kopfsteinpflaster, umgeben von vier Türmen am Rand. Drinnen waren ihre Harpyienschwestern fleißig am Bauen, Kochen, Putzen, alles im Freien. Über ihr war der Himmel kristallklar blau, gefüllt mit mehrfarbigen Vögeln, die aussahen, als wären sie aus dem Regenwald gezogen worden. Unmittelbar neben ihr befand sich ein Waffenlager, komplett mit Schwertern, Messern und anderen Klingen. Es war großartig, es so zu sehen. Sie wusste, dass es nur Einbildung war, aber es war ein Vorspiel zum Echten; es war die *Wahrheit*, und sie konnte es kaum erwarten, es endlich zu erleben. Nach mehreren Minuten, in denen sie die versteckten Ecken und Winkel ihrer Burg erkundete und mit der Hand über das Mauerwerk und die Steine strich, hörte sie Zeus' Stimme, die nach ihr rief, und langsam begann die Illusion zu verschwinden.

In wenigen kurzen Sekunden wurde die Welt, die Zeus für sie erschaffen hatte, durch die Trostlosigkeit von Hadleigh Castle ersetzt. Mittlerweile war das Licht verschwunden und ließ sie mitten in der Dunkelheit stehen. Gerade als sie zur Gruppe zurückkehren wollte, hörte sie eine Stimme.

Tief, dämonisch.

Ihr erster Instinkt war, dass es der Teufel sei, der gekommen war, um sie zu finden. Die Person, die sich jedem ihrer Schritte widersetzt hatte. Derjenige, der verhindert hatte, dass die Rassenkriege begannen.

Dass er sie endlich gefunden hatte.

»Hey! Verschwinde von hier! Die Burg ist geschlossen! Du darfst nicht hier sein!«

Die Stimme kam direkt von hinter ihr. Sie wusste nicht, was sie tun sollte. Sie war von der Gruppe getrennt worden, also sprintete sie in Richtung der Gruppe, ihr Knöchel schrie vor Schmerz, als er sich auf dem unebenen Boden verdrehte. Doch als sie die Stelle erreichte, wo die Gruppe gewesen war, war niemand mehr da. Alle waren geflohen, ihre Schreie und ihr Gelächter verschwanden in der Ferne. Kasia wusste nicht, wohin sie gehen sollte, aber sie rannte weiter, folgte den vagen Geräuschen ihrer Schwestern und hoffte, sie einzuholen. Nach einer kurzen Strecke begann der Boden unter ihr abzufallen, und ihre Beinmuskeln zitterten und wurden zu Pudding, bis sie schließlich ganz nachgaben und sie hinunterrollte, immer weiter hinunter wie eine Stoffpuppe. Sie schrie vor Schmerz, aber ihr Schrei wurde vom Geräusch ihres durch das Gras donnernden Körpers übertönt.

Schließlich, nach dreißig Metern, kam sie plötzlich an etwas Hartem zum Stehen. Ihre unmittelbare Reaktion war, dass sie in den Schoß des Teufels gefallen war, aber als sie die Augen öffnete, sah sie durch die dicke, trübe Dunkelheit Yasmin. Ihre Freundin. Ihre Schwester. Die sie rettete.

Ohne etwas zu sagen, half Yasmin Kasia auf die Füße, legte ihren Arm um ihre Schulter und unterstützte sie, als sie den Hügel hinabgingen.

»Wo sind alle?«, fragte Kasia.

»Sie sind in Sicherheit«, antwortete Yasmin. »Mach dir keine Sorgen um sie. Sie wissen, wie sie auf sich aufpassen können.«

Kasia verzog bei jedem Schritt schmerzerfüllt das Gesicht. »Wohin gehen wir?«

»Zurück zum Studio«, antwortete Yasmin, schwer atmend. »Zeus wird dort sein. Er kann deinen Knöchel richten. Er wird sich um dich kümmern.«

KAPITEL
NEUNUNDVIERZIG

S ie waren nur zu zweit. Schon seit über zehn Minuten.

Sobald sie angekommen waren, hatte Zeus Yasmin in einen anderen Teil des Studios geschickt und ihr gesagt, sie solle nicht zurückkommen, es sei denn, er weise sie dazu an.

Sie waren nur zu zweit. Die beiden allein im Schlafzimmer. Kasia lag auf dem Bett, fast nackt von der Taille abwärts, und verzog das Gesicht, während Zeus seine Magie an ihrem Knöchel wirken ließ, die Muskeln knetete, die Knochen massierte, den Knorpel rieb. Die Schmerzen hatten seit ihrer Rückkehr drastisch nachgelassen, und das war alles diesem Mann zu verdanken. Zeus. Ihrem Retter.

Sie sah sehnsüchtig zu ihm auf, ihre Augen verloren sich in seinen Muskeln, die sich bei jeder kleinen Bewegung anspannten. Er war so gut definiert, so gut proportioniert, dass sie neidisch war. Alle ihre Schwestern hatten fantastische Körper. Ihre Bauchmuskeln, ihre Brüste, ihre Beine, sogar ihre Hintern. Sie alle waren so perfekt geformt. Aber ihrer... mit ihrem war sie immer noch nicht zufrieden, trotz ihrer jüngsten Bemühungen.

»Ich sehe, Sie haben etwas abgenommen«, murmelte Zeus, als könnte er ihre Gedanken hören.

»Wirklich? Ich dachte nicht, dass ich das habe.«

»Unsinn. Ich kann es hier sehen.« Er bewegte seine Hand langsam von ihrem Knöchel weg, über ihr Schienbein, und begann dann, seinen

Daumen über ihren Oberschenkel zu reiben. »Ihre Beine sehen viel dünner aus.«

Während er sprach, starrte er auf ihr Fleisch, ohne Blickkontakt herzustellen. Anfangs hatte sie sich gefragt, ob sie etwas getan hatte, um ihn zu verärgern, aber dann wurde ihr schnell klar, dass es genau das Gegenteil war. Und dann fühlte sie sich plötzlich unwohl.

»Ich... ich habe nicht so viel gegessen«, sagte sie und zuckte mit dem Bein, als hätte sie Schmerzen durch Zeus' Daumen; er knetete ihre Muskeln trotzdem weiter.

»Das kann ich sehen. Ich bin beeindruckt. Ihre Bemühungen zahlen sich aus. Sie erfüllen Ihre Prophezeiung, wie ich Ihnen bereits sagte. Es ist schade, dass einige der anderen Mädchen nicht dasselbe tun.«

Mehr Kneten. Immer höher an ihrem Bein entlang. Näher, näher. Sie hielt ihren Mund geschlossen, versuchte, nicht hinzusehen, nicht daran zu denken.

»Was meinen Sie?«, fragte sie in dem Versuch, das Unvermeidliche hinauszuzögern.

»Whispering Nightmare«, murmelte Zeus. »Sie befolgt meine Anweisungen nicht. Sie hat zugenommen. Drastisch. Haben Sie das bemerkt?«

Was war das Richtige zu sagen? Sie wusste es nicht. Klar, sie hatte bemerkt, dass Whispering Nightmare zugenommen hatte, aber nur leicht, eine winzige Menge. Aber wollte sie es zugeben und ihre Schwester verraten? Whispering Nightmare würde riskieren, aus der Gruppe ausgeschlossen zu werden, und sie hätte das Vertrauen ihrer Schwester verraten. Aber andererseits war es genauso schlecht, Zeus anzulügen. Wenn nicht schlimmer. Viel schlimmer.

»Sie müssen ehrlich zu mir sein«, fuhr er fort. »Was auch immer Sie in diesem Raum sagen, ist sicher und unantastbar. Nichts wird passieren. Die Mädchen werden nie erfahren, dass wir dieses Gespräch hatten.«

Sie schluckte schwer, ihr Mund war trocken vom keuchenden Lauf den Hügel hinunter und dem Weg zum Studio. Am Ende nickte sie. »Ja. Ich habe bemerkt, dass sie etwas zugenommen hat.«

Zeus schnalzte missbilligend mit der Zunge und schüttelte den Kopf. Trotzdem massierte er weiter ihren Oberschenkel, sein Daumen arbeitete um den Umfang ihres Oberschenkels herum. »Danke, dass

Sie ehrlich zu mir sind. Sie müssen große Schmerzen haben. Ihr ganzer Körper muss schmerzen.«

Sie versuchte, sich auf dem Bett neu zu positionieren, aber seine Hände hielten sie fest. »Nein, ich bin fi-«

»Denken Sie daran, Sie dürfen mich nicht anlügen«, sagte er mit tieferem Ton. Diesmal flackerten seine Augen nach oben und trafen ihren besorgten Blick. »Ich werde am Ende immer die Wahrheit herausfinden.«

Sie schloss die Augen zu einem langen, langen, langen Blinzeln und nickte. »Ja. Mein ganzer Körper tut weh.«

»Das dachte ich mir. Warum haben Sie das nicht früher gesagt? Ich bin hier, um zu helfen, erinnern Sie sich.«

Sie antwortete nicht. Ihr Puls raste und ihr Herz fühlte sich an, als wäre es ihr in den Hals gesprungen.

»Ziehen Sie Ihr Oberteil aus«, befahl er.

Sie zögerte nicht. Sie griff um ihre Taille herum, zog ihr T-Shirt über den Kopf und legte es neben sich. Jetzt, da sie nur noch in Unterwäsche war, fühlte sie sich exponiert, nackt. Sie verschränkte die Arme vor ihrer Brust, aber Zeus ergriff eine Hand und begann, sie zu massieren.

»Sie haben eine schöne Figur«, sagte er, während er einzeln ihre Finger rieb. »Und Ihre Haut ist so glatt und weich.«

»Danke. Ich benutze die Seife, die Sie uns empfohlen haben.«

»Sehr gut. Das ist noch etwas, worin Whispering Nightmare mich enttäuscht hat.«

»Oh?«

Sie bedeckte ihre Brüste mit ihrem freien Arm, aber es fühlte sich unbequem an und sah ungeschickt aus, also senkte sie ihn an ihre Seite.

»Ja. Sie sagte, es sei schlecht für ihre Haut, nicht gut für ihre Gesundheit. Sie hat mir nicht gehorcht, und ich bin nicht sicher, was ich mit ihr machen soll. Besonders jetzt, wo der Weltuntergang so nahe ist. Er steht direkt vor der Tür. Was würden Sie an meiner Stelle tun?«

Kasia öffnete den Mund, um zu antworten, hielt aber inne. »Ich... ich weiß nicht. Sie... Sie haben immer gesagt, dass wir jeden Ihrer Befehle befolgen müssen, wenn wir mit Ihnen ins Jenseits kommen wollen.«

Er beendete seinen Griff an ihrem rechten Arm, dann zog er an ihren Beinen und zerrte sie das Bett hinunter, sodass sie in Rückenlage dalag.

»Das stimmt. Und Sie haben jeden meiner Befehle befolgt, nicht wahr? Sie haben alles getan, worum ich gebeten habe. Und manchmal sind Sie sogar noch weiter gegangen.«

»Ja...«

»Und ich möchte Sie jetzt dafür belohnen.«

Ohne ein Wort zu sagen, stieß er sich von der Bettkante ab und schlenderte zu einem großen Kleiderschrank in der Zimmerecke. Während sein Rücken zu ihr gewandt war, schaute Kasia sich im Raum um. Sie suchte nach etwas, um sich zu schützen, etwas, das ihn überzeugen könnte, nicht mit dem weiterzumachen, was ihrer Meinung nach gleich passieren würde. Sie hatte nicht einmal ihre Periode, auf die sie es schieben könnte.

Aber dann erinnerte sie sich daran, wofür sie hier war. Wofür sie kämpfte.

Die Rassenkriege. Das Leben nach dem Tod. Das Sterben ihres Selbst. Wenn sie es in die neue Welt schaffen wollte, müsste sie ihn tun lassen, was er wollte. Es war Gottes Wille. Sie würde ihre Prophezeiung erfüllen.

Einen Moment später tauchte Zeus hinter der Schranktür auf. Auf seinem Kopf trug er eine große Schwanenmaske. Sie sah aus wie aus einer Theaterproduktion, übergroß, aus Prothesen gefertigt, und doch wirkte sie lebensecht. Fast wie das Original.

Während er auf sie zuging, griff er in seine Tasche und holte eine weitere LSD-Tablette hervor.

»Nimm das«, sagte er.

Kasia starrte lange darauf. Sie konnte bereits den Comedown spüren – die nicht enden wollenden Kopfschmerzen, das überwältigende Gefühl von Angst und Verzweiflung –, der seine Krallen bereit machte und darauf wartete, seine Zähne in sie zu versenken.

»Nimm es«, wiederholte er.

Kasia streckte ihre Hand aus. Zeus ließ die Tablette hineinfallen. Kasia legte sie in ihren Mund, ließ sie sich auflösen und schluckte dann. Die Bewegung war roboterhaft, fast wie eine zweite Natur für sie jetzt. Und innerhalb eines Augenblicks begann sie zu spüren, wie die Chemikalien sich mit dem verbanden, was noch in ihrem Blutkreislauf übrig war. Es stieg ihr sofort zu Kopf, und fast unmittelbar sah sie, wie Zeus sich in einen großen, zwei Meter großen Schwan verwandelte.

»Die Mythen sagen, dass ich früher Masken trug, wenn ich mit meinen Huren schlief«, sagte Zeus.

Sie wusste, dass es Zeus war, der sprach, aber die Drogen, die durch ihren Körper flossen, ließen es so aussehen, als würde der Schnabel des Schwans direkt zu ihr sprechen.

Als Nächstes spürte sie eine Hand an ihrem Oberschenkel, die ihre Beine spreizte. Es überraschte sie, und sie zuckte zusammen.

»Es gibt keinen Grund, sich zu wehren«, sagte er zu ihr. »Du erfüllst deine Prophezeiung.«

Ich erfülle meine Prophezeiung, sagte sie zu sich selbst. Ich erfülle meine Prophezeiung.

»Normalerweise würde ich warten, bis du sechzehn bist«, fuhr er fort. »Aber bei dir ist etwas, Kasia. Bei dir ist wirklich etwas Besonderes. Ich spüre, dass du für mich wichtig bist. Ich spüre, dass du die Auserwählte bist. Mit deiner Hilfe werden wir den Teufel loswerden, der uns die ganze Zeit gejagt hat. Und du wirst diejenige sein, die es tut.«

Ein Teil von ihr hörte zu, während die andere Hälfte darauf konzentriert war, völlig still zu liegen und keinen Widerstand zu leisten.

Ich erfülle meine Prophezeiung.

Dann griff Zeus nach ihrem Slip. Sie konnte spüren, wie seine warmen Finger und Daumen unter den Stoff tauchten und begannen, ihn herunterzuziehen. Ihn über ihr Becken, über ihre Hüftknochen zu ziehen.

Sie biss die Zähne zusammen und spannte ihre Muskeln an, bis sie spürte, wie ihr Körper physisch zitterte.

Und dann hörte es auf.

Die Schlafzimmertür flog auf. Licht flutete in den Raum und blendete Kasia vorübergehend. Sie blinzelte mehrmals, um ihren Augen zu erlauben, sich anzupassen, bevor sie erkannte, wer eingetreten war.

»Ich bin bereit für dich-«, sagte Whispering Nightmare, bevor sie sich unterbrach. »Was geht hier vor?«

Nightmare trug nichts außer ihrer Unterwäsche, das Licht hinter ihr warf Schatten über ihre Brüste und ihr Gesicht.

Sofort kletterte Zeus von Kasia weg und warf seine Maske zu Boden. »Habe ich dir erlaubt, hereinzukommen?«, brüllte er.

»Du hast mich gebeten, hierher zu kommen«, erwiderte Whispering Nightmare mit ebenso viel Gift in ihrer Stimme wie Zeus. »Warum trägst du diese Maske? Das ist die Maske, die du trägst... die du trägst, wenn wir...«

Zeus packte den Schwanenkopf und schleuderte ihn in den Kleiderschrank. Sobald er außer Sicht war, kehrte Kasias Sicht zur Normalität zurück. Zeus war wieder in seiner menschlichen Gestalt, und der einzige Beweis für seine Tierform war der Gestank von dem, was sie sich vorstellte, wie ein Schwan riechen würde.

»Ich kann nicht glauben...«, begann Whispering Nightmare. »Wolltest du gerade...?«

»Raus«, bellte Zeus.

»Ich? Ich gehe nirgendwohin. Nicht bevor-«

»Ich habe nicht von dir gesprochen«, antwortete Zeus. Er wandte sich an Kasia. »Kandy... Du musst hier raus. Schnapp dir deine Sachen und geh.«

Kasia brauchte keine zweite Aufforderung. Hektisch griff sie nach ihrer Kleidung vom Bett, zog ihre Unterwäsche in eine bequemere Position und eilte aus dem Raum. Als sie an der Tür innehielt, bemerkte sie Whispering Nightmares Bauch. Entweder war sie aufgebläht, oder das Essen, das sie zu sich genommen hatte, ließ sie anfangen, auf eine bestimmte Weise auszusehen.

»Du kannst jetzt gehen, Kandy«, betonte Zeus, während er den Blickkontakt mit Whispering Nightmare aufrechterhielt. »Danke für deine Unterstützung heute Abend. Denk daran, du erfüllst deine Prophezeiung.«

»Ja, Zeus«, sagte sie. »Ich erfülle meine Prophezeiung.«

KAPITEL
FÜNFZIG

»**M**orgen, Chef!«, rief ein aufgeregter Chey, als Tomek durch die Bürotüren trat. »Himmel, was ist denn mit dir los? Du siehst aus, als hättest du gerade einen Löwen und einen Schwan beim Flirten beobachtet.«

»Einen Löwen und einen Schwan?«

Der Kommentar reichte aus, um Tomek aus dem Konzept zu bringen.

»Ja, weißt du. Zwei der gefährlichsten Tiere der Natur.«

»Schwäne sind nicht gefährlich.«

»Pah! Da muss ich widersprechen. Du hast offensichtlich noch nie einem wütenden Schwan begegnet. Schätz dich glücklich, mein Freund.« Chey wandte sich von Tomek ab und starrte auf seinen Bildschirm. »Trotzdem ein guter Name für eine Kneipe. Zum Löwen und Schwan.«

»Wovon zum Teufel redest du?«, fragte Tomek, während er seinen Rucksack neben seinen Stuhl fallen ließ.

»Du...«, antwortete Chey. »Du siehst schwanmäßig aus. Warum die lange Miene?«

»Die haben lange Hälse, du Idiot.«

»Du siehst trotzdem aus, als wärst du wegen irgendwas deprimiert.«

Tomek schüttelte den Kopf und winkte ab. »Mir geht's gut.«

Und jetzt klinge ich schon wie Kasia.

»Das glaube ich, wenn ich es sehe«, erwiderte Chey. »Wie war dein Abend?«

»Gut. Deiner?«

»Gut. War unterwegs. Nichts Aufregendes.«

»Warst du bei dieser Mahnwache?«

Chey hob die Finger von der Tastatur und schob sich von seinem Schreibtisch weg. »Welche Mahnwache?«

Tomeks Puls beschleunigte sich. »Die an der Burg. Für Karl Bacon...«

Chey presste die Lippen zusammen und schüttelte den Kopf. »Wusste nicht, dass es eine gab.«

»Diese kleine Miststück«, murmelte er vor sich hin.

»Wie hast du mich genannt?«

»Nicht du. Nichts. Mach dir keine Sorgen.« Bevor Chey antworten konnte, steckte Tomek seine Hand in die Tasche, holte sein Handy heraus und schlüpfte in den Einsatzraum. Zum Glück war er leer. Er entsperrte das Gerät, wischte zu seinem Adressbuch und fand die Kontaktnummer, nach der er suchte.

Sie nahm beim sechsten Klingeln ab.

»Für einen Moment dachte ich, du würdest nicht rangehen«, sagte er.

»Hab kurz darüber nachgedacht«, antwortete sie. »Was willst du?«

Keine Höflichkeiten. Kein Smalltalk. Direkt an die Kehle. Genau wie er es verlangt hatte.

»Haben eure Leute über die Mahnwache berichtet, die gestern Abend stattfand? Ich habe keine Fotos oder Videos darüber im Internet gesehen.«

»Welche Mahnwache?«

Tomeks Puls beschleunigte sich erneut.

»Die an der Burg.«

Eine kurze Pause. Das Geräusch einer Tastatur in seinem Ohr, gefolgt von Abigail, die ihren Kollegen etwas zurief. Als sie zum Hörer zurückkehrte, klang sie außer Atem. »Nein. Keine Ahnung, wovon du sprichst. Niemand weiß etwas über eine Mahnwache an der Burg.«

»Diese kleine verfickte Lügnerin«, flüsterte er.

———

Tomek konnte an nichts anderes denken. Kasia hatte ihn angelogen. Und er war dumm genug gewesen, ihr zu glauben, zu denken, dass sie die Wahrheit sagte, obwohl sie unzählige Male gezeigt hatte, dass man ihr nicht vertrauen konnte.

Wo war sie gewesen? Was hatte sie getan? Mit wem war sie zusammen gewesen?

Hatte sie wirklich bei Yasmin übernachtet, wie sie behauptet hatte?

Diese Fragen hatten ihn seit seinem Gespräch mit Abigail gequält, und sofort nach dem Anruf hatte er seiner Tochter eine Nachricht geschickt. Zu seiner Erleichterung hatte sie geantwortet. Zugegeben, nur einsilbig mit Ja. Aber es war immerhin eine Antwort, immerhin eine Nachricht, die ihm mitteilte, dass sie am Leben war.

Er würde sich um sie kümmern und die Wahrheit herausfinden, wenn er nach Hause kam. Jetzt aber hatte er einen Job zu erledigen. Eine Person, mit der er sprechen musste.

Roger Armstrong sah dieses Mal genauso erfreut aus, Tomek zu sehen, wie beim ersten Mal, als sie einander begegnet waren. Heute trug der Mann eine weite beigefarbene Hose, Vans-Schuhe und ein locker sitzendes T-Shirt. An diesem Nachmittag hatten sie vereinbart, sich in einem kleinen Konferenzraum im Erdgeschoss zu treffen. Es war abseits gelegen und bedeutete, dass Tomek schneller zum Ausgang geführt werden konnte.

Er fand Roger in der Eingangshalle stehend, was ihm keine Gelegenheit gab, mit der geschwätzigen Empfangsdame zu sprechen.

»Schön, Sie wiederzusehen, Roger«, sagte Tomek mit seiner höflichsten Stimme.

»Ja, klar. Was wollen Sie jetzt hier? Haben wir nicht erst letzte Woche gesprochen?«

»Ja, Herr Armstrong, aber die Welt der Polizeiarbeit und der Umgang mit Kriminellen ist schnelllebig und komplex. Ich bin sicher, Sie können das nachvollziehen, angesichts der Branche, in der Sie tätig sind.«

»Was soll das heißen?«, schnappte Armstrong. »Wenn Sie hier sind, um anzudeuten, dass ich irgendetwas mit dem Drogenvorfall in dieser Einrichtung zu tun hatte, dann sind Sie auf dem Holzweg.

Aber da Sie es angesprochen haben, werden Sie froh sein zu hören, dass ich eine umfassende Untersuchung eingeleitet habe und bereits mit den beschuldigten Personen fertig bin. Sie wurden sofort suspendiert.«

»Sie haben *all* Ihre Mitarbeiter entlassen?«, fragte Tomek. »Wie funktionieren Sie überhaupt noch?«

»*All*-? Es waren nicht alle meine Mitarbeiter, das kann ich Ihnen versichern.«

»Wie viele?«, fragte Tomek, wobei seine Neugier die Oberhand gewann.

»Das geht dich nichts an. Das ist eine interne Angelegenheit und wird es auch bleiben. Außerdem sollten wir dieses Gespräch eigentlich in dem Besprechungsraum führen, den ich gebucht habe. Bitte, folge mir.«

Roger stürmte davon, als wäre er bei einer Laufveranstaltung, rauschte in den Raum und hielt die Tür auf. Als er bemerkte, dass Tomek ihm nicht gefolgt war, verhärteten sich die Gesichtszüge. »Ich habe nicht den ganzen Tag Zeit!«

Grinsend hinter der Frustration, die er gegenüber dem Mann empfand, schlenderte Tomek hinüber und ließ sich Zeit. Unterwegs winkte er der Rezeptionistin zu. Sie winkte zurück, erfreut, ihn zu sehen.

»Ich würde es begrüßen, wenn du mit niemandem im Gebäude sprechen würdest«, erklärte Roger, als Tomek den Raum betrat.

»Oh? Warum könnte das sein?«

Roger schloss die Tür fest. »Wir... wir haben gerade eine Umstrukturierung. Die Jobs der Leute hängen in der Luft. Sie könnten... sie könnten etwas sagen, was sie später bereuen, oder du könntest ihnen versehentlich von etwas erzählen, wovon sie nichts wissen.«

Tomek war verwirrt. Er hatte keine Ahnung, was das alles mit ihm zu tun hatte. »Dir ist schon klar, dass ich nicht hier arbeite, oder?«

»Ja. Aber ich sage es nur.« Roger schritt zur anderen Seite des Raumes und blieb vor einem großen Flachbildfernseher stehen, die Hände in den Taschen. »Also, weshalb bist du hier?«

Endlich. Zur Sache kommen, zum Wichtigen.

»Sagt dir der Name Karl Bacon etwas?«

Roger überlegte. »Könnte sein.« Er hielt noch einen Moment inne.

Schließlich schnippte er mit den Fingern und schüttelte den Kopf. »Hilf meinem Gedächtnis auf die Sprünge.«

»Er war vor etwa achtzehn Monaten in einem Radiointerview mit Michael Edwards.«

»Wie lange?«

»Achtzehn Monate?«

»Dann nein. Es tut mir leid, aber du hast keine Chance, dass ich mich daran erinnere. Ich meine, ich sehe und bearbeite hunderte verschiedener Dinge am Tag. Du kannst von Glück reden, wenn ich mich erinnere, wer letzte Woche im Gebäude war, und das ist schon viel verlangt.«

»Gibt es jemanden, der an diesem Tag gearbeitet hat, mit dem ich sprechen könnte?«

»Vielleicht. Ich müsste nachsehen.«

»Könntest du *jetzt* nachsehen?«

Rogers Gesicht verzog sich in einer Mischung aus Unglaube und Unentschlossenheit.

»Wenn du mir die Informationen gibst, die ich brauche, dann ist es höchst wahrscheinlich, dass ich nicht mehr mit *dir* sprechen muss. Nur mit den Leuten, die an diesem Tag gearbeitet haben.«

Roger rang ein paar Momente mit der Entscheidung.

»Gib mir fünf Minuten.«

Damit stürmte der Mann aus der Tür und rannte zum einzigen Aufzug im Gebäude. Tomek verlor keine Zeit und, sobald sich die Aufzugtüren geschlossen hatten, machte er sich auf den Weg zum Empfangstresen.

»Das ist das Schnellste, was ich ihn je habe bewegen sehen«, sagte die Rezeptionistin und spähte über ihren Computerbildschirm.

»Es ist wahrscheinlich *wirklich* das Schnellste, was er sich je bewegt hat.« Tomek kicherte. »Ich habe nicht viel Zeit, aber ich muss dir schnell ein paar Fragen stellen.«

Die Rezeptionistin gab ihm einen gespielten Salut. »Natürlich, Sir. Jawohl, Sir.«

Sich an die Kante ihres Schreibtisches lehnend, ein Auge auf den Aufzug gerichtet, fragte Tomek: »Sagt dir der Name Karl Bacon etwas?«

»Dieser rechtsextreme Politiker, der neulich gestorben ist?«

»Genau der.«

»Was ist mit ihm?«

»Er war mal hier für ein Radiointerview. Vor etwa achtzehn Monaten.«

»Oh, ja. Daran erinnere ich mich.«

»Du erinnerst dich daran. Warum?«

Die Rezeptionistin warf ihr Haar über die Schulter. »Weil ich mich erinnere, wie angewidert ich war, dass wir diesem Drecksack Sendezeit im Radio gegeben haben, um seine Plattform zu erhöhen und Leute für seine Sache zu mobilisieren. Und der andere Grund ist, dass am selben Tag irgendein verdammt seltsamer Möchtegern-Musiker hier war, der alle belästigt hat, seine Musik zu spielen und seine Lieder anzuhören, in der Hoffnung, dass wir sie senden würden. Der bescheuerte Idiot hat nicht verstanden, dass wir ein Radiosender sind und dass das, was er will, ein *Plattenlabel* ist.«

Die Rezeptionistin schnalzte missbilligend mit der Zunge, als würde das Gespräch über den Mann ihre Frustrationen von damals wieder aufleben lassen.

Aber Tomek achtete nicht darauf. Seine Augen und Ohren waren vollkommen auf ihren Mund und die Worte, die daraus kamen, konzentriert.

»Erinnerst du dich an seinen Namen?«

Sie zögerte nicht. »Irgendein Typ namens Zeus oder so ein Scheiß.«

KAPITEL
EINUNDFÜNFZIG

Mittagspause. Genau eine Stunde, um das Klassenzimmer zu verlassen, auf den Schulhof zu gelangen, Spaß zu haben, etwas zu essen und dann nach dem Klingeln wieder zurück zum Unterricht zu kommen. Eine Zeit, in der die gesamte Schule draußen war.

In den letzten Wochen hatten ihre Mittagspausen immer gleich ausgesehen: Sie warfen das Essen weg, das ihre Eltern ihnen eingepackt hatten, setzten sich in eine Ecke des Kunstrasenplatzes, tratschten und schmiedeten Pläne, strichen jeden Schüler auf dem Pausenhof durch, der den Rassenkrieg nicht überleben würde. Aber heute war es anders.

Die Dinge waren nah. Verdammt nah.

Der Rassenkrieg sollte morgen beginnen, und sie alle hatten noch viele Vorbereitungen zu treffen. Sie brauchten immer noch so viel Geld wie möglich. Zeus sollte bis zum Ende des Tages seine Tantiemen von YouTube und Spotify bekommen, und mit etwas Glück würden diese nicht verspätet sein, sonst riskierten sie, den Tag des Jüngsten Gerichts zu verschieben. Sie brauchten noch Flaschen mit Wasser, Kisten mit Lebensmitteln und große Mengen LSD.

Kasia spürte in der Mittagspause immer noch die Auswirkungen der Drogen in ihrem System. Ihr Kopf pochte langsam und schmerzhaft, als würde ihn jemand seit dem Morgen als Antistressball benutzen. Sie fühlte sich traurig, einsam, isoliert und deprimiert. Und die Ereignisse der frühen Morgenstunden hatten wenig geholfen. Bilder von Zeus in seiner Schwanenmaske hatten sich in ihrem Gedächtnis eingebrannt und würden für immer dort bleiben.

Aber sie hatte ihre Prophezeiung erfüllt. Und da der Rassenkrieg so bald beginnen sollte, erfüllte sie sie immer noch. Es war keine Zeit nachzulassen, zu faulenzen oder selbstgefällig zu werden.

In den letzten zehn Minuten hatten sie und Yasmin die leeren Flure durchsucht, waren in jedes Klassenzimmer geschlichen, auf der Suche nach einer Geldbörse einer Lehrerin.

In den meisten Fällen fanden sie eine Lehrerin, die dort saß, an ihrem Laptop arbeitete oder korrigierte und ihre Besitztümer wie ein treuer Wachhund beschützte. Jedes Mal wurden sie aufgefordert, hinauszugehen und nach draußen zu gehen, und so rannten sie kichernd zum nächsten, als ob sie ein Spiel spielen würden. Andere Male fanden sie gar nichts, da die Lehrerin ins Lehrerzimmer oder aus dem Schulgelände gegangen war, um einen Happen zu essen.

Bis sie zum Englischflur kamen. Fünf Klassenzimmer nebeneinander. Fünf Gelegenheiten, um einige der liebenswertesten Lehrerinnen zu bestehlen, denen Kasia je begegnet war. Mit Ausnahme von Frau Turner standen sie alle kurz vor dem Ruhestand und hatten daher eine entspannte, offene und fürsorgliche Art. Viele von ihnen erinnerten Kasia an ihre Großmutter. Ihre neue Großmutter. Diejenige, der sie erst vor wenigen Monaten vorgestellt worden war. Bei den wenigen Gelegenheiten, bei denen Tomek sie mitgenommen hatte, um sie zu besuchen, hatte Oma Bowen Kasia immer mit Liebe und Verehrung behandelt. Sie sorgte dafür, dass sie immer gut gefüttert und mit Flüssigkeit versorgt war. Sie machte Kasia Komplimente über ihre Haare, ihre Augen, ihr Make-up. Sie zeigte Kasia, wie es war, in einer liebevollen Familienumgebung zu leben.

Aber sie konnte jetzt nicht daran denken. Sie konnte nicht an Oma Bowen denken. Auch nicht an Opa Bowen. Wie die beiden sie zum Lächeln brachten, wenn sie an sie dachte...

Sie hatte eine Aufgabe zu erledigen. Und diese Aufgabe lag direkt vor ihr.

Yasmin kam als Erste am ersten Klassenzimmer an. Es war geschlossen, und durch das Fenster in der Tür sahen sie eine Lehrerin an ihrem Schreibtisch sitzen, die friedlich wie ein Kaninchen an einem Salatblatt kaute, während sie auf ihrem Kindle las.

Nächster Raum. Ähnliche Situation. Eine andere Lehrerin, diesmal Kasias am wenigsten bevorzugte, Frau Perkins, saß an ihrem Schreibtisch und genoss ihr Mittagessen allein. Kasia fragte sich, ob Englischlehrerinnen ihre eigene Gesellschaft der Gesellschaft anderer Leute vorzogen, erinnerte sich dann aber daran, dass sie Englisch unterrichteten und viel lasen und wahrscheinlich die Gesellschaft der Charaktere, über die sie lasen, der Gesellschaft derer vorzogen, denen sie im wirklichen Leben begegneten.

Raum drei. Leer. Ohne Anzeichen dafür, dass jemand den Schreibtisch überhaupt benutzt hatte.

Raum vier. Auch leer, bis auf einen übrig gebliebenen Apfel und einen Tupperware-Behälter auf dem Schreibtisch mit einer weggeworfenen Schokoladenverpackung, die über den Rand hing. Am Rand des Tisches lag ein Stapel Papiere, vermutlich darauf wartend, korrigiert zu werden. Kasia widerstand der Versuchung, sie in die Luft zu werfen und ein Durcheinander zu verursachen, denn wie Goldlöckchen und die drei Bären hatten sie im letzten Raum Glück.

Es war das Zimmer von Frau Hammond. Kasias Favoritin. Die 64-Jährige sollte am Ende des Schuljahres in den Ruhestand gehen, nachdem sie fast dreißig Jahre derselben Schule gewidmet hatte. Eine große Abschiedsfeier war für ihren letzten Tag geplant, und alle Kinder waren eingeladen.

Aber für Kasia und Yasmin würde es keinen letzten Schultag geben, es würde keine Party geben.

Sie hatten einen Rassenkrieg und ein Leben nach dem Tod vorzubereiten.

Sie erfüllte ihre Prophezeiung.

Kasia drängte Bilder und Erinnerungen an Frau Hammond und die gemeinsamen Unterrichtsstunden in den hintersten Teil ihres Bewusstseins, als sie sich ins Klassenzimmer schlich. Der Lehrertisch stand an der gleichen Stelle wie in den vier vorherigen Räumen, und darunter stand ein spezieller Schreibtischstuhl, der für Frau Hammond einzigartig war und den sie speziell angefordert hatte.

Dies war ihre Burg, und jeder in der Schule wusste das.

Auf dem Tisch lag ein geschlossener Schullaptop und ein Handy.

Darunter, in einer kleinen Lücke an der Seite des Schreibtisches einge-klemmt, befand sich Frau Hammonds Tasche. Klein, braun und aus echtem Leder.

Kasia bückte sich, um sie aufzuheben. Darin fand sie einen Lippen-stift, eine Haarbürste, einen Geld- und Kreditkartenhalter und einen Geldbeutel. Eine Frau mit wenigen Besitztümern. Kasia ließ die Tasche zu Boden fallen, nahm den Geldbeutel heraus und öffnete ihn. Darin befanden sich fünfzig Pfund in bar. Zwei Zwanziger und ein Zehner.

»Gut gemacht!« sagte Yasmin, als Kasia das Geld triumphierend in die Höhe hielt.

Aber ihre Freude war nur von kurzer Dauer. Eigentlich hatte sie noch gar nicht richtig begonnen.

»Was macht ihr zwei mit meiner Geldbörse?«, ertönte eine strenge Stimme von der Tür. Das Besondere an Frau Hammond war, dass sie in Sekundenschnelle von ruhig, respektvoll und höflich zu streng, einschüchternd und wütend wechseln konnte. Gerade zeigte sie ihnen Letzteres. »Was macht ihr mit meinem Geld?«

Keine von beiden wählte zu antworten. Stattdessen rannten sie los. Yasmin stürmte quer durch das Klassenzimmer und preschte durch die Türöffnung. Auf dem Weg nach draußen stieß sie mit Frau Hammond zusammen und warf sie rückwärts zu Boden. Die Frau stieß einen lauten Schrei aus, als sie auf das Linoleum krachte. Kasia folgte dicht dahinter. Bevor sie den Flur hinunterrannte, warf sie noch einen letzten Blick auf die Frau am Boden und eilte dann in die entge-gengesetzte Richtung.

Yasmins Jubelrufe, zusammen mit Frau Hammonds Hilferufen, hallten die Korridore auf und ab.

»Der Rassenkrieg kommt!«, schrie Yasmin. »Der Rassenkrieg kommt!«

Kasia folgte unmittelbar hinter ihrer Freundin, das Bündel Geld-scheine zwischen ihren Fingern in einem schraubstockartigen Griff. Aber sie entschied sich, kein Wort zu sagen.

KAPITEL
ZWEIUNDFÜNFZIG

Kasias Adrenalin schoss durch die Decke, als sie durch die Haustür stürmte. Sie nahm die Treppe in Zweiersprüngen und platzte dann durch die Tür ins Wohnzimmer. Yasmin folgte ihr kurz darauf.

»Oh mein Gott«, sagte Yasmin, als sie die Tür zuschlug. »Ich kann nicht glauben, dass das geklappt hat. Hast du Hammonds Gesicht gesehen? Klassisch!«

Kasia hielt inne, um Atem zu schöpfen. »Glaubst du, es geht ihr gut? Es sah aus, als hätte sie sich den Kopf gestoßen.«

»Was macht das für einen Unterschied?«, fragte Yasmin, während sie von einer Seite des Wohnzimmers zur anderen ging. Sie blieb neben dem Sofa stehen, ließ ihre Schultasche auf den Boden fallen und sank dann in die Kissen. Mit den Füßen über der Sofalehne sagte sie: »Sie wird sowieso eine der Ersten sein, die im Rassenkrieg draufgehen. Ich meine, sie ist alt und langsam und fett. Sie kann nicht erwarten, dass sie überlebt, wenn alles zusammenbricht. Es wird das Überleben der Stärksten sein, und sie wird es definitiv nicht schaffen.«

Kasia sagte nichts und ging am Esstisch hin und her. Dann schaute sie auf ihre Hand, auf das Geld, das zwischen ihren Fingern herausragte. In ihrem Griff war es zerknittert und verknautscht worden.

»Glaubst du, es reicht?«, fragte Yasmin.

»Hat er gesagt, wie viel wir brauchen?«

»Nein. Nur, dass wir so viel wie möglich besorgen müssen.«

Yasmin schwang ihre Beine vom Sofa und begann, die Möbel der Wohnung zu durchsuchen. Sie durchforstete das Bücherregal, zog eine Handvoll Bücher heraus, öffnete sie, blätterte durch die Seiten und warf sie dann auf den Boden. Dann ging sie zum Couchtisch und machte dasselbe, wobei sie sich allmählich mit der Sorgfalt und Aufmerksamkeit eines Affen durch die Wohnung bewegte. In der Zwischenzeit sah Kasia zu, Wut und Unglaube tobten in ihr. Das war ihr Zuhause, und Yasmin machte ein Chaos. Sie bückte sich, um eines der Bücher aufzuheben, die Yasmin weggeworfen hatte, aber als sie danach griff, fragte Yasmin: »Was machst du da?«

»Aufräumen.«

»Warum? Das spielt keine Rolle. Nichts davon wird wichtig sein, wenn die Rassenkriege kommen.«

»Trotzdem«, antwortete Kasia und ließ ihren besorgten Blick durch den Raum schweifen. »Es muss... anständig aussehen.«

Aber Yasmin hörte nicht zu. Sie war zu beschäftigt damit, ihre mutwillige Zerstörung durch den Flur und in Tomeks Schlafzimmer fortzusetzen. »Hat dein Vater hier irgendwo Geld?«

Kasia zögerte. Sie hatte ihr bereits verschwiegen, dass sie das Geld auf dem Bücherregal nur knapp verpasst hatte. Wollte sie ihr von dem Geld erzählen, das er in der Schuhschachtel in seinem Kleiderschrank aufbewahrte?

Bevor sie antworten konnte, klopfte es an der Tür.

Beide Mädchen erstarrten und starrten einander mit weit aufgerissenen Augen an. Kasias Körper wurde kalt vor Angst. Langsam, als würde sie, wenn sie es schneller täte, die Schallmauer durchbrechen und sie verraten, hob sie die Hand zum Mund.

Ein weiteres Klopfen, diesmal etwas kräftiger.

»Nicht bewegen!«, zischte Kasia.

Ein Moment der Stille.

Dann ein weiteres Klopfen.

Alles, was Kasia hören konnte, war das Pochen ihres Herzens in ihren Ohren.

Und noch ein Klopfen.

»Kasia? Bist du da drin? Bist du gerade durch die Haustür gekommen?«

Auf einmal entspannte sich Kasia und atmete tief erleichtert auf. Sie erkannte die Stimme sofort. Ihre Nachbarin von unten. Die Frau, mit der sie mehrere Nachmittage und Abende Brettspiele gespielt hatte. Die Abende, die sie anfangs gehasst, aber insgeheim lieben gelernt hatte.

Freund. Nicht Feind.

Obwohl auch sie in den Rassenkriegen umkommen würde.

»Warte hier«, flüsterte Kasia zu Yasmin. »Ich kümmere mich um sie.«

Sie wartete nicht auf eine Antwort. Sie drehte sich auf der Stelle um und verließ den Raum. An der Haustür drehte sie den Griff langsam und öffnete die Tür einen Spalt, sodass die Frau nicht durchkommen konnte. Edith stand auf der anderen Seite, trug einen großen Sommerhut und ein Blumenkleid. Sie sah aus, als wäre sie bereit für einen Tag im Park oder am Strand.

»Ist alles in Ordnung, Kasia?«, fragte Edith sanft.

»Ja, Frau Bates. Alles ist in Ordnung.«

»Ich habe ein Geräusch gehört. Und viel Türknallen.«

»Entschuldigung. Das war nur ich, die nach Hause kam. Mir ging es nicht so gut, deshalb hat die Schule mich früher nach Hause geschickt.«

Edith beäugte sie zweifelnd.

»Weiß Ihr Vater Bescheid?«

»Ich habe ihm eine Nachricht geschickt, aber er hat noch nicht geantwortet. Die Schule hat versucht, ihn anzurufen, aber er ist nicht rangegangen. Er muss beschäftigt sein.«

Ediths Stirn runzelte sich vor Zweifel.

»Darf ich hereinkommen? Ich kann Ihnen eine Tasse Tee machen, sicherstellen, dass es Ihnen gut geht.«

Kasia spürte Druck auf der anderen Seite der Tür, blieb aber standhaft.

»Wirklich, mir geht es gut, Frau Bates. Ich sollte mich wahrscheinlich nur ausruhen. Ich denke, ich werde ein Nickerchen machen.«

»Hmm.« Mehr Besorgnis. Mehr Zweifel. Sie spähte durch den Spalt in der Tür, aber Kasia verengte ihn schnell. Am Ende gab Edith nach und trat einen Schritt zurück. »Nun, ich bin unten, wenn Sie mich brauchen. Und Sie haben meine Nummer...«

»Ja. Natürlich. Danke, Frau Bates«, sagte Kasia, während sie langsam die Tür vor Edith schloss und höflich lächelte.

Sie wartete, bis sie hörte, wie Ediths Haustür sich schloss, bevor sie zu Yasmin zurückkehrte. Als sie zurückkam, fand sie ihre Freundin, die in Tomeks Kleiderschrank vergraben war.

»Was machst du da?«

»Ich suche nach Geld«, sagte sie, als sie unter den Kleidern hervorkam. In ihrer Hand hielt sie eine Reihe handgeschriebener Briefe. »Was ist das?«

Kasia riss sie ihrer Freundin aus der Hand. »Die kannst du nicht haben!«

»Warum nicht?«

»Weil sie persönlich sind«, murmelte sie. »Das ist privat.«

»Das spielt keine Rolle. Nichts davon wird wichtig sein, wenn es losgeht.«

Yasmin verlor schnell das Interesse an den Briefen und bewegte sich in Richtung Fensterbank. In Richtung Tomeks geliebter Bonsai-Bäume. In Richtung Tomeks geliebtem Vogelhaus.

Sobald ihre Freundin nach einem der Bäume griff, schrie Kasia sie an, damit aufzuhören.

»Was ist los mit dir?« fragte Yasmin fordernd. »Warum benimmst du dich wie so eine kleine Zicke deswegen? Du hast doch keine Zweifel, oder?«

Kasia spottete. »Nein, natürlich nicht!«

Yasmin griff nach dem Bonsai und hielt ihn mit einem Grunzen und unter Anstrengung Kasia entgegen.

»Nimm ihn.«

»Was?«

»Nimm den verdammten Baum und zerstör ihn!«

»Aber...«

»Bist du dabei oder nicht? Ich hab verdammt nochmal für dich gebürgt, weißt du. Zeus hat gefragt, ob du engagiert bist, und ich hab gesagt, du wärst es. Ich hab meinen verdammten Hals für dich hingehalten, Kandy, und so dankst du es mir?«

»Nein, Yasmin. So ist es nicht. Ich habe von Mrs Hammond gestohlen, oder-?«

»Aber jetzt kneifst du bei dieser Sache. Was ist der Unterschied?«

Kasia hatte darauf keine Antwort. Sie wusste nicht, warum sie sich so verhielt. Es war, als ob ein Auslöser in ihrem Gehirn losgegangen wäre und sie zurückhielt.

»Was ist mit deiner Prophezeiung?« fuhr Yasmin fort. »Die, von der ich Zeus immer reden höre. Wirst du sie erfüllen, oder wirst du weiterhin eine kleine Zicke sein?«

Eine Träne bildete sich in Kasias Auge. Sie blinzelte sie weg, aber sie kam einfach immer wieder zurück.

»Ich bin dabei«, murmelte sie. »Ich will das.«

»Ich dachte, du wärst dir selbst gestorben?«

»Das bin ich!«

Yasmin stieß den Baum in Kasias Gesicht. »Dann beweise es. Wenn du wirklich dir selbst gestorben bist, dann wirst du das tun. Wenn du wirklich daran glaubst, wirst du tun, was ich dir sage. Wenn du deinen Vater im nächsten Leben sehen willst, wo all dieser Scheiß nicht mal mehr wichtig sein wird, dann *tu es*.«

Kasia starrte die Pflanze einen Moment lang an, unfähig sich zu bewegen, unfähig klar zu denken. Yasmins Arme zitterten unter dem Gewicht des Baumes, ließen die Blätter von einer Seite zur anderen schaukeln, als stünden sie mitten im Shipwrights Wood.

Ich erfülle meine Prophezeiung, sagte sie sich.

Ich sterbe mir selbst.

Alles wird gut. Papa wird sich mir im Jenseits anschließen. Er kann mitkom-

»Mach es verdammt nochmal!« schrie Yasmin.

Kasia schloss die Augen und, aus voller Lunge schreiend, riss sie den Baum aus Yasmins Händen und schleuderte ihn auf den Teppich. Erde explodierte über den Boden und bespritzte ihre Schuhe. Blätter und Zweige lösten sich und verteilten sich weit und breit. Der Topf bekam Risse und zerbrach bei dem Aufprall.

»Gut«, sagte Yasmin, ihre Stimme beängstigend ruhig. »Jetzt noch einen.«

»Was?«

»Noch einen. Mach sie alle. Zerstöre die Wohnung. Zerstöre alles.«

KAPITEL
DREIUNDFÜNFZIG

Von einer Empfangsdame zur nächsten. Nur dass die direkt vor ihm weniger freundlich war.

»Wo ist sie?«, bellte Tomek die Frau hinter dem Schreibtisch an.

»Entschuldigung?«, fuhr sie zurück, und das zurecht nach der Art, wie er sie gerade angesprochen hatte, das musste er zugeben. »Ich akzeptiere diesen Ton nicht.«

»Natürlich. Tut mir leid. Verzeihen Sie mir.«

Die Frau rümpfte die Nase und warf ihm einen verächtlichen Blick zu. »Wen suchen Sie denn?«

»Kasia Coleman«, antwortete er, diesmal etwas höflicher, aber längst nicht genug, um den Schaden wieder gutzumachen, den er bereits angerichtet hatte.

»Und Sie sind?«

»Ihr *Vater*«, zischte er.

Sie hob einen Finger und hielt sich dann ein Festnetztelefon ans Ohr. »Einen Moment, bitte.«

Der Moment schien eine Ewigkeit zu dauern. In dieser Zeit führte die Empfangsdame mehrere Telefonate, eines weniger hilfreich als das andere. Bis sie schließlich zur Schulleiterin durchgestellt wurde und direkt mit ihr sprach.

»Sie ist jetzt bereit für Sie«, fügte die Empfangsdame hinzu. »Wissen Sie, wo Sie hin-«

Aber Tomek war bereits weg, marschierte den Flur hinunter, bevor sie den Satz beenden konnte. Er fand das Büro der Schulleiterin mit Leichtigkeit und stürmte ohne anzuklopfen hinein. In der Mitte des Raumes standen die Schulleiterin und Miss Holloway, Kasias Klassenlehrerin, in ein Gespräch vertieft. Auf einem der Stühle saß eine Frau, die Tomek noch nie getroffen hatte, und in der Ecke stand ein Mann im Anzug, den er ebenfalls nicht kannte.

»Herr Bowen«, begann die Schulleiterin, Miss McCann, und trat nach vorne. »Bitte, kommen Sie herein.«

Tomek schlurfte nach vorne. Miss McCann schloss die Tür hinter ihm.

»Wo ist Kasia?«, fragte er.

Es dauerte einen langen Moment, bis jemand antwortete. Tomek musterte seine Umgebung und studierte die Gesichter, die ihn anblickten. Er spürte eine unheilvolle Atmosphäre der Besorgnis im Raum, vier Paar urteilende Augen, die Löcher in ihn bohrten.

»Wir können Ihre Tochter nicht ausfindig machen«, antwortete die Schulleiterin.

»Was?«

»Wir wissen nicht, wo sie ist. Wir-«

»Wohin ist sie gegangen? Was ist passiert?«

Bevor Miss McCann antworten konnte, holte Tomek sein Handy aus der Tasche und wählte die Nummer seiner Tochter. Es klingelte in seinem Ohr, bis die Mailbox ansprang. Als Nächstes schickte er ihr eine Nachricht, obwohl er keine sofortige Antwort erwartete. Zuletzt versuchte er die Find My Friends App auf seinem iPhone. Nichts. Ihr Handy war ausgeschaltet. Nur ein kleines Symbol zeigte an, dass ihr Handy zuletzt zu Hause benutzt worden war.

»Herr Bowen«, begann die Schulleiterin. »Es gibt einige Dinge, die wir besprechen müssen.«

»Nein. Scheiß drauf. Das Erste, was wir tun müssen, ist, meine Tochter zu finden.«

In seinem Kopf drehte sich alles. Sein Magen tat dasselbe, überschlug sich wie eine Synchronschwimmerin bei den Olympischen Spielen. Ihm war übel.

»Wir tun unser Bestes, um Ihre Tochter zu finden«, sagte die Schulleiterin. »Wir haben mehrere Lehrer da draußen, die nach ihr suchen, und wenn nötig, werden wir mit der Polizei sprechen, um sie einzuschalten.«

»Ich *bin* die Polizei. Sie sind bereits eingeschaltet.«

»Darauf habe ich mich nicht bezogen«, fuhr Miss McCann fort, ihre Stimme niedergeschlagen. Sie stand mit fest verschränkten Fingern da. »Ich meinte eine andere Angelegenheit.«

»Warum? Was hat sie sonst noch angestellt?«

Sie ging zum hinteren Teil des Raumes. Ob es war, um Abstand von ihm zu nehmen, wusste Tomek nicht. Aber im Moment fühlte es sich an, als würden alle Lehrer vor ihm zurückweichen. Als würden sie sich langsam entfernen, ihm entkommen. Ihn allein, isoliert fühlen lassen.

Miss McCann deutete auf die Frau, die Tomek nicht erkannte. »Neulich bemerkte Frau Matthews etwas Ungewöhnliches an Ihrer Tochter. Etwas, das sie beunruhigte.«

»Da sind wir schon zu zweit«, erwiderte er.

»Zuerst habe ich es ignoriert, was mein eigener Fehler ist«, fuhr Miss McCann fort. »Allerdings machen wir alle Fehler. Aber Kasias Verhalten seitdem und ihr anschließendes Schwänzen haben mir weiteren Anlass zur Sorge gegeben.«

»Sie sind nicht die Einzige«, fügte er hinzu, obwohl er langsam das Gefühl bekam, dass sie über verschiedene Dinge sprachen.

»Sehen Sie, Herr Bowen, neulich bemerkte Frau Matthews mehrere blaue Flecken an Arm und Hals Ihrer Tochter. Und als sie darauf angesprochen wurde, erklärte Kasia, dass es zu Hause zwischen Ihnen beiden mehrere Vorfälle gegeben hätte, die körperlich, missbräuchlich geworden wären. Sie beschrieb auch mehrere Fälle, in denen Sie sie emotional und verbal missbraucht hätten.«

Tomeks Mund klappte auf, aber nichts kam heraus. Es war, als hätte ihm jemand ein Messer direkt durch das Herz gestoßen, es bis zu seinem Unterleib hinuntergezogen und dann wieder hochgerissen, während Welle um Welle der Übelkeit aus allen Richtungen auf ihn einprügelten.

Miss McCann deutete auf den schweigenden Mann hinter ihr. Er stand mit den Händen an den Seiten. Seine Haare waren strähnig, er war übergewichtig und sah aus, als hätte er seit Wochen nicht richtig geschlafen.

»Das ist Herr Adams«, fuhr die Schulleiterin fort. »Er ist vom Jugendamt.«

»Verpisst euch.«

»Wir haben Grund zu der Annahme, dass Kasia in einer unsicheren Umgebung lebt, und wir haben eine Fürsorgepflicht sicherzustellen, dass sie gut betreut wird, wie jedes Kind es sein sollte.«

»Verpisst euch«, wiederholte er. »Auf keinen Fall. Niemals.«

Seine ganze Welt stürzte um ihn herum ein. Die Übelkeit verschlimmerte sich und sein Kopf begann sich zu drehen. Irgendwer, irgendwo schaltete in seinem Kopf das Licht an und aus, und die Worte, die er sagen wollte, die Worte, die er *schreien* wollte, fielen aus seinem Mund.

»Ich muss mich vor Ihnen nicht rechtfertigen«, sagte er, seine Sprache verwaschen.

Aber das musste er. Das wusste er. Um seinen Namen reinzuwaschen, um jedes Fünkchen Verurteilung und Sorge zu beseitigen, das sie über ihn haben konnten. Er konnte nicht zulassen, dass sie ihn für einen missbrauchenden Vater hielten. Wenn sie das täten, würden sie ihm Kasia wegnehmen. Es wäre das Ende des neuen Familienlebens, das sie zusammen aufgebaut hatten. Es war nicht perfekt, war es schon seit einiger Zeit nicht mehr, aber welche Familie war das schon? Es war eine Arbeit im Gange. Und es würde auch das Ende seiner Karriere bedeuten. Ein missbrauchender Vater, der bei der Polizei arbeitet. Nick könnte ihn unmöglich behalten.

Es wäre das Ende von allem.

KAPITEL
VIERUNDFÜNFZIG

Tomek war es gelungen, *einige* der Bedenken der Schule und des Sozialarbeiters zu zerstreuen. Wenn auch nicht vollständig. Der Mann, der ihm auf Schritt und Tritt folgte, war außer Atem, als sie die oberste Stufe erreichten. Tomek wartete nicht, bis er aufholte. Er ging direkt in die Wohnung. Und wünschte sofort, er hätte es nicht getan.

Der Ort sah aus, als wäre eine Bombe explodiert.

Bücher aus dem Bücherregal, einschließlich des Buches, in dem Tomek Geld versteckt hatte, waren über den Teppich verstreut. Die Kissen vom Sofa waren auf den Boden geworfen worden, ihr Inneres quoll heraus, als wären sie mit Messern aufgeschlitzt worden. Die wenigen Gemälde und Porträts, die an der Wand hingen, baumelten entweder in schiefen Winkeln oder waren zerschmettert auf dem Teppich gelandet. Der Esstisch war umgekippt, und alles, was darauf gelegen hatte, war über den Boden verstreut. Unleserliche Schriften und Markierungen waren über die Wände und die Decke gekritzelt worden. Und in der Küche war der Inhalt des Kühlschranks entleert und auf die Arbeitsplatte geworfen worden. Glasscherben bedeckten das Linoleum und glitzerten unter dem künstlichen Licht.

»Was zum Teufel ist hier passiert?«, fragte Tomek mit offenem Mund.

Seine erste Reaktion war, dass in die Wohnung eingebrochen worden war. Dass eine Gang – möglicherweise dieselbe Gang von

Richard Stafford, die Michael Edwards und Karl Bacon getötet hatte – durch die Vordertür gestürmt war und alles zerstört hatte. Aber dann dachte er an Kasia.

Wie ihr Handy auf dem Boden lag, halb unter einem Buch begraben. Wie ein weiteres ein paar Meter davon entfernt lag.

»Kasia!«, rief er. »Kasia! Bist du hier?«

Zögernd ging er in Richtung ihrer Schlafzimmer, sein Puls hämmerte, seine Eingeweide schmerzten. Er blieb zuerst vor seinem Zimmer stehen. Der Boden war ein Chaos. Die Bettdecke und Laken waren vom Bett gerissen, Kleidung über den Boden und auf den Kleiderschrank geworfen worden, und seine Bonsai-Bäume – seine geliebten Bonsai-Bäume! – waren in Stücke zerschlagen, irreparabler Schaden war an den Bäumen angerichtet worden, die seit fast zwanzig Jahren Teil seines Lebens gewesen waren. Vorsichtig schlich Tomek um das Bettende herum, um den Schaden zu begutachten. Und da sah er den zerbrochenen Vogelkasten, der zerschlagen auf dem Teppich lag. Das Zwitschern der Vögel von außerhalb des Schlafzimmerfensters wurde lauter. Eine Familie von Rotkehlchen ohne ein dauerhaftes Zuhause.

Die Besorgnis und Angst, die Tomek empfand, verschwanden schnell und wurden durch Wut, Zorn und den Durst nach Rache ersetzt.

Er ballte seine Faust.

»Was ist hier passiert?«, kam eine Stimme von der Tür her.

Tomek drehte sich auf der Stelle um und hob seine Faust. Er hielt sich zurück, bevor er auf den Sozialarbeiter losging.

»Entschuldigung«, murmelte er und senkte sie.

Fantastisch. Das wird einen guten Eindruck bei dem Diensteifrigen machen.

»Was ist hier passiert?«, wiederholte Herr Adams.

»Wünschte, ich wüsste es«, antwortete Tomek und fuhr sich mit den Fingern durchs Haar. Er konnte seinen Blick nicht vom Vogelkasten und den Bonsai-Bäumen lösen. Sein ganzer Stolz, die einzigen Dinge, die er neben Kasia geliebt hatte, zerstört in einem sinnlosen Akt von Vandalismus.

»Ich könnte darauf vielleicht eine Antwort haben«, kam eine sanfte, freundliche Stimme von irgendwo aus der Wohnung.

Der Sozialarbeiter trat beiseite und gab den Blick auf seine Nachbarin frei, die sich mühsam durch das Chaos bewegte und sich an der Wand festhielt, während sie sich durch die Trümmer manövrierte.

»Edith«, begann Tomek. »Geht es dir gut? Haben sie auch deine Wohnung erwischt?«

»Meine Wohnung? Oh nein, Liebes. Meine ist in Ordnung.«

»Was ist passiert? Wer hat das getan? Weißt du, wo Kasia ist?«

Sein Kopf raste mit einer Million Gedanken pro Minute, und er hatte Mühe, den Überblick zu behalten. Seine Atmung war flach und schnell, und sein Puls stieg weiter an. Er begann sich benommen und schwindelig zu fühlen.

»Beruhige dich...«, sagte Edith und näherte sich ihm mit ausgestreckter Hand. Sie legte sie auf seinen Arm, und sofort normalisierte sich seine Atmung fast wieder, und ein Teil des Nebels in seinem Kopf verschwand. »Beruhige dich, Tomek. Du bist gestresst.«

»Sag mir einfach, was du weißt... Bitte.«

»Ich war in der Küche und bereitete ein spätes Mittagessen zu, als ich hörte, wie die Haustür des Gebäudes geöffnet wurde und was sich anhörte wie zwei Paar Füße, die die Treppe hochstampften. Ich ließ es ein paar Minuten lang auf sich beruhen, aber dann hörte ich eine Menge Krachen und Poltern, also kam ich hoch, um nachzusehen. Ich wusste nicht, was hier los war, und nachdem ich geklopft hatte, öffnete Kasia die Tür.«

»War sie allein?«

»Ich habe niemanden sonst gesehen oder gehört«, antwortete Edith und nahm ihren Arm von ihm weg. »Aber ich habe es gefühlt, gespürt, dass noch jemand da war.«

»Was hat sie gesagt?«

»Dass sie früh von der Schule nach Hause gekommen sei, weil es ihr nicht gut ging, aber für mich sah sie ganz gesund aus. Trotzdem ließ ich sie in Ruhe schlafen und ging nach unten. Und dann kehrte das Poltern zurück. Diesmal lauter, viel lauter. Ich versuchte zu klopfen, aber sie hörten mich nicht.«

»Du hast eine andere Stimme gehört?«

»Ich habe einen anderen Namen gehört.«

»Wen?«

»Ein Mädchen namens Yasmin. Sie schrien aufgeregt miteinander, warfen Dinge herum...« Sie schaute sich im Schlafzimmer um. »Erschufen dieses Chaos.«

»Was geschah dann?«

»Ein paar Minuten später kamen sie aus der Wohnung und rannten an mir vorbei, hätten mich fast die Treppe hinuntergestoßen. Ich sah nicht viel von ihnen, aber als ich mich an der Wand festhielt, bemerkte ich, dass beide große Taschen bei sich hatten, als ob sie über Nacht oder für ein paar Tage irgendwohin gingen.«

Tomek nickte, die Rädchen in seinem Gehirn wurden mit jedem neuen Informationsschnipsel immer besser geölt.

»Hast du gesehen, in welche Richtung sie gegangen sind?«

Edith schüttelte den Kopf. »Es tut mir leid, Tomek.«

Er legte beide Hände auf ihre Schultern. »Nein, *mir* tut es leid. Es tut mir leid, dass du das durchmachen musstest. Ich werde dafür sorgen, dass sie sich bei dir entschuldigt und alles in Ordnung bringt – vertrau mir. Aber zuerst muss ich sie finden.«

KAPITEL
FÜNFUNDFÜNFZIG

Tomek hatte endlich den dicken Mann abgeschüttelt, der wie eine Klette an ihm hing. Nachdem Mr. Adams die Zerstörung gesehen hatte, die Kasia und ihre Freundin absichtlich verursacht hatten, entschied er, dass Tomek nichts falsch gemacht hatte und dass seine Zeit und Energie besser dafür genutzt werden könnten, sie mit Mitteln und Methoden zu finden, die weder Tomek noch die Polizei zur Verfügung hatten.

Tomek war mehr als glücklich, dem Mann nachzugeben und ihn zu verabschieden, denn er musste irgendwo sein.

Yasmins Mutter öffnete ihm die Tür mit einem besorgten Gesichtsausdruck, der ihre Züge verzerrte. Ihre Augen waren rot, geschwollen und sahen aus, als hätte sie mehrere Stunden lang geweint. Sie wirkte auch, als hätte sie seit Wochen nicht geschlafen. Sie waren etwa im gleichen Alter, doch er vermutete, dass sie beide im Moment mindestens zehn Jahre älter aussahen.

Tomek sah viel von sich selbst in ihrem schmerzerfüllten und niedergeschlagenen Gesichtsausdruck. Er fühlte auch etwas davon.

»Kommen Sie rein«, sagte Pamela, ohne dass er fragen musste.

Sobald er über die Schwelle trat, löste sich die Anspannung in seinen Schultern ein wenig. Er folgte ihr in die Küche und lehnte das Angebot eines Getränks ab.

»Ich suche nach Kasia«, sagte er. »Ich dachte, sie könnte hier sein.«

»Und ich suche nach Yasmin.«

»Tun Sie das?«

Pamela nickte und blickte zu Boden. Sie griff nach einer Taschentuchbox auf der Arbeitsplatte und begann, damit in ihren Fingern zu spielen.

»Sie sollte vor einer halben Stunde zu Hause sein, aber sie ruft nicht zurück und geht nicht ans Telefon.«

»Wann haben Sie das letzte Mal mit ihr gesprochen?«

»Heute Morgen, bevor sie zur Schule ging.«

»Wie war sie?«

Pamela zuckte mit den Schultern, ihr Kopf sank noch tiefer auf ihre Brust. »So wie sie die letzten paar Monate war. Ruhig, abweisend, vermeidet mich und ihren Vater.«

Tomek spürte, dass er das Thema behutsam und einfühlsam angehen musste. Es war offensichtlich, dass sie beide dasselbe durchgemacht hatten, dass beide Töchter dasselbe unberechenbare Verhalten an den Tag gelegt hatten, aber Tomek hatte ein dickeres Fell als die meisten. In seinem Job hatte er allerlei erlebt, und das hier war nicht anders. Ganz zu schweigen davon, dass Pamela eine tiefere Verbindung zu ihrer Teenagertochter hatte als Tomek zu dem Mädchen, das erst seit weniger als einem Jahr in seinem Leben war.

»Sie waren beide in meiner Wohnung«, erzählte Tomek ihr. »Vor etwa einer Stunde. Sie haben sie komplett verwüstet.«

»*Verwüstet?*«

Tomek nickte.

»Warum um Himmels willen sollten sie das tun?«

»Ich kann mir beim besten Willen nicht vorstellen, warum. Sie haben die ganze Wohnung auseinandergenommen.«

»Wissen Sie, wohin sie jetzt gegangen sind?«

Tomek schüttelte den Kopf. »Ich habe beide Handys in meiner Wohnung gefunden. Ich hatte gehofft, sie wäre hier. Meine Nachbarin sagte, dass Kasia, als sie sie weggehen sah, etwas Großes dabei hatte, das wie ein Schlafsack aussah. Haben Sie eine Ahnung, wohin sie gegangen sein könnten?«

Pamela überlegte einen Moment. »Mir fällt nichts ein.«

Tomek seufzte tief und verschränkte die Arme. »Sind Sie sicher?«

»Ja, ich bin sicher«, zischte Pamela und wechselte plötzlich die Stimmung.

Tomek hob beschwichtigend die Hände. »Es tut mir leid. Ich muss fragen. Das ist der Detektiv in mir. Ich wollte Sie nicht beleidigen.«

»Schon gut«, sagte sie, obwohl ihre Betonung alles andere als das ausdrückte.

»Gibt es irgendwelche Orte, über die die Mädchen mit Ihnen gesprochen haben, oder haben Sie vielleicht etwas mitbekommen, wenn sie hier miteinander geredet haben?«

»Was bringt Sie auf die Idee, dass sie hier irgendetwas besprechen würden?«

Tomeks Augenbraue hob sich. »Weil Kasia immer hier übernachtet. Ich dachte nur, dass—«

»Hier übernachten?«, wiederholte Pamela. »Kasia hat seit Wochen nicht mehr hier übernachtet.«

»Aber sie...«

Und dann wurde es ihm klar. Dass Kasia ihn belogen hatte. Ihn belogen hatte über ihren Aufenthaltsort. Ihn belogen hatte über ihre Gefühle. Ihn belogen hatte über das Mobbing. Über alles.

»Wo zum Teufel haben sie dann übernachtet?«

Schwere Tränen bildeten sich in Pamelas Augen. Sie wischte sie mit einem Taschentuch weg.

»Oh mein Gott, sie könnten überall sein, oder? Was, wenn ihnen etwas zugestoßen ist? Oh Gott. Sie könnten in echter Gefahr sein!«

Tomek musste ihre Emotionen unter Kontrolle bringen. Das Letzte, was er brauchte, war, dass sie untröstlich wurde. Er musste sie positiv, besonnen und klar denkend halten.

»Alles wird gut, okay?«, sagte er zu ihr. »Wir werden sie finden. Sie sind sicher. Solange sie zusammen sind, sind sie sicher.«

Seine Worte zeigten kaum Wirkung.

»Glauben Sie, dass ihnen etwas zugestoßen ist?«

»Nein, überhaupt nicht. Ich bin sicher, es gibt eine völlig vernünftige Erklärung für all das.«

Außer dass er wusste, dass es keine geben würde. Warum sonst sollten sie seine Wohnung zerstören? Warum sonst sollte Kasia vorgeben, dass er sie körperlich und verbal misshandelte? Warum sonst sollte sie ihn in so kurzer Zeit fast aus ihrem Leben streichen?

»Haben Sie... haben Sie jemals Drogen in Yasmins Zimmer gefunden oder irgendetwas, das darauf hindeuten könnte, dass sie etwas nimmt?«

Sobald das Wort *Drogen* Tomeks Lippen verließ, brach Pamela in Tränen aus. Während sie an ihrer Brust schluchzte, stand Tomek unbeholfen da und streckte seine Hand nach ihr aus, ohne sie zu berühren. Er wollte keine soziale Grenze zwischen ihnen überschreiten, aber er wollte auch nicht, dass sie direkt vor ihm weinte. Schließlich legte er eine Hand auf ihre Schulter und bewegte sie dann allmählich über ihren Rücken.

»Alles wird gut«, sagte Tomek, während er sanft ihre Schulter drückte. »Wir werden sie finden. Sie werden auftauchen. Die Statistiken für solche Fälle sind in der Regel sehr gut.«

Daraufhin blickte sie zu ihm auf, ihre Augen füllten sich mit Hoffnung. »Wirklich?«

»Ja. Meistens finden sie von selbst den Weg nach Hause.«

Aber in diesem speziellen Fall glaubte er es nicht. Er glaubte keines der Worte, die aus seinem Mund kamen. Denn nachdem er sie gefunden und mit ihr fertig wäre, würde für Kasia nichts mehr gut sein. Auch nicht für ihre kleine Freundin Yasmin.

Dafür würde er schon sorgen.

KAPITEL
SECHSUNDFÜNFZIG

Das Singen hatte in den letzten fünf Minuten sowohl an Häufigkeit als auch an Lautstärke zugenommen. Es war allmählich angestiegen, wie die Flut, aber erst jetzt, als es seinen Höhepunkt erreichte, wurde Kasia bewusst, wie laut es war. Es durchdrang sie vollständig, die Vibrationen kribbelten in jedem Zentimeter ihres Körpers.

Sie hatte keine Ahnung, wo sie war, und zu allem Übel hatte sie jedes Zeitgefühl verloren. Zwanzig Minuten? Vielleicht dreißig? Möglicherweise mehr. Sie wusste es nicht. Konnte es nicht wissen.

Sie öffnete ihre Augen und alles, was sie sehen konnte, war Schwärze. Die Gesichter ihrer Schwestern waren in der Dunkelheit verschwunden, bis auf das schwache Licht, das von den sechs Kerzen ausging, die gleichmäßig im Raum verteilt waren.

Sie fühlte sich euphorisch. Adrenalin von der Zerstörung, die sie und Yasmin zuvor angerichtet hatten, und der bevorstehende Countdown zum Weltuntergang, der kurz bevorstand, durchströmte sie. Sie atmete schwer, ihre Brust hob und senkte sich, ihre Stimmbänder waren angespannt. Ihre Augen rollten nach hinten und ihr Kopf kippte zurück, sodass ihr Gesicht zur Decke gerichtet war. Das LSD, das sie kurz zuvor genommen hatte, begann zu wirken. Die schwarze Decke hatte sich jetzt in eine Fata Morgana tödlicher und gefährlicher Kreaturen verwandelt. Schlangen, eine Mischung aus Grün und Blau, wirbelten über die Oberfläche. Riesige, mythische Bestien, wie sie sie noch nie gesehen hatte, von denen sie nur gelesen hatte, knurrten und bellten von oben auf sie herab. Dämonen verspotteten sie, riefen nach ihr, neckten sie. Sie schloss die Augen und versuchte, sie zu vertreiben, aber es funktionierte nicht. Sie waren immer noch da, krallten sich fest und streckten die Hände über ihr aus.

Sie hatte einen schlechten Trip. Einen der schlimmsten, die sie je erlebt hatte.

Aber sie kauerte sich nicht zusammen. Würde sich nicht zusammenkauern. Sie war tapferer als das. Tapferer als sie. Ganz zu schweigen davon, dass sie Zeus und die Harpyien an ihrer Seite hatte, falls die Dinge zu intensiv wurden. Sie waren eine Einheit, ein Team. Sie konnten sie verteidigen. Aber vorerst konnte sie sich selbst verteidigen.

Sie schrie, ihre Stimme brach unter der plötzlichen Anspannung.

Der Klang erfüllte den Raum und im Nu verschwanden die Dämonen und zogen sich in die Dunkelheit zurück, bis sie ihre Gesichter nicht mehr sehen konnte. Sie hatte es geschafft. Sie hatte sie verbannt.

Zu ihrer Überraschung sangen ihre Schwestern weiter und verstärkten ihren Griff um ihre Hände, um sicherzustellen, dass sie eingeschlossen blieb.

»Das ist gut«, rief Zeus, »lass alles raus. Befreie dich von deinen inneren Dämonen, während wir versuchen, sie aus dieser Welt und der nächsten zu verbannen. Treibe sie aus deinem Körper und deiner Seele aus. Wir können es uns nicht leisten, welche im Jenseits dabei zu haben. Sie müssen ausgerottet werden.«

Zeus hatte am Rand des Kreises gestanden, patrouillierte, beobachtete, bereit, in Aktion zu treten und einer Harpyie zu helfen, wenn sie es brauchte.

Er legte eine Hand auf Kasias Rücken und die andere auf ihre Brust, und sofort fühlte sie, wie die Luft aus ihren Lungen entwich. Sie schnappte nach Luft, keuchte, atmete schwer.

»Lass es raus«, sagte er. »Lass alles raus.«

Sie konnte sie spüren. Alle. Die Dämonen, die ihren Körper verließen, durch ihre luftleeren Lungen und ihren Mund entkamen. Mehr noch, sie konnte sie sehen. Sie flogen aus ihrem Körper und flohen in die Dunkelheit, bevor sie schließlich an der Decke verschwanden.

Zeus erhöhte den Druck auf ihre Brust und presste noch mehr Luft aus ihren Lungen. Ihr Körper begann zu kribbeln und zu prickeln, während sie nach Luft rang. Es waren bereits über dreißig Sekunden ohne jegliche Luftzufuhr vergangen, und für einen Moment dachte sie, sie würde ohnmächtig werden. Bis er ihr auf die Brust schlug und das letzte Biest, die letzte Kreatur, aus ihrem Mund explodierte. Ein großes, grauenhaftes Ding mit Hunderten von Zähnen und bösen, dämonischen roten Augen, die sie anstarrten.

Irgendwo aus ihrem tiefsten Inneren holte sie die Energie und den Sauerstoff, um dem Dämon ins Gesicht zu schreien. Die Explosion von ihren Lippen hatte die gewünschte Wirkung, und er drehte sich schnell um und zog sich zurück.

Sobald das Biest verschwunden war, atmete Kasia ein, ließ den Griff der Schwestern zu beiden Seiten los und brach dann nach hinten auf den Boden.

Das Singen hörte schnell auf und wurde durch das Geräusch von Bewegung ersetzt. Innerhalb von Sekunden waren ihre Schwestern um sie herum versammelt, berührten sie, feierten sie, gratulierten ihr.

»Du hast es geschafft«, sagte Yasmin von irgendwo rechts von ihr. »Du hast es geschafft! Du bist dir selbst gestorben, Kandy! Du bist offiziell dir selbst gestorben!«

KAPITEL
SIEBENUNDFÜNFZIG

Tomek hämmerte so fest gegen das Glas, dass er beinahe seine Faust durchgestoßen hätte. Dann presste er sein Gesicht an das Fenster und spähte in das leere Studio.

Die Holzbank, die einst vor dem Eingang gestanden hatte, war verschwunden, und von der grauenhaften Musik, die sonst von drinnen widerhallte, war nichts zu hören.

Die Söhne des Zeus.

Das war der Name, den ihm die Empfangsdame beim Radiosender genannt hatte.

Derselbe Name wie der Künstler, von dem Kasia geschwärmt, den sie verfolgt, angehört, dessen Merchandise sie gekauft hatte und den sie kürzlich besuchen gegangen war.

Derselbe Mann, den Tomek nun verdächtigte, in die Tode von Michael Edwards und Karl Bacon verwickelt zu sein.

Derselbe Mann, der Kasia möglicherweise in Gefahr bringen könnte.

Tomek hämmerte ein zweites Mal mit den Fäusten gegen die Glastür.

»Scheiß drauf«, zischte er, drehte sich um und begann, nach einem Stein auf dem Boden zu suchen.

Er fand kurz darauf einen und wiegte ihn in seinen Händen, um sein Gewicht abzuschätzen. Er zögerte nicht. Das Stück Beton flog durch die Luft und krachte in das Glasfenster, wobei tausende Scherben zu Boden regneten. Sofort ertönte eine Sirene aus dem Inneren des Gebäudes. Tomek schenkte ihr kaum Beachtung. Er trat durch die Tür, das Glas knirschte unter seinen Füßen wie Kies, und ließ seinen Blick umherschweifen. Das Yoga-Studio-Teenager-Aktivitätszentrum war leer. Die Dekoration war von den Wänden entfernt worden, die Ornamente von ihren Plätzen genommen und die Möbel vom Boden verschwunden. Es war, als ob der Ort seit Jahren verlassen wäre und still darauf wartete, dass ein neuer Besitzer einzog und ihm etwas Liebe schenkte.

Der Rest des Studios sah genauso aus – hinten und oben. Leer, ohne irgendetwas, das darauf hindeutete, dass jemand dort gelebt oder gearbeitet hatte.

Die Söhne des Zeus, oder wie auch immer dieser Scheißkerl hieß, hatten gründliche Arbeit geleistet und sämtliche Gegenstände entfernt. Aber nicht gründlich genug. Das Forensik-Team würde schon etwas finden, da war er sich sicher.

Während er reglos in einem der leeren Zimmer im Obergeschoss stand, griff Tomek in seine Tasche und holte sein Handy heraus.

»Nick, bist du da?«, fragte er hektisch.

»Ja, was-?«

»Ich brauche Forensiker im Temple Farm Industrial Estate. Da ist-«

»Wovon redest du?«, fragte Nick. »Haben wir noch eine Leiche?«

»Nein. Kasia. Sie und ihre Freundin sind verschwunden. Söhne des Zeus. Michael Edwards. Karl Bacon. Ich glaube, das hängt alles zusammen. Ich brauche Forensiker.«

Tomek keuchte, sein Verstand raste mit hundert Stundenkilometern. Es schwirrten so viele Gedanken in seinem Kopf herum, dass er nur das Ende jedes einzelnen mitbekam.

»Du klingst, als bräuchtest du eine Pause«, antwortete Nick mit rauer Stimme. »Jetzt, bevor ich jemanden rüberschicke, hol erstmal Luft und erzähl mir genau, was passiert ist.«

KAPITEL
ACHTUNDFÜNFZIG

Das forensische Team war zwanzig Minuten später eingetroffen. Tomek hatte sich um sie gekümmert, ihnen die Situation erklärt und auf die Notwendigkeit von Gründlichkeit hingewiesen, bevor er zum Einsatzraum zurückgekehrt war. Nick hatte ihm gesagt, dass er im Yogastudio keine Hilfe sein würde. Dass er nur Befehle bellen und sich in die Arbeit des Teams einmischen und dabei alle verärgern würde. Und Tomek hatte ihm zugestimmt. Das einzige Problem war, dass er im Einsatzraum auch nicht besser war. Er marschierte herum, lief auf und ab, bellte Befehle und bedrängte seine Kollegen, während sie versuchten, ihm dabei zu helfen, Kasias Aufenthaltsort zu ermitteln. Sein Stresslevel war so hoch wie nie zuvor, und es gab nichts, was er tun konnte, um sich zu beruhigen. Rachel und Anna waren zusammen mit ein paar uniformierten Beamten zu seiner Wohnung geschickt worden, um von Haus zu Haus Befragungen durchzuführen und in der Nähe der Wohnung zu sein, für den Fall, dass sie wie durch ein Wunder nach Hause stolpern würde. In der Zwischenzeit durchsuchte Chey die Überwachungskameras und Aufnahmen von außerhalb des Yogastudios und in der Nähe von Tomeks Wohnung in der Hoffnung, ihre Bewegungen nachzuverfolgen, nachdem sie vom Tatort geflohen war. Tomek hatte ihre und Yasmins Handys an die digitale Forensik übergeben, die derzeit die Geräte nach ihrem Nachrichtenverlauf, Telemetriedaten und Fotos durchsuchten, die Hinweise darauf geben könnten, wohin eines der beiden Mädchen gegangen sein könnte. Obwohl das, wie sie ihm mitgeteilt hatten, Stunden dauern würde.

Stunden war zu lang.

Stunden waren mehr, als er entbehren konnte. Bis dahin könnte ihr etwas Schreckliches zugestoßen sein.

Oder schlimmer noch, jemand anderem.

Nach seiner Rückkehr in den Einsatzraum hatte Tomek seine Theorie erklärt. Dass die „Söhne des Zeus", dessen Name er sich später als Zachary Godson erinnerte, die Ermordung von Michael Edwards und Karl Bacon orchestriert hatte und dass er eine Handvoll ergebener und besessener Mädchen dazu gebracht hatte, es zu tun. Er wusste nicht wie und er wusste nicht warum. Aber etwas in seinem Bauch – Intuition, der Teil, der wochenlang geschlummert hatte (sowohl seine väterliche als auch seine detektivische Intuition) – schrie zu ihm, ließ seinen Magen krank und verknotet zurück.

Zu seiner Überraschung hatte Nick die Idee nicht abgeschmettert.

»Ich kann mir vorstellen, dass das eine Möglichkeit ist«, hatte er geantwortet. »Ich war immer etwas skeptisch, dass Stafford eine Gang – noch dazu aus Mädchen – geschickt hat, um Edwards zu töten. Das schien nicht logisch oder richtig. Aber... ich schweife ab. Zunächst müssen wir uns darauf konzentrieren, Ihre Tochter zu finden.«

Ein Prozess, an dem Tomek nicht beteiligt sein sollte. Nick wollte nicht, dass er zu nahe dran war, wollte nicht, dass er jedes kleinste Detail jedes Teils der Suche kannte. Wenn es ein wichtiges Update oder eine Information gäbe, die er wissen müsste, würde Nick es ihm mitteilen. Tomek war über diese Entscheidung nicht gerade erfreut, aber er erkannte schnell, dass es das Beste war. Er konnte kaum klar denken, geschweige denn die Informationen verarbeiten, die überall umherfliegen würden. Ganz zu schweigen davon, dass er bereits eine Handvoll uniformierter Beamter verärgert hatte, indem er sie angeschrien hatte, sie sollten sich beeilen und ihre fetten Ärsche in Bewegung setzen.

Es war für alle das Beste, wenn er im Einsatzraum blieb und sich an Nicks Seite hielt, sich auf die emotionale Unterstützung des Hauptkommissars stützte, etwas, für das er, wie er zugeben musste, dankbar war.

Mehr als drei Stunden waren seit Kasias Verschwinden vergangen, und es gab immer noch keine Neuigkeiten, immer noch kein Zeichen von ihr.

Tomek wurde allmählich unruhig. Er hatte fast zwei Minuten lang ununterbrochen mit der Computermaus geklickt und sein Knie fast im gleichen Takt auf und ab wippen lassen, während sein Geist leer in die Pixel des Bildschirms starrte.

»Ich denke ständig darüber nach, was ich hätte anders machen können, weißt du?«, sagte er plötzlich zu Nick. »Ich denke ständig über die Anzeichen nach und warum ich sie nicht früher bemerkt habe. Sie waren direkt vor meinen Augen. Ich hoffe einfach... ich hoffe einfach, dass sie in Sicherheit ist, dass-«

Das Vibrieren des Telefons an seinem Bein lenkte ihn ab. Er durchsuchte hektisch seine Taschen und griff danach. In seiner Eile hätte er das Gerät fast auf den Boden fallen lassen.

Er nahm ab, ohne die Anrufer-ID zu überprüfen.

»Kasia? Bist du das?«

»Kasia? Nein, ich bin sie nicht.«

Tomeks Seele fiel in sich zusammen, seine Schultern sackten herab. Es war nicht Kasia. Tatsächlich war es die Person, die in jeder Hinsicht am weitesten von Kasia entfernt war.

Nathan Burrows, der inhaftierte Mörder seines Bruders.

»Nath...«, begann Tomek. »Warum... warum rufst du mich an?«

»Ich hatte Lust auf einen kleinen Plausch«, antwortete der Mann. »Obwohl ich glaube, dass du derjenige bist, der den Plausch braucht. Was ist los?«

Tomek erhob sich schnell aus dem Stuhl und verließ den Raum. Als er die Tür hinter sich schloss, bemerkte er Nicks besorgten Blick.

»Es ist Kasia«, erklärte Tomek, sobald die Tür geschlossen war. »Sie ist verschwunden. Ich glaube, sie könnte sich einer Art Kult oder so angeschlossen haben.«

»Einem Kult?«

»Ja.«

»Verschwunden?«

Tomek schlich in einen anderen Raum und schloss die Tür

behutsam hinter sich. »Ja. Ich weiß nicht, wie ich es erklären soll. Sie... sie hat einfach... Sie hat sich in den letzten Wochen so seltsam verhalten, und jetzt ist sie mit ihrer Freundin weggelaufen, ich... ich weiß nicht, was ich tun soll.«

»Hat sie das schon mal gemacht?«

Nathans Stimme war ruhig, beruhigend. Und während er ihr zuhörte, wurde Tomeks Geist fokussiert, auf das Gespräch konzentriert. Er dachte tatsächlich darüber nach, was er sagen und wie er antworten sollte, anstatt das Erste herauszuplatzen, was ihm in den Sinn kam.

Er wurde *präsent*.

»Ja, sie ist schon einmal weggelaufen. Aber nicht so. Das ist anders.«

»Inwiefern anders?«

»Ihr Verhalten in den letzten Wochen. Ich habe eine auffällige Veränderung an ihr bemerkt. Sie ist nicht mehr die, die sie war. Sie ist anders. Und das letzte Mal hat sie nicht meine Wohnung zerstört.«

»Das tut mir leid zu hören, Tomek. Was hat sie getan?«

»Hat die ganze Wohnung auf den Kopf gestellt.« Tomek ballte seine Faust, als sich aufkeimende Wut in ihm zu erheben begann. »Alles zerstört. Das Wohnzimmer, mein Bücherregal, die Küche. Sie hat Geld aus meinem geheimen Versteck gestohlen. Sie hat meine Bonsai-Bäume völlig verwüstet, und...«

Tomek konnte sich nicht dazu durchringen, den letzten Teil des Satzes auszusprechen. Aber aus seiner Intonation erkannte Nathan, worauf er anspielte.

»Ich verstehe...«, sagte er. »Und ist es... ist es irreparabel?«

Tomek hielt inne, atmete ein, hielt die Luft an und ließ dann alles raus. »Ja, leider. Ich weiß nicht, was in sie gefahren ist.«

Eigentlich wusste er es doch. Zachary Godson. Der Mann, der seine Tochter im Würgegriff hatte.

»Hast du es auf ihrem Handy versucht?«, fragte Nathan.

»Sie hat es in der Wohnung zurückgelassen.«

»Wurde sie entführt?«

Tomek erklärte, dass ein Zeuge gesehen hatte, wie sie mit einer Freundin aus der Wohnung geflohen war.

»Das klingt tatsächlich seltsam«, sagte Nathan nachdenklich.

»Das sagst du mir. Ich weiß nicht, was ich tun soll. Ich mache mir Sorgen um sie. Ich habe Angst, dass ihr etwas zugestoßen sein könnte.«

»Ich werde helfen«, sagte Nathan.

Diese Aussage kam so aus heiterem Himmel, so unerwartet, dass sie Tomek überraschte. Sein Mund klappte auf, aber für einen Moment kam nichts heraus.

»Du willst helfen?«

»Nein, Tomek. Du missverstehst mich. Ich sage dir, dass ich dir helfen *werde*, nicht dass ich dir helfen will.«

Tomek zögerte. »Was ist der Unterschied?«

»Helfen zu wollen ist etwas, das jemand sagt, wenn er nicht wirklich engagiert ist. Erst wenn du ihnen eine Pistole an den Kopf hältst, wirst du feststellen, dass sie endlich etwas für dich tun. Wenn ich sage, ich *werde* helfen, dann bedeutet das, dass ich tatsächlich etwas gegen die Situation unternehmen werde.«

Tomek zögerte erneut, diesmal überlegte er, was Nathan da sagte. Und dann wurde ihm klar, dass er eigentlich überhaupt nicht verstand, was der Mann vorschlug.

»Wie... kannst du mir helfen?«

Ein tiefes Kichern ertönte am Telefon. »Ich bin schon sehr lange hier drin, Tomek. Ich habe das eine oder andere gelernt und ein paar Freunde gefunden. Die meisten schulden mir einen Gefallen. Du musst nur ein Wort sagen, und ich werde alles tun, was ich kann, um dir zu helfen, Kasia zu finden.«

»Warum? Warum willst du mir helfen?«

Noch ein Kichern, diesmal sanfter. »Ist das nicht offensichtlich? Für Michał.«

»Für Michał«, wiederholte Tomek flüsternd.

Dann: »Gut. Du hast mein Wort. Tu, was du kannst, um mir zu helfen, meine Tochter zu finden.«

KAPITEL
NEUNUNDFÜNFZIG

Zu Hause angekommen, wollte der Schlüssel nicht ins Schloss gleiten. Einer der Hauptgründe, warum er und Kasia aus ihrer vorherigen Wohnung ausgezogen waren, und jetzt funktionierte das verdammte Ding immer noch nicht. Aber es war ihm egal. Er war so müde, so niedergeschlagen und geistig erschöpft, dass er keine Energie hatte, sich darüber aufzuregen. Früher hätte er gestöhnt und geknurrt, seinen Körper vor Frustration angespannt. Dann hätte er das leblose Objekt angeschrien und es einen nutzlosen verdammten Mistkerl genannt. Aber jetzt nicht. Jetzt war er mehr als glücklich, oben auf der Treppe oder draußen in der frühen Sommerschwüle zu schlafen. Das war das Mindeste, was er verdiente.

Die Suche nach Kasias Aufenthaltsort hatte nirgendwohin geführt. Sie hatten nichts herausgefunden. Nichts auf den Überwachungsaufnahmen seiner Nachbarn oder den CCTV-Aufnahmen aus der näheren Umgebung. Nichts von den Nachbarn, mit denen Rachel und Anna gesprochen hatten. Auch nichts vom digitalen Forensik-Team. Sie war irgendwo da draußen. Aber nur Gott wusste, wo sie war.

Schließlich, nach mehrmaligem Rütteln, bemerkte Tomek, dass er den Schlüssel verkehrt herum eingeführt hatte. Er drehte ihn um und öffnete die Tür.

Das Innere des Wohnzimmers war in ziemlich demselben Zustand, in dem er es verlassen hatte. Trümmer und Schutt bedeckten die Teppiche und Möbel. Rachel und Anna hatten zu ihrer Ehre versucht aufzuräumen, wussten aber offensichtlich nicht, wo sie anfangen sollten. Einige der Bücher waren ordentlich auf dem Tisch gestapelt, und eine Handvoll Federn aus den Kissen gesammelt und wieder hineingestopft, aber das war das Ausmaß ihrer Bemühungen.

Tomek war das egal. Es konnte bis zum nächsten Tag warten. Oder bis zum übernächsten. Oder bis zum Tag danach. Bis Kasia sicher und wohlbehalten nach Hause zurückgebracht wurde, konnte ihm das Chaos auf dem Boden nicht egaler sein.

Er hob seine Füße über die Verwüstung, tappte zu seinem Schlafzimmer und fiel auf die Bettkante. Der Geruch von feuchter Erde, die in den Teppich getreten worden war, hing in der Luft.

Er breitete sich über dem Bett aus und ließ die Matratze ihn umarmen, sich an die Konturen seines Körpers schmiegen und ihn allmählich tiefer und tiefer in die Fasern ziehen. Er starrte an die Decke und ging zum tausendsten Mal alles in Gedanken durch. Als ob er es im Einsatzraum nicht schon genug getan hätte, und sein Gehirn darauf bestand, dass noch etwas anderes auftauchen könnte. Irgendein kleines Detail, das er übersehen oder noch nicht bedacht hatte. Ein Name, ein Ort, eine Anspielung auf eine Gruppe oder ein Stück Information, die sie vielleicht erwähnt hatte.

Aber nichts. Sein Kopf war völlig leer, frei von allen zusammenhängenden Gedanken.

Es war dann, als sein Geist so offen war, so leer, nichts als eine weite Ausdehnung grenzenloser Zeit und Energie, dass die Schleusen sich öffneten und er zu weinen begann. Nichts hielt die Tränen zurück, keine Barrieren, die sie in Schach hielten, also strömten sie heraus, liefen an den Seiten seines Gesichts herunter und durchnässten schnell das Bettlaken mit Pfützen aus Salzwasser.

Die Tränen hielten fünf Minuten an. Es war das längste, was er seit Jahren geweint hatte, seit der Beerdigung seines Bruders; dreißig Jahre aufgestauter Frustration und Erleichterung brachen in den frühen Morgenstunden aus ihm heraus.

Als er fertig war, war er zu erschöpft, um sich vom Bett zu erheben oder sich auch nur in liegender Position auszuziehen. Alles, was er tun wollte, war zu schlafen und beim Aufwachen Kasia über sich stehen zu sehen, wie sie mit einem entschuldigenden, aber offenen und warmen Gesicht auf ihn herabblickte.

Als seine Augen schwer wurden und er spürte, wie er noch tiefer in die Matratze gezogen wurde, klopfte es an der Haustür.

Sofort erwachte Tomek zum Leben. Er krabbelte in seinem traumartigen Zustand vom Bett und rannte dann zur Haustür. Auf dem Weg dorthin stieß und stolperte er über Dinge auf dem Boden, schenkte ihnen aber kaum Beachtung.

Kasia war an der Tür!

Kasia war nach Hause gekommen!

Alles würde verzieh-

Tomeks Euphorie wurde von der kleinen, zierlichen, fast unterernährten Frau, die vor ihm stand, jäh gedämpft.

»Edith, was machst du hier? Es ist drei Uhr morgens«, sagte er.

»Ich habe dich nach Hause kommen hören. Ich konnte nicht schlafen, nicht während all das passiert. Ich wollte kommen und sehen, wie es dir geht.«

Ein schmales Lächeln huschte über sein Gesicht. Er schätzte die Geste, aber sie war nicht diejenige, die er sehen wollte.

»Möchtest du reinkommen?«

Edith nickte und überschritt die Schwelle.

Als Tomek die Tür hinter ihr schloss, fügte er hinzu: »Es tut mir leid, wenn ich nicht glücklich aussehe, dich zu sehen. Es ist nur...«

Sie drehte sich zu ihm um. »Ich weiß, Liebling. Ich weiß.« Dann richtete sie ihre Aufmerksamkeit auf das Durcheinander am Boden und an den Wänden, auf die Zerstörung, die seine Tochter angerichtet hatte. »Ich habe versucht heraufzukommen, als einige deiner Kolleginnen hier waren, die beiden Frauen. Ich habe angeboten zu helfen aufzuräumen, aber sie meinten, der Ort werde untersucht und sei technisch gesehen ein Tatort.«

Tomek nickte. Technisch gesehen war es einer. Aber das einzige Verbrechen, das in dieser Wohnung begangen worden war, war Tomeks Versagen als Vater.

»Ich schätze das Angebot«, antwortete er und wischte sich die Tränen aus den Augen.

»Gibt es Neuigkeiten?«, fragte Edith sanft, nicht wollend, ihre Grenzen zu überschreiten.

»Noch nichts. Wir können sie nicht erreichen, und niemand weiß, wo sie ist. Sie hat ihr Handy zurückgelassen, also haben wir keine Möglichkeit, sie zu kontaktieren. Und sie war nicht an den Orten, wo ich dachte, sie könnte sein.«

Edith legte eine tröstende Hand auf seinen Arm. »Ich bin sicher, dein Team arbeitet wirklich hart daran, sie zu finden.«

Tomek spürte, wie die Tränen wieder an die Oberfläche kamen, und kämpfte darum, sie zurückzuhalten.

»Ich weiß, es war schwer«, sagte sie. »Aber du musst positiv bleiben. Sie wird auftauchen. Ich bin sicher, es geht ihr gut. Möchtest du eine Umarmung?«

Tomek öffnete seinen Mund, um zu antworten, aber bevor er ein Wort sagen konnte, schlang Edith ihre Arme um seine Taille und umarmte ihn. Für jemanden, der so zierlich und schmächtig war, hatte sie verdammt viel Kraft in ihrem Griff, und genau das war es, was er in diesem Moment brauchte. Trost, Unterstützung, jemand, der ihn aufrecht hält, wenn seine Beine weich werden und sein Körper schwach wird. Sofort flossen Tränen über sein Gesicht, und er brach in ihren Armen zusammen, sein Körper zuckte unkontrollierbar mit jedem Schluchzen, als wäre er wieder ein Teenager, hyperventilierend, stöhnend, wünschend, dass alles enden würde.

»Alles wird gut werden«, sagte sie zu ihm, ihre Stimme gedämpft durch den Stoff seines T-Shirts. »Kasia wird in Ordnung sein. Du wirst sie finden. Und wenn du das tust, sei nachsichtig mit ihr. Ich bin sicher, sie hat ihre Gründe für das, was sie getan hat, und was auch immer es ist, ich bin sicher, sie sind gerechtfertigt. Es ist nicht leicht, ein Teenager zu sein, also sei nicht zu streng mit ihr.«

Tomeks unmittelbare Reaktion war, dass er das nicht tun würde, dass er wie eine Tonne Ziegelsteine auf sie niedergehen würde, aber dann wurde ihm klar, dass das das Adrenalin, die Wut und die Frustration waren, die aus ihm sprachen, und dass Edith recht hatte. Sie war nur ein dummer Teenager, der es nicht besser wusste. Ein dummer Teenager, der schon seit einiger Zeit nach ihm gerufen hatte, und jetzt war endlich der Kipppunkt erreicht.

»Ja, du hast recht«, sagte er zu ihr. »Aber du musst mich vielleicht zurückhalten«, fügte er scherzhaft hinzu.

»Wir werden uns gegenseitig zurückhalten«, erwiderte Edith und ließ ihn schließlich los.

In diesem Moment wurde Tomek klar, dass Kasias Verhalten nicht nur ihn betroffen hatte. Es hatte auch Edith betroffen. Dass die ältere Frau Kasia mehr als nur nachbarschaftlich mochte und verehrte. Dass Kasia viel zu kriechen und wiedergutzumachen hatte. Nicht nur bei ihm, sondern auch bei Edith.

»Los«, sagte sie, »es ist spät. Ab ins Bett mit dir.«

»Ich bin nicht zehn«, antwortete er. »Und als ich das letzte Mal nachgesehen habe, bist du nicht meine Mutter.«

»Ich weiß, aber ich hatte nie die Chance, Kinder zu haben, also bin ich heute Abend deine Mutter. Und ich sage dir, du sollst schlafen, mein Herr.«

Tomek hob seine Hand zum Salut. »Jawohl, gnädige Frau. Was immer Sie sagen, gnädige Frau.«

KAPITEL
SECHZIG

Totenstille herrschte auf der Straße, absolute Regungslosigkeit. Kein Rascheln in den Bäumen, keine Bewegung in den Büschen. Nicht einmal der Wind pfiff an ihrem Ohr vorbei.

Yasmin hielt den Atem an, um die Stille nicht zu stören. Sie waren auf einer streng geheimen Mission, ihrer geheimsten und wichtigsten Creepy Sleepy bisher, und Versagen war keine Option.

Die vier standen am Eingang des Vorgartens, dicht aneinandergedrängt, in denselben langen weißen Kleidern, die sie auch im Lagerhaus getragen hatten. Sie konnte die Energie zwischen ihnen spüren, ein Kribbeln, das in ihrem Unterleib vibrierte. Sie fühlte keine Angst mehr, keine Nervosität. Keine von ihnen tat das. Sie waren jetzt so nah dran, so kurz vor dem Endspiel.

Und der Mann, der alles zu ruinieren drohte, schlief tief und fest im ersten Stock des Gebäudes.

Yasmin machte den ersten Schritt. Wie ein Vampir, der hereingebeten wurde, betrat sie vorsichtig den Vorgarten und ging auf das Seitentor zu. Sie legte beide Hände auf die Oberseite und kletterte darüber. Ihre Füße klatschten auf der anderen Seite auf den Boden. Kurz darauf hatten sich ihre Harpyien-Schwestern ihr angeschlossen, und gemeinsam bahnten sie sich ihren Weg zur Rückseite des Hauses, schlichen auf Zehenspitzen über den Beton, hielten sich geduckt, schmiegten sich an die Wände und hielten alle paar Augenblicke inne, um zu lauschen. Das einzige Anzeichen einer Störung war die allmählich zunehmende Stärke des Windes in der Ferne.

Als Nächstes kamen die Mädchen im hinteren Garten an. Yasmin reckte den Hals nach oben und sah Kasias Schlafzimmer auf der rechten Seite. Daneben war Tomeks. Das Geräusch von Schnarchen und tiefem Schlaf drang durch den Spalt im geöffneten Fenster. Sie fragte sich, in welchem Zustand die Wohnung war, seit sie und Kasia sie verwüstet hatten. Hatte er aus Frust und Wut noch mehr Unordnung gemacht oder hatte er versucht, aufzuräumen und etwas wiederherzustellen? Sie konnte es kaum erwarten, es herauszufinden.

An der Seite des Hauses befand sich die Reihe von Garagen, von denen Kasia gesprochen hatte. Yasmin kletterte als Erste hinauf. Sie platzierte ihre Füße in den kleinen Nischen, von denen Kasia ihr erzählt hatte, und folgte mit den Händen als Stütze derselben Route, die Kasia mehrmals genommen hatte, bis zum Dach der Garage. Sobald sie oben war, half sie ihren übrigen Schwestern, zog sie über den Rand und auf die Betonfläche. Die Mädchen fanden ihr Gleichgewicht, ihre Bewegungen waren vorsichtig.

Nichts durfte schiefgehen. Es gab keinen Raum für Fehler.

»Das Fenster ist offen«, flüsterte sie den Mädchen zu. »Ich gehe zuerst.«

Vorsichtig, das Gewicht auf jeden Fuß balancierend, arbeitete sie sich über die Garage zu Kasias Schlafzimmerfenster vor. Früher hatte sie darauf geachtet, es einen Spalt offen zu lassen, nur für den Fall, und zum Glück war das Buch, das sie dort eingeklemmt hatte, noch an seinem Platz. Am Fenster öffnete sie es langsam und achtete in der Stille auf das Geräusch der Gummidichtung, die sich bewegte und am PVC rieb, bis es schließlich weit genug geöffnet war, dass sie hindurchpasste. Sie schob ihren Körper mühelos hindurch und kauerte sich neben dem Bett nieder. Wartete. Lauschte.

Nichts, außer dem Schnarchen, das von der anderen Seite der Wand zu hören war.

Sie nahm sich einen Moment Zeit, um ihre Umgebung zu beobachten, und ihre frühere Frage wurde beantwortet: Der Raum war noch immer in demselben Zustand, in dem sie ihn hinterlassen hatten. Der faule Kerl hatte nicht einmal versucht, etwas dagegen zu unternehmen.

Das war nur ein weiterer Grund, warum er beseitigt werden musste.

In einem Anfall von Panik warf Yasmin ihre Hand hinter ihren Rücken und tastete nach ihrer Gürtelschnalle. Der Taser war noch an Ort und Stelle, fest mit der Klammer befestigt, die Zeus für sie angebracht hatte. Eigentlich albern, daran zu zweifeln, aber sie hatte sichergehen müssen.

Nichts durfte schiefgehen. Es gab keinen Raum für Fehler.

Sie hatten das geübt, es dutzende Male durchgespielt. Sie hatten über zwei Stunden zusammen verbracht und jedes Detail, jede Eventualität akribisch durchgegangen. Es gab kein Szenario und keinen Zwischenfall, auf den sie nicht vorbereitet waren.

Sobald die letzte ihrer Schwestern durch das Fenster war, drehte sich Yasmin auf ihren Fußballen und schlich in Richtung Flur. Als sie sich ihm näherte, wurde das Schnarchen lauter. Sie legte eine Hand auf den Türgriff und zog langsam, behutsam daran, den Atem anhaltend. Dann ging sie auf das Schlafzimmer des Teufels zu, auf die dämonischen Geräusche der Hölle zu. Genau als sie an der Tür ankam, begannen die Drogen zu wirken, und als die Tür aufschwang, verwandelte sich der Teppich in Feuer und Lava, die den Raum in ein tiefes rotes Glühen tauchten. Eine Hitzewelle schlug ihr plötzlich ins Gesicht und brachte sie fast aus dem Gleichgewicht.

Und da lag *er*, mitten in alledem, ausgestreckt auf seinem eisernen Thron, umgeben von geschmolzener Lava und einer Feuerwand.

Der Teufel. Luzifer.

Für einen langen Moment starrte Yasmin in den Raum, wie eingefroren.

Plötzlich wurde sie von Angst gepackt. Zum ersten Mal hielt Nervosität sie zurück.

Es ist nicht echt, sagte sie sich. Es ist nicht echt. Das Feuer und die Lava sind nicht echt. Es ist sicher zu—

Sie wurde aus ihren Gedanken gerissen, als jemand sie in den Rücken stieß. Calcium Kitten hatte ihr einen Schubs gegeben, den Schubs, den sie brauchte, und sobald sie die Augen öffnete, schmolzen Feuer und Lava im Lager des Teufels weg und wurden durch Dunkelheit ersetzt.

Nichts konnte schiefgehen, sagte sie sich.

Und nichts würde schiefgehen.

Yasmin überschritt die Schwelle in den Raum und hielt den Atem an. Hinter ihr reihten sich die Harpyien schweigend ein. Aber dabei stolperte Calcium Kitten über Yasmins Ferse und polterte gegen die Bettkante.

Der Teufel erwachte sofort, warf die Decke von seinem vollständig bekleideten Körper und schwenkte eine geballte Faust in die Luft.

»Kasia?«, fragte er, seine Stimme von Hoffnung durchdrungen.

Als Tomek vollständig begriff, was passierte, hatte Yasmin bereits nach dem Taser gegriffen und richtete ihn direkt auf ihn, ein roter Punkt fixierte die Mitte seiner Brust.

»Was zum Teufel geht hier vor?«, murmelte Tomek benommen, während er die vier Mädchen vor ihm musterte, eine zielte mit einer Elektroschockpistole auf seine Brustwarze, während die anderen Küchenmesser in ihren Händen schwangen.

Der Teufel hatte endlich seinen Meister gefunden.

»Was zum Teufel machst *du* hier?«, fuhr Tomek fort und richtete die Frage an Yasmin. »Wo ist Kasia? Wo ist meine Tochter? Was zum Teufel habt ihr mit ihr gemacht?«

Tomek wölbte seine Brust, packte die Bettdecke zwischen seine Finger und warf sie von seinem Körper, als er sich vom Bett schwang.

»Tu es!«, schrie Calcium Kitten.

Yasmin versuchte verzweifelt, den Taser abzufeuern, aber er funktionierte nicht. Er war blockiert. Verriegelt. Defekt. Die vier waren dem Teufel nicht gewachsen, nicht in einer körperlichen Auseinandersetzung. Und so hatten sie all ihre Hoffnungen darauf gesetzt, dass die Elektroschockpistole ihn bewusstlos schlagen und bezwingen würde. Aber sie hatten nicht damit gerechnet, dass sie nicht funktionieren würde. Sie hatten für jede Eventualität geplant, ja. Für alle außer dieser.

Zeus hatte versprochen, dass die Waffe funktionieren würde.

Bevor Yasmin reagieren konnte, war Tomek über ihr. Er packte sie am Oberteil ihres Kleides und warf sie aufs Bett, grunzte schwer, als er sie schleuderte. Der Raum drehte sich in einem Karussell aus Schwarz und Grau, und die Schreie der Mädchen füllten den kleinen Raum. Als Yasmin sich wieder aufrichtete, sah sie, wie Calcium Kitten auf Tomeks Rücken sprang und versuchte, die Klinge in seinen Bauch zu stoßen. Aber er war zu stark für sie, zu mächtig. Er hatte die Klinge mit einer Hand gepackt und war dabei, nach Calciums anderer Hand zu greifen, als Yasmin erkannte, dass alles schrecklich schiefgelaufen war.

Als Nächstes rollte Tomek Calcium Kitten von seinem Rücken und warf sie auf den Boden neben dem Fenster. Sie heulte vor Schmerz, als ihre Beine und Arme von dem zerbrochenen Holz der Bonsaibäume und des Vogelhauses aufgespießt wurden.

Währenddessen blieben ihre anderen Schwestern wie gebannt stehen, an Ort und Stelle erstarrt, als hätte sie jemand ausgeschaltet.

»Lauft!«, schrie Yasmin.

Die Mädchen brauchten keine zweite Aufforderung. Einen Moment waren sie noch da in der Türöffnung. Im nächsten nicht mehr. Bevor sie ging, warf Yasmin einen letzten Blick auf den Teufel: Er beugte sich über Calcium und hielt sie an den Haaren. Sobald er bemerkte, dass Yasmin floh, ließ er ihre Schwester fallen und kam auf sie zu. Er schaffte es bis zum Ende des Bettes, bevor Calcium ihn an den Knöcheln packte und zu Fall brachte. Er stürzte knapp vor Yasmins Füßen.

Ohne zu zögern drehte sie sich um, sprintete den Flur hinunter, sprang aus dem Fenster und kletterte die Garage hinunter.

Heute Nacht durfte nichts schiefgehen.

Aber es war schiefgegangen. Es war alles schrecklich, schrecklich schiefgegangen.

Ihre Schwester, ihre süße, geliebte Calcium Kitten, hatte sich geopfert. Und der Teufel hatte sie für sich beansprucht.

Sie und der Rest der Harpyien, Zeus eingeschlossen, würden dafür sorgen, dass ihr Leiden und Tod nicht umsonst waren.

KAPITEL
EINUNDSECHZIG

Tomeks Körper zitterte noch immer vor Adrenalin, etwa zwei Stunden nachdem die Mädchen in sein Zuhause eingebrochen waren und versucht hatten, ihn zu töten. Streng genommen wusste er nicht, was ihre Absichten waren. Er wusste nicht, ob sie gekommen waren, um ihn zu foltern, zu entführen oder zu ermorden, obwohl er anhand des Elektroschockers in Yasmins Händen und der 25 Zentimeter langen Klingen, die die anderen Mädchen hielten, eine ziemlich sichere und fundierte Vermutung anstellen konnte, was ihre Pläne gewesen waren.

Das Team hatte versucht, ihn zu beruhigen, ihn zu zwingen, ins Krankenhaus zu gehen, aber abgesehen von ein paar Stichen in seiner Hand war nichts mit ihm los. Nichts bis auf den animalischen Drang herauszufinden, was vor sich ging und warum Yasmin und diese unbekannten Mädchen in sein Haus eingebrochen waren.

»Du stehst unter Schock«, sagte Nick mit müden Augen. »Ich glaube, du musst dich einfach hinsetzen und erst mal sammeln.«

Tomek schüttelte den Kopf und hielt seinen Blick auf den Fernsehbildschirm im Einsatzraum gerichtet.

»Ich gehe nirgendwo hin«, antwortete er.

Und niemand sonst tat es. Obwohl sie nur für ein paar Stunden weg vom Büro gewesen waren, war das gesamte Team zum Dienst gerufen worden. Chey durchforstete wie üblich die Überwachungskameras, um Yasmin und die beiden verbliebenen Mädchen zu lokalisieren. Sean, Martin und Oscar waren mit einem Konvoi uniformierter Polizeibeamter ausgeschickt worden und patrouillierten derzeit durch die Straßen von Leigh-on-Sea und darüber hinaus, mit der geringen Chance, dass sie die Mädchen irgendwo in einem Busch versteckt finden könnten; Anna sprach mit Yasmins Eltern; und Rachel saß im Vernehmungsraum mit dem Mädchen, das Tomek gefasst hatte.

»Wie hast du gesagt, heißt sie?«, fragte Nick und rieb sich den Schlaf aus den Augen. In seiner Hand hielt er eine Tasse Kaffee, seine zweite seit seiner Ankunft.

»Calcium«, antwortete Tomek.

»Calcium?«

»Lustigerweise glaube ich nicht, dass das ihr echter Name ist.«

Und sie hatten ihn auch nirgends finden können. Sie hatte keine Ausweispapiere bei sich. Kein Handy, keine EC-Karten. Nichts. Außer der Stahlklinge, die zum Verstümmeln und Töten gedacht war.

Tomek hatte sich die Freiheit genommen, ihre Fingerabdrücke durch IDENT1, die nationale Fingerabdruckdatenbank der Polizei, laufen zu lassen, aber es waren keine positiven Ergebnisse zurückgekommen. Tomeks einzige Hoffnung, ihre Identität herauszufinden, bestand darin, dass sie es ihnen sagte – worauf er nicht viel Hoffnung setzte. Wenn die entnommenen Haarproben mit denen übereinstimmten, die am Tatort von Michael Edwards gefunden wurden, würde dies nur bestätigen, dass sie bereits früher an einer kriminellen Handlung beteiligt war. Die Teenagerin hatte heute Nacht vielleicht keinen erfolgreichen Mord begangen, aber das bedeutete nicht, dass sie nicht schon früher getötet hatte.

Nick zog einen Stuhl vom Tisch im Einsatzraum und ließ sich hinein sinken, wobei er stöhnend nach unten ging. »Mein Rücken ist völlig im Eimer«, sagte er zu niemandem. »Ich muss wohl komisch geschlafen haben.«

Versuch's mal damit, dass vier Mädchen in dein Schlafzimmer einbrechen, und schau dann, wie komisch du schläfst, wollte Tomek sagen, behielt es aber für sich.

Auf dem Bildschirm sah man Rachel hinter dem Schreibtisch hervorkommen und schnell den Raum verlassen. Als sie zurückkam, hielt sie zwei Becher Wasser in den Händen. In dieser Zeit hatte sich

Calcium nicht bewegt. Das Mädchen saß zusammengesackt auf dem Stuhl, die Schultern nach vorne gebeugt, erstarrt. Ihr Haar war zu den gleichen Zöpfen gebunden, für die sich Kasia in letzter Zeit entschieden hatte, und sie trug einen Trainingsanzug der Polizei. Das schlichte weiße Kleid, das sie getragen hatte, jetzt verschmutzt und mit etwas von Tomeks Blut befleckt, war zur Untersuchung mitgenommen worden. Ihr Gesichtsausdruck war leer und ausdruckslos. Sie verriet nichts, und Tomek konnte bereits sehen, worauf das Verhör hinauslief.

»Erstens«, begann Rachel mit sanfter, leiser Stimme, »möchte ich dich darauf aufmerksam machen, dass dies ein sicherer Ort ist und dass alles, was du mir sagst, absolut vertraulich behandelt wird, okay?«

Calcium reagierte nicht. Das Einzige, was darauf hindeutete, dass sie noch lebte und atmete, waren das gleichmäßige Heben und Senken ihrer Brust und das gelegentliche Blinzeln.

»Sagt dir der Name Tomek Bowen etwas?«, fragte Rachel und schlug eine neue Seite in ihrem Notizbuch auf.

Nichts.

»Was hast du heute Abend in seinem Haus gemacht, Calcium? Stimmt das? Ist das dein Name?«

Keine Reaktion.

»Habe ich es richtig ausgesprochen? Calcium. Ziemlich seltsamer Name, nicht wahr? Hast du einen anderen Namen, oder ist das dein gesetzlicher Name?«

Rachel sah zu dem Anwalt, der neben Calcium saß, aber selbst er war verwirrt und zuckte leicht mit den Schultern.

»Na gut, dann bleibt es bei Calcium. Sag mir, was hast du heute Abend in Tomek Bowens Haus gemacht, Calcium?«

Als immer noch keine Antwort kam, fuhr Rachel mit einer Flut von Fragen fort und pausierte jedes Mal, damit die Teenagerin antworten konnte.

»Mit wem warst du heute Abend zusammen? Warum hast du Herrn Bowen angegriffen? Warum wurdest du mit einem Messer in der Hand gefunden? Bist du dorthin gegangen, um Herrn Bowen zu töten, Calcium? Oder wolltest du ihn entführen?«

Als er sie beobachtete, wie sie dort saß, ausdruckslos, mit steinerner Miene, wurde Tomek immer mehr daran erinnert, wie ähnlich sie Kasia sah, wie ähnlich sie sich waren. Die Zöpfe. Das blonde Haar. Die Augen, die Nase, die Gesichtsstruktur, bis hin zu den kleinen Sommersprossen in ihrem Gesicht. Tomek schloss die Augen, und in seiner Vorstellung erlebte er die Ereignisse des Angriffs noch einmal. Er erinnerte sich, wie er gedacht hatte, er könnte sie mit Kasia verwechselt haben. Deshalb hatte er so lange über ihr verharrt. Er hatte sichergehen wollen, dass er nicht dabei war, seiner Tochter zu schaden, dass sie nicht ein und dieselbe Person waren. Dass sie unmöglich in ihr eigenes Zuhause eingebrochen sein konnte, um ihn zu ermorden.

Rachels fortgesetzte Befragung holte ihn aus seinen Gedanken zurück. Als sie das einseitige Gespräch zum Thema Kasia und ihrem Aufenthaltsort fortsetzte, löste sich Rachels Geduld und ihre sanfte Art allmählich auf. Erst als sie fast eine Stunde später das Thema Michael Edwards und Karl Bacon ansprach, war sie völlig am Ende ihrer Geduld angelangt.

»Was hast du zu verbergen, Calcium?«, forderte sie. »Warum sagst du nichts? Was verheimlichst du? *Wen* deckst du? Sie werden dich nicht beschützen. Du wirst sie nie wiedersehen, denn am Ende werden wir dich wegen Einbruchs und versuchter schwerer Körperverletzung anklagen. Wir könnten sogar auf versuchten Mord plädieren. Das heißt, du gehst direkt von hier ins Gefängnis, und du kannst nichts dagegen tun. Die Leute, die du zu schützen versuchst, die Leute, gegen die du nicht aussagst – sie werden dich nicht retten können. Wenn du also meinen Rat willst, fang an zu reden und erzähl uns, was wir wissen wollen. Wenn du das tust, bin ich sicher, dass der Richter das bei deinem Urteil positiv berücksichtigen wird, aber so oder so, du kommst nur an einen Ort: ins Gefängnis.«

Lange Zeit herrschte Stille. Tief, durchdringend. Tomek spürte, wie sie durch den Fernseher in den Einsatzraum strömte. Bis Calcium langsam den Kopf drehte, um in die Kamera zu schauen.

»Falsch«, sagte sie. »Ich komme in die *Hölle*. Wir alle kommen dorthin. Wenn der Rassenkrieg kommt, wird keiner von uns gerettet werden.«

KAPITEL
ZWEIUNDSECHZIG

Scherben von Glas verteilten sich über den Boden, flogen über ihre Füße und Zehen und prallten gegen ihre Knöchel.

Das war das dritte Weinglas in fast ebenso vielen Sekunden – zusätzlich zu den Kerzen, Bilderrahmen und Klingen, die Zeus bereits auf die andere Seite des Raumes geschleudert hatte. Seit Yasmins Rückkehr war der Raum dunkel und rot geworden, gefärbt und getrübt von seiner Wut. Draußen meinte sie, das leise Grollen von Donner in der Ferne zu hören, aber da es keine Fenster gab, konnte sie das nicht mit Sicherheit sagen. Doch sie spürte es deutlich. Die Erde bebte unter ihren Füßen, als stünde ein Erdbeben bevor. Zeus war sauer. Nein, schlimmer, er war außer sich vor Wut. Mehrere der älteren Harpyien hatten versucht, ihn zu beruhigen, ihn zu entspannen, indem sie ihn umarmten, seine Arme und seinen Brustkorb massierten und mit seinen Haaren spielten. Aber nichts davon hatte funktioniert. Stattdessen hatte er sie weggestoßen und ihnen verboten, in seine Nähe zu kommen, und sie alle waren gezwungen, auf dem kalten, harten Boden zu kauern und im Schneidersitz zu sitzen.

»Kandy!«, donnerte seine tiefe Stimme. »Komm her! Ich will mit dir sprechen!«

Kasia zögerte nicht. Als sie sich auf die Beine rappelte, spürte sie, wie die Gelenke in ihren Knien knackten.

»Ja, Zeus?«, sagte sie und blieb an seiner Seite stehen.

»Ich will, dass du mich berührst.«

Ohne Vorwarnung ergriff er ihre Hand und legte sie auf seine Brust. Seine Haut war schweißnass, und sofort bedeckte eine dünne Schweißschicht ihre Hand. Unter ihrer Haut pochte sein Herz, und sein Brustkorb hob und senkte sich schnell.

Nach einigen Sekunden ließ sein Keuchen nach, und sein Atem verlangsamte sich. Sie ließ ihre Hand über seine Brust zum Ansatz seines Sixpacks gleiten.

»Was machst du da?«, fragte er.

»Ich erfülle meine Prophezeiung«, antwortete sie.

Sie ließ die Hand sinken, bis sie an seinem Bauchnabel zum Stillstand kam. Sein Penis war nur wenige Zentimeter entfernt, und sie überlegte einen langen, schweren Moment, ob das war, was sie tun wollte. Sie hatte die Vorstellung, mit ihm zu schlafen, neulich Abend nicht gemocht. Konnte sie das wirklich tun? Konnte sie ihm Lust bereiten? Und das auch noch vor ihren Schwestern?

Langsam zog sie ihre Hand zurück und hob sie zu Zeus' Schultern. Dann begann sie, sie zu massieren, Daumen und Finger tief in seine Muskeln zu kneten, so wie er es vor ein paar Nächten bei ihr getan hatte.

»Es tut mir leid wegen Calcium«, flüsterte sie ihm ins Ohr. »Ich bin sicher, dass sie in Sicherheit ist. Sie ist eine unserer Besten. Sie ist widerstandsfähig, hart. Sie weiß, was sie tut.«

»Wie kannst du dir da sicher sein?«, fragte Zeus, seine Stimme brach leicht, und er stöhnte ein wenig unter ihrer Berührung.

»Weil Sie sie so gemacht haben. Sie haben uns alle so gemacht. Sie wird uns nicht verraten. Sie wird dem Teufel nichts erzählen.«

Zeus stöhnte lauter, offensichtlich genoss er, was er hörte.

»Ich mache mir Sorgen um Whispering Nightmare«, sagte er.

»Warum?«

»Sie hat mein Vertrauen gebrochen. Ich habe nicht so viel Vertrauen in sie wie in Calcium, dass sie stark bleiben wird.«

»Wie viel weiß sie?«

Zeus zuckte mit den Schultern. »Nicht viel. Ich habe aufgehört, ihr alles zu erzählen, nachdem ich eine Veränderung an ihr bemerkt hatte. Du verstehst, warum ich sie loswerden musste?«

»Natürlich, Zeus. Sie haben getan, was Sie für den Rest von uns tun mussten, zum Wohle der Mission. Sie ist jenseits der Erlösung. Aber Calcium nicht. Wie ich schon sagte, sie ist stark, zäh. Sie wird nichts sagen. Ich frage mich, können Sie sie retten? Kann sie immer noch mit uns ins Jenseits kommen?«

Zeus' Schultern spannten sich an. Er schüttelte den Kopf. »Leider kann ich das nicht. Sie ist zu weit weg. Jetzt ist sie außerhalb meiner Reichweite. Der Teufel hat sie. Er war zu stark für uns. Zu stark für sie.«

»Nächstes Mal werden wir uns *alle* schicken müssen, um ihn zu fangen. Er wird uns allen nicht gewachsen sein. Ich glaube daran. Wir sind als Gruppe zu stark. Deshalb werden wir den Rassenkrieg überleben. Und weil wir Sie auf unserer Seite haben.« Sie fuhr mit ihren Fingern über seinen oberen Rücken und den unteren Teil seines Nackens und spürte, wie sich die Knoten seiner Wirbelsäule darunter bewegten. Er stöhnte erneut, diesmal leiser.

»Du hast Recht«, sagte er zwischen tiefen Atemzügen. »Er wird uns allen nicht gewachsen sein.« Und dann hielt er inne, schnippste mit den Fingern, als wäre ihm gerade eine Idee gekommen. »Oder wir könnten ihn zu uns locken«, sagte er. »Die Mädchen zu ihm zu schicken hat nicht funktioniert. Nächstes Mal sollten wir ihn zu den Mädchen schicken.«

Er drehte sich auf dem Stuhl um und sah zu ihr hoch, tief in ihre Augen.

»Du bist ein Genie!«

»Ich habe nichts getan...«, sagte sie, plötzlich schüchtern.

Er sprang aus dem Stuhl und legte seine Hände auf ihre Oberarme. »Falsch. Du hast deine Prophezeiung erfüllt. Aber deine Arbeit ist noch nicht zu Ende. Es gibt noch eine Sache, die du tun musst. Gemeinsam werden wir den Teufel kriegen. Und ich werde dich an meiner Seite brauchen, wenn wir Erfolg haben wollen.«

KAPITEL
DREIUNDSECHZIG

Tomek bekam das Essen direkt vor die Nase gehalten. Es dauerte eine ganze Weile, bis er überhaupt bemerkte, dass es da war.

»Iss«, befahl Rachel.

Sie schob das Tablett noch näher an seine Nase, bis er es ihr schließlich aus der Hand riss.

Er stellte es auf den Tisch und starrte wieder auf die leere Fläche des Whiteboards.

»Warum isst du nicht?«, fragte sie, während sie einen Stuhl heranzog und sich zu ihm setzte.

»Nicht hungrig.«

»Wann hast du das letzte Mal was gegessen?«

Er zuckte mit den Schultern. Die Bewegung war nur leicht, aber dennoch sichtbar. Er konnte sich nicht daran erinnern, wann er zuletzt gegessen hatte. Konnte sich eigentlich nicht mal daran erinnern, wann sein Magen das letzte Mal Hunger verspürt hatte.

Rachel griff über ihn hinweg, schnappte sich das Hähnchen-Speck-Sandwich von Sainsbury's und drückte es gegen seine Lippen.

»Iss.«

Tomek schaute erst auf das Sandwich, dann zu Rachel und wieder zurück auf das Essen. Wie ein trotziges Kind, das sein Abendessen verweigert, drehte er seinen Kopf zur Seite und presste die Lippen zusammen.

»Iss, Tomek. Du brauchst deine Energie.«

»Was-?«

Tomek hatte seinen Fehler zu spät bemerkt. Sobald er den Mund öffnete, schob Rachel das Sandwich hinein und stellte sicher, dass er sich nicht wegdrehen konnte. Widerwillig, Rachel mit einem einschüchternden Blick und schiefem Seitenblick bedenkend, kaute Tomek auf dem Sandwich. Zunächst hasste er es, weil sein Mund so trocken war. Aber sobald seine Geschmacksknospen ansprangen, begann er zu sabbern und schob sich den Rest des Sandwiches ohne Hilfe in den Mund.

»War doch gar nicht so schwer, oder?«, murmelte Rachel, während sie die halb gegessene Kruste von seinen Lippen zog.

»Du klingst wie meine Mutter«, erwiderte Tomek. »Wenn sie mich gezwungen hat, mein Gemüse und meine Karotten zu essen.«

»Du warst also so ein Kind, ja? Das erklärt einiges.«

»Was soll das denn heißen?«

»Du warst damals schon eine Prinzessin und bist es heute noch«, sagte sie und verschränkte die Arme vor der Brust. »Weißt du überhaupt, wie spät es ist?«

Tomek schüttelte den Kopf und blickte auf die Wanduhr.

Drei Uhr nachmittags.

Wo war der Tag geblieben? Vor wenigen Minuten noch hatte er zugesehen, wie Rachel in den frühen Morgenstunden das Interview mit Calcium führte. Und jetzt war sie hier und fütterte ihn mit einem späten Mittagessen.

»Wie lange starre ich schon auf das Whiteboard?«, fragte er.

»Wichtiger ist, wann du das letzte Mal geschlafen hast. Ich glaube, du solltest dich hinlegen.«

Tomek schüttelte heftig den Kopf. »Das geht nicht. Beim letzten Mal wäre ich fast gestorben. Ich werde nicht schlafen, bis ich Kasia gefunden habe.«

Er wollte von seinem Stuhl aufspringen, aber Rachel packte ihn am Ärmel und zog ihn wieder zurück.

»Ich nehme alles zurück«, sagte sie. »Du warst ein *ungehorsames* Kind. Musstest immer deinen Willen durchsetzen, nicht wahr? Setz dich hin und lass mich reden. Es ist viel passiert, während du hier gesessen hast...«

Sie ließ ihren Blick durch den Raum schweifen, als suche sie nach dem Ende ihres Satzes.

»*Nachgedacht*«, ergänzte Tomek. »Ich habe nachgedacht.«

Obwohl er dir nicht hätte sagen können worüber, selbst wenn du ihm eine Pistole an den Kopf gehalten hättest.

»Richtig. *Nachgedacht…*«, fuhr sie mit einem Hauch von Zweifel in ihrer Stimme fort. »Nun, während du nachgedacht hast, hat das Team ein paar Neuigkeiten für dich. Und ich glaube, du möchtest sie hören.«

»Ein Sandwich *und* Neuigkeiten? Du bist mein Schutzengel.«

Sie sog Luft durch die Zähne ein. »Ich bin mir nicht sicher, ob ich mit dieser Verantwortung klarkomme.«

»Du könntest kommen und dich um mich kümmern, wenn ich krank bin. Mich füttern, meinen Kopf massieren, wenn ich Kopfschmerzen habe, und den ganzen Rest.«

»Warum um alles in der Welt sollte ich das wollen?«

Ein schmales Lächeln kehrte auf Tomeks Gesicht zurück. Sein erstes seit langer Zeit. »Weil ich es in deinen Augen sehen kann. Du bist verzweifelt darauf aus.« Tomek tippte ihr spielerisch auf den Arm.

»Egal wie witzig oder charmant du glaubst zu sein, Tomek, du wirst mich nicht umstimmen. Ich habe mich entschieden und dabei bleibt es.«

Tomek hob kapitulierend die Hände. »Niemand hat davon gesprochen, jemanden umzustimmen. Aber gut zu wissen, wo dein Kopf ist. Dann vermeide ich es, auf der Weihnachtsfeier dieses Jahr mit dir zu flirten.«

Sie blickte finster zu ihm herab, unbeeindruckt. »Willst du hören, was ich zu sagen habe, oder nicht?«

Die unbeschwerte, spielerische Seite von Rachel, die er so dringend brauchte, an der er sich gerade eben so sehr festzuhalten versucht hatte, war verschwunden und wurde von der Nur-Business-Rachel ersetzt.

»Bitte. Erzähl«, sagte er, und in seiner Stimme war deutliche Niedergeschlagenheit zu hören.

Rachel räusperte sich, bevor sie begann. »The Sons of Zeus – beschissener Name, der noch nicht mal Sinn ergibt, und fang mich bloß nicht mit der Musik an, die mich dazu gebracht hat, mir die Ohren abschneiden zu wollen – ist der Künstlername von Mr. Zachary

Godson. Einunddreißig Jahre alt, geboren und aufgewachsen in Southend, wo er die Westcliff High School for Boys besuchte. Dort hat er Psychologie studiert. Gleichzeitig hat er sich mit einer Handvoll Musik- und Schauspielkursen beschäftigt und ist aus irgendeinem Grund dem Debattierclub der Schule beigetreten. Am bekanntesten ist er dafür, in siebenundzwanzig Folgen von *EastEnders* mitgespielt zu haben, als irgendwessen Cousin zweiten Grades Tante Nachbars Neffe, und gleichzeitig startete er seine Musikkarriere, indem er seine beiden Lieblingsgenres verschmolz: Scheiße und Scheiße. Seitdem ist er in ausverkauften Shows in Locations wie Chinnerys, The Cliffs und Mambo's Bar in Southend aufgetreten. Jetzt betreibt er sein eigenes Yogastudio, und in seiner Freizeit kümmert er sich um sich selbst, indem er Spiritualität praktiziert und *Eisen pumpt*!« Dabei streckte Rachel ihre Arme aus und spannte ihre Bizepse an, wodurch ein kleiner Muskelknubbel unter ihrem hellblauen Hemd sichtbar wurde.

»Wo hast du das alles gelernt?«, fragte Tomek. »Klingt, als käme es direkt von einer Wikipedia-Seite oder seinem Tinder-Profil.«

»Das liegt daran, dass es so ist. Na ja, das von Wikipedia, nicht das Tinder-Ding. Und es ist auch nicht genau wortgetreu, aber nah genug dran. Ich habe ein paar Teile improvisiert: Ich glaube, er war stattdessen einer der lang verlorenen Patensöhne der Mitchell-Brüder oder so. Aber der Teil über seine Musik stimmte, ich habe nur meine eigene Interpretation hinzugefügt.«

Tomek nahm sich einen Moment Zeit, um alles in seinem dehydrierten und leicht ausgehungerten Gehirn zu verarbeiten.

»Ist das alles, was du hast?«, fragte er. »Vierzehn Stunden und das ist alles, was du hast? Seine Wikipedia-Seite.«

Rachel ließ einen kleinen Luftstoß durch ihre Nasenlöcher entweichen. »Ich lasse das jetzt mal durchgehen, weil du gestresst und gerade unter großem Druck stehst. Aber nein, das ist *nicht alles*, was wir haben. Du wirst froh sein zu hören, dass Martin seine Eltern ausfindig machen konnte und Nick in der nächsten Stunde oder so mit ihnen sprechen wird. Ich kann mir nicht vorstellen, dass sie uns zu viel erzählen werden, denn etwas sagt mir, dass sie schon länger nicht mehr miteinander gesprochen haben.«

»Was hat dir diesen Eindruck vermittelt?«

Rachel schauderte, bevor sie antwortete. »Wie gesagt, ich hatte das unglückliche Vergnügen, alle seine Lieder anzuhören und mir Notizen zu den Texten zu machen.«

»Die haben Texte?«

»Leider ja. Einige seiner früheren Sachen. Du weißt schon, als er seine Füße als Musiker fand und *zum Glück* nur vorgeben konnte, *ein* Instrument zu spielen. Die meisten Texte aus der Anfangszeit handeln davon, seine Mutter und seinen Vater zu ficken, sie zu verbannen und ihnen den Tod zu wünschen.«

»Ziemlich deutlicher Hinweis darauf, dass sie potenziell nicht im Gespräch sind«, fügte Tomek hinzu.

»Warte, bis du hörst, wovon der Rest handelt«, sagte sie und schauderte erneut.

»Was?«

»Vom Ende der Welt. Alles, was damit schief läuft. Kriege im Nahen Osten. Globale Erwärmung. Wasserverschmutzung. Krebs. Pandemien. Politische Ungerechtigkeit. Die Zahl dreiunddreißig. Die Illuminati. Die Juden, die die Welt kontrollieren. Rassenkriege. Barcodes.«

»Barcodes? Verdammte Barcodes? Ist *das*, woher sie es hatte? Dieser Vollidiot, der ihr das ins Ohr gesungen hat?« Tomek massierte sein Gesicht mit den Handflächen. »Ich wette, er hat diesen Scheiß auch bei diesen Unter-16-Jährigen-Abenden gepredigt. Ich wette, so hat er sie rekrutiert, oder...«

Tomeks Gedanken waren weit weg vom Raum. Er stand mitten im Yogastudio, nur wenige Zentimeter von dem Mann entfernt, der seine Tochter einer Gehirnwäsche unterzogen und manipuliert hatte, ballte seine Faust und stellte sich vor, wie er das Gesicht des Mannes zu Brei schlug, kurz bevor er Zachary Godson erwürgte.

»Die digitale Forensik konnte die IP-Adresse zurückverfolgen, die im Yogastudio registriert war, und sie haben die Informationen an Chey weitergegeben«, fuhr Rachel fort. »Keine Sorge«, fügte sie hinzu, »sie untersuchen immer noch Kasias Handy und das ihrer Freundin. Sie sollten noch heute einen Bericht darüber haben.«

»Wonach hat Chey gesucht?«

»Nach Zacharys Social-Media-Profilen, seiner Suchhistorie, dem Üblichen.«

»Und?«

»Es ist eine sehr interessante Lektüre.« Sie schlug ein Bein über das andere. »Auf der einen Seite hast du diesen weltbewussten Singer-Songwriter, der auf alle heutigen Probleme aufmerksam machen will. Aber auf der anderen Seite gibt es diese andere Seite an ihm, die rechtsextrem ist, Hass schürt, Fehlinformationen über Einwanderer und Terroristen verbreitet, die angeblich Sozialleistungen kassieren und gleichzeitig unsere Jobs wegnehmen. Er hat ein anonymes Twitter-Konto, das Dinge postet, auf die Hitler stolz wäre. Überall Hakenkreuze. Aufrufe zu Rassenkriegen, dass die Rechtsextremen aufstehen und für ihr Land kämpfen sollen, um Großbritannien wieder großartig zu machen.«

»Natürlich tut er das«, bemerkte Tomek. »Kein Wunder, dass er glaubt, dass es geheime Botschaften in Barcodes gibt und dass Wasser Gefühle hat. Der arme Kerl wurde als Kind wahrscheinlich ein Dutzend Mal auf den Kopf fallen gelassen.«

Tomek atmete scharf durch die Zähne ein und hielt einen Moment inne, um die Informationen zu verarbeiten. Es würde einige Zeit dauern, bis er ihre Bedeutung vollständig verstanden hatte.

»Sonst noch was?«, fragte er.

»Tierpornos. Jede Menge Tierpornos. Seltsamerweise hauptsächlich mit Vögeln und anderen geflügelten Kreaturen.«

»Ernsthaft?«

»Oh ja. Aber das hängt wahrscheinlich mit seiner jüngsten Suchhistorie zu Zeus zusammen.«

Tomek schaute sie verwirrt an.

»Du kennst den Mythos nicht?«

Er zuckte mit den Schultern.

»Zeus hatte laut Legende jede Menge Affären, und wenn er es trieb, verkleidete er sich oft als verschiedene Tiere, um seine Identität zu verbergen.«

»Also hat dieser Typ gerne zugeschaut, wie andere Leute mit Tieren Geschlechtsverkehr haben?«

»Entweder das, oder er hat es für Recherchezwecke getan.«

Tomek wollte nicht mehr davon hören. Der Gedanke, dass der Mann mit Kasia geschlafen hatte, schoss ihm plötzlich durch den Kopf, und sein Körper spannte sich vor Wut an.

»Was noch?«, fragte er in dem Versuch, sich abzulenken. »Was ist mit… Gibt es eine Verbindung zu Michael Edwards? Richard Stafford? Karl Bacon? Außer der Zeit, die sie zusammen bei der Radiostation verbracht haben?«

Rachels Mundwinkel hoben sich zu einem Grinsen. »Gut, dass du das erwähnst«, begann sie. »Es stellt sich heraus, dass Zachary mit Michael Edwards und Karl Bacon auf Twitter kommuniziert hat und sie gegenseitig ihre rassistischen und fremdenfeindlichen Feuer geschürt haben. Aber es gibt noch mehr, die Drogenfahndung hat uns auch Informationen über Zachary Godson weitergegeben.«

»Er ist ein Dealer?«

»Andersherum. Er ist ein Käufer. Sie haben Fotobeweise, dass er Kisten mit LSD und eine Menge anderer Drogen von Edwards und einem von Staffords Fußsoldaten gekauft hat. Tatsächlich hat er so viel davon gekauft, dass sie eine Zeit lang dachten, er sei ein Lieferant. Aber als sie sahen, wie er sich mit seinem eigenen Vorrat zugedröhnt hat, haben sie ihn nicht weiter verfolgt.«

»Meine Güte«, sagte Tomek. »Er ist der schlechteste Musiker der Welt. Der schlechteste Schauspieler der Welt. Und jetzt ist er der schlechteste Drogendealer der Welt. Gibt es irgendetwas, worin er gut ist?«

KAPITEL
VIERUNDSECHZIG

Zachary Godson war gerade dabei, in sein Tagebuch zu schreiben, als er ein Klopfen an der Tür hörte.

»Herein«, wies er an.

Einen Moment später öffnete sich die Tür, und ein dünner Lichtstreifen erhellte den dämmrigen Raum. Yasmin trat ein.

Gassy Yassy.

Das Mädchen, das den Tag retten würde.

»Danke, dass Sie gekommen sind«, sagte er zu ihr und deutete dann auf den Stuhl neben ihm. »Nehmen Sie Platz.«

Er beobachtete, wie die Brüste der Sechzehnjährigen auf und ab wippten, während sie auf ihn zukam. Sie hatte in den letzten Wochen viel Gewicht verloren und sah fantastisch aus. Sie hatte ihn stolz gemacht.

»Sie wollten mich sprechen?«

»Heute ist der Tag«, begann er und schloss den Deckel seines Notizbuchs. »Wie fühlen Sie sich?«

»Gut...«, sagte sie nervös.

»Nur *gut*? Sind Sie nicht aufgeregt?«

»Was? Ja! Natürlich bin ich das. Ich kann es kaum erwarten. Darauf haben wir so lange und hart hingearbeitet. Es fühlt sich nur seltsam an, dass es jetzt endlich so weit ist.«

Sie senkte den Kopf und begann, mit ihren Fingernägeln zu spielen. Zachary legte seinen Daumen unter ihr Kinn und hob ihren Kopf. Das Licht hinter ihm beleuchtete die linke Seite ihres Gesichts und enthüllte einen dunklen blutunterlaufenen Fleck, der ihr Auge und ihre Wange verschlang.

»Etwas anderes beschäftigt Sie«, sagte er. »Sagen Sie es mir. Was ist es?«

»Es ist... es ist... es geht um letzte Nacht. Ich habe es vermasselt. Der Elektroschocker... ich muss ständig daran denken. Es tut mir leid.«

Zachary ließ ihr Kinn los.

»Und es tut mir leid, dass ich mich so verhalten habe. Ich war wütend. Ich hätte Sie nicht so angreifen sollen. Aber noch ist nicht alles verloren. Wir haben eine weitere Chance. Heute Nacht werden die Rassenkriege beginnen, der Teufel wird untergehen, und wir werden ins Jenseits übergehen. Wir alle. Gemeinsam. Sie und Ihre Schwestern. Es ist Zeit, glücklich zu sein, zu jubeln.«

»Ich... bin es«, sagte sie und zwang sich zu einem Lächeln.

Zachary zögerte einen Moment. Er nahm eine Strähne ihres Haares in seine Hand und begann, damit zu spielen.

»Wie geht es Kandy?«, fragte er.

»Nervös. Aufgeregt. Ich weiß nicht. Ich habe nicht wirklich mit ihr gesprochen.«

»Nun gut. Das ist zu erwarten. Deshalb muss ich Sie um etwas bitten...«

Yasmin hob den Kopf, ihre Augen weiteten sich. »Was ist es?«

»Es ist Zeit für *Sie*, *Ihre* Prophezeiung zu erfüllen«, antwortete er und griff dann nach der Schublade des Frisiertisches und zog einen großen Gefrierbeutel voller LSD, Ecstasy und anderer Drogen heraus. Er steckte seine Hand hinein und holte ein Gemisch von Rauschmitteln hervor.

Er legte sie in Yasmins Hand und sagte: »Sie erfüllen Ihre Prophezeiung. Ich habe Sie darum gebeten, und Sie werden tun, was ich anweise.«

Yasmin schloss langsam ihre Finger um die Drogen und flüsterte vor sich hin: »Ich erfülle meine Prophezeiung. Ich muss tun, was mir aufgetragen wird.«

KAPITEL
FÜNFUNDSECHZIG

Zachary Godsons Eltern lebten in Little Baddow, einem kleinen Dorf, das etwas mehr als fünfundvierzig Minuten vom Büro entfernt lag. Allerdings war am Familienhaus der Godsons nichts klein. Sechs Schlafzimmer, zwei Badezimmer und ein weitläufiger Garten von einem Acre Größe. Der Eingangsbereich des Anwesens war mit Dutzenden von Bilderrahmen gefüllt, die Fotos von Zachary im Laufe der Jahre zeigten. Sein erster Schultag, Geburtstage, bis hin zu seinem ersten Fernsehauftritt. Es war, als ginge man durch eine Ausstellung seines Lebens, die jeden Meilenstein auf die gleiche Weise feierte wie andere Familienmitglieder oder Fremde oder Klempner, die das gleiche Pech hatten, durch dieselben Flure zu wandern. Tomek spürte sofort, dass sie ihren Sohn vergötterten und dass sie eines Tages auf seine Rückkehr hofften. Gleichzeitig sagte ihm sein Zyniker-Ich, dass sie ihm regelmäßig Fotos vom Flur und Wohnzimmer schickten, um ihn zur Rückkehr zu überreden. »Schau, wie sehr wir dich lieben, Sohn. Bitte komm nach Hause. Dein Vater hat gerade ein Foto von deinem letzten Auftritt in der Toilette aufgehängt, damit wir es jedes Mal anschauen können, wenn wir kacken gehen.«

Martha und Gregory Godson waren beide Ende sechzig, wirkten aber jünger. Martha sah aus, als wären ihre jugendlichen Züge ein Geschenk von Schönheitschirurgen und einem endlosen Bankkonto gewesen, während Gregorys eher genetisch bedingt schienen.

Martha reichte jedem von ihnen eine Tasse Tee. Nick nahm seine zuerst und dankte ihr.

Als Tomek seine nahm, legte sie ihm eine Hand auf die Schulter und schenkte ihm einen tröstenden Blick, als wüsste sie irgendwie, was er durchmachte.

»Ich hoffe sehr, dass unser Zachary sich nicht in allzu große Schwierigkeiten gebracht hat«, begann Gregory, während seine Frau sich neben ihn setzte. Sie verschränkten ihre Hände ineinander und rückten näher zusammen, bis sich ihre Schultern berührten. Neben ihm blitzte sein Handy mit einer Benachrichtigung auf und enthüllte als Sperrbildschirm ein Bild von Zachary in Schuluniform.

»Das wird sich noch zeigen«, fing Nick an.

Tomek schaute sie an und hasste sie beide. Er verabscheute alles an ihnen. Ihr Haus, ihren Kleidungsstil. Alles. Aber vor allem hasste er sie wegen ihres Sohnes. Er musste seinen Zorn und seine Verbitterung durch irgendetwas kanalisieren, und sie hatten den Kürzeren gezogen, weil sie irgendwann in Zacharys Leben etwas getan hatten – ihn lange genug vernachlässigt – um ihn auf diese Bahn zu schicken. Sie waren dafür verantwortlich, und er würde nichts anderes gelten lassen.

»Sie sind doch nicht gekommen, um uns zu sagen, dass er vermisst wird?«, fragte Martha.

»Nein, Frau Godson«, fuhr Nick fort, seine Stimme überraschend ruhig. »Wir haben Grund zu der Annahme, dass Ihr Sohn möglicherweise in die kürzlichen Morde verwickelt ist, die in den letzten paar Wochen stattgefunden haben.«

»Zachary? *Unser* Zachary? Niemals!«

»Was bringt Sie zu einer solchen Annahme?«, fragte Gregory und zog seine Frau schützend in seine Arme.

»Wir können im Moment nicht auf die Details eingehen, da unsere Ermittlungen noch laufen, aber wir müssen Ihnen ein paar Fragen über Ihren Sohn stellen.« Sowohl Gregory als auch Martha öffneten den Mund, um zu sprechen, aber Nick unterbrach sie. »Wann haben Sie ihn zuletzt gesehen?«

»Vor sechs Jahren«, antwortete Martha. »Er hat einfach... Eines Tages waren wir eine glückliche Familie. Am nächsten brach er jeden Kontakt ab.«

»War das auch das letzte Mal, dass Sie von ihm *gehört* haben?«

Sie nickte. »Wir haben ihn so lange weder gesehen noch von ihm gehört. Wir haben Nachrichten geschickt, wir haben angerufen. Aber er hat entweder unsere Nummern blockiert oder eine neue bekommen, denn die Nachrichten scheinen nie anzukommen.«

»Warum hat er den Kontakt abgebrochen?«

Martha und Gregory warfen sich einen schnellen Blick zu. »Weil... Nun... Es war eigentlich albern. Wir bereuen es jetzt natürlich. Es hätte nie passieren dürfen, aber... Eines Tages setzte Zachary sich zu uns und teilte uns mit, dass er Schauspieler werden wollte und dass er ein Vorsprechen für *EastEnders* hatte. Nun, wir schauen die Serie nicht, und wir waren auch nicht besonders glücklich darüber, dass er das machen wollte. Er hatte so viel Zeit und Mühe in sein Psychologie- und Musikstudium gesteckt, verstehen Sie, und wir dachten, die Schauspielerei würde ihn auf den falschen Weg führen. Und offenbar spiegelte sich unsere Reaktion in unseren Gesichtern wider. Er meinte, dass wir nicht an ihn glaubten, dass wir ihn nicht liebten, dass wir ihn nicht unterstützten. Aber...« Sie deutete auf die Fotos an der Wand. »Aber, wie Sie sehen können, ist genau das Gegenteil der Fall.«

Offensichtlich, dachte Tomek. Und keineswegs ein bisschen zu spät.

»Wir vermissen ihn jeden Tag, und jeden Tag versuchen wir, ihn über Facebook, Twitter, all seine Social-Media-Kanäle zu erreichen, aber er antwortet nie. Wir haben sogar versucht, uns als Teenager-Mädchen auszugeben, die seine Hauptfanbasis zu sein scheinen, und wir hatten damit einigen Erfolg, aber er findet schnell heraus, dass wir es sind.«

»Also hatten Sie *doch* Kontakt mit ihm?«, bemerkte Tomek. »Sie haben uns angelogen.«

Marthas Gesicht rötete sich. »Nein, nein! Nicht so! Er bricht das Gespräch ab, bevor er uns irgendetwas erzählt. Wir wissen nicht, wo er ist, mit wem er zusammen ist oder wie es ihm geht. Aber anhand seiner Social-Media-Profile können wir seine Updates sehen. Seine Konzerte, seine Auftritte in den kleinen Dörfern. Wir sind so, so, so stolz auf ihn. Wir wünschten nur, er würde nach Hause kommen.«

Tomek konnte nicht glauben, was er da hörte. Es war, als hätte

Nick ihnen gar nicht gesagt, dass ihr Sohn im Zusammenhang mit zwei Morden gesucht wurde. Oder wahrscheinlicher, sie waren so verblendet von ihrer Verehrung und Liebe für ihren Sohn, dass sie es nicht gehört hatten.

Nick wiederholte den Punkt. »Ist Ihnen bewusst, dass er Verdächtiger in einer Doppelmordermittlung ist?«

»Ich bin sicher, dass er es nicht war«, antwortete Gregory. »Ich bin sicher, dass es eine Verwechslung gegeben hat. Unser Zachary würde so etwas nie tun. Er mag groß und furchteinflößend aussehen, aber er ist harmlos. Er ist so charmant, dass er keiner Fliege etwas zuleide tun würde. Ich bin sicher, dass er unschuldig ist.«

»Was ist mit der Entführung meiner Tochter?«, fragte Tomek. Endlich war er ausgerastet. Er konnte nicht länger dasitzen und ihrem Geschwätz zuhören, diesen verblendeten Eltern dabei zuhören, wie sie über ihren weggelaufenen Sohn schwärmten, während seine Tochter vermisst wurde und möglicherweise in Gefahr war.

»Wie bitte?« Marthas Tonfall sank um mehrere Stufen. »Was meinen Sie damit?«

»Er hat meine Tochter entführt und ihr einer Gehirnwäsche unterzogen. Jetzt habe ich keine Ahnung, wo sie ist.«

»Wie können Sie sicher sein, dass sie bei ihm ist?«

Tomek ballte seine Faust, Wut begann in ihm anzuschwellen.

»Ich weiß es einfach«, antwortete er. »Nennen Sie es Intuition.«

Marthas Rücken versteifte sich, und sie zog sich von ihrem Mann zurück. »Es tut mir leid, das über Ihre Tochter zu hören, aber ich kann Ihnen versichern, dass unser Sohn nichts damit zu tun hat.«

Tomek öffnete den Mund, um zu sprechen, aber Nick streckte seinen Arm vor ihn aus. Dann warf ihm der Hauptkommissar einen Blick zu, der ihm sagte, er solle den Mund halten, dass dies seine letzte Warnung sei und dass, wenn er noch einmal die Grenze überschreiten würde, er gezwungen wäre, den Rest des Gesprächs zu verpassen und im Auto zu warten.

»Hat Ihr Sohn jemals Bedenken über das Ende der Welt geäußert, als Sie noch in Kontakt standen?«, fragte Nick und lenkte das Gespräch in eine produktivere Richtung.

Martha und Gregory überlegten.

»Da war dieses eine Tagebuch von ihm, das wir gefunden haben«, sagte Gregory und blickte seiner Frau in die Augen, als würde er um Erlaubnis bitten, fortzufahren. »Es war voll mit Kritzeleien, Botschaften und Notizen. Fast schon Vorahnungen über das Ende der Welt. Alles würde brennen, Rassenkriege, das volle Programm.«

»Haben Sie ihn darauf angesprochen?«

»Gott, nein. Wir wollten ihn nicht aufregen oder das Feuer in irgendeiner Weise schüren.«

Der Seufzer von Nick war auf der anderen Seite des Raumes hörbar. »Gab es noch etwas anderes, das Sie darin gefunden haben?«

Eine Pause. Ein weiterer Blick zwischen Ehemann und Ehefrau.

»Wir fanden... Wir fanden viele Hinweise auf Helter Skelter«, erklärte Martha.

»Die Charles-Manson-Sache?«

»Ja. Und... und er kaufte auch ein Buch über die Morde«, fuhr Martha fort. »Wir haben uns damals nicht viel dabei gedacht.«

»Wir nahmen einfach an, es sei ein Forschungsprojekt für sein Psychologiestudium«, fügte Gregory hinzu.

Tomeks Faust ballte sich noch fester. Bis sich die Nägel in sein Fleisch gruben.

Manson. Helter Skelter.

Das war es. Das war die Erklärung für alles: Zachary versuchte, seinem Helden nachzueifern. Die Rassenkriege. Die Ähnlichkeit mit den Morden. Die Horden von Teenagern, die jeder seiner Bewegungen folgten, auf jeden seiner Befehle hörten. In Häuser einbrechen und die Dinge darin umstellen. Die Botschaft in den Schlossmauern.

Zachary Godson führte seinen eigenen Kult und bereitete sich auf das Ende der Welt vor.

———

Sie gingen schweigend zurück zum Auto.

»Dich mitzunehmen war wahrscheinlich ein Fehler«, sagte Nick.

»Da bin ich anderer Meinung.«

»Natürlich bist du das. Aber wir hätten fast nichts aus ihnen herausbekommen. Und wir hätten auch nichts erfahren, wenn ich dich nicht unterbrochen hätte, bevor du sie anschreien konntest.«

»Nicht meine Schuld, dass sie Wahnvorstellungen über ihren Sohn haben.«

Sie kamen beim Auto an. Nick öffnete die Tür, und als Tomek dasselbe tat, vibrierte sein Handy. Er blickte auf den Bildschirm und sah Nathan Burrows' Namen erscheinen.

»Einen Moment«, sagte er und hob einen Finger für Nick. »Ich muss das annehmen.«

Tomek eilte zum anderen Ende der Einfahrt und nahm den Anruf entgegen. Ein Windstoß fegte an ihm vorbei und trug durchnässte Blätter mit sich, die an seinen Schuhen kleben blieben.

»Nathan? Bist du das?«

»Wie geht's dir, mein lieber Freund?«

Tomek spürte, wie die Anspannung in seinem Körper nachließ.

»Besser, jetzt, wo ich deine Stimme gehört habe. Hast du... hast du ein Update für mich? Hast du sie gefunden?«

Eine Pause.

»Es tut mir leid, Tomek«, begann der Mann. »Ich hatte gehofft, dir bis jetzt mehr Informationen geben zu können.«

»Was meinst du?«

Nathan seufzte durch das Telefon. »Ich habe ein paar von den Jungs, die für mich in der Gegend von Southend nachforschen. Viele von ihnen haben Dealer und Leute dort unten, die ihnen Gefallen schulden. Jemand hat sich gerade gemeldet und gesagt, er hätte jemanden gesehen, der Kasias Beschreibung entspricht, wie sie eine kleine Lagerhaus-Einheit in Shoeburyness betrat.«

Tomeks Puls beschleunigte sich. »Und sie glauben, dass sie es ist?«

»Möglicherweise. Wie gesagt, das Mädchen passte auf ihre Beschreibung.«

»Wer hat dir das gesagt?«

»Jemand, der jemanden kennt, der einen Typen namens Richard Stafford kennt. Ist dir das ein Begriff?«

»Ja. Ist mir bekannt.«

»Sie waren zufällig in der Nähe eines der Lagerhäuser, die Stafford früher für sein Geschäft genutzt hat, und da haben sie sie gesehen. Sie sagten, sie trug ein weißes Kleid und hatte ihre Haare zu Zöpfen gebunden.«

Tomek hielt den Atem an.

»Wo? Gib mir die Adresse und ich werde das Team bitten, dem nachzugehen.«

»Wie?«, fragte Nathan. »Woher willst du sagen, dass diese Information stammt?«

Tomek zögerte. Er hatte keine Antwort darauf.

»Ich gehe stattdessen allein hin. Gib mir einfach diese Adresse.«

KAPITEL
SECHSUNDSECHZIG

Tomek stürmte durch seine Haustür und knallte sie hinter sich zu. Die Wände bebten von der Wucht seines Wurfes, und er glaubte, das Geräusch von splitterndem Holz zu hören. Aber das war ihm egal. Nichts interessierte ihn außer Kasia zu finden, und jetzt verstand er, wie sie sich gefühlt hatte: Auch er wollte die Wohnung zerstören, sie auf den Kopf stellen und all seine Wut und Frustration darin entladen.

Denn das Lagerhaus war völlige Zeitverschwendung gewesen.

Es war leer gewesen, als er ankam. Obwohl er Anzeichen für eine Nutzung gefunden hatte – Möbel, eine provisorische Dusche, Wasserflaschen, ein paar Socken, eine Zahnbürste, Dutzende Unterhosen und eine Haarspange – gab es keine Spur von Kasia. Tomek wusste, dass sie dort gewesen war, er spürte es, aber er hatte keine Ahnung, wohin sie und die anderen Mädchen inzwischen verschwunden sein könnten.

Er zog sein Handy heraus und wählte Nathans Nummer.

»War ein Reinfall«, erklärte er. »Sie und die anderen sind weitergezogen.«

»Tut mir leid, Tomek«, antwortete Nathan leise. »Soll ich meine Kontakte bitten, weiterzusuchen?«

Tomek zuckte mit den Schultern. Er fühlte sich besiegt, niedergeschlagen. »Schaden würde es nicht, schätze ich.«

Es entstand eine Pause. »Das muss dir so viel Schmerz und Kummer bereiten. Es tut mir so leid, dass du das durchmachen musst.«

Ein schmales Lächeln huschte über Tomeks Gesicht, als Nathans Worte ihn wärmten. »Danke, Kumpel. Das weiß ich zu schätzen. Und danke für alles, was du bisher getan hast. Ich habe das Gefühl, du hast mich weiter gebracht als alle anderen.«

»Mach dir keine Sorgen. Ich werde dir helfen, sie zu finden, Kumpel. Überlass das mir.« Nathan machte eine Pause. »Und ich lasse dir so bald wie möglich ein neues Vogelhaus schicken, okay? Etwas Stabileres, etwas, das der rohen Gewalt eines Teenagers standhalten kann.«

Tomek lachte leise. »Ich glaube, dafür brauchst du eins aus Metall.«

Er legte auf und steckte das Handy wieder in die Tasche. Sein Blick fiel auf das Chaos vor ihm. Der Großteil war noch da, abgesehen von den schmalen Gängen und Pfaden, die er sich freigekickt hatte. Es musste dringend aufgeräumt werden. Er hatte es aufgeschoben, aber jetzt wurde ihm klar, dass er keine Wahl hatte. Vielleicht könnte er wütend putzen: alles in einen schwarzen Müllsack werfen und fertig; wenig darauf achten, was in den Müll wanderte. Wahrscheinlich war sowieso alles kaputt. Er bezweifelte, dass es viel zu retten gab.

Zur Vorbereitung machte er Musik an und legte einige schwarze Müllsäcke bereit. Zuerst begann er mit dem Wohnzimmer, sammelte die Federn aus den Sofakissen und das Glas der Bilderrahmen auf und warf es wahllos hinein. Dann ging er zu den Büchern über, blätterte durch die Seiten, erkannte, dass er sie nie wieder lesen würde, und entsorgte sie. Sicher, einiges hätte in den Secondhandladen oder zu Edith im Erdgeschoss gehen können, aber in seiner düsteren Stimmung wollte er es einfach loswerden, aus seinem Leben verbannen. Er wollte nicht auf die Bücher schauen und an das erinnert werden, was passiert war.

Nach fast einer Stunde Aufräumen im Wohnzimmer zog er Bilanz über seine Fortschritte. Sehr wenig. Der Boden war immer noch mit winzigen Glassplittern und Schutt bedeckt; die Möbel waren noch zerstört, und der Fernseher lag noch immer auf dem Boden mit einem riesigen Riss im Bildschirm.

»Scheiße, mein Leben«, sagte er.

Es würde Tage dauern, bis alles aufgeräumt wäre.

Gerade als er in die Küche gehen wollte, in der Hoffnung, dass der Schutt dort leichter zu beseitigen wäre, klopfte es an der Tür.

Sofort ließ er den schwarzen Müllsack fallen und rannte mit dem Geräusch von knirschendem Glas unter seinen Füßen zur Haustür. Noch bevor er sie öffnete, wusste er, dass es nicht Kasia sein würde. Das wäre zu einfach. Aber das hinderte seine Hoffnungen nicht daran, in die Höhe zu schnellen.

Als er die Tür öffnete, wurde er mit einem warmen, angenehmen Lächeln begrüßt, und ein starker Duft von Parfüm drang in seine Nasenlöcher. Abigail. In ihrer Hand hielt sie ein Paar gelbe Gummihandschuhe und eine Flasche Wein.

»Hey«, sagte sie sanft.

»Hey«, erwiderte er und betrachtete die Gegenstände in ihren Händen. »Weißt du, wenn du vorhast, mich umzubringen und danach das Blut wegzuwischen, ist Wein nicht das Beste dafür.«

»Das hier?« Sie hob die Flasche, als würde sie sie zum ersten Mal betrachten. »Die ist für nachher, wenn wir mit dem Putzen fertig sind.«

»Ach ja?«

»Ja, ich dachte, du könntest eine helfende Hand gebrauchen. Und Gesellschaft.«

»Ich weiß die Geste zu schätzen, aber ich bin nicht wirklich—«

Abigail ignorierte ihn und schob sich an ihm vorbei. »Wo fangen wir am besten an?«

»Abs...«, begann er und hielt die offene Tür fest, in der Hoffnung, dass sie den Wink verstehen würde.

»So leicht wirst du mich nicht los«, sagte sie. »Ich habe von Sean gehört, was passiert ist, und bin hergekommen, um zu helfen. Du musst nicht mit mir darüber sprechen, das verstehe ich. Und wir müssen überhaupt nicht reden, wenn du das nicht willst. Aber ich dachte, du könntest gerade Gesellschaft gebrauchen, und wie es aussieht, brauchst du *wirklich* Hilfe. Diese Wohnung brauchte schon immer eine weibliche Note.«

Sie trat ein und Tomek schloss die Tür ein paar Zentimeter. »Aber... wir beide...«

Sie drehte ihren Kopf ruckartig zu ihm und funkelte ihn an. »Mir ist sehr wohl bewusst, wie unsere Beziehung steht, Tomek. Und das hier hat nichts damit zu tun. Ich weiß, du denkst, ich lebe nur für Hintergedanken, aber das ist eine völlig platonische, unabhängige Geste. Nur eine Freundin, die einem Freund hilft. Da musst du nichts zwischen den Zeilen lesen, okay?«

Er schloss die Tür, ohne es zu merken.

»Gut, schnapp dir ein paar Müllsäcke«, wies er an. »Du kannst die Küche machen.«

»Sexistisches Schwein«, sagte sie mit einem Augenzwinkern. Dann schnappte sie sich einen der Müllsäcke vom Boden, bahnte sich ihren Weg in die Küche und stellte die Weinflasche in den Kühlschrank.

Tomek war für einige Momente wie eingefroren, beobachtete sie durch die Tür und hörte zu, wie sie zur Musik mitsummte. Sie war wirklich gekommen, um zu helfen. Es gab wirklich kein verstecktes Motiv.

»Wirst du irgendwas tun oder einfach den ganzen Tag dastehen und mir zuschauen, während ich alles mache? Das ist was verheiratete Paare tun, und darauf hab ich keinen Bock.«

»Wer ist jetzt das sexistische Schwein?«

Der nächste Raum auf Tomeks Liste war Kasias Schlafzimmer. Er hob sein eigenes bis zum Schluss auf: die Bonsai-Bäume, das Vogelhaus; er konnte ihnen nicht sofort begegnen. Er musste sich erst darauf vorbereiten. Aber bevor er in Kasias Schlafzimmer beginnen konnte, klingelte sein Handy wieder.

Nick.

»Gibt's Neuigkeiten?«, fragte Tomek, ins Telefon flüsternd.

»Ich glaube, Sie sollten herkommen«, sagte die Stimme des Hauptkommissars. »Eine Frau ist gerade aufgetaucht und behauptet, sie kennt Kasia und Zachary Godson und weiß, was sie vorhaben. Und sie ist bereit, uns alles zu erzählen.«

KAPITEL
SIEBENUNDSECHZIG

Die Zwanzigjährige war Kasia wie aus dem Gesicht geschnitten. Fast jeder Winkel ihres Gesichts ähnelte dem seiner Tochter. So sehr, dass es ihn jedes Mal verwirrte, wenn er sie ansah; er wollte sie anschreien, sie zur Schnecke machen, sie fragen, warum sie gegangen war und die Entscheidungen getroffen hatte, die sie getroffen hatte. Warum sie beschlossen hatte, sein Leben zu zerreißen. Dann wollte er all das vergessen und sie in der stärksten Umarmung der Welt an sich drücken. Er wollte sie festhalten, ihren Körper an seinen pressen und nie wieder loslassen. Er wollte ihr sagen, dass alles gut sei, dass alles vergeben würde, dass er froh sei, dass sie in Sicherheit war.

Aber diese Frau war nicht Kasia; *sie* war immer noch da draußen. Gefangen, verloren, wahrscheinlich zu Tode erschrocken. Der einzige Unterschied zwischen dieser Frau und Kasia, abgesehen von ihrer Größe und ihrem Alter, war das Baby, das derzeit in ihrem Bauch heranwuchs. Nach Tomeks Schätzungen war sie erst wenige Monate schwanger, und sie hatte furchtbare Angst davor, was mit dem Baby passieren würde.

»Können Sie damit anfangen, uns Ihren Namen zu nennen?«, begann er. Nick hatte seinem Wunsch zugestimmt, am Gespräch mit Rachel teilzunehmen, unter der Bedingung, dass er sich benahm und nicht so reagierte wie bei den Eltern von Zachary Godson.

Die Frau zupfte verloren an ihren Nägeln und starrte auf ihren

Schoß. Sie sah erschreckend dünn aus, fast anorektisch. Ihr weißes Kleid hing lose an ihrem dürren Körper, und ihre Wangenknochen traten deutlich hervor. Unter ihrem linken Auge waren die Überreste eines tiefen und schmerzhaften Blutergusses zu sehen. Tomek konnte erraten, woher sie den hatte.

»Mein richtiger Name ist Clementine Miller«, begann sie. »Aber Zeus und meine Schwestern nennen mich Flüsternder Albtraum. Wir haben alle Spitznamen in der Gruppe. Wir benutzen nie unsere richtigen Namen.«

»Wissen Sie, wie Kasias lautet?«, fragte Tomek voreilig.

»Wer?«

»Meine Tochter. Sie... sie, nun, sie sieht Ihnen ähnlich. Aber sie ist dreizehn. Sie wäre erst vor Kurzem beigetreten-«

»Kandy«, antwortete Clementine. »Kandy HeartThrob, so nannte Zeus sie.«

»Kandy HeartThrob?«, wiederholte Tomek, während sein Verstand die Information verarbeitete. »Warum gerade dieser Spitzname?«

»Weil Zeus sagte, sie sei süß wie Kandy, und sie sähe aus wie ein Teenager-Schwarm, hinter dem alle Jungs her sein würden.«

Tomek verzog das Gesicht und ballte bei dieser Andeutung die Faust. Das würde schwer anzuhören sein.

»Wann haben Sie Zeus zum ersten Mal getroffen?«, fragte Rachel. »Wie sind Sie mit ihm in Verbindung gekommen?«

»Ich habe studiert«, begann Clementine. »An der Universität in Southend. Musikproduktion. Ich hasste es. Ich wollte schon immer in die Musikindustrie einsteigen, aber es hat aus irgendeinem Grund nicht so richtig geklappt. Es ist schwieriger, als ich dachte. Und deshalb wollte ich aufhören. Dann, eines Tages, sah ich Zeus draußen herumhängen... Wie sagten Sie, war sein richtiger Name?«

»Zachary«, erklärte Tomek. »Zachary Godson.«

»Ja. Richtig. Zachary. Es klingt seltsam, ihn so zu nennen.« Sie schauderte bei dem Gedanken, Godson bei seinem richtigen Namen zu nennen. »Jedenfalls sah ich eines Tages Zachary vor meinem Gebäude, wie er an Passanten Flugblätter verteilte. Da dort alle Musikstudenten hingehen, ist das nicht so ungewöhnlich. Normalerweise kommen diese unabhängigen Künstler auf mich zu und fragen mich, ob ich ihnen bei der Audiobearbeitung helfen kann, weil sie wissen, wann meine Vorlesungen sind und in welchem Kurs ich bin. Aber nicht Zeus – *Zachary*. Er war nicht besonders darauf erpicht. Er wollte nur, dass die Leute seine Musik hören, also hielt ich an und begann, mit ihm zu plaudern.

»Er war so freundlich und sanft, so süß und charmant. Er hatte einfach diese Ausstrahlung, wissen Sie? Als wäre er jemand, der Gutes in der Welt tun würde, jemand mit einem reinen Gewissen. Zumindest dachte ich das damals. Also kamen wir ins Gespräch. Er erzählte mir von seiner Musik, darüber, dass er in *EastEnders* mitgespielt hatte, aber erkannt hatte, dass das nichts für ihn war und dass er seiner Leidenschaft folgen wollte. Ich ließ mich davon mitreißen. Ich ließ mich von *ihm* mitreißen. Es gab etwas so Anziehendes an ihm. Die Art, wie er sprach, die Art, wie er lächelte, die Art, wie er mich fühlen ließ. Und seine Augen...« Sie schloss ihre eigenen und schüttelte sanft den Kopf, als würde sie Bilder von den meerblauen Augen des Mannes heraufbeschwören. Als sie sich wieder gefasst hatte, fuhr sie fort. »Er erzählte mir auch, dass er sein eigenes Yogastudio betrieb und dieses nutzte, um die Botschaft über seine Musik und die spirituelle Verbindung, die er dazu spürte, zu verbreiten. Er lud mich zu ein paar Sessions ein, und da traf ich all die anderen Mädchen, die zu meinen Schwestern werden sollten. Es waren nur wenige, fünf insgesamt zu dieser Zeit, sechs wenn man mich mitzählte. Diese Zahl ist jetzt auf zwanzig angestiegen, einschließlich Ihrer Tochter, Kandy... ich meine Kasia, tut mir leid.«

»Schon gut«, sagte Tomek, obwohl es das nicht war. Er wollte diesen Namen nie wieder hören. »Was geschah als Nächstes?«

»Ich wurde Teil der Familie«, fuhr Clementine fort, schnell wieder in ihre gesprächige Trance fallend. »Wir kümmerten uns umeinander, halfen einander. Ich hatte nie eine starke Beziehung zu meinen Eltern zu Hause. Wir kamen nie miteinander aus, sahen die Dinge nie wirklich gleich, und das galt für viele der Mädchen. Sie waren entweder rausgeworfen worden oder hatten einfach eine schlechte Beziehung zu ihren Eltern, die sich nie ändern würde. Einige kamen aus zerrütteten Familien, während andere diejenigen waren, die sie zerrüttet hatten. Wir fühlten eine Verwandtschaft zueinander, und wir wurden sofort alle Schwestern.

»In der Anfangsphase haben wir einfach im Studio rumgehangen, geplaudert, gelacht, getanzt. Den ganzen Tag über. Keiner von uns hat wirklich gearbeitet, und ich hatte beschlossen, mein Studium abzubrechen, weil es mich nicht genug erfüllte. Bei vielen der Mädchen war es genauso. Wir fühlten uns alle ein bisschen verloren und kämpften darum, unseren Weg zu finden. Und dann kam eines Tages, vor ein paar Monaten, Zeus, ich meine Zachary, mit Neuigkeiten heraus. Die Wahrheit, nannte er es. Da erzählte er uns, dass er Zeus sei, der griechische Gott, und dass er uns retten würde, wenn das Ende der Welt käme.«

»Wie?«, unterbrach Tomek.

»Nun, er sagte uns, dass er Kräfte hätte und dass er es tun könnte.«

»Und Sie haben ihm geglaubt?«

Sie schaute wieder auf ihren Schoß und spielte weiter mit ihren Fingernägeln.

»Nun, ja. Damals tat ich das. Wir alle taten es. Er war so... überzeugend.«

»Wie hat er Sie überzeugt?«, fragte Rachel und sprang mit einer angenehmeren Art ein, bevor Tomek mit seiner Schroffheit vorstürmen konnte.

Sie hielt inne, kicherte leicht vor sich hin. »Es ist jetzt albern, wirklich. Aber Sie müssen verstehen, dass es damals so überzeugend war, so glaubhaft...«

»Hier wird nicht geurteilt«, fügte Rachel hinzu.

Sprich für dich selbst, dachte Tomek. Er war weit davon entfernt, kein Urteil über das zu fällen, was er da hörte. Es verblüffte ihn, dass diese etwa zwanzig Frauen auf Zachary Godsons Charme hereingefallen sein konnten. Einschließlich Kasia. Er hatte gedacht, sie wäre schlauer als das, aufgeweckter.

»Er erzählte uns, dass er das Wetter kontrollieren könnte«, begann Clementine. »Dass es sonnig war, wenn er glücklich war. Dass es bewölkt war, wenn er sich niedergeschlagen fühlte. Und wenn es regnete oder ein Gewitter gab, war er wütend.«

»Dann muss er in diesem Land ja die ganze Zeit traurig oder wütend gewesen sein«, bemerkte Tomek.

Er spürte einen Tritt ins Bein von Rachel, und obwohl er es nicht sah, spürte er, dass sie ihm einen verächtlichen Blick zugeworfen hatte.

»Ja, jetzt, wo Sie es erwähnen, er war immer traurig und launisch.«

Clementine hörte auf, mit ihren Fingern zu spielen, und legte sie auf den Tisch. Sie waren wund und rot, die Haut schälte sich.

»Wie hat er Sie noch davon überzeugt, dass er Zeus war?«, fragte Rachel.

»Er sagte mir, dass er die Zeit anhalten könnte«, antwortete sie. »Und um es zu beweisen, hielt er mein Handgelenk hoch, zeigte mit meiner Uhr in mein Gesicht und schnippte dann mit den Fingern. Ich wusste nicht, wie er das gemacht hatte, aber der Sekundenzeiger auf dem Zifferblatt hörte auf sich zu bewegen. Und von diesem Moment an war ich dabei, ich war investiert in alles, was er von uns brauchte. Aber bald erkannte ich, wie er es gemacht hatte, wie er viele Dinge gemacht hatte...«

»Drogen«, sagte Tomek und beendete den Satz für sie.

Sie senkte leicht den Kopf.

»LSD?«, fuhr Tomek fort.

»Ja. Jede Menge. Er gab es allen Mädchen...« Sie drehte langsam den Kopf zu Tomek. Ihre Augen waren weit aufgerissen vor Schmerz, Schuld und Sühne. »Auch Ihrer Tochter.«

Tomek atmete tief ein und klopfte mit den Knöcheln auf den Tisch. Er hatte es gewusst. Natürlich hatte er es, tief im Inneren. Er hatte eins und eins zusammengezählt, sobald sie die Verbindung zwischen Zachary Godson, Michael Edwards und Richard Stafford hergestellt hatten, aber er hatte es nicht glauben wollen. Konnte nicht. Wollte nicht.

Bis jetzt.

»Bitte«, sagte er, seine Stimme brach, als er gegen eine kleine Armee von Tränen ankämpfte. »Fahren Sie fort, wenn es Ihnen nichts ausmacht.«

Das tat sie, aber nicht, bevor sie Tomek einen Blick zuwarf, der sagte: Es tut mir so leid.

»So hat er uns kontrolliert«, sagte sie. »Er hat uns mit Drogen versorgt und sie immer weiter verabreicht. Er benutzte auch andere Kontrollmethoden. Kontrolle... sehr kontrollierend war er. Er sagte uns, was wir anziehen sollten, wie wir uns kleiden sollten. Er sagte, wir dürften keinen Schmuck tragen, müssten unsere Haare auf eine bestimmte Weise tragen, die ihm gefiel. Wir mussten ihn anbeten. Und dann sagte er uns, wir sollten auf unser Gewicht achten. Sagte, dass wir dünn und eine bestimmte Größe sein müssten, wenn wir es mit ihm ins Jenseits schaffen wollten. Er begann zu kontrollieren, mit wem wir sprachen, wohin wir gingen, wen wir sahen. Zu dem Zeitpunkt lebten viele von uns entweder im Studio oder im Lagerhaus.«

»Lagerhaus?«, wiederholte Rachel.

Tomek beschloss, seinen Mund zu halten.

»Es ist in Shoeburyness. Zeus sagte, es gehöre ihm. Sagte, wir könnten dort leben. Dort haben die meisten von uns gewohnt.«

»Könnten Sie uns bitte den Standort geben? Wir werden jemanden brauchen, der das überprüft.«

Tomek atmete erleichtert auf. Dieses kleine Problem war aus dem Weg geräumt. Clementine kritzelte die Adresse und eine vage Beschreibung auf das Papier und gab es an Rachel zurück, die sich bei ihr bedankte, bevor sie sie aufforderte fortzufahren.

»Er hielt diese Predigten, diese Reden, bei denen er uns alle im Kreis sitzen ließ und zu uns predigte. Er erklärte uns, wie alles, was in der Welt falsch lief, eine direkte Folge des menschlichen Konsums und der Überbevölkerung und unserer Erschöpfung der natürlichen Ressourcen der Erde sei. Er sagte, wir würden alle den Planeten zerstören, aber er sagte, dass der wahre Killer dieses Planeten ein Rassenkrieg sein würde. Dass die Weißen und die Braunen sich erheben und kämpfen würden. Dass sie alles und jeden zerstören würden, und dass wir alle gerettet werden würden, wenn wir genau das taten, was er sagte.«

»'Genau das, was er sagte'«, wiederholte Tomek. »Was bedeutet das *genau*? Was hat er euch befohlen zu tun?«

Clementine zögerte, atmete tief ein und blähte ihre Brust auf. Sie nahm sich einen Moment, um sich zu sammeln, und als sie bereit war, ließ sie alle Luft aus ihren Lungen.

»Es fing klein an«, sagte sie. »Kleine Dinge. Wie Taschendiebstahl, Telefone von Tischen stehlen, Luft aus den Reifen von Leuten lassen; Dinge, die größtenteils unbemerkt bleiben.«

Nicht für die Betroffenen.

»Aber nach einer Weile wurden die Dinge fortgeschrittener, gewagter.«

»Inwiefern?«, fragte Tomek, obwohl er genau wusste, worauf das hinauslief.

»Sie heißen Creepy Sleepies«, antwortete sie und rieb sich unter dem blauen Auge. »Mitten in der Nacht würden drei oder vier von uns in die Häuser von Leuten einbrechen, einige Dinge umstellen und dann wieder gehen.«

»Und dabei ihre Gartenzwerge zerstören«, fauchte Tomek.

»Das ist, weil Zeus es uns sagte. Alles, was wir taten, sagte er uns. Er war derjenige, der die Häuser aussuchte. Er war derjenige, der die Mädchen auswählte. Er war derjenige, der uns sagte, wir sollten die Zwerge zerstören.«

»Warum?«

»Weil er glaubte, sie wären seine Feinde. Er glaubte, sie würden ihn beobachten, ihn ausspionieren. Und so befahl er uns, sie zu zerstören.«

»Aber er hat euch aufgetragen, viel mehr als das zu tun, nicht wahr, Clementine?«, sagte Tomek mit bedeutungsvollem Tonfall. »Was können Sie uns über die Morde an Michael Edwards und Karl Bacon erzählen?«

Tränen bildeten sich in Clementines Augenwinkeln und sie begann zu schniefen. Rachel griff nach einer nahestehenden Box mit Taschentüchern und reichte sie ihr.

»Ich kenne ihre Namen nicht«, sagte sie, »aber ich weiß, wer sie sind, und ich weiß, wovon Sie sprechen.«

»Was können Sie uns über das Geschehene erzählen? Waren Sie dort?«

Die Tränen flossen jetzt heftiger. Sie begann zu hyperventilieren.

»Ja, ich war dort«, sagte sie zwischen den Atemzügen. »Ja, ich habe geholfen, diese Männer zu erstechen und zu töten.«

Der Raum verstummte, erstarrte. Kein Geräusch der Klimaanlage war zu hören, auch nicht das leise Murmeln von Gesprächen von außerhalb des Raumes. Selbst die roten Lichter an den Kameras in der Ecke des Raumes und das Aufnahmegerät auf dem Tisch schienen anzuhalten.

»Fangen Sie von vorne an«, sagte Rachel, ihre Stimme strenger als üblich. »Mit Michael Edwards, dem Mann im Haus.«

Clementine atmete tief ein und aus, während sie sich sammelte und die Tränen wegwischte. Ihre Aufmerksamkeit fiel wieder auf ihre Fingernägel und sie war unfähig, einem von beiden in die Augen zu sehen.

»Es regnete. Es donnerte. Zeus war wütend, zornig. Er sagte, dass er wollte, dass wir rausgehen und diese bestimmte Person töten. Er erklärte nicht warum oder wer es war, nur dass es *er* sein musste. Er war wütend, dass das Ende der Welt noch nicht gekommen war, und er sagte, wenn wir das täten, würde es alles in Gang setzen. Also gingen ich, Sleeping Angel, Silent Horsechick und Bright Muffin zum Haus. Wir kamen durch den Wald im hinteren Teil, kletterten über den Zaun, und dann knackte ich das Schloss, um reinzukommen. Wir zogen alle unsere Schuhe aus, damit wir keine Fußabdrücke im Inneren hinterließen, und wir fanden den Mann schlafend auf dem Sofa. Wir umringten ihn. Bright Muffin war hinter ihm und legte die Klinge an seinen Hals. Das weckte ihn auf. Zuerst geriet er in Panik und versuchte, sie abzuschütteln, aber als er den Rest von uns mit den Klingen sah, hörte er auf. Er wusste, dass es vorbei war. Ich konnte es in seinen Augen sehen.«

»Sleeping Angel hielt den Taser und taserte ihn. Gleichzeitig schnitt Bright Muffin ihm die Kehle durch, und dann sprangen wir auf ihn und erstachen ihn. Ich weiß nicht wie viele Male, ich habe nach einigen den Überblick verloren. Ich erinnere mich nur, wie das Messer immer und immer wieder eindrang. Wir schrien, wir alle. Es war, als läge diese Elektrizität in der Luft, als würden wir alle von dem Sturm draußen angetrieben. Außerdem konnte niemand unsere Schreie über den Donner hören. Es war die perfekte Tarnung, die Zeus uns gegeben hatte. Danach rannten wir alle weg. Auf dem Weg zurück durch den Garten warf Sleeping Angel ihr Messer in den Garten der Nachbarn. Haben Sie... haben Sie es gefunden?«

»Wir haben es gefunden«, sagte Tomek sachlich.

Er war fassungslos, schockiert. Er hatte die dunkelste Seite des menschlichen Zustands gehört, gesehen und sogar miterlebt, aber nichts wie dies. Vier junge Frauen, kaum aus ihren Teenagerjahren heraus, die einen brutalen und wilden Mord auf Anweisung durchführten, ohne Reue für ihre Taten.

»Und was ist mit dem zweiten Opfer? Bei Hadleigh Castle?« fragte Rachel.

»Das... das war anders. Wir... waren alle da. Alle von uns. Nun, außer einer.«

Kasia.

In jener Nacht. Die Fahrt zum Bahnhof. Der Streit, der darauf folgte.

Tomek hatte unbeabsichtigt seine Tochter davon abgehalten, Zeuge eines Gemetzels zu werden.

Sein Mund öffnete sich. »Sie hat es verpasst... wegen des Verkehrs. Der Regen... der Donner. Wusste sie, was passieren würde?«

Tomek hielt den Atem an, während er auf eine Antwort wartete. Schließlich, nach einer Weile, kam sie: Clementine schüttelte den Kopf, und Tomek stieß einen massiven Seufzer der Erleichterung aus.

»Ihr wurde nur gesagt, dass sie in diesem bestimmten Zug sein sollte. Nichts weiter.«

Gott sei Dank.

Rachel schaute Tomek einen Moment lang an, beobachtete seine Erleichterung, und setzte dann die Befragung fort.

»Was ist in der Burg passiert?«

»Wir waren alle da. Einige der Mädchen hatten den Typen früher aus seinem Haus entführt. Ich weiß nicht wie oder wo, aber er war bereits da, als ich ankam. Wir waren alle high von Drogen, sangen, schrien, tanzten. Zachary war dort... versteckte sich vor dem Regen. Und dann töteten sie ihn. Genauso wie wir es beim ersten Mal taten. Schossen mit der Elektroschockpistole auf ihn, schnitten ihm die Kehle durch und erstachen ihn dann.«

»Wer?« fragte Rachel.

Clementine brauchte einen Moment, um die Namen zusammenzutragen. »Peppy Piper, Auspicious Almond, Silent Horsechick und Gassy Yassy.«

»Yasmin?« sagte Tomek, laut denkend. »War ihr Name Yasmin?«

Clementine zuckte mit den Schultern. Tomek schaute Rachel an. »Ich glaube, ich weiß, wer das ist. Es ist Kasias Freundin aus der Schule, diejenige, die sie zu... hierzu gebracht hat.«

Rachel notierte den Namen des Mädchens.

»Gassy Yassy ist seit fast vier Monaten bei uns«, erklärte Clementine. »Sie war die Letzte, die zu uns kam, bevor Ihre Tochter dazukam, und ja, sie ist diejenige, die Ihre Tochter zu uns gebracht hat.«

Tomek nickte der Frau höflich zu und dankte ihr für die Information.

»Gibt es noch etwas, das Sie uns über die Geschehnisse in der Burg in jener Nacht erzählen können?« fragte Rachel.

»Nein. Aber ich möchte nur sagen, ich weiß, wie schlimm das alles aussieht. Glauben Sie mir, ich hatte in letzter Zeit etwas Zeit, über all das nachzudenken, und ich verstehe, wie schrecklich und erschreckend es ist. Aber Sie müssen verstehen, Zachary hat uns manipuliert, er hat uns einer Gehirnwäsche unterzogen. All die Dinge, die wir taten, taten wir, weil er uns sagte, dass es das Richtige sei, dass es uns am Ende der Welt retten würde.«

Tomek war skeptisch und wollte sie wegen dieser besonderen Behauptung zur Rede stellen. Aber dann erinnerte er sich, dass seine eigene Tochter auf Zachary Godsons Tricks hereingefallen war.

»Hat meine Tochter jemals etwas getan, was Zachary ihr aufgetragen hat? Was ist mit diesen Creepy Sleepies, die Sie erwähnt haben?«

Clementine sah ihm direkt in die Augen. »Zweimal. Sie hat zwei Creepy Sleepies gemacht.«

Tomeks Blut begann zu kochen. Er klopfte mit seinen Knöcheln erneut auf die Oberfläche und spannte seinen Körper an.

»Und... sie hat gestohlen... Ich weiß, dass sie von Ihnen gestohlen hat, und sie hat von ihren Lehrern gestohlen. Zeus hat es uns befohlen. Sagte, wir bräuchten das Geld für das Leben nach dem Tod. Dass wir es nutzen könnten. Er nannte es Sterben zu sich selbst.«

»Was bedeutet das überhaupt?« fragte Tomek.

»Es bedeutet, wir mussten in uns selbst sterben. Wir alle. Wir mussten vergessen, wer wir waren. Wir mussten alle vergessen, die wir liebten. Wir mussten sie aus unserem Leben verbannen und von vorn beginnen, damit unsere Lieben mit uns ins Jenseits gebracht werden konnten.«

Tomek löste die Spannung in seinem Griff. »Sie hat all diese Dinge getan, um... um mich zu retten?«

Clementine presste ihre Lippen zusammen, nickte.

»Ich...«, begann er. Und dann kam ihm ein Gedanke. »Und was ist mit...« Er schluckte schwer, unsicher, ob er die Kraft hatte, die Frage zu stellen. Oder die Antwort zu hören. »Was ist mit sexuellen Handlungen? Hat... hat Zachary Sie jemals zu etwas gezwungen oder...?«

Clementine senkte ihren Kopf und bestätigte damit alles, was er wissen musste.

»Er hat versprochen, dass wir die Einzigen waren«, begann sie und blickte wieder auf ihren Schoß. »Aber ich weiß mit Sicherheit, dass das eine Lüge war. Er sagte uns, wir sollten nicht mit unseren Schwestern darüber sprechen, aber es gab Anzeichen, man konnte es erkennen. Er schlief mit den meisten Mädchen, und er... er hatte diese Angewohnheit, beim Sex eine Maske zu tragen. Bei mir war es ein Schwan. Bei den anderen Mädchen trug er verschiedene Tiere.«

»Mit wie vielen Mädchen hat er geschlafen?«, fragte Rachel.

Clementine zuckte mit den Schultern. »Ich kenne die genaue Zahl nicht.«

»War...«, begann Tomek. »War *sie* eine davon...?«

Er konnte die Antwort nicht aus ihrem Blick ablesen.

»Ich glaube nicht«, antwortete sie. »Obwohl ich einmal etwas unterbrochen habe. Es war in der zweiten Nacht, als wir alle auf dem Schloss waren...«

Die Nachtwache.

»Kasia hatte sich den Knöchel verletzt, und Zachary half ihr, die Schmerzen zu lindern. Ich stolperte in den Raum und fand Kasia in Unterwäsche vor. Zachary war über ihr und trug eine Maske. Aber... aber ich glaube nicht, dass etwas passiert war.«

Tomeks Körper wurde kalt, taub. Er starrte auf die leere Stelle an der Wand über Clementines Schulter, sein Verstand war leer bis auf eines: das letzte Bild, das er von Zachary Godson hatte, wie er in seinem Studio stand, mit seinem gemeißelten Kiefer, durchtrainierten Muskeln und diesen blauen Augen.

Das nächste Bild, das in Tomeks Kopf erschien, war er selbst, wie er das schöne, gutaussehende Gesicht des Mannes zu einem blutigen Brei schlug.

»Wie oft haben Sie mit Zachary geschlafen?«, fragte Rachel, obwohl Tomek es nicht hören konnte. Er nahm ihre Stimmen nur vage wahr.

»Ich weiß es nicht. Ich habe aufgehört zu zählen.« Sie lehnte sich in ihrem Stuhl zurück und zeigte auf ihren Bauch. »Oft genug, damit das passieren konnte.«

»Zachary ist der Vater?«

»Natürlich. Aber als ich ihn damit konfrontieren wollte, schloss er mich aus der Gruppe aus. Sagte, ich hätte zugenommen, dass ich seine Regeln nicht befolgt hätte.«

»Deshalb sind Sie jetzt hier? Er hat Sie rausgeworfen, weil er Sie schwanger gemacht hat?«

Clementine nickte. »Schätze, er hat nicht erwartet, dass ich direkt hierher kommen würde.«

Gerade als Rachel den Mund öffnete, um zu antworten, kehrte Tomek in die Gegenwart zurück.

»Was kommt als Nächstes?«, fragte er. »Was passiert als Nächstes? Was haben Zeus und der Rest des Kults geplant?«

»Ich weiß es nicht. Zachary hat mir gegen Ende die Details vorenthalten, also kann ich Ihnen nicht sagen, was passieren wird oder wo oder wann.«

KAPITEL
ACHTUNDSECHZIG

Tomek schwirrte der Kopf, als er den Verhörraum verließ. So viel zu verdauen, so viel zu verarbeiten.

Aber das Wichtigste war, dass Zachary Godson ein toter Mann war für das, was er seiner Tochter angetan hatte. Die Art und Weise, wie er sie manipuliert, einer Gehirnwäsche unterzogen und gegen ihn aufgebracht hatte. Und sie vielleicht sogar vergewaltigt hatte...

Tomek ballte seine Faust so fest, dass seine Handfläche schwitzig wurde. Er stürmte in ein kleines Büro und begann, um den Tisch und die Stühle in der Mitte herumzulaufen. Sein Herz hämmerte in seiner Brust. Er wollte schreien, in denselben Wutanfall ausbrechen, der Kasia und Yasmin in seiner Wohnung gepackt hatte. Er wollte den Ort zerstören, ihn in Stücke reißen, alles und jeden auf seinem Weg niederwalzen.

Keine Opfer zurücklassen.

Einen langen Moment stand er da und starrte aus dem Fenster, ohne irgendetwas Bestimmtes zu betrachten, ohne irgendetwas aufzunehmen. Er wollte sich gerade abwenden, als sein Handy klingelte. Er zog das Gerät aus seiner Tasche und betrachtete den Bildschirm. Unbekannte Nummer.

»Nathan? Was hast du für mich?«

Einen Moment später bemerkte er seinen Fehler.

Ein leises Kichern, gefolgt von schwerem Atmen.

»Hallo, Luzifer«, sagte die Stimme.

In diesem Moment verschwand die ganze Wut, die in ihm gebrodelt und gespalten hatte, plötzlich, als ob ein Wasserhahn geöffnet worden wäre und alles aus ihm herausgeströmt wäre.

»Möchtest du deine Tochter wiedersehen, Luzifer?«

Tomek sagte nichts.

»Du weißt, von wem ich spreche, oder? Du weißt, wer ich bin.«

Tomek sagte immer noch nichts. Nicht, weil er nicht wusste, was er sagen sollte – es gab viele Dinge, besonders Schimpfwörter, die er sagen wollte – sondern weil er der Stimme des Mannes zuhören wollte. Er wollte sich daran erinnern, wie er klang, bevor er um sein Leben betteln würde.

»Wenn du deine Tochter wiedersehen willst, dann komm heute Abend um elf Uhr zur Lagerhalle in der Vanguard Way in Shoeburyness. Sie wird dort auf dich warten.«

»Darauf würde ich nicht wetten«, sagte Tomek schließlich. »Die Polizei wird zu diesem Zeitpunkt den Ort umzingeln. Ich glaube, ich habe jemanden sagen hören, dass sie die ganze Nacht über uniformierte Beamte und zwei forensische Teams dort einsetzen werden.«

Zachary stotterte am Telefon.

»W-w-was meinst du? Warum erzählst du mir das?«

»Weil ich meine Tochter sehen will. Und weil ich nicht will, dass du denkst, ich hätte dich in eine Falle gelockt, wenn du dort ankommst und den Ort voller Polizei vorfindest.«

»Oh. Äh.«

Mehr Gestammel. Mehr Herumstottern. Dieser Typ war ein verdammter Betrüger und ein verdammter Amateur.

Und ein toter noch dazu.

»Dann geh zum unteren Ende von Michael Edwards' Garten. Shipwrights Wood. Elf Uhr. Komm allein und du wirst deine Tochter wiedersehen.«

»Ja, Zeus. Was immer du sagst, Zeus.«

KAPITEL
NEUNUNDSECHZIG

Kasias Körper kribbelte vor Adrenalin. Von der Tiefe ihres Magens bis in die Fingerspitzen. Sie fühlte sich lebendig. Das war es. Die Nacht, in der die Welt unterging. Die Nacht, in der sich alles für sie und Tomek ändern würde. Sie hatte in den letzten Wochen nicht viel an ihn gedacht. Zeus hatte es verboten. Wenn sie wirklich für sich selbst sterben wollte, musste sie das tun.

Bis jetzt.

Jetzt, an derselben Stelle auf der Burgmauer hockend wie schon vor einigen Nächten, dachte sie an Tomek.

Daran, wie sehr sie ihn in den letzten Wochen verletzt hatte. Wie viel Kummer und Leid sie ihm zugefügt hatte. Er mochte es nicht besonders gut verborgen haben, aber selbst wenn er es versucht hatte, konnte sie sehen, dass das, was sie ihm angetan hatte, ihn maßlos verärgert hatte. Manchmal wollte sie am liebsten schreien und ihm erklären, dass alles zu seinem Besten war. Dass die Streitereien und die späten Nächte und das Herumschleichen und das Chaos, das sie in der Wohnung verursacht hatte, und das Klauen – dass all das zu seinem Vorteil war. Dass sie es auch für ihn getan hatte. Sie wusste, dass Tomek niemals an Zeus' Prophezeiungen und Warnungen über das Ende der Welt geglaubt hätte (er hätte dem Mann ins Gesicht gelacht und ihn wahrscheinlich einen Spinner genannt), und so war ihr nichts anderes übrig geblieben, als dies in seinem Namen zu tun.

Sie hoffte, er würde das sehen, *verstehen*, wenn er ihnen endlich auf der anderen Seite folgen würde.

Eine Windböe rauschte an ihr vorbei, hob ihre Haare hoch und kitzelte ihre Knöchel. Der Himmel hatte den ganzen Abend mit Regen gedroht, und in der Ferne rollte der Donner über den Horizont, irgendwo in Kent, ein paar Kilometer über dem Wasser.

Zeus' Frustrationen wuchsen. Luzifer, der Teufel, *ihr Feind*, würde bald hier sein. Und dann würden Regen und Donner und Blitze über sie hereinbrechen.

Und dann... Stille?

Sie wusste es nicht. Niemand wusste, was auf der anderen Seite zu erwarten war. Selbst Zeus geizte mit Details. Vielleicht wollte er es als Überraschung bewahren. Oder vielleicht... vielleicht kannte er selbst die Antwort nicht.

Sie verscheuchte den Gedanken in ihrem Kopf und richtete ihre Aufmerksamkeit auf das Burggelände. Ihre Schwestern, ihre wunderschönen, majestätischen Schwestern, sangen und tanzten alle, skandierten, summten, umarmten sich in der Mitte des Geländes. Inzwischen hatte die Burg ihre vollständige Gestalt angenommen, komplett mit Steinmauern, Kopfsteinpflaster, Türmen, Wassermühle, einfach allem. Die Verwandlung war vollständig. Ihre Verteidigungsanlagen standen.

Kasia beobachtete die Mädchen einen Moment lang. Yasmin, ihre engste Freundin, war im Zentrum von allem, schwenkte wie verrückt ihre Arme, amüsierte sich, sog die Atmosphäre in sich auf. Kasia hingegen empfand nicht dasselbe. Konnte es nicht. Egal wie sehr sie es versuchte.

War es Zweifel? Angst? Unsicherheit?

Sie wusste es nicht. Aber es gefiel ihr nicht.

Vielleicht waren es Nerven.

Immerhin wollte sie ihre Prophezeiung erfüllen. Sie wollte Zeus oder ihre Schwestern nicht im Stich lassen. Die Prophezeiung lastete schwer auf ihren Schultern. Und dann spürte sie eine Hand auf einer von ihnen. Sie zuckte zusammen und drehte sich plötzlich um, um zu sehen, wer da war.

Zeus.

»Was ist los, Kandy?«, fragte er.

»Nichts...«, sagte sie wenig überzeugend.

»Nervös?«

Sie wandte sich von ihm ab und nickte.

Er drückte ihre Schulter, auf die gleiche Weise, wie er früher in dieser Woche ihre Oberschenkel gedrückt hatte.

»Ich verstehe«, sagte er. »Das ist ganz natürlich, so nah am Ende. Möchtest du wissen, was deine Prophezeiung ist?«

Ein weiteres Nicken, diesmal leichter, fast unmerklich.

»Sehr gut«, sagte er. »Ich möchte, dass du Luzifer tötest. Ich möchte, dass du diejenige bist, die ihn ersticht und tötet. Denkst du, du kannst das tun?«

»Ja.«

»Weißt du, wer Luzifer ist, Kasia?«

Sie war schockiert, ihn ihren richtigen Namen benutzen zu hören.

»Es ist der Teufel...«, murmelte sie.

»Ja. Aber der Teufel hat einen menschlichen Namen. Möchtest du ihn hören?«

Sie nickte. Als sie den Namen dann hörte, wurde ihr klar, welch schrecklichen Fehler sie gemacht hatte.

KAPITEL
SIEBZIG

Regen tropfte von der Blätterkrone über ihm und platschte leise vor seinen Füßen auf. Er war umgeben von Dunkelheit, stand mitten auf einem schmalen Pfad im Wald, an derselben Stelle, an der Clementine Miller und die drei anderen Mädchen gestanden hatten, an der Grenze zu Michael Edwards' Garten vor einigen Wochen. Er versuchte sich vorzustellen, was sie getan hatten, wie sie sich gefühlt hatten. Tierisch, vermutete er. Ein Gebräu aus Wut, Verlangen und Adrenalin. Er stellte sich vor, wie sie über die Brombeeren kletterten, durchs Gras schlichen, dann einbrachen und auf Zehenspitzen durchs Haus gingen, ruhig, leise, entschlossen. Und dann der rasende, brutale, wilde Mord. Von einem Extrem ins andere.

Verborgen unter dem Schutz der Dunkelheit und dem Gewitter über ihnen.

Tomek blickte nach oben. Kleine Regentropfen landeten auf seinem Gesicht und in seinen Augen. Im gedämpften Licht von Michael Edwards' Nachbarhaus sah er die dunkelgrauen Wolken darüber hinwegziehen.

Zeus war anscheinend wütend.

Tomek kicherte. Dieser kleine Scheißkerl dachte, er wäre ein griechischer Gott, dass er das Wetter kontrollieren könnte. Aber er *hatte* Kasia kontrolliert. Und Yasmin. Und Clementine. Und eine ganze Gruppe ähnlicher, gleichgesinnter Frauen und Mädchen.

Er war ein gefährlicher Mann, und deshalb musste er aufgehalten werden.

Tomek hatte darüber nachgedacht, Verstärkung zu rufen, Nick oder Sean zu bitten, mit ihm herunterzukommen und als Schläger zu fungieren. Aber er wollte etwas Zeit allein mit Zachary. Er wollte dem Mann gegenüberstehen, der seine Tochter einer Gehirnwäsche unterzogen und entführt hatte. Er wollte zusehen, wie der Mann vor ihm um sein Leben bettelte, direkt vor dem Ort, an dem er seinen Harpyien befohlen hatte, Michael Edwards zu töten.

Tomek wurde aus seiner Träumerei gerissen durch das Geräusch von Blättern und Zweigen, die unter Füßen bewegt wurden.

Und dann hörte er die Geräusche von Kichern, von wildem Gelächter und Gekicher.

Er wandte sich dem Geräusch zu. Erstarrte.

Er erkannte, dass er einen monumentalen Urteilsfehler begangen hatte.

Vor ihm war nicht Zachary oder Kasia, wie er erwartet hatte. Stattdessen waren es zehn Mädchen. Zehn Frauen in ihren Zwanzigern, die er nicht erkannte. Alle trugen die gleichen weißen Kleider, ihre blonden Haare zu Zöpfen gebunden. Und jede von ihnen trug eine Elektroschockpistole bei sich.

Keine Messer, keine Waffen.

Sie waren also nicht hier, um ihn zu töten.

»Hallo, Teufel!«, kreischte eines der Mädchen, als ein Donner einige Kilometer entfernt grollte.

»Satan!«, rief eine andere.

»Luzifer!«

Die Mädchen begannen, kreischende, zischende, wilde Tierlaute in seine Richtung auszustoßen.

»Es ist Zeit, dass Sie mit uns kommen«, fügte die erste hinzu und beruhigte die anderen mit einer erhobenen Faust.

Tomek musterte jede Harpyienschwester. Betrachtete ihre knurrenden Gesichter. Die Taser in ihren Händen.

»Sie sind uns nicht gewachsen«, fuhr die erste fort. »Diesmal werden Sie uns nicht entkommen.«

Sie hob ihren Arm. Der Rest der Harpyien folgte ihrem Beispiel, und sofort waren zehn rote Punkte auf verschiedene Stellen von Tomeks Körper gerichtet.

In kurzer Zeit hatte der Regen zugenommen und fiel nun mit alarmierender Geschwindigkeit von oben herab. Seine Haare waren durchnässt, seine Kleidung völlig durchweicht.

Aber das war das Geringste seiner Sorgen.

Denn das würde verdammt wehtun.

KAPITEL
EINUNDSIEBZIG

Tomek erwachte durch das Gefühl von Regen, der ihm ins Gesicht peitschte und aus allen Richtungen gegen seine Haut schlug. Er kämpfte darum, seine Augen zu öffnen, während die Tropfen auf sie einhämmerten. Das und die Kopfschmerzen, die sich anfühlten, als hätten sie seinen Kopf in hundert Teile gespalten.

Er lag im Dreck, mit Pflastersteinen und zackigen Felsbrocken, die sich in das Fett auf seinem Rücken bohrten. Seine Haare klebten an seinem Gesicht, und sein ganzer Körper schmerzte.

Um ihn herum konnte er das Geräusch von Gesängen, Gelächter und Gejohle hören, vermischt mit dem Geräusch von Füßen, die im nassen Schlamm versanken.

Er öffnete erneut die Augen und sah die Harpyien in ihren weißen Leinenkleidern, die in der Dunkelheit zu leuchten schienen, mit Schlammspritzern an ihren Knöcheln und Knien. Ihre Arme waren ineinander verschlungen, und in ihren Händen hielt jede eine Klinge. Sie hüpften in einem großen Kreis um ihn herum, als wären sie auf einem Grundschulspielplatz.

Oder in einem Horrorfilm.

Er versuchte, ihre Gesichter abzusuchen, während sie vorbeizogen, und suchte unter ihnen nach Kasia, aber sie bewegten sich zu schnell, als dass sein schmerzgeplagtes Gehirn mithalten konnte.

Waren sie alle anwesend, oder warteten einige von ihnen jenseits des Kreises?

Die Worte, die sie sangen, bedeuteten ihm nichts. Kauderwelsch. Als würden sie eine andere Sprache sprechen. Möglicherweise der Text eines von Zacharys schrecklichen Liedern.

Zu seinen Füßen, in der Mitte des Kreises, brannte ein kleines Feuer, das gegen den Wolkenbruch ankämpfte. Er hatte es bis dahin nicht bemerkt, aber es war schwach, kraftlos und bot kaum Licht oder Wärme.

Und dann bemerkte Tomek Zeus, der auf der anderen Seite stand. Splitternackt, die Arme hoch und weit erhoben, wie an einem Kreuz, das Kinn zum Himmel gerichtet, seine konturierten Muskeln von Regentropfen bedeckt. Leider reichten die Flammen nicht hoch genug, um seine Blöße vor Tomeks Blick zu verbergen.

Dahinter, außerhalb der Gruppe, erkannte Tomek die Umrisse von Hadleigh Castle, fast von der Dunkelheit verschluckt.

Sein Herz hämmerte in seiner Brust, und mit jedem Blutschlag spürte er einen dumpfen Schmerz. Sein Herz schrie nach Unterstützung. Er wusste nicht, mit wie vielen Elektroschockern sein Körper in Berührung gekommen war, aber selbst wenn es nur halb so viele waren wie die, die auf ihn gerichtet worden waren, konnte das nicht gut für sein Herz sein.

Er kämpfte darum, sich auf seine Ellbogen zu stützen, und als er das tat, wurde ihm schwindelig, und die Welt drehte sich in einem monochromen Karussell aus Weiß und Schwarz, das zu einem stumpfen Grau verschwamm. Er sank sanft zu Boden, wo er einige Momente lang lag, keuchend, und versuchte, Atem zu schöpfen.

»So schwach«, sagte Zeus lachend. Seine Stimme trug weit und war laut über dem Geräusch des Regens zu hören.

»Versuch's mal mit ein paar tausend Volt Elektrizität, die durch deinen Körper gejagt werden«, antwortete Tomek und starrte in den Himmel, beobachtete die Regentropfen, die aus der Schwärze auftauchten.

Fast wie auf Stichwort ertönte ein Donnergrollen, das über die Landschaft hallte.

»Versuch's mal mit zehntausend«, murmelte Zeus. »Meine Mädchen haben dich gut erwischt.«

Tomek stieß einen Atemzug warmer Luft aus, rollte sich auf die Seite und richtete sich in eine sitzende Position auf.

»Wenn das der Fall wäre, sollte ich tot sein.«

»Aber du bist es nicht. Es scheint, als hätte das Schicksal dich am Leben gehalten... für dies.«

Zeus schnippte mit den Fingern, und sofort hörten die Mädchen auf zu hüpfen. Eine von ihnen bildete eine Lücke in der Kette, und einen Moment später tauchte Kasia, geführt von einem älteren Mädchen, aus der Dunkelheit auf. Ihr Haar hing lose herab, nicht länger in Zöpfen wie bei ihren Schwestern. Ihr Gesicht war verprügelt worden, und ihre Beine knickten ein, als sie sich näherte.

»Kasia!«, schrie Tomek, unfähig, sich zurückzuhalten. »Geht's dir gut? Was haben sie dir ange-«

Zeus sprang über das Feuer, seine Kronjuwelen flatterten wie eine Fahne im Wind, und schlug Tomek auf die Wange.

»Du wirst nicht sprechen!«, brüllte Zeus ihm ins Gesicht.

Die Anweisung war klar, aber Tomek schenkte ihr keine Beachtung. Er spuckte dem Mann ans Bein und erhielt dafür eine weitere Ohrfeige, diesmal auf die andere Wange.

»Kasia, es tut mir so leid! Ich weiß über alles Bescheid... ich weiß...«

Der dritte Schlag war hart genug, um Tomek aus dem Gleichgewicht zu bringen und ihn rückwärts in den Schmutz fallen zu lassen.

»Papa!«, schrie Kasia von der anderen Seite des Kreises, aber ihre Stimme wurde schnell gedämpft durch die Frau, die hinter ihr stand, die ihre Hand über ihren Mund legte und eine Klinge fest an ihren Hals hielt.

Tomek nahm sich einen Moment Zeit, um seine Umgebung zu erfassen. Er war von zwanzig Frauen umzingelt, alle in Weiß gekleidet, mit verschränkten Armen, Küchenmessern in den Händen, ihre Gesichter so leer und tot wie die Menschen, die sie getötet hatten. Auf der anderen Seite war seine Tochter, deren Leben von der Standfestigkeit einer anderen abhing. Und ein paar Zentimeter entfernt war der Mann, der alles arrangiert hatte. Im Moment war Zeus stärker, schlauer und fitter.

Selbst wenn Tomek etwas dagegen unternehmen wollte, hinderten ihn die Schmerzen in seinem Kopf daran.

»Rührend«, bemerkte Zeus, als er auf Kasia zuging. »Das ist es wirklich. Aber lasst euch nicht davon täuschen.« Er wandte sich den Mädchen zu und schaute jedem langsam in die Augen wie ein siegreicher Gladiator, der seinen nächsten Partner wählt. »Ihr seid alle hierher gekommen, um das Ende der Welt zu sehen, oder?«

»Ja, Zeus!«, schrien die Mädchen im Chor, fast roboterhaft.

»Ihr seid alle hierher gekommen, um zu sehen, wie das Leben des Teufels geopfert wird?«

»Ja, Zeus!«

Er erhob seinen Arm in die Luft und zeigte auf Tomek. »Ihr alle dachtet, dieser Mann sei der Teufel, nicht wahr?«

»Ja, Zeus!«

»Aber ihr wurdet alle getäuscht.« Er schwang seinen Finger um hundertachtzig Grad und zeigte auf Kasia. »*Sie* ist der Teufel. *Sie* ist Luzifer. Ich wusste tief in meinem Inneren, dass es wahr ist. Etwas in mir sagte mir, dass etwas an ihr nicht stimmte. Und in den letzten Wochen hat sie euch alle belogen. Gab vor, eine Schwester zu sein, sich anzupassen. Baute euer Vertrauen auf.« Er schlenderte theatralisch auf Kasia zu. Die Mädchen schauten gebannt zu, als er an Kasias Seite anhielt und die Klinge von ihrem Schutzengel nahm. »Aber in Wirklichkeit hat diese Schlampe, dieses Scheusal, diese höllische Kreatur euch alle ausspioniert, gegen euch intrigiert. Sie ist das Opfer, das wir alle bringen müssen, wenn wir diese Rassenkriege überleben und das Jenseits besuchen wollen.«

»Nein!« brüllte Tomek. »Tötet mich. Tötet mich stattdessen! Sie hat nichts falsch gemacht, du verdammter Betrüger. Lass sie gehen!«

»Das kann nicht getan werden. Es wurde entschieden.«

»Nichts davon ist real«, flehte Tomek die Mädchen an. »Es ist alles ein verdammter Betrug. Es gibt keine Rassenkriege. Es gibt kein Leben nach dem Tod. Ihr werdet alle für nichts sterben.«

»Es wurde entschieden«, wiederholte Zeus. »Sie erfüllt ihre Prophezeiung. Und ihre Prophezeiung ist der Tod.«

Zeus ritzte mit der Klinge über Kasias Wange. Sofort strömte Blut über ihr Gesicht.

Tomek reagierte. Adrenalin schoss plötzlich durch seinen Körper und überdeckte den Schmerz in seinem Kopf und Körper. Sein Verstand und seine Sicht klärten sich und, als er sich auf die Füße kämpfte, sprintete er auf Zeus zu. Er sprang über das Feuer und riss den Mann von hinten wie beim Rugby zu Boden, wobei Zeus' Körper Tomeks Aufprall abfederte. Bei dem Angriff flog die Klinge aus Zeus' Hand und landete irgendwo im Gras, verloren in der Dunkelheit.

Dann kletterte Tomek vom Kultführer herunter und eilte zu Kasia. Das Mädchen, das sie festhielt, war ein paar Schritte zurückgewichen. Tomek schenkte ihr keine Beachtung; er war mehr an seiner Tochter interessiert. Er berührte ihr Gesicht und verschmierte dabei das Blut auf ihrer Wange.

»Du bist okay!« sagte er zu ihr. »Alles ist gut!«

Sie nickte. Aber der Moment des Wiedersehens wurde jäh unterbrochen. Yasmin, das Mädchen, das Tomek nur ein paar Mal gesehen hatte und die er am meisten für das verantwortlich machte, was mit Kasia geschehen war, trat aus dem Kreis hervor und schwang eine Klinge. Ihr schriller Schrei brachte Tomeks Trommelfelle fast zum Platzen.

Mit erhobener Klinge stürmte die Teenagerin auf sie zu. Tomek stieß Kasia weg und warf sie zu Boden, dann bereitete er sich vor, spannte seine Muskeln an. Er hätte sich nicht bemühen müssen, denn das Mädchen war so dünn und unterernährt, dass sie keine Muskeln zum Kämpfen hatte, keine Kraft dahinter.

Tomek fing ihren Arm ab, bevor sie die Klinge auf ihn niederbringen konnte, entwaffnete sie und warf sie dann zu Boden.

Dann blickte er auf den Rest der Gruppe, keuchend, mit wilden Augen.

»Will noch jemand verdammt nochmal sein Glück versuchen?« donnerte er.

Bevor einer von ihnen reagieren konnte, durchschnitt der Klang von Sirenen die Luft. Tomek sah hinter sich und erkannte die vagen Blitze von weiß-blauen Lichtern, die in der Ferne tanzten. Der Klang der Sirenen wurde schnell vom Lärm tiefer Rufe und Schreie der Polizisten auf der anderen Seite des Hügels übertönt. Was wiederum schnell von den Schreien vor ihm überwältigt wurde.

Sobald sie begriffen hatten, was das Geräusch bedeutete, gerieten die Harpyien in Panik und stoben auseinander. Innerhalb von Sekunden waren sie verschwunden, einschließlich Yasmin, ihre weißen Kleider verschwanden in der Dunkelheit wie Geister, die dieses Reich verlassen.

Bevor er weiter darüber nachdenken konnte, wurde der Klang lauter Rufe und schwerer Stiefel, die auf der schlammigen Erde stampften, näher, bis Tomek zwei Kegel weißen Lichts sah, die über den Hügel flackerten und blitzten. Zwei uniformierte Beamte kamen einen Moment später an, ihre übergroßen Stichschutzwesten holten sie kurz darauf ein.

»Was geht hier vor?« fragte der erste, der ankam.

»Was macht ihr hier?« entgegnete Tomek.

»Wir haben Notrufe aus der Umgebung erhalten. Nachbarn behaupteten, sie hätten verdächtige Aktivitäten an der Burg gesehen.«

»Seid ihr nur zu zweit?« fragte Tomek.

»Wir...« Der Mann sah Kasias blutiges Gesicht und griff nach seinem Schlagstock. »Treten Sie weg von dem Mädchen!«

In der Zwischenzeit griff der andere in seine Gesäßtasche und holte einen Elektroschocker heraus. Tomek beäugte ihn vorsichtig.

»Entspannt euch«, sagte Tomek und hob die Hände in Kapitulation. »Ich bin ihr Vater. Es gab... es gab...« Die Kopfschmerzen und das Pochen kehrten plötzlich zurück. »Ich bin DS Tomek Bowen«, fuhr er fort. »Vom Southend Major Investigation Team. Ich arbeite mit DCI Nick Cleaves, DI Victoria Orange. Habt ihr von ihnen gehört?«

Die Polizisten nickten vorsichtig.

»Ich untersuche die Morde an Michael Edwards und Karl Bacon. Sie wurden von einem Kult ermordet. Ihr seid gerade hineingestolpert, als sie versuchten, uns zu töten.«

Tomeks Aufmerksamkeit wurde von der leeren Stelle ein paar Meter entfernt abgelenkt, wo vor wenigen Augenblicken Zeus gelegen hatte.

»Wo ist er hin?«

»Wer?«

»Der Kerl, der gerade eben dort lag.«

Tomek zeigte auf die Stelle. Beide Polizisten folgten seinem Finger.

»Ich habe niemanden gesehen«, sagte der erste.

»Ich auch nicht«, fügte der zweite hinzu.

»Was meint ihr damit, ihr habt niemanden gesehen? Er ist splitternackt, verdammt nochmal. Sein Arsch ist so hell und bleich wie der Mond! Man kann ihn nicht übersehen!«

Tomek drehte sich auf der Stelle, schwenkte nach links und rechts,

rechts und links, und suchte den Horizont nach Zeus ab. Aber es gab keine Spur von ihm. Der Bastard war entkommen.

Tomek hielt für einen Moment inne. Traf in Sekundenbruchteilen eine Entscheidung und machte sich nach rechts auf.

Nach Süden.

Er schätzte, dass Zachary von allen möglichen Richtungen nach Süden gegangen wäre, weg vom Zentrum von Hadleigh und der anrückenden Polizei, und in Richtung der Bahngleise am Fuß des Hügels.

Zumindest wäre das der Weg, den er genommen hätte, wenn er selbst vor der Polizei fliehen würde.

»Papa! Wohin gehst du?« rief Kasia, als er loslief.

»Ich werde ihn finden«, antwortete er, seine Beine bewegten sich langsam. »Bleib bei den beiden. Sie werden auf dich aufpassen. Und ruft Verstärkung!«

Tomek sah nicht zurück, als er den Hügel hinabstieg. Der Abhang war zunächst gleichmäßig, wurde aber dann einige Meter weiter steiler als erwartet. Seine Schuhe rutschten auf dem nassen Boden unter ihm aus, und er stolperte, purzelte wie eine Stoffpuppe über die schlammige Erde, bevor er sich schließlich ein paar Meter später wieder aufrichten konnte. In der Dunkelheit sah er die Lichter von Canvey Island in der Ferne und die Lichtpunkte von Kent auf der anderen Seite der Themsemündung.

Er hatte keine Ahnung, wohin er ging, keine Ahnung, wohin Zeus gegangen war.

Er hoffte nur, betete, dass er den richtigen Weg gewählt hatte.

Nachdem er den Mittelpunkt des Hügels erreicht hatte, war der Schmerz in seinem Kopf verschwunden, und die Muskeln in seinem Körper waren wieder voll funktionstüchtig. Er fühlte sich wieder lebendig, belebt.

Eine Minute später erreichte er den Fuß des Hügels und kam am Rand der Bahngleise zum Stehen, die von Benfleet über Leigh-on-Sea und darüber hinaus führten. Er hielt inne, um Atem zu schöpfen. Links oder rechts?

Am Ende wurde die Entscheidung für ihn getroffen.

Fünfzehn Meter entfernt sprang Zeus über den Sicherheitszaun und versuchte, die Gleise zu überqueren.

»Zachary!« rief Tomek, aber der Mann machte ungeachtet dessen weiter. Tomek jagte ihm nach, und als er Zachary erreichte, war der Mann bereits auf der anderen Seite.

Ein paar Meter trennten sie. Wenn Tomek ihn packen und sein Gesicht zerschmettern wollte, müsste er über den Zaun klettern. In dieser Zeit könnte er den Mann komplett aus den Augen verlieren.

»Es ist vorbei, Zachary«, sagte Tomek. »Du hast nirgendwo mehr hin.«

»Ich kann nicht sterben. Du kannst mich nicht töten.«

Zeus machte ein paar Schritte rückwärts, bis der Boden dem Kiesbett wich, auf dem die Bahngleise ruhten.

»Du bist kein verdammter griechischer Gott«, erwiderte Tomek. »Du bist ein verdammter Idiot. Und jeder, der dich kennt, stimmt dem zu.«

Zachary machte noch ein paar Schritte und stieg dabei über die stromführende Schiene. Er befand sich jetzt direkt im Gleisbett. Tomek konnte das Summen und Zischen hören, während hunderttausende Volt Elektrizität durch die Masten strömten.

»Du bist ein Betrüger«, erwiderte Tomek. »Du hast nicht Zeus' Kräfte. Wenn du sie hättest, wäre überall um uns herum Blitze. Aber alles, was ich sehe, ist ein schwarzer Himmel und ein bisschen Donner. Was ist los? Hast du einen Hänger oder so?«

»Er hing nicht, als er in Kasias Mund war.«

Tomek ballte seine Faust und schlug gegen den Drahtzaun.

»Sag noch ein Wort, und ich komme rüber und prügle dich in den Boden!«

Zeus bewegte sich näher zur stromführenden Schiene. Er ging in die Hocke und hielt seine Hand darüber.

»Ich würde zu gerne sehen, wie du das versuchst«, spottete er. »In dem Moment, wo du den Boden berührst, werde ich dich mit Elektrizität treffen, die alles übertrifft, was du bisher erlebt hast.«

Tomek konnte nicht glauben, was er sah, konnte nicht glauben, was er hörte.

Der Mann dachte tatsächlich, er sei Zeus und könnte die Kraft der Elektrizität nutzen.

»Das würde ich nicht tun, wenn ich du wäre...«, sagte Tomek.

»Warum nicht? Hast du Angst?«

»Vor dir? Kleiner Schlappschwanz? Niemals. Du bist ein Betrüger und wirst es immer sein. Aber du hast meine Tochter einer Gehirnwäsche unterzogen. Du hast ihren Verstand verdreht und sie manipuliert. Du hast sie Dinge tun lassen, die kein Teenager jemals tun sollte. Und du hast sie geschnitten. Und dafür werde ich zusehen, wie du stirbst.«

Tomek legte seine Hand auf den Drahtzaun.

Sobald er diese Bewegung machte, umschloss Zachary Godson mit seinen Fingern die stromführende Schiene. Sofort zuckte sein Körper, riss ihn zu Boden, und er begann zu krampfen. Seine Finger hatten die Schiene losgelassen, aber sein Körper war darauf gefallen, und er zitterte wild, während hunderttausend Volt durch sein System flossen.

Die Schreie vor Schmerz und Qual dauerten nur Sekunden, bevor sie abrupt aufhörten und durch den überwältigenden Geruch von verbranntem Fleisch ersetzt wurden. Der Strom hatte ihn getötet. Er lag vollkommen still da.

»Verdammter Idiot«, sagte Tomek zu sich selbst, bevor er sich abwandte, um den leblosen Körper des Mannes dort zu lassen, wo er es verdiente.

Als er den Hügel wieder hinaufstieg, begierig darauf, zu seiner Tochter zu kommen, hörten Regen und Donner plötzlich auf, und die Luft wurde unheimlich still.

KAPITEL
ZWEIUNDSIEBZIG

»Wie läuft's mit der Wohnung?«, fragte Nick.

»Ein Chaos«, antwortete Tomek. »Wir finden immer noch Glasscherben und Flusen. Und irgendwann in den letzten zehn Monaten haben wir beide auf mysteriöse Weise eine eklige Menge an Pailletten, Perlen und Glitzer angesammelt. Keine Ahnung woher. Ich wache morgens auf und finde Glitzer in meinen Haaren und an meinen Händen, als wäre ich schlafwandelnd dadurch gelaufen.«

»Bist du sicher, dass du nicht heimlich als Dragqueen arbeitest und mir das jetzt so mitteilen willst?« Nick hob eine Hand. »Ist völlig okay, wenn es so ist, aber es gibt bessere Wege, mir das zu sagen.«

Tomek brummte. »Sehr witzig.«

Ein Moment peinlicher Stille sickerte durch die Risse in der Atmosphäre. Tomek wartete darauf, dass Nick den Grund erläuterte, warum er ihn hereingebeten hatte.

»Die Personalabteilung hat empfohlen, dass du dir eine Auszeit nimmst«, sagte er schließlich.

»Ach ja?«

»Sie nennen es eine Suspendierung, während die IOPC untersucht, was mit Zachary Godson passiert ist, aber ich nenne es einen Kurzurlaub.«

»Verstehe.«

»Bis zum Ende der Sommerferien«, fuhr Nick fort. »Damit du und Kasia... über alles hinwegkommen könnt.«

»Ich weiß das zu schätzen. Danke.«

»Ich hätte dir mehr Zeit angeboten, aber... Na ja, du weißt ja, wie es läuft.«

Tomek grinste schief.

»Wie... wie geht es ihr?«, fuhr Nick fort und versuchte, die leeren Pausen mit einem Gespräch zu füllen, das Tomek nicht führen wollte.

Tomek schüttelte nur den Kopf. Dann fühlte er sich verpflichtet, mehr zu sagen.

»Sie verarbeitet das alles. *Ich* verarbeite das alles. Alles, was sie über ihre Welt dachte, wurde in den letzten Wochen zweimal komplett auf den Kopf gestellt, und es wird viel Zeit brauchen, um sich davon zu erholen und den angerichteten Schaden zu beheben, falls sie das überhaupt jemals kann. Es hilft auch nicht, dass alles hier sie an das Geschehene erinnert.«

»Vielleicht solltet ihr verreisen?«

Der Vorschlag war gut. Nur nicht hilfreich.

»Ich muss erst ein Haus renovieren, bevor ich darüber nachdenken kann. Aber ich werde nach einem Ort für uns Ausschau halten. Vielleicht in der Nähe. Muss nicht zu weit weg sein.«

»Nein...«

Das Gespräch kam zu einem natürlichen Ende. Obwohl Tomek spürte, dass Nick noch mehr ansprechen wollte.

»Wie kommt sie mit ihrer Freundin klar?«

»Das ist wahrscheinlich der schwierigste Teil«, antwortete Tomek. »Sie hat ihr vertraut, weißt du. Und nach allem, wie es geendet hat... es hat sie wirklich zerrissen.«

Tomek sprach von Yasmin und davon, wie sie in der Nacht des Vorfalls zusammen mit mehreren anderen Mädchen an einer Überdosis LSD und einem Gemisch aus anderen Drogen gestorben war. In jener Nacht hatte Zachary Godson die tödliche Mischung hergestellt und die Mädchen mit großen Mengen davon versorgt, vermutlich um entweder ihr Erlebnis zu steigern oder sie letztendlich zu töten, damit sie nie herausfanden, was für ein Betrüger er gewesen war. Seit dieser Nacht hatte es sieben Berichte über weitere Mitglieder des Kults gegeben, die an vermuteten Überdosen gestorben waren. Ihre Obduktionen liefen noch.

»Sie hat eine Freundin verloren«, sagte Nick.

»Und sie hätte fast auch einen Vater verloren.«

»Aber das ist nicht passiert. Und ich wette, das ist es, was sie momentan zusammenhält. *Du*. Du musst jetzt ein Fels für sie sein, Tomek. Du musst ihr Ein und Alles sein.«

Tomek blähte seine Brust auf. »Das bin ich. Ich bin alles, was sie je hatte, und jetzt begreift sie das endlich, glaube ich.«

»Guter Mann.« Nick räusperte sich. »Wie ich neulich schon sagte, wenn du bei irgendetwas Hilfe brauchst, lass es mich einfach wissen. Wenn du möchtest, dass ich mit ihrer Schule rede, bin ich da, um zu helfen. Hast du ihnen Bescheid gesagt?«

Tomek nickte. »Ich habe die Nummer ihres Klassenlehrers auf der Kurzwahl.«

»Ich bin sicher, Kasia ist darüber hocherfreut.«

»Ihr Lehrer war eigentlich wirklich gut. Hat Hilfe und Nachmittagsunterricht und so weiter angeboten. Aber das ist erst im neuen Jahr. Darüber denke ich erst nach, wenn es soweit ist.«

»Natürlich, natürlich.«

Eine weitere Pause im Gespräch. Diesmal war es an Tomek, es am Laufen zu halten.

»Was gibt's Neues bei Stafford?«

Bei der Erwähnung des Namens des Drogenbosses weiteten sich Nicks Augen, und er grinste breit. »Sie haben den Bastard vor ein paar Stunden reingebracht. Endlich. Hat uns lange genug gedauert. Stellt sich heraus, Zachary Godson war das fehlende Bindeglied.«

Tomek grinste. »Wenigstens ist etwas Gutes dabei herausgekommen, dass wir ihn gefunden haben. Und dass der Wichser tot ist.«

Nick fand das nicht witzig. Er verschränkte die Finger und lehnte sich näher. »Wenn es noch etwas gibt, was du mir über das Geschehene dort unten erzählen musst, ist noch Zeit dafür.«

Tomek hob die Hände in einer Geste der Kapitulation. »Wie ich dir schon sagte«, erklärte er, »der Vollidiot hat die Gleise aus freien Stücken berührt. Er dachte fälschlicherweise, er könnte die Elektrizität durch sich selbst leiten. Na ja, ein Spinner weniger auf der Welt, mit dem wir uns rumschlagen müssen.«

»Okay, gut. Ich glaube dir. Halte einfach... einfach den Kopf unten, bis du zurückkommen musst, okay?«

»Was, wenn ich nicht zurückkomme?«, scherzte Tomek.

»Dann würdest du uns allen einen Gefallen tun. Ich versuche seit dreizehn Jahren, dich loszuwerden.«

Tomek klatschte auf sein Knie und erhob sich dann aus seinem Stuhl. »Schade, dass du mich für weitere dreizehn Jahre ertragen musst, oder? Du wirst mich umbringen müssen, bevor ich kündige.«

KAPITEL
DREIUNDSIEBZIG

Geplapper und Gelächter drang durch die Tür herein und übertönte den blechernen Ton, der aus seinem Fernsehgerät kam. Er schaute *Doctors*. Eine seiner Lieblingssendungen, obwohl er enttäuscht war zu erfahren, dass die BBC sie abgesetzt hatte. Jetzt hatte er nur noch die Wiederholungen und die gleichen Handlungsstränge, die er immer und immer wieder gesehen hatte. Trotzdem machte es ihn glücklich.

Als er sich auf dem Bett neu positionierte und seine Ohren anstrengte, um den Klang von Jimmi Clay zu hören, der einem seiner Patienten eine niederschmetternde Nachricht erklärte, vibrierte Nathans Handy in seiner Tasche. Er rollte sich vom oberen Stockbett herunter, zog die Tür zu und nahm dann den Anruf entgegen.

»Wie war Italien?«, fragte er und schlenderte zum Fenster.

»Herrlich«, antwortete der Mann. »Wirklich umwerfend. Wunderschön.«

»Es ist gut, dass ich jetzt weiß, was diese Wörter bedeuten.«

Der Mann kicherte am anderen Ende der Leitung. »Wie ist es dir ergangen?«, fragte er. »Hast du seine Tochter gefunden?«

»Nein, leider nicht. Tomek hat sie ganz allein gefunden.«

Draußen hörte Nathan einen Vogel singen.

»Das ist schade.«

»Erst wenn du hörst, was mit ihr passiert ist.«

»Was war das?«

Nathan erklärte es.

»Woher weißt du das?«, fragte der Mann.

»Weil er es mir erzählt hat. Ich glaube, er brauchte einfach jemanden, bei dem er Dampf ablassen konnte, sich auskotzen. Du hättest hören sollen, was er über den Typen gesagt hat, der es getan hat. Boah! Noch nie habe ich jemanden so viel fluchen hören.«

Der Mann schnaubte. »Armer Kerl. Klingt, als wäre das, was seiner Tochter passiert ist, schlimmer als das, was wir seinem Bruder angetan haben. Stell dir vor, Tomek hätte sie auf dieselbe Weise verloren wie ihn.«

»Ja«, sagte Nathan, während er sich vom Fenster abwandte und wieder aufs Bett kletterte. »Stell dir das mal vor.«

REZENSION SCHREIBEN

Da wären wir. Ende.

Also, ich sage « wir » … ich meine euch. Danke.

Danke, dass ihr bis hierhin durchgehalten habt und mir treu geblieben seid, während ich mir diese unglaublich wilden und bizarren Geschichten ausdenke und sie später zu Papier (oder besser gesagt, in digitale Dateien) bringe.

Amazon ist voll von Millionen von Büchern (buchstäblich, und ich verwende diesen Begriff nicht leichtfertig), daher ist es oft schwierig, die nächste Lektüre zu finden. Man möchte einfach wissen, in welches Buch man als nächstes eintauchen soll. Aber manchmal hat man keine Zeit, sie alle durchzugehen. Was also tun?

Natürlich die Rezensionen lesen.

Wir nutzen sie in jedem Bereich unseres Lebens. Restaurants. Filme. Unser nächster Fernseher. Kopfhörer. Fast alles wird von den Gedanken anderer bestimmt.

Verrückt, nicht wahr?

Aber was passiert, wenn man auf ein Buch ohne Rezensionen stößt? Man schreckt vielleicht davor zurück. Es ist schwer, dem Buch zu vertrauen.

Ihre Zeit ist kostbar. Sie wollen sie nicht mit enttäuschenden Geschichten verschwenden. Niemand möchte das. Und das möchte ich auch nicht für Sie. Manchmal mache ich mir Sorgen, dass dieser Geschichte dasselbe passieren könnte. Aber es gibt eine Lösung.

Eine Rezension hilft viel. Und sie gibt mir das Selbstvertrauen, die verrückten Gedanken in meinem Kopf weiter zu verarbeiten. Wenn Sie einen Moment Zeit haben, würde ich mich sehr über eine Rezension freuen. Es muss nicht viel sein – nur ein paar Worte darüber, wie Sie das Buch finden.

Vielen Dank.

Ihr freundlicher Autor,

Jack Probyn

TRETEN SIE DEM VIP-CLUB BEI

Ihr KOSTENLOSES Buch wartet auf Sie

Verfügbar, sobald Sie dem Club beitreten
Holen Sie sich jetzt Ihr KOSTENLOSES Exemplar der Prequel-Novelle
zur DS Tomek Bowen-Reihe auf jackprobynbooks.com, wenn Sie
meinem VIP-E-Mail-Club beitreten.

AUCH VON JACK PROBYN

Die DS Tomek Bowen Krimireihe:

BUCH 1: DIE RACHE DES TODES

Southend-on-Sea, Essex: Detective Sergeant Tomek Bowen - getrieben,
hartnäckig und vom Tod seines Bruders verfolgt - wird zu einem der
schockierendsten Tatorte gerufen, den er je gesehen hat. Ein Mann wurde rituell
ermordet und in einer Kleingartenanlage in der Nähe des örtlichen Flughafens
abgelegt. Erste Ermittlungen deuten darauf hin, dass dieser Mann eine
Vergangenheit hatte. Eine Vergangenheit, die ihm viele Feinde einbrachte.

Die Roche Des Todes herunterladen

BUCH 2: DER GRIFF DES TODES

Annabelle Lake glaubte, den Ford Fiesta, der vor ihrer Schule wartete, und den
Fahrer darin zu erkennen. Sie lag falsch. Ihre Leiche wird einige Zeit später
entdeckt, baumelnd an einer Schaukel auf einem Spielplatz auf Canvey Island.

Der Griff Des Todes herunterladen

BUCH 3: DIE BERÜHRUNG DES TODES

Als sich an einem Dezembermorgen in Essex der Nebel lichtet, wird die Leiche
eines Teenager-Mädchens mit dem Gesicht nach unten in einem Feld entdeckt.
Der Fall landet schnell auf dem Schreibtisch von DS Tomek Bowen, der,
während er versucht, sein neues Leben als alleinerziehender Vater einer
dreizehnjährigen Tochter zu meistern, die tödlichen Ereignisse aufdecken und
die Wahrheit ans Licht bringen muss.

Die Berührung Des Todes herunterladen

BUCH 4: DER KUSS DES TODES

Der Tod eines Obdachlosen erregt kaum Aufmerksamkeit in Southend-on-Sea -
bis die Obduktion ihn als Herbert Tucker identifiziert, einen umstrittenen
Parlamentsabgeordneten mit einer Geschichte voller Feindschaften. Zwischen
den Strandhütten von Thorpe Bay gefunden, wirft sein sorgfältig inszeniertes
Ableben mehr Fragen auf als es Antworten liefert. Unter wachsendem Druck
muss DS Tomek Bowen die letzten Tage eines Mannes rekonstruieren, der von

Kontroversen lebte. Seine Ermittlungen decken ein Netz aus Täuschungen auf, das sich von den Korridoren Westminsters bis in die dunkelsten Ecken von Essex erstreckt. Doch je näher Bowen der Wahrheit kommt, desto klarer wird ihm - dies war nicht nur Mord. Es war eine Botschaft. Und jemand wird alles tun, um ihre Bedeutung im Verborgenen zu halten.

Der Kuss Des Todes herunterladen

BUCH 5: DER GESCHMACK DES TODES

An einem windigen und eisig kalten Morgen besucht Morgana Usyk, Besitzerin eines der Lieblingsplätze von DS Tomek Bowen, Morgana's Café, den etwas über eine Meile vor der Küste gelegenen Mulberry Harbour. Kurze Zeit später wird ihre Leiche in den flachen Gewässern gefunden, treibend neben dem Hafen. Erste Berichte und Augenzeugenaussagen besagen, dass sie den Mörder vom Tatort fliehen sahen. Doch als Sturm Alisha aufzieht und alle Beweise wegspült, steht Bowen mit seinem Team auf verlorenem Posten. Jetzt steigt das Wasser. Und Morganas Leiche wird nicht die einzige sein, die sie darin finden werden.

Der Geschmack Des Todes herunterladen

BUCH 6: DER ENGEL DES TODES

Als die Flugbegleiterin Angelica Whitaker nach einer Nacht in einem der beliebtesten Nachtclubs von Southend als vermisst gemeldet wird, wird der Fall zum ersten Mal in seiner Karriere an DS Tomek Bowen übergeben. Sobald die Ermittlungen beginnen, richtet sich der Verdacht auf den Mann, mit dem sie im Club getanzt hat. Doch als ihre Leiche später in einer Kirche gefunden wird, positioniert wie ein Engel, deuten dieselben Indizien auf einen berechnenden, gefassten und sadistischen Killer hin. Aber während die Ermittlungen voranschreiten und Tomek tiefer in das Leben des Opfers eintaucht, wird klar, dass es keinen Mangel an Verdächtigen gibt und jeder seine Geheimnisse hat – manche mehr als andere...

Der Engel Des Todes herunterladen

BUCH 7: DER RETTER DES TODES

Während eines heftigen Sturms wird ein lokaler Radiomoderator brutal in seiner Villa in Essex ermordet. Als sich die Wolken und der Regen am nächsten Morgen lichten, entdecken DS Tomek Bowen und sein Team einen Tatort, der an etwas aus den Geschichtsbüchern erinnert. Die Beweise deuten darauf hin, dass es sich um einen zufälligen Mord handelte. Doch als Tomek die Schichten im Leben des Opfers nach und nach abträgt, wird ihm klar, dass hinter dem Radiomoderator mehr steckt, als man auf den ersten Blick vermuten würde.

Der Retter Des Todes herunterladen

BUCH 8: DER ATEM DES TODES

Mersea Island. Über 2.500 Hektar Ackerland, Marschland und mehrere Wohnwagenparks. Normalerweise ist es die Heimat von 7.000 Menschen. Aber für das Feiertagswochenende im August beherbergt es zwei weitere Bewohner: DS Tomek Bowen und seine Tochter Kasia, die versuchen, das Ende der Schulferien, das Ende des Sommers und das Ende von Tomeks verlängerter Auszeit von der Arbeit bestmöglich zu nutzen.

Der Atem Des Todes herunterladen